秋　分

天　涯　著

浙江工商大学出版社

ZHEJIANG GONGSHANG UNIVERSITY PRESS

图书在版编目(CIP)数据

秋分 / 天涯著. —杭州:浙江工商大学出版社，2018.9
ISBN 978-7-5178-2925-6

Ⅰ.①秋… Ⅱ.①天… Ⅲ.①长篇小说—中国—当代

Ⅳ.①I247.5

中国版本图书馆 CIP 数据核字(2018)第196086号

秋　分

天　涯著

责任编辑	任晓燕
封面设计	林朦朦
责任印制	包建辉
出版发行	浙江工商大学出版社
	（杭州市教工路198号　邮政编码310012）
	（E-mail:zjgsupress@163. com）
	（网址:http: / /www. zjgsupress. com）
	电话:0571-89995993,89991806(传真)
排　　版	杭州朝曦图文设计有限公司
印　　刷	杭州恒力通印务有限公司
开　　本	710mm×1000mm　1/16
印　　张	17
字　　数	246千
版 印 次	2018年9月第1版　2018年9月第1次印刷
书　　号	ISBN 978-7-5178-2925-6
定　　价	52.00元

1

天，亮了。

施何在睡梦中听到母亲何小玉在敲门，说快起来，太阳已经晒到肚皮，上班又要迟到了。

伸出一只手，施何半眯着眼拿起床头柜上的手机一看，七点半，大惊，急忙穿好衣服，匆匆洗漱完毕，走出房间。

餐桌上已摆好了早餐，牛奶、面包和煎蛋。施何坐下，见父亲不在，就问，老爸呢？

你爸去上班了。何小玉端着一碟削了皮、切成块的苹果过来，放在餐桌上说。身材矮小的她，退休后越发身宽体胖，一脸慈祥的奶奶相。见女儿一副没睡醒的样子，何小玉忍不住嘀咕，你什么时候给我带个女婿回来？明年都30岁了，真是皇帝不急太监急，小姑娘年纪越大，对象越不好找。

施何正捏着一块面包往嘴里塞，听到母亲又唠叨找男朋友的事，很烦，说，30岁怎么了？难道没嫁出去，还不让人活了？我自己能养活自己，又没有吃你们的。语气里充满了火药味。

何小玉很生气，说，翅膀硬了，说你两句都不行，我是为你好。

行了行了，不要整天把为我好当作理由，不吃了。施何扯过一张餐巾纸，擦了擦嘴，转身回房间，背起包，冲出家门。

"啪"，铁门重重地合上了。

听着空气里回荡的关门声，何小玉摇摇头，深深地叹了一口气。她想，晚上等丈夫施林回来，一定要让他多关心关心女儿的终身大事，托托人，总会找到合适的小伙子。现在也真是奇怪，好好的姑娘找不到对象，而那些在她眼里看起来轻浮的女孩子三天两头换男朋友，吃香得很。如果是以前，像女儿这么乖这么懂事，从来都不跟别人七搭八搭的正经小姑娘早被人相走了。何小玉纳闷，想不通，看着桌上剩下一半的早餐,后悔自己话多,害得女儿没吃饱就去上班了,不由自责。

施何开着车,脸色阴沉,最近诸事不顺,搞得她焦躁得很,像个柴油桶,一粒火星就会点着。这几个月,她被一个秘密压得喘不过气来,不知该如何是好,她真怕这样憋下去会疯掉。她发现自己一直敬畏的父亲居然外面有个女人,而那个女人竟是自己的高中同学林纳,这实在太让人意外了。对林纳,施何内心深处有几分愧疚,因为读高中的时候,林纳和她同时喜欢上一个叫秦君明的男同学,结果林纳由于羞涩,错过了表白的机会,秦君明选择和施何在一起。两个人约好考同一所大学,天不遂人愿,秦君明考到东北,施何在州城读大学,异地恋持续一年后宣告结束,原因是秦君明移情别恋,喜欢了班上一位女同学。毕业后,秦君明留在了东北,因为他女朋友的父亲是当地的副市长,能给他一个光明的前途。施何回了堇城,成为《堇城晚报》情感版的一名编辑。

人家说初恋难忘,但施何对秦君明并没有太深的印象。她自己的总结是:爱得不够深。

读大学时,偶尔听别的同学说,林纳在高中时喜欢秦君明,后来见秦君明和施何在一起,伤心了很长一段时间,施何才恍然大悟为什么林纳突然不理自己。这些年,有关林纳的事,施何并不清楚,就算半年前在同学会上碰到,之前还通过同学群加了微信,可私下两个人也就见面打声招呼,并没有多少交流。

林纳会不会是因为当年的事记恨自己,所以才故意去勾引父亲的?想想又觉得不太可能。印象中,林纳看起来也不像个很有心计的女人。

对于父亲的出轨,施何只是怀疑,她并没有实质性的证据。要说没证据也不对,多少有些蛛丝马迹。她清楚地记得有一次去南部商务区吃饭,在地下停车场,自己目睹父亲和林纳从一辆红色宝马车上下来,两个人很亲密地走在一起,有说有笑的情景。不知道林纳说了一句什么话,父亲还很宠溺地摸了摸林纳的头。当时,施何就被惊到了。从小到大,父亲从没有用那样温柔的眼神看过自己,他总是那么威严,不苟言笑。母亲说那是因为父亲在单位里是个领导,严肃惯了。她一直以为父亲就是那种不善于表达感情的传统男人,没想到他还有隐藏的另一面,这个发现让她实在无法接受。

要不要告诉母亲？这是施何最纠结的地方。每天回到家里，看到母亲乐呵呵地在厨房忙碌，给父女俩做各种好吃的菜，她实在不忍心用这个残酷的真相去刺破母亲虚幻的幸福。可不说又难受，特别是看到父亲在她们母女面前一副若无其事的样子，她对男人的信任度降到了冰点。

堇城报业集团大楼到了，施何停好车，早晨没吃饱，就到路口的小摊上买了一只葱油饼，边吃边朝办公室走去。上午10点，有个倾诉者约她见面，地点就在报社旁边的临江茶室。现在时间还早，先工作一会儿。她是文体部的人，因为部门的办公室坐不下，就坐到隔壁社会新闻部的一个小办公室里，与公孙春晓和张倩两位记者同屋，三个女人一台戏，大家相处挺愉快的。

打开电脑，登录情感倾诉QQ群，施何是群主，网名"施大帮主"，每天工作内容就是接听情感热线，与QQ群的群友交流情感上的困惑，还要写稿、编稿。情感版一周两个版面，够她一个人忙的。她有两个手机号，一个私号，一个公号。那个公开的手机号24小时不能关机，任何时候有读者打进来诉说情感话题，她都得接听。由于那个号码是在报纸上公开的，不可避免会有很多骚扰电话打进来，常常把她气得想把手机摔了。心情不好的时候，听一些女人在电话里哭哭啼啼，可以想见一副委曲求全、乞求男人回来的可怜样，她真想毫不留情地骂对方活该，没一点做女人的骨气。可嘴上还得耐心给予疏导、劝解，安抚对方激愤的情绪。

正当施何开始噼里啪啦敲着键盘写稿时，公孙春晓睁着一双熊猫眼进来了，一见施何就说，这么早？昨晚我家那小子发烧，半夜送妇幼保健医院，累死我了。边说边打起了呵欠。

施何同情地看了她一眼，心想，婚姻中女人的常态是不是都这个样子？不是老公就是孩子，除此之外，好像找不到什么可以聊的话题。

《最爱的那个人抛弃了我》，公孙春晓捧着一杯热茶走到施何旁边，盯着电脑屏幕上的题目念。停顿了片刻，又说，什么是最爱？今天是，明天就不是了。你以为是最爱，到后来发现，最爱永远在寻找的路上。再说，既然被抛弃，说明人家不爱你，那有什么好伤心的，不爱拉倒，只要自己有魅力，还怕找不到爱的人？

施何停止敲键盘，用无比崇拜的语气说，高人，哪天给我讲讲你的爱情故事。

秋分

公孙春晓脸上立马现出一副痛心疾首的样子，说，三十多岁的已婚妇女，哪有什么爱情，只有灰尘。施何一脸严肃地说，我连灰尘都没有。公孙春晓咯咯地笑了起来，她说你还有机会，我已失去选择的权利。

谁说的？现在又不是过去，一张婚纸绑定一辈子。"90后"张倩进来了，嬉笑着接过话头。

看看，年轻人的观念就是不一样。公孙春晓以过来人的口气说，等你们结婚了，有了孩子就会明白，婚姻不是你想怎样就怎样。

张倩说，春晓姐，你也没比我们大几岁，别搞得像远古人类。施何说，就是。公孙春晓撇了撇嘴说，我还是"猩猩人类"，现在差5岁就有代沟好嘛！

啊，那我们这里就是三代人了。施何故作惊恐状。

公孙春晓差点把嘴里的茶水喷出来，说好吧，那就让我提前进入"德高望重"的前辈行列，以后你们都要叫我春晓前辈。

施何说，是，春晓前辈，当我们在演韩剧好了。

笑声，在办公室荡漾开来，让施何大清早郁闷的心情好了许多。

到了约定时间，施何来到临江茶室，走进小包厢，看到里面已坐着一位举止优雅、面容姣好的女士，正喝着玫瑰花茶，空气里流淌着古筝《暗香》的清音。

你好，怎么称呼？施何在女士的对面坐下，微笑着问。同时迅速打量了她一下，三十多岁的年纪，五官精致，脸上的亮点是眼睛，黑亮，眼角自带风流。

叫我西好了，施老师很年轻。西的声音很好听，带着一种上城女人讲话时甜腻的嗲味。施何在心里给对方贴了一张标签：有风韵的成熟少妇。

你是上城人？施何点了一杯菊花茶，最近上火，她需要清清火。

我在上城读的大学，毕业后就留在那里，西微笑着说，我是来这里办事，昨晚在宾馆翻报纸看到你们晚报情感版，临时起意想约施老师聊一聊我的故事。

服务生把茶端上来了，施何喝了一口润润喉，然后说，欢迎倾诉。

西开始慢慢诉说，她讲得很平静，好像是在说别人的事。

在世人眼里，我是个幸福的女人。老公开了一家小公司，虽说没挣什么大钱，但过过日子一点问题都没有。我自己在一家企业工作，收入不算高，可工作

4

轻松,管管后勤。家里有两套房子,一套自住,一套出租。一个乖巧可爱的女儿,学习成绩很好。家里也没什么可以让我操心的事。总之一句话,看起来生活很完美,身边的朋友没有一个不羡慕我的。

说到这里,西缓了口气,她低下头,小心地喝了一口水,免得口红沾到杯沿上。

施何笑着说,我还以为会听到一个家庭不幸、红颜薄命之类的故事,原来是我想错了。好啊,我们报纸负能量的情感故事比较多,难得有个婚姻幸福的。

西扬起头,无奈地说,幸福的家庭都是相似的,如果很幸福,我就不会来跟你聊了。施老师,我活得很不快乐。虽然丈夫对我挺好的,工作顺心,孩子也听话,可不知为什么,我就是开心不起来,所以我一次次去找婚外情,来寻求那短暂的快乐和刺激。

施何换了一个姿势坐,说,愿闻其详。

西说,从读大学开始,我就喜欢比我年纪大很多的男人,迷恋他们身上的成熟韵味,还有那种父亲般的温暖和踏实。我的第一个男人是我的大学老师,我很喜欢他。开始,他不敢喜欢我,毕竟身份摆在那里,可在我的热烈追求下,他终于投降了,直到我大学毕业才跟他分了手。我的婚姻是综合考虑后的选择,我老公是我同事,从我进单位就开始追我,本地人,因为拆迁,家里经济条件还是不错的,就是人长相一般,并不是我喜欢的类型,不过是个适合当老公的人选,所以我就选择了他。结婚后,他从单位出来自己创业,我还留在原单位。也许是家庭生活太平淡,也许是我老公不能给我所期望的,我只能寻找另外的情感寄托。有了第一次,就有了第二次,每段感情的时间不长,或许一年,或许半载,一旦激情过去,我又没有了兴趣。我也知道这样不好,可就是控制不了,心里好像有一个魔鬼在操控着这一切。

施何纳闷地问,那你不怕被你老公发现?

他从来都不查问我的行踪,工作又很忙,没空陪我。再说,你看我像个会出轨的女人吗?西的嘴角浮起一丝若隐若现的笑容,似有小小的得意。

施何再度认真地打量起西,美丽又端庄,给人很正派的感觉,外表确实看不出来。

冒昧地问一句，你父亲是不是从小就不顾家？施何委婉地问道，她在猜测。

西摇了摇头说，我没有见过父亲，父亲在我出生前一个月因意外事故去世了，父亲在我的心目中就是一张张照片。母亲后来再婚了，生了一对双胞胎弟弟，把我丢在爷爷奶奶家，我是两位老人带大的。

施何又问西平时有些什么爱好。西说没什么爱好，很多时候都不知道要干什么，只觉得空虚。我不快乐，真的，好像没什么东西可以让我真正快乐起来，就算在外面找到了激情也一样，那些快乐都太短暂了。

此刻，西晶亮的眼睛变得空洞，空洞得让人心惊。她说，我怕有一天自己会发疯。

施何说，只要你愿意倾诉就好，其实你可以去找当地的心理咨询机构，跟心理咨询师多沟通，应该会对你有帮助。你内心的那个空洞形成也不是一天两天的事，有很多的因素。

西很抗拒地说，不去，那要被人当成神经病的，不然我也不会坐在这和施老师聊我的故事了。

施何说，不会啊，那些都是偏见。

活着真没劲。西的目光黯淡下来，落在玻璃壶上，烛火已熄灭，淡粉色的玫瑰花已从紧锁状态变成绽放。

你不会认为我是个坏女人吧？许久，西抬起头，露出一个迷人的笑容，问施何。

施何还了西一个笑容，她说，任何人都没有权利去评判别人的生活。

谢谢你听我说这些，这是我第一次跟别人说这么多隐私，现在总算觉得轻松些了。如果施老师不介意的话，以后有什么事我还是想跟你倾诉，你不知道我是谁，这样我很有安全感。西朝施何眨了眨眼，然后从包里拿出化妆盒，很认真地补妆。

施何说，欢迎随时找我聊，可以通过QQ，也可以发邮件。西笑着说，施老师，侬人真好。

6

走出茶室,施何看着西婀娜的身影远去,联想到林纳。林纳从小生活在单亲家庭,她母亲在她很小的时候就离了婚,后来没有再婚,她找父亲也是为了得到缺失的父爱吗?也许,她该找林纳好好聊聊了,与其整天胡乱猜测,不如面对面试探一番。

这个念头一闪过,施何也没考虑太多,立马就从手机通讯录里找到林纳的电话打过去,问晚上有没有空,她想叫几个女同学一起聚聚。

林纳笑着说,哪有你这么请客的?至少要提前一周才有诚意。施何装作很欢快的样子说,我这样才好,有真感情的就会排除万难来赴约。林纳大笑道,好,美女,为了表示我对你是真感情,晚上一定来。施何说,六点"芷语"咖啡馆见,不见不散。

听林纳说好,施何的嘴角闪过一丝冷笑,真感情?真感情就勾引我老爹?不要脸。不过林纳爽快答应的态度让施何又觉得自己是不是搞错了。不管了,晚上见了再说。

平复一下心情,施何又给母亲打电话,说不回家吃晚饭,有约会。

何小玉一听女儿有约会,迫不及待地问她,是不是有男朋友了?哪里人?做什么工作的?施何一听就烦,语气生硬地回答,没有,就把电话给按掉了。放下手机,又觉得自己的态度过于生硬,就给母亲发了一条短信,说不是男朋友,是和女同学。何小玉回了一个"哦",就没下文了。

施何从这个语气词里感受到母亲深深的失落。也难怪母亲焦急,亲朋好友中,比她长得逊色的嫁了,家境没她好的嫁了,没她聪明的嫁了,而且人家还嫁得挺好的,至少按世俗的标准看。这实在让母亲想不通,总是忍不住在她耳边唠叨,说她太挑剔,这世上哪有十全十美的人,找个差不多的就行了。

其实,施何明白问题症结所在。自从初恋结束,一直到毕业,她没有再交男朋友。参加工作后,天天编那些负能量的情感故事,让她在不知不觉中对男人堆积了越来越深的戒备,她太熟悉那些套路。这几年记不清相过几次亲,每次男人刚开口说第一句,她就知道接下去对方要说什么,未卜先知的能力让她对这种直奔主题的恋爱毫无兴趣,也让相亲对象无所适从,只好作罢。

这应该也算是"工伤"的一种吧,可惜没有补贴可以领。想到"工伤"两字,施何不禁自嘲地笑了起来。不过话说回来,虽然她对婚姻比较幻灭,但对爱情内心还是有渴望的。她不喜欢相亲,目的性太强,她希望能在某一天,以"遇见"的方式,去遇见能引起彼此灵魂共振的男人,谈一场真正的恋爱。

又做梦了,打住,先想想跟林纳怎么谈,这才是眼下急需解决的问题。施何站在办公室窗前,窗外天色阴沉。今日秋分,意味着正式进入了秋季,接下去就是一场秋雨一场寒,施何的情绪莫名地低落起来。

2

芷语咖啡馆的位置属于闹中取静。穿过热闹的城市主干道,拐个弯,沿着一条青石板铺就的小巷子往里走百米左右,一幢古旧的老房子出现在面前。两扇褪尽铅华的木门虚掩着,木门上的铜环早没有了最初的光泽。施何停住脚步,深深吸一口气,又缓缓吐出,推开那道门。

这是一座四合院,二层木结构楼房,屋檐下挂着一盏盏灯笼,散发着幽暗的红光。天井的两个角落分别种着芭蕉和修竹,穿民国风衣裙的服务员从廊下走过,恍然如梦。正对着大门的地方还有一道灰砖砌成的影壁,上面有吉祥浮雕。这房子是市级文保单位,不知怎么给出租了,变成很有文艺范的咖啡馆,深受那些或真或伪的文青喜欢。

施何低下头看自己的破洞牛仔裤、宽大白衬衣、轻便小白鞋,这一身装束似与这里的气场格格不入。管他呢,施何一甩马尾辫,径直上楼,挑了个最靠里边的卡座坐下。林纳还没有来,她翻着桌上的精美菜单,晚上吃点什么呢?这恐怕是她有史以来最尴尬的一餐饭,比跟一个陌生的相亲男人共进晚餐还不自在。刚才在来的路上,她想好了,先给林纳讲故事,要不要当面点破,看林纳的反应。

正琢磨着,林纳风姿绰约地走了进来。看到只有施何一个人,她脸上闪过一丝怪异的神情,随口问,其他人呢?

她们有事不来了，就我们两个。施何边说边迅速瞟了林纳一眼，上次同学会林纳打完招呼就走，她都没注意。柳叶眉、丹凤眼、薄薄的红唇，刚到肩膀的卷发显得她特有女人味。黑色高领无袖紧身薄毛衣，衬一对高耸的豪乳，下面是黑色阔腿裤、黑色高跟鞋，使身材越发高挑。她戴着一套珍珠首饰，背一只木槿色的普拉达包包，高贵、典雅。施何条件反射地联想，这会不会是父亲掏钱给她置办的行头？父亲又是从哪里来的私房钱？他的工资卡在母亲手上，难道是非法所得？施何的神经莫名紧张起来，每次有官员落马，必牵涉到钱权交易和女人。父亲虽只是堇城区林业和园林管理局一名小小的副局长，没什么权，但也不好说，毕竟她是外行。这么一想，施何深感肩负的重任，她不仅仅是在挽救父母的婚姻，更是为了阻止父亲人生悲剧的发生。

林纳在施何对面坐下，她也在打量昔日的老同学。素面朝天，眉眼干净，婴儿肥的脸，皮肤看起来不错，有弹性，只是眼角已有若隐若现的细纹。

施何把菜单推到林纳面前说，晚上就随便吃点，主要是这里环境好，适合交流。林纳客气地说，没关系。她翻了一下菜单，转过头朝服务员做个手势，要了一份牛排套餐。施何说，给我也同样来一份。

可惜开着车，不能喝酒，不然陪你喝一杯。施何装作若无其事的样子说。

林纳的嘴角往上扬了扬，微笑着说，以后有机会。又问施何，你现在报社工作？上次同学会我有事，打完招呼就走了，太匆忙，也没跟你好好聊。施何点点头，又问林纳做什么工作。林纳说自己开了家房地产中介的小公司，生意还算过得去。施何没想到林纳这么能干，还想当然地以为她是喜欢寄生在男人身上的那种女人。又转念，说不定这公司是父亲帮她开的，完全有可能。这么想着，心情又复杂起来，可脸上还得云淡风轻，嘴上很真诚地向漂亮的老同学致敬。

牛排端了上来，施何和林纳举起杯子，说以茶代酒，轻轻一碰，各自抿了一口，又放下。

对施何的邀请，林纳确实很意外。想起那场还没开始就结束的暗恋，林纳心里明白，让她从羞涩、自卑中走出来的，就是当年校园里那两个年轻的身影。

老同学，说实话，我还要好好谢谢你！林纳凝视着施何的眼睛，半认真半调侃地说。

谢我什么? 施何纳闷地问。

当年如果不是你抢了秦君明,我的人生可能依然被动地接受命运的安排,而不是积极主动去争取。林纳的嘴角浮起一丝笑意,她问,你后来怎么没有跟秦君明在一起? 我还以为你会嫁给他。

施何没想到林纳第一个话题是这陈年旧事,她略显窘态地解释,我那时候不知道你也喜欢他,早知道我就让给你了。

可我知道你喜欢他,虽然我长得比你好看,但我不敢去争,只好眼睁睁看着你和他成双成对走在一起,心里那个难受。那时我就在心里暗暗发誓,要把命运牢牢掌握在自己手上,而不是等别人来施舍。林纳用刀切下一小块牛排,用叉子举着,在眼前晃了晃,放进嘴里,慢慢嚼着。

施何一笑,说,幸好你没跟他谈恋爱,不然一样的结果,因为你长得再漂亮,也敌不过人家副市长千金的光芒。

林纳想了想说,也是,那我更要感谢你了。见施何神情不太自然,又说,哎哟,不提了,讲些高兴的事。

就是,干吗提秦君明啊,搞得我们好像情痴一样,还对他念念不忘。对了,老同学,你结婚了吗? 施何状似不经意地问了一句。

正有滋有味品尝着牛排的林纳把嘴里的食物咽下肚,伸手从纸巾盒里抽出一张纸巾,轻轻按了按嘴角,又端起茶杯喝了一口水,浅笑着回答,我儿子都上幼儿园了。

这下轮到施何噎住了,她没想到林纳是有夫之妇,那又怎么会跟父亲搅在一起? 不过嘴上还得说一句,人生赢家啊,这个年纪孩子居然这么大了。

林纳笑了笑说,结婚早。说完,她低下头,自顾自地吃了起来,发出轻轻的咀嚼声。卷发遮住了她的半边脸,看不清她脸上的表情。一时,两人都陷入沉默。

牛排吃完,她们又各点了一杯咖啡,慢慢喝起来。还是林纳打破僵局,问施何,是不是有事? 没关系,只要帮得上忙,我一定帮。

施何见林纳的性格与高中时相比确实有很大变化,像换了一个人似的,不免惊讶。她说，我的工作很压抑，整天听一些狗血的情感故事，让人很烦躁。如果你不介意的话，我讲一个故事给你听，但愿不会影响你的心情。施何的口气听起来像玩笑，实际上是实在憋不住，总不能什么都不说就各自打道回府。

好啊，你说，我洗耳恭听。林纳朝施何嫣然一笑，施何不禁呆了呆，她不得不承认，林纳是个很有韵味的女人。

凝了凝神，施何坐直了身子，喝一口咖啡润润喉，见周围的人都在低声说话，没有人注意她们，于是轻声说，前几天，我接到一个情感热线电话，有个女孩打进来，说她发现自己的父亲在外面有个情人，她不知道该怎么办。如果告诉母亲真相，她怕母亲接受不了，因为从她懂事开始，一直觉得父母很恩爱。不说吧，心里又难受，就这样一天天憋着，她现在都变得不想回家，特别是看到父亲，情绪就会很激动。曾经形象高大的父亲在她眼里变成了伪君子，她怕有一天会控制不住揭穿这个秘密，她的家也会随着这个秘密而解体。

林纳静静地听着，幽暗的灯光下，她一脸淡然。施何注视着林纳的眼睛，停止了叙述。林纳喝了一口咖啡说，现在这种事很多，按我说，这个女孩可以找她父亲聊聊。

你知道我为什么到现在还没有找对象吗？施何问林纳，又像是在自言自语，因为我听了太多这样的故事，出轨、背弃、欺骗、谎言，我宁可一辈子独身，也不要那种婚姻。

你也不要太消极，这世上还是有真爱的。林纳仰起脸说，遇到了你就勇敢去追，不要患得患失，错过了机会。

施何看了林纳几秒钟，一个字一个字地说，老同学敢爱敢恨，我很佩服，现在我只想问下，你跟我爸是真爱吗？哦，对了，他的名字里有一个林，你又刚好姓林，你们还真有缘分。

你爸？施林施局长是你爸？林纳大吃一惊，不由瞪大了眼睛。

看来我爸从来都没有在你面前提起他有一个跟你一样年纪的女儿。施何的声音里充满了寒意。

施何，你误会了，我跟你爸不是你想的那样，我们只是比较谈得来的忘年交。

林纳的脸一阵白一阵红,急辩道。

是不是误会你心里最清楚,林纳,看在我们曾经同学一场的分上,我求你放过我爸,他再熬几年就可以退休了,也没什么钱。我妈心脏不好,受不了刺激。你也是有老公有孩子的人,万一这事闹开,对谁都没有好处。今天我把话撂在这里,你好自为之。施何不由提高音量,顾不得旁人诧异的目光,把郁积在心的话都吐了出来,然后买单走人,扔下林纳一个人在那里,半天没有回过神来。

施何回到家里,何小玉正坐在客厅看电视,见女儿回来,随口说,今天回来挺早的。施何的眼前闪过林纳精致的妆容,再看母亲,身材臃肿的大妈一个,忍不住提醒道,老妈,你以后别整天在家看电视,出去跳跳广场舞也好,锻炼锻炼身体。你看看人家赵雅芝,比你还大几岁,保养得像个小姑娘。何小玉不高兴地说,人家是明星,你妈是家庭妇女,能比吗?你还说我,你看看你自己,好好的裤子不穿,非要穿个破洞的,像个叫花子。这么大年纪了,对象也没有,我看你是箩里捡花,挑花眼了。

一听找对象这个问题,施何的头又痛了起来,她问,老爸在书房?何小玉说,你爸晚上有应酬,还没有回来。不在?施何计划落空,只好在客厅磨蹭两分钟,转身回房间。

关上门,施何把自己扔到床上躺着,脑子又像烧开的水扑腾起来。自己约林纳见面的事,按照常理,等她离开,林纳肯定会马上告知父亲。那么这个时候,两个人是不是在商量对策,统一口径?根据情感故事中的设定,这种事你没有抓到现行,当事人是打死都不会承认的。再说,男主是自己的亲爹啊,女儿和亲爹谈出轨这个问题,本身就尴尬无比。可事情已经到了这一步,她又怎么可能装聋作哑?更何况,她是因为爱父亲才这样做,她是在拯救一个在婚姻中迷失方向的老男人,而且这还关系到这个男人是否能保住晚节,意义重大。

当施何的脑海里闪过"意义重大"这四个字,她立马有了翻身起床的动力,走出房间到卫生间洗一把冷水脸。接下去,她还有一个艰巨的任务,就是好好打造母亲的形象,让父亲眼睛一亮,重新赢得他的关注。

何小玉见女儿陪她看电视,脸上有一种看到太阳从西边出来的诧异。施何忽然感到一阵心酸,搂住母亲的肩膀,低声说,对不起,老妈,以后我一定多陪陪你。何小玉敏感地察觉到女儿的异常,问道,你是不是有事瞒着我?

施何松开手,恢复平常的样子,摇头说没有。何小玉又开始唠叨,说你什么时候结婚,我也就完成任务了。施何说,我现在对婚姻没信心。何小玉不满地说,你们年轻人花头就是多,你看看我跟你爸不是挺好的吗?

老妈,你和老爸在一起感觉幸福吗?施何拿起茶几上的一只橘子,边剥皮边问。

你爸对我很好,他比我有文化,长得也好看。年轻的时候,村里有很多姑娘追他,我是你奶奶看中的,你爸说我人好,就同意了。我们结婚后,家里的钱一直是我管着。这么多年,他从不跟我吵架。人家都说我修了几辈子的福气,才遇上你爸这样一个好男人。说到最后一句,何小玉朝女儿不好意思地笑了笑。

那是,我没有老妈福气好,所以找不到好男人。施何心情复杂地哄母亲开心,她想无论如何都不能让母亲知道父亲婚外恋的事,一定要控制好情绪,免得露出破绽。

母女俩正闲聊着,忽传来开铁门的声音。何小玉马上站起来说,你爸回来了。

门开了,施林提着包走了进来。何小玉忙迎上去,接过他手中的包,关心地问,老施,晚上有没有喝酒,要不要吃碗银耳汤?我下午刚炖的。施林淡淡地说,不吃了,肚子有点饱。

施何暗暗吃惊。

她太大意,从没有注意过父母之间的这些生活细节。从母亲的举动和父亲的神情来看,这场景绝对不是特例,而是日常。今晚她第一次发现,从外表看,56岁的父亲比同龄的母亲确实要年轻得多。这到底是一种怎样的婚姻关系?施何很疑惑。

老爸,你回来了。施何站起来打招呼,偷偷观察父亲的神情。身材高大魁梧的施林,没有中老年男人常见的大肚腩。圆脸,眉毛特别浓,眼睛虽没有年轻时那么有神,但也不至于混浊。鼻梁挺直,鼻尖圆阔,嘴唇略厚,就是脸上的皮肤已松弛，不过这并不影响他作为一个成熟男人的魅力。

施林很威严地瞥了女儿一眼，用鼻音做了一声回复。施何读出父亲目光里有着无法表述的内容，忽然心生怯意。人家都说女儿是父亲前世的情人，可从小到大，施何跟父亲好像从没有亲近过。奇怪的是，她也很少黏母亲，亲情在她的脑子里有点淡薄，这可能跟她从小寄宿有关。小时候，父母两地分居，母亲在企业上班，工作很忙，家里又没有老人帮忙接送孩子和买菜做饭，就把她送到全寄宿的学校，一周才接回来一次。虽说后来父亲调回来了，但他的工作似乎比母亲更忙，而施何也早已习惯学校的寄宿生活，一直到大学毕业。

施林走进书房，随手关上了门。何小玉很自觉地把电视机的音量调低，又坐下来看她的连续剧，一边跟女儿说，再过两年你爸就退居二线，可以轻松了。施何附和了一句，说等老爸退休了，你们可以一起出去旅游。何小玉说，我现在就操心你的事。施何说，顺其自然。她在犹豫要不要找父亲谈，问吧，怕被母亲察觉，惹出祸事来。不问吧，按她"追根究底"的性格，晚上睡觉恐怕又要烙饼子。

手机有微信提示音，施何拿起一看，诧异。信息是父亲发来的，只有六个字，"不要胡乱猜测"。施何回了一条，我能到书房来跟您聊聊吗？施林回复，在家不方便，找机会再说。施何又发过去问，我现在只想知道你跟林纳怎么回事？施林回复，啥事没有。施何继续发，我亲眼看到。手机沉默了，时间在一秒一秒过去，施何感到从未有过的漫长，这漫长让她有一种窒息的错觉。

真忙，你给谁发信息，这么多？何小玉好奇地伸过头来，想看女儿的手机。施何一激灵，连忙解释，一个同事，在问明天稿子的事。老妈，你慢慢看，我回房间去了。何小玉揉了揉眼睛说，去吧，早点睡，我看完这一集也睡了。施何说好。

回到房间，施何把门关上，一屁股坐在沙发上，她把手机调成静音扔在一边，浑身说不出的不爽。她既希望父亲和林纳是真的没事，又怕那只是谎言。眼前闪过父亲宠溺地摸林纳头的动作，想起父亲从没有用这样的眼神看过自己，更不用说有这么充满爱意的动作。施何的心伸出无数个爪子，拼命拉扯，她第一次尝到了嫉妒的滋味。怎么办？看样子父亲是绝对不会承认婚外恋这个事实，那还要继续追查吗？可即使查实又能怎样？劝父母离婚，还是当作什么事也没有发生过？简直要疯了。施何关了灯，抱着双膝，蜷缩在黑暗中。

不行，她还要继续问父亲，拿起手机打开，有新消息，点开，"眼见的不一定是事实，我把小纳当女儿，你想多了"。

什么意思，小纳？叫得这么亲热，还说跟她没一点关系？顾不得对方是自己的爹，施何发了一条讽刺的信息过去，你没女儿吗？你不知道现在社会干爹干女儿还是另一种身份的标签？我知道，你不爱我妈，嫌弃我们母女，明天我告诉我妈去。

别胡来，你不相信你爸的为人？

你让我怎么相信？

时间会告诉你真相。

施何在心里骂一句，狗屁真相，伪君子。她恨恨地关了手机，在黑暗中直喘粗气。对林纳，她滋生了深深的恨意，这个女人夺走了父亲的爱，让她家从此不得安宁。

不知怎么，施何突然想起以前曾在一个饭局上听本市一位著名企业家喝了两杯酒后说过的话。他说，男人无所谓忠诚，忠诚是因为背叛的代价太高；女人无所谓忠贞，忠贞是因为受到的引诱不够。记得当时她很激动地与对方辩论，那男人问她，如果我开价100万让你陪我一晚，你同意吗？施何傲气地回答，给我再多的钱我也不会同意。男人又问，如果你有男朋友，我跟你男朋友谈，给他500万，你说他会同意放弃你们的爱情吗？施何哑然，她可以保证自己，但又如何去保证别人？像秦君明，一遇到副市长的女儿，转身就弃爱而去，那些说过的山盟海誓变成了一记记耳光，天天在打他的脸。男人大笑，意味深长地说，你太年轻了。

这是理由吗？施何陷入了沉思。

客厅里已没有声音，何小玉回卧室休息了。施林和她作息时间不同，五年前两个人就分房睡。这个建议是施林提出来的，他说自己工作压力大，晚上又常常熬夜，三天两头失眠，怕影响她休息，在床上都不敢翻身，早上起来累得慌，让何小玉不要多想。何小玉说不会多想，年纪大了，分开睡可以睡得好一些。

平时,何小玉躺下没几分钟就打起了呼噜,可今晚睡意却迟迟未来。可能是吃太饱了,晚上做了好几个菜,结果父女俩都没回家吃,她一个人不知不觉吃了很多,这会儿觉得肚子很胀。何小玉起来去了一趟卫生间,经过书房,想提醒丈夫早点休息,就随手拧开门,走进去说,老施,别太晚。

坐在电脑前的施林被这突如其来的声音吓了一跳,抬头看到穿着睡衣、蓬松着头发的何小玉,脸上闪过慌乱的神情。他伸出手直接把电脑的屏幕给关了,站起来说,你这么晚还没休息?我正准备睡了,刚看好一个文件。何小玉有点疑惑,但也没有细想,就说晚上吃太饱,肚子不舒服。施林走到柜子边,打开抽屉,里面是家里的常备用药。他找出一盒健胃消食片,又倒了半杯水,一起递给何小玉,温和地说,你吃一片再去睡。何小玉顺从地点头,吃完药回自己房间去了,她再一次感受到丈夫的体贴。女人,图的不就是人不舒服时,有个人给你递上一杯水、一片药吗?结婚这么多年,丈夫虽然平时很少跟她交流,但还是对她挺好的。她没有过高的要求,这样已经很知足了。这么想着,何小玉的心就平静下来,她很快进入了梦乡。

施林关上书房的门,轻轻按下保险锁。他拿出手机,给一个人发了一条微信,这条微信最后两个字是"晚安"。等发送成功收到回复后,他很舍不得地用手指点了"删除该聊天"。像飞鸟掠过天空,一切都了无痕迹。

夜深了,林纳穿过小区的花径,朝家走去。

空气里传来淡淡的桂花香味,又到了一年中最美的季节。林纳停住脚步,贪婪地吸了几口,好舒服的感觉。想起施何一副气急败坏的样子,林纳心里冒出一个幸灾乐祸的声音,真是报应。没想到施林是施何的爸爸,那么下一步,她是不是要加紧行动,把施林这个老男人给睡了?

这一点,林纳很自信,只要她主动出击,极少有男人能抵挡得住她这性感身材的诱惑。说起来,她和施林认识也快一年了,这个男人倒是例外,她能感受到他内心对自己的喜欢,但他似乎胆子很小,不敢越轨,最多就是在没有人的时候,同意和她亲密地挽个手。她也比较贪恋跟施林在一起的温暖,他像父亲,又像大

16

哥。她做的是高端的写字楼、房产中介业务，需要多认识一些有资源的朋友。施林很热心，每次她组织饭局，他都会带些自己的朋友过来介绍给她认识，使她的人脉关系得到很大的拓展，生意也做得顺风顺水。让她意外的是，施林帮她，并没有向她索取什么，仿佛一切都是他心甘情愿的付出，这让她很困惑。她从来都不相信这世上有免费的午餐，但至少到现在，施林还没有表现出他想要什么。

把车开回家，林纳没上楼，又打车跑到老外滩酒吧，要了一瓶精酿啤酒，一个人坐在角落里慢慢喝，一边看歌手在舞台斑斓的光影里歌唱，寻找醉生梦死的快感。

施何，不要怪我无义，谁让你当年夺走了我喜欢的男人，现在我也要让你尝尝失去最爱的痛苦。坐在阴影里的林纳似乎看到施何失去父亲后的绝望模样，嘴角浮起隐约的笑容。

有打扮时髦的潮男走到林纳旁边，言语中带着某种暗示和挑逗，寂寞的单身女人在这里总是引人注目的。林纳朝对方妩媚地笑，伸出手搭在潮男的肩膀上，举起酒杯在他眼前晃了晃，又仰起脖子一饮而尽。潮男搂住林纳的腰，低下头，在她的唇上印下一吻，又俯在她耳边说，想玩吗？林纳举起手，摸了摸潮男的脸，挑逗着说，你去那边等着。她指了指另一个方向。潮男转身走过去，林纳放下酒杯，风一样地走出了酒吧，隐身在熙攘的人群中。

林纳打开防盗门，母亲林良波还没有睡，听到声音从房间走了出来。今年52岁的她个子娇小，清瘦、秀气，眉眼细巧，皮肤很白皙，只是少了点血色，身子看起来很单薄。年轻时，她在村里可算是数一数二的美人儿。有时候林良波也会想，是不是因为这个名字的缘故，"良波"，听起来与"凉薄"音似，所以就提前设定了她凉薄的人生。她早婚早育，生下林纳不久，因丈夫三天两头家暴只好离异，后来一直没有再婚，一个人辛辛苦苦把女儿拉扯大。让她欣慰的是，林纳从小学习成绩好，人也长得漂亮，毕业后到本市颇具规模的金氏实业工作，一年后，成功晋升为老板娘，顺利结婚生子，只可惜也跟她一样，婚姻不幸。

对林纳的婚姻，林良波从一开始就不乐观，总觉得基础不牢，对那个只比她小10岁的女婿金向宇并不看好。她私下去打听过，人家都说金氏实业的接班人是个花花公子，风流成性。事实确实如此，林纳虽然成功上位，但金向宇身边永远都有更年轻貌美的女人出现。林纳哭过、闹过，但都没有用，后来就让金向宇拿出一大笔钱，带着儿子离开了金家，结束了这场短暂的婚姻。林良波说，这都是报应，怨不得别人。林纳却不以为然，她说，婚姻其实就是投资，表面看，我投资失败，实际上并非一无所获。我不但有儿子，还有开创事业的资本。儿子姓金，这金家财产以后也少不了他一份，以后遇到合适的人再婚，没合适的再说，我绝对不会像你那样委屈自己，活得那么辛苦。

面对女儿的论调，林良波竟无言以对。是的，她活得很不快乐，神情忧郁，眉宇间隐藏着无法掩饰的沧桑。由于她体弱多病，林纳结婚后就让她辞了工作在家休息。反正是临时工，没什么可惜的。林纳生了孩子后，她就帮忙带孩子，现在除了接送外孙，还兼买菜做饭当保姆。

豆豆睡了？林纳换上软底拖鞋，把包往柜子上一放，又给自己倒了一杯水喝，问道。这套三居室是她离婚后买的，让母亲搬过来一起住，彼此也好有个照应。林良波原先住的一套小房子出租了，每个月还有千把元的租金收入。

早睡了，林良波看了女儿一眼，见她似有心事，就问，怎么了？林纳捧着杯子说，妈，我好像喜欢上一个老男人了。林良波一惊，说，你喜欢谁了？林纳说，其实我也说不清楚，反正那个男人对我很好，我喜欢跟他在一起。林良波沉默，半晌才说，对不起，小纳，是妈妈的错。林纳没好气地说，又来了，这跟你有什么关系？

在女儿面前，林良波总是心怀歉意，她固执地认为，是自己的错，导致女儿从小没有得到父爱，所以才会去喜欢老男人。

你还年轻，还是好好找一个。小纳，听妈一句话，年纪差太多不会幸福的。林良波的声音里带着三分软弱。

林纳说，这是我的事，我只不过提前跟你打声招呼，免得我哪天带回家，你没有思想准备。这男人对我真的不错，无条件帮我。

这世上哪有这么好的男人？小纳，你别上当了，说不定人家是放长线钓大鱼。林良波警惕地问，这人是干什么的？多大年纪？是不是有家庭？一连串问题抛了出来。

好了,那就当干爹吧!林纳在沙发上坐下,打开了电视机,对母亲说。

声音轻点,不要把豆豆给吵醒了。林良波提醒女儿,见她说话一会儿东一会儿西的,不知道脑子里在想什么,就问,什么干爹?林纳说,就是我喜欢的那个老男人啊,你既然怕我爱上他,那就当干爹好了,这下你可以放心了。林良波摇摇头说,你晚上喝酒了?尽说些胡话。

林纳见老娘一副高度紧张的样子,就不再继续聊这个话题,问道,妈,你摄影学得怎样了?林良波说,挺好的,老师也很有耐心,我现在都会处理照片了。林纳说,老有所乐,看来让你学摄影是正确的选择。哦,对了,妈,你以后去外面拍照,如果遇到一个长相清爽,又能对你好的退休老头,可以考虑来一场黄昏恋,说真的,你好好打扮一下,还是很年轻的。

见没啥好看的电视,林纳放下遥控器,站起来搂住母亲的肩膀,嬉皮笑脸道,我不介意你有男人。

不正经。林良波笑骂女儿一句,心却像被针刺了一下,痛了起来。

3

施何背着包,匆匆走进报业集团大楼。昨晚纠结父亲的事,一直睡不着,等天快亮了才迷糊过去,早上就起来晚了。

在电梯口碰到文体部主任,外号"大熊"的熊道达。不过最近他又多了一个头衔,兼社会新闻部主任和特别报道组组长。原社会新闻部主任身体出了问题,请了半年病假,所以总编应明让熊道达先兼顾一段时间。

小何啊,早饭吃了吗?熊道达看到施何,一脸关心。他用近视镜片后面那双笑起来就成"一线天"的小眼睛打量施何,发现她今天穿了一条中袖淡紫色布裙,披着头发,颇有女人味,不免多看了两眼。平时,施何基本上是一身休闲打扮,比较中性。施何很有礼貌地回答,吃过了。

男朋友找好了？穿这么漂亮，晚上去约会？身材高大、壮实的熊道达打趣道，他那寸草不生的脑袋在此刻显得特别的引人注目。

施何见电梯口的那些人都回过头看她，心里像有八匹草泥马跑过。幸好这时候电梯门开了，大家拥了进去。熊道达借着人多，贴着施何的背站着，低头盯着她耳边露出的肌肤。象牙白的肌肤看起来很诱人，让人有一种想去抚摸的冲动。一股粗热鼻息弥漫在施何的脖颈上，似有无数条毛毛虫在爬，让她浑身汗毛不由自主地一根根竖起来。施何挪动了一下身子，电梯门打开，她看也不看是几楼，就迫不及待地挤出来，心里狠狠地骂了一句，老花犯。

十楼到了，施何平静一下心情，走进办公室。公孙春晓第一时间发现施何改变形象了，马上走过来说，以后你别穿裤子，就穿裙子，多漂亮，男人看了都会心动的。

晚上要去喝喜酒，施何低头看了一下自己的打扮说。心里纳闷，就换条裙子值得大家这么关注？

台风要来了，你晚上开车小心。公孙春晓提醒道。施何道了声谢，对刚才公孙春晓说的什么男人见了会心动之类的话就忽略不计了。平时，她还是很封闭的，表面虽友好，但不会把同事发展成为知心朋友和闺密。她没那么傻，因为搞不好同事就会给你添堵。她早早就发现，人与人在没有涉及利益时可以你好我好大家好，一旦牵涉，那就不好说了。

我现在去一趟市防汛指挥部，春晓姐，你今天去东塘镇吗？张倩问。公孙春晓点点头说，是的。

施何眼睛盯着电脑，脑子里想着早上父亲在餐桌上投给她那一缕意味深长的目光，桌子中间摆着母亲为父女俩准备的早餐。她的牛奶、白煮蛋、烤面包，父亲的白粥、煎蛋与素炒什锦，还有一盘切好的水果。窗台上她买的康乃馨开得正好，在那一刻，施何忽醒悟到自己没有权利去打碎眼前这一切。可不打碎并不代表不闻不问，按她的性格，不把这件事搞得水落石出，她是不会罢休的。眼下自己刚警告过林纳，又跟父亲点破了，即使两个人真有点什么，想必也会有所收敛。

正胡思乱想着，QQ晃动起来，施何点开，情感倾诉群里一位叫"情归何处"的网友发过来私聊对话框。施何立即进入工作状态,很有礼貌地回了一句,您好!

"情归何处"没头没脑地说,我又要上钩了。

施何问,上男人的钩?

是。"情归何处"说。她开始倾诉。从第一次恋爱开始,她就一直喜欢同一种类型的男人,那就是浪子,男人越坏她越爱。每次都很投入,结果都是遍体鳞伤地离开。可好了伤疤忘了痛,用不了多久,她又会重新陷入那种又爱又痛的情感泥潭,直到再次结束。那些男人就像毒品,她对此毫无抵抗力,爱得很苦、很卑微。前一段感情刚结束不久,她发现自己像条鱼一样,又要去咬钩了,心里很慌。昔日的伤痛在提醒她,那不过是一次痛苦的轮回,可她又没有力量抵御这种致命的诱惑。

施老师,你帮帮我,帮帮我。"情归何处"在QQ上发过来大段的话,让施何感觉到她内心那种明知是火坑,却又非跳进去不可的恐惧。

施何问"情归何处"多大年纪,"情归何处"说24岁,未婚。接着施何问她从小生活的环境和家庭情况。"情归何处"说,在她的记忆里,父亲性格暴躁,好酒,喝多了就打她母亲,也不喜欢她。酒醒后,不管女儿在不在眼前,他必会把她母亲拉进房间,门也懒得关,在床上用他的方式表示歉意。等两个人再次出现在她面前时,母亲的气已经消了。她懂得男女之事后,终于明白母亲为什么不离开父亲,宁可在挨打、道歉又和好的过程中守着无聊的婚姻。

你不觉得你跟你母亲很像吗?施何问。

"情何归处"说,是,这正是我越来越害怕的地方。

学过心理学的施何明白,这个女网友之所以喜欢"受虐",跟她从小目睹父母那种施虐与受虐的关系有关,这里面还包括性的因素。这种阴影不是倾诉一次两次就能消除的,悲观一点说,这几乎是终身影响。

施何其实很讨厌扮演导师的角色,整天说教,可工作性质决定她必须这样。她只好振作精神,首先肯定"情归何处"的自我警醒,说明她已经意识到这种情感对自己的人生带来的伤害。建议她转移思想注意力,多读书、多学习,提高各方面修养。工作之余出去旅行,开阔视野。清理原来的社交圈,学会"删除法",你想要什么样的人生,就看你跟什么样的人在一起。

滔滔不绝说了一大堆,说到最后,施何都觉得没劲了,她心里清楚,这些话其实没什么用。从理论上讲,渴望被虐,无论是生理上还是精神上,迷恋虐待自己的人,是一种渴望被对方"主宰"的臣服感在作祟。好像是一个奴隶找到了自己的主人,从此以后交出了自己的自由和一切,成为主人的"私有财产",个体独立的存在感没有了。唯有这样,受虐者才觉得自己没有与这个世界割裂,也不弱小,因为有比自身强大的"主人"可以依附,这才是"情归何处"一次次重蹈覆辙的原因。

"情归何处"说她记住了,回头就把那些男人的联系方式给删除。她很感谢"施大帮主"的指点,说以后有什么困惑,会随时来找她聊。施何回复,好的。脸上却苦笑了一下,如果"情归何处"真能这么容易做到,也不会来找自己倾诉了。可以这么说,等她从QQ上下了线,一切又会回归原样。即使马上拿出手机,如她所言,删除联系方式,也不过是一时冲动。用不了几分钟,她就会后悔,就会想方设法去找回那些号码。

施何突然想起那位叫西的女人,其实她和"情归何处"是同一类人,都是由于童年的阴影和爱的缺失导致心理与行为的偏差。施何想到了自己,自己又何尝是在一个健康、充满爱的家庭里长大? 对男人的认知带着很大的偏见,我也是个病人,施何自言自语道。

为了参加婚礼不迟到,施何提前下班溜了,可等她到达玫瑰城堡时,也已快六点,天已经黑了。由于受"鲇鱼"台风的影响,一路风雨,从市中心到郊区,足足开了一个小时。作为闺密,童素颜本来是要她当伴娘,可她想来想去,觉得自己实在不习惯穿个袒胸露背的伴娘服,就坚决拒绝了。幸好素颜很了解她这个怪脾气,也就不再勉强。

停车场距婚礼现场还有几分钟的路,施何没在车上找到伞,只好把包举在头顶,一路快跑进了城堡大厅。

抬头,看到入口处摆着素颜和她夫君金向宇的大幅婚纱照,背景是蔚蓝的大海。在海边的礁石上,身穿洁白婚纱的娇美新娘与西装革履的新郎深情对视,让人有瞬间就是天荒地老的感动,施何不禁恍惚起来。

　　作为堇城著名的电台节目主持人,童素颜拥有N多的粉丝,也从来不乏追求者。据说,金向宇是先迷上她的声音,再爱上她的人。追求的方式也很特别,直截了当找上门,明确表示喜欢她,用不容置疑的口气说要娶她。也不知道金向宇施了什么法术或使了什么手段,反正美丽的女主持人就把绣球抛给了这个长相一般、已离过两次婚的男人。

　　施何问素颜为什么,素颜说,摔过跤的男人才懂得珍惜,她相信这次金向宇是真心的,所以愿意一赌。施何很无奈,再好的朋友,她也不可能硬逼着人家分手。更何况热恋中的素颜根本听不进她的提醒,还笑她有病,看这世上没一个好男人。盯着照片上的两个人,郎"财"女貌,很符合当下的择偶标准。可不知为何,施何总有隐约的不安,也许是太希望自己的闺密幸福,反而有了莫名的担忧。

　　呸呸呸,看你什么阴暗心理,都想哪去了,要相信素颜的眼光,她有足够的恋爱经验,想骗她没那么容易。低头看自己,衣裙半湿,脚上的小白鞋变成小泥鞋,这样子来喝喜酒,怕是要被人笑话了。再观察四周,鲜花遍布每个角落,给人繁花似锦、不知今夕是何年的虚幻感。一个穿白衬衣、黑裤子,身材挺拔的男人走进大厅,看了施何一眼,又朝里走去。

　　大幅新人照片旁边是一个桌位的指引牌,每桌都有编号和名字,施何瞄了一眼,她看到自己的名字排在第29号桌,可惜那些桌友她一个都不认识。

　　拿出手机看一下时间,还有15分钟婚礼就要正式开始,她急忙问大厅的服务生卫生间在哪里。服务生做了个手势,施何就直冲过去。发现刚才那个经过她身边的白衬衣男人在洗手,他又看了看她。施何神情冷淡地斜了他一眼,心想有什么好看的?我又不认识你。那男人见施何像个刺猬一样,觉得有点好笑,但又没笑出来,洗好手就离开了。

　　施何以最快的速度从包里翻出餐巾纸,沾水先把鞋擦干净,又检查小腿上有没有泥点。看镜子里那个人,头发湿湿地紧贴着额头,要多傻就有多傻。她去翻包,没找到梳子,只好以手做梳理了理。脸上的淡妆,被雨一淋,用手一擦,没有了,倒变得极干净。反正又不是主角,等会儿找个角落坐着吃就行,施何收拾好,快步朝百年好合厅走去。

百年好合厅里已坐满了人,声音嘈杂,施何想在入席之前先跟素颜打声招呼,于是就穿过人群,走进舞台边的休息间。素颜看到她,飞了一个白眼过来,说,你才来?

施何打量着头戴金色小皇冠、化着浓妆的新娘子,说你不要这么美行不行,搞得我越来越自卑,走不出去。

素颜掩着嘴笑,说瞧你这张嘴,哄人开心。施何说,我也就哄哄你开心,不过从今天开始失业了,以后哄你开心的人是你老公。素颜说,那不行,你得继续哄我开心。施何嘿嘿两声,说,谁让你重色轻友。

哪有重色轻友啊,我们可是一辈子的好朋友,素颜边说边递给施何一把梳子,今天我结婚,你也不会去做个头发。

我要上班,大小姐。施何接过梳子梳了几下,头发总算滑顺了许多。

外面的音乐声低了下来,婚礼主持人开始讲话。施何说,我要去吃大餐了,素颜,祝你永远幸福!素颜伸出手,拍打一下施何的胳膊说,你也尽快把自己嫁出去,别挑了。施何咧着嘴笑着回答,你现在跟我妈越来越像,我一会儿就在现场绑一个回家。旁边的几位伴娘都笑了起来。

施何走出房间,目光快速"预览"酒席座,她发现桌牌是无规则排列,大厅的灯光已暗下来,一时找不到自己坐的桌,瞧着有一桌人比较少,还有好几个空位,心想管他呢,凑合着坐,万一有人来再说。抬头,发现对面坐着白衬衣男人,忽觉不安,想站起来去找自己的位置。

白衬衣男人似乎猜到施何在想什么,开口道,坐吧,这桌是备用的,没其他人了。

施何只好说,我找不到29号桌了。

没关系的。白衬衣男人笑着说。

见此人这么友好,施何就朝他笑了笑,不再扭捏,又重新坐了下来。出于职业习惯,施何偷偷观察起对方:四十岁上下的年纪,国字脸,浓眉,双目有神,似乎一眼就能看穿你心底的秘密;狮子鼻,嘴唇性感。要死了,怎么会想到性感两字?

施何的脸突然一热，慌忙把目光移开。

那男人拿起红酒瓶，开始给大家倒酒。施何又继续"扫描"其他几位，她很失望地发现，三个干巴巴的老头加两个大妈，还有一个年轻人，只是从面相看，一脸蠢样，一桌子人也就这个穿着干净白衬衣的男人具有欣赏价值。

你是新娘子的朋友？白衬衣男人问。

施何点点头说，闺密。

男人一笑，露出又白又整齐的牙齿问，贵姓？

施何的心又一激灵，她从没有见过笑得这么好看的男人。晕，酒还没有喝，人倒犯起花痴来，这实在不符合她往日对男人的高冷态度，大概是这婚礼的场景让她的大脑暂时处于缺氧状态，所以人也变得不正常起来。她没有回答那男人的问话，而是把目光投向了墙上的大屏幕，那里在重复播放新人的婚纱照和各种合影。

大厅里响起了《婚礼进行曲》，灯光变得扑朔迷离起来，按程序应该是伴郎、伴娘先出场，然后是新郎出场，再接着就是新娘挽着父亲的胳膊走到舞台上，由父亲亲自将女儿交给女婿。由于童素颜不是本地人，老家的父母接受不了她嫁给一个三婚的男人，所以没有来参加婚礼。同样，金向宇父母对这个宝贝儿子结了离、离了结、结了又离，反反复复折腾的婚姻实在头痛，借口去处理国外的生意，早在半个月前就一走了之。这么一来，婚礼上的很多程序就被省略和做了改动。

主持人拿着话筒，大声说，下面请英俊潇洒的新郎和美丽无敌的新娘上场。施何转过头，把目光投向舞台，身穿一身白色薄西服的新郎牵着新娘的手缓缓走来，一束强光追随着两个人的身影。金向宇中等身材，躯体已略有发福迹象，头发抹得油光发亮，一脸喜气洋洋。要说他的五官，分开看，除了鼻子特别塌，好像是刚出生时，被他老娘的屁股不小心坐过一样，其他还是可以的，只是组合起来整张脸没什么立体感，不过也没有丑到影响市容。童素颜苗条、纤细，穿了一双中跟鞋，比金向宇还要略高些。

主持人宣布新郎、新娘交换信物。

金向宇拉过童素颜的手，给她戴上一枚硕大的钻戒。童素颜也把一只婚戒戴在金向宇粗壮的手指上。两个人又来了个热烈的拥吻,时间长达十五秒。

掌声四起。

主持人请新郎讲几句。金向宇拿过话筒,开口第一句就是,这是我这辈子第三次结婚。四周一下子安静下来,接着,金向宇又补充一句,也是我最后一次结婚。

席间,不知是谁大声叫了一声好,掌声再次响起。金向宇笑得整张脸像朵烂桃花,他转过身,面对童素颜承诺,从今以后只爱她一个人,为了表示他的真心实意,他还要送她一份礼物。说完,金向宇朝舞台角落做了个手势,身穿红色旗袍的礼仪小姐托着一只红色盘子上来,上面还盖了块红布,台下的人都好奇地伸长脖子盯着。金向宇示意童素颜打开,童素颜不清楚金向宇葫芦里卖的是什么药,伸出手把红布揭开,出现在眼前的是一本房产证。金向宇拿起房产证向在座宾客晃了晃,大声宣布他送给新婚妻子的礼物是金碧豪苑的一幢别墅,价值1000万。童素颜激动得眼含泪花,拿着话筒唱起了《终于等到你》,"能陪我走一程的人有多少/愿意走完一生的更是寥寥/是否刻骨铭心并没那么重要/只想在平淡中体会爱的味道……"

施何看着眼前的一切,恍然如梦。舞台上的新娘落落大方,貌若天仙,深情款款地对着新婚丈夫唱着情歌,看起来是那么的和谐美好。素颜,这就是你想要的幸福吗?施何在心里问。面前不知何时放了半杯红酒,施何随手拿起酒杯喝了一口,才想起自己是开车过来的。

糟糕。施何脱口而出。

开车了?那男人关心地问道。

施何刚才只顾看台上的新郎新娘,没注意这个男人一直在研究她。听到问话,施何点点头,换了一杯饮料,连喝几大口,似乎这样就可以把刚才那口酒给压下去。

喝一口没事,你不用紧张,实在不行,也可以叫代驾。那男人温和地对施何说。施何低下头,不看那男人的眼睛,太危险了,像伪装的陷阱,不小心就会一脚踩空。

来来,菜都凉了,我们吃吧!有人举着酒杯,轻敲玻璃台面。

来,小姑娘,干杯。男人举着酒杯对施何说。

小姑娘?施何差点笑出来。当她三岁小孩?用这种老得不能再老的套路泡妞,哼,看错人了,她又恢复平时面对男人的冷漠相。

新郎新娘在伴娘的陪同下过来敬酒了,童素颜看到施何,上前搂住她的肩膀说,多吃点。施何轻轻拍了拍素颜的手说,我保证吃撑。

给白衬衣男人敬酒时,金向宇向妻子介绍说,素颜,这是我表弟,杭凌风。

杭凌风站起来,彬彬有礼地问候新嫂子,然后指着施何笑着说,这位美女说是你的闺密,但又不肯告知尊姓大名。

童素颜笑着说,施何,《堇城晚报》大编辑,还没有男朋友,表弟身边若有合适的人帮忙留意下。

金向宇在旁边接过话头说,凌风,你看看你嫂子多热心,自己找到了幸福不够,还不忘好朋友的终身大事。

这么一搞,害得施何站也不是,坐也不是,心里实在恼怒这个叫杭凌风的男人,无端端让她在这么多人面前下不了台。素颜也真是,说这么多干吗,还真现场征婚?于是狠狠地瞪了杭凌风一眼,心想还没有吃饱就多管闲事。杭凌风感受到施何心里的恼怒,觉得很有意思,于是就回赠给她一个微笑。施何不接受这份示好,她碰了碰素颜的胳膊。素颜明白施何的意思,就笑着说大家慢吃,然后和金向宇一起继续向别桌敬酒。

施何坐下来,再也不理会对面那个男人,只顾低着头吃菜。感觉有七八分饱了,就放下筷子。见众人酒正喝得热闹,她就借口吃饱先回了,转身离开。

走到大门口,施何发现外面的雨下得很大,犹豫着要不要等等再回家。后面传来一个声音,带上这把伞。回头一看,是杭凌风。他正含着笑站在那里,把伞递给她。

谢谢你,不需要。施何冷淡地回答。

拿着,我又不会吃了你。杭凌风把伞往施何手中一塞,像个老朋友一样叮嘱,开慢点,安全第一。

我跟你有这么熟吗？施何疑惑地问。

杭凌风大笑起来，说，一回生，二回熟，我们好歹也同桌吃了一餐饭，说不定哪天又会碰到。

哎呀，遇上情场老手了。施何不敢再接杭凌风的话，撑开伞，逃一样地冲进风雨中。

天好黑，施何开车回家。这条路她不是很熟悉，再加上车窗外的风雨声，又孤身一人，难免心里发慌。从车灯折射的光看，路面已积起了水，她不敢开太快，又不想太慢，只盼着早点进市区，这样感觉安全些，不然她怕自己中途会因为害怕而哭。

手机响了，施何按下车载电话，施林问她在哪里，要不要过来接。施何说已从玫瑰城堡出来，现在往城里开。

雨太大，路上小心。父亲关爱的声音传了过来，听在施何的耳朵里却带有某种莫名的嘲讽意味。从小到大，父亲总是忽视她的成长，今天却因为林纳的事突然关心自己，施何不禁伤感。

挂断电话，为了缓解紧绷的情绪，施何选了一首《朋友别哭》。这个时候听这首歌，太应景了。"有没有一扇窗/能让你不绝望/看一看花花世界/原来像梦一场/有人哭/有人笑/有人输/有人老/到结局还不是一样。"

施何抿紧嘴唇继续往前开，路上空荡荡的，似乎天地间就只有一个人，一辆车。从未有过的孤独感潮水般席卷而来，让她无处逃逸。

"有没有一种爱/能让你不受伤/这些年堆积多少/对你的知心话/什么酒醒不了/什么痛忘不掉/向前走/就不可能回头望。"

也许，素颜是对的，如果找不到我爱的人，那就找个爱我的人。至于将来，谁知道呢？素颜曾给她"洗脑"，说你嫁一个穷小子，一样难以保证以后他不会背叛你。既然如此，能选择宝马车的时候，你为什么要去选自行车？当然，前提是你不讨厌那个男人，他的身上还是有让你喜欢的地方，否则，也太恶心自己。可施何要的是一生认定一人的爱情，要忠贞不渝，精神和肉体的完美结合。素颜就笑她幼稚，按她的标准，这辈子别想嫁出去。她说这世上哪来的天长地久？人都是会变的,你又如何来保证你的感情永远不变? 不可能的事。就算你的爱永远不变,那你爱的人呢? 如果他不爱你了,你还会继续爱着他? 施何沉默了。她当然知道这个标准很可笑,可又有什么办法,天天接收那些狗血的情感故事,她没疯已算万幸。

"朋友别哭/我依然是你心灵的归宿/朋友别哭/要相信自己的路/红尘中/有太多茫然痴心的追逐/你的苦/我也有感触⋯⋯"

泪水从施何脸上悄然滑落,人人都在茫然痴心地追逐吗? 而人生最终是不是一场梦? 汽车拐上大路,进入市区,施何松了一口气,才惊觉握着方向盘的手心全是汗。平时她开车最烦人多车多,可今夜看到那些呼啸而过的车辆,却感觉无比亲切。

一路风雨兼程,终于平安抵达小区的地下车库。停好车,施何准备下车,回头看到那把伞,深紫色,很配她的衣服,好像特意为她准备的。犹豫了一下,施何没有把伞拿下车,脑子里闪过一个念头,也许哪天碰到了可以还给人家。再一想,觉得自己的这个念头很可笑,管他是谁,跟她不搭界。

施林还没有睡,听到开门声,从房间里走出来,对施何说,我让你妈先去休息了,她胃有点不舒服,这台风天晚上开车很不安全。

施何点点头,嗯了一声,问,老妈没事吧?

吃过药了,你也早点休息。施林看了女儿一眼,又说,女孩子还是这样穿好看。

施何面无表情地说了一句,我洗澡去了。

施林见女儿没有跟他继续聊下去的意思,也就不再言语,父女俩各回各的房间。

洗好澡,施何躺在床上,神经松懈下来,脑细胞却异常活跃。那个叫杭凌风的男人表现如此殷勤,是何居心? 想勾引她? 想得美,看那男人年纪不小,肯定是已婚的,她才不会爱上已婚男人。再说,看金向宇的风流德性,他这表弟估计也好不到哪里去。只是一个男人怎么可以笑得这么好看? 牙齿怎么可以这么白,天天在洗牙? 施何伸出手去摸床头柜上的小镜子,审视自己的牙,白度明显不够,顿时懊恼起来。

另一只对公的手机突然响了,这么晚还有人打电话来倾诉? 施何坐起来接听。

电话那头传来一个尖细的年轻女人的声音:我的抑郁症犯了。

啊,你说什么? 施何差点听成烟瘾犯了。

活着真没意思,还是死了算了。

施何从对方的声音里听出深深的绝望,忙安慰道,你有什么心事跟我说说,别胡思乱想啊! 手机那头沉默了,施何等了一会儿,见对方一直不说话,忍不住问,你还在吗? 对方终于又有了回应,不过突然变成了男人的声音,把施何吓得差点从床上掉下来。

他说,我一直以为自己是个女人,喜欢穿漂亮的女装,喜欢化妆。我经常打扮成女孩的样子在网上直播、语音,没有人发现。

施何小心翼翼地问,你多大年纪? 你的声音好像会变? 手机里又传来女人的声音,18岁,是的,我天生会变音。施老师,我很痛苦,你说人活着为了什么? 我想去变性,可又没有钱。

你父母呢? 你的痛苦有没有告诉过你父母? 施何关心地问。

我恨我妈,就是她从小把我当女孩子打扮,现在她又不管我了。我爸不知道我现在变成这样,我一个人在外面打工。

那你现在从事什么工作?

配音,我可以模仿很多声音。我常常有自杀的念头,如果人有翅膀就好了,像鸟一样可以到处飞。

深更半夜,施何接听着这个声音忽男忽女的人打来的电话,整个人都不好了。她强打精神,经过一番劝慰,对他的痛苦和困惑表示充分的理解后,午夜聊天才告一段落。

累死我了,明天找"大熊"去,强烈要求晚上十一点以后热线电话关机,受不了这刺激。施何瘫在床上,一动也不想动。

4

夜很深了，这座正遭受风雨肆虐的城市已渐渐进入梦乡。

站在21层高楼客厅的落地窗前，杭凌风睡意全无。他没有开灯，就这样双手抱臂站着，凝视黑暗中巨大的虚无。他明白，每个人的内心深处都潜伏着一个恶魔，在某个时刻跑出来，撕咬你的心，吞噬你敏感的神经。他在想晚上那位叫施何的女孩，她似乎穿着一副坚硬的盔甲，对人充满了戒备之心。这类人的内心往往隐藏着很柔软的一面，之所以让身上长满刺，就是为了保护自己不受伤害。也许是出于一种职业的敏感，他发现自己对这个女孩产生了一种想研究的兴趣。杭凌风知道，作为一名专业的心理治疗师，自己又犯职业病了。不早了，明天还要去州城，赶紧上床睡觉去。

打开卧室的灯，杭凌风抬头看墙上一家三口的照片，目光停留在女儿馨悦可爱的笑脸上。孩子在新西兰读书，他已经有大半年没有见到她了，真想她。送馨悦去新西兰读书，杭凌风是反对的，认为孩子太小，虽说那边有朋友可以代为照顾，但毕竟跟在父母身边不一样。可妻子闻宁坚持，她说国内教育不行，人家没条件的都想办法送出去，自家有条件的干吗不送？拗不过妻子，杭凌风只好随她了。让他稍微欣慰的是，孩子适应能力很强，那边寄养的家庭也很好，总算让他放心些。想起女儿，杭凌风心里充满了柔情，那个古怪精灵的小姑娘，有一双水汪汪的大眼睛，每次在视频里说，爸爸，我想你，他就恨不得立马买张机票飞过去。

视线又落在照片里妻子的那张脸上，暗叹化妆的效果真好，使闻宁这张带着硬度的长形脸变得柔和了许多。只是那眼神依然透出那么一丝冷漠。他和妻子是单位领导介绍认识的，那时他刚从州城来董城人民医院工作。闻宁是本地人，在医院的体检中心工作。谈不上有多爱，双方都考虑到年纪在那里，彼此感觉还行，就走在了一起。一结婚，发现双方性格差异比较大，只是很快有了孩子，日子也就这么过了。

转眼，结婚九年，一切都处于波澜不惊的状态。只是近一年来，由于身边熟人接二连三离婚，闻宁变得越来越多疑，常常用言语警告他，倘若敢做对不起她的事，她绝不会放过他。他辞职后出来办秘密花园，闻宁并不赞同，毕竟在公立医院收入不错，有保障。可他坚持，闻宁最后也只好点头，条件是不准影响家里的生活质量，让他自己去解决资金问题。

这几天，闻宁去新西兰看女儿了，临走前，两个人还为送金向宇结婚礼金的事闹得不愉快。闻宁骂金向宇是个人渣，见一个爱一个丢一个，还说这一次也过不了多久，又要以离婚收场，居然好意思一次次收礼金。杭凌风当即就发火了，批评闻宁不应该说这种话。他说每个人都有权选择自己想要的生活，别人管不了。闻宁嘲笑道，什么有权选择，分明是为不负责任找的借口。她又借题发挥，说杭凌风你如果在外面找女人，我就让你没脸在菫城混下去。

想起闻宁那些威胁的话，杭凌风心里非常不舒服。夫妻之间一旦失去了信任，那等于是动摇了婚姻的根基。稍有点外力，就很容易走向破裂。

"啪"一声，灯关了，黑暗占领了整个卧室。

窗外的风仍时不时发出尖锐的声音，杭凌风闭上眼睛，调息心神，沉沉睡去。

似乎没睡多久，天就亮了。杭凌风睁开眼睛，侧耳细听，风雨暂停。打开窗，整个城市湿漉漉的，像刚从水里捞出来。

杭凌风提着笔记本电脑包下楼，开车前往州城。经过报业大楼时，正好红灯，杭凌风停下车，很自然地把目光转向外面，楼梯口空无一人。他瞥了一眼手表，不禁笑了起来，六点半，这个时候谁会来上班？

红灯变绿，杭凌风一踩油门，心爱的路虎就悄无声息地开过去。哪天找这位施大编辑好好聊聊。他最近正在写一篇有关童年阴影对人一生影响的文章，收集了很多案例，也许施何身上有很值得他去深挖与研究的地方。具体是什么，她一时说不清楚，只是一种感觉。从他看到她的第一眼开始，这种感觉一直在提示他。

车子开到一个桥洞前，杭凌风发现积水太深，根本开不过去，只好掉头另换一条路。一路上积水点随处可见，特别是老小区门口，已是一片汪洋。都说下水道是一座城市的良心，杭凌风感叹，现在有些部门热衷于做表面文章，不肯踏踏实实做好"看不见"的细节，一旦遇到天灾，马上就露出真相。对那些"看得到"的文章，也不愿多动点脑筋，像花巨资打造的绕城高速东山出口，正面看像坟墓，侧面看要呕吐，简直丑到家，活生生把堇城的品位给降到了负数。

上高速了，杭凌风集中思想，朝州城疾驰而去。他最近特别忙，"堇城秘密花园心理咨询中心"筹备已久，现在万事俱备，即将开业。十年前，他离开州城，以人才引进的方式来到堇城人民医院。十年后，他选择离开公职医院，开创事业新的起点。有句话说"趁早把生活折腾成你想要的模样"，他已人到中年，再不折腾就没力气折腾了。

施何家，何小玉又在叫女儿起床。

施何在床上伸了一个长长的懒腰，应声道，马上起来。她做了一个奇怪的梦，梦见自己在田野奔跑，跑着跑着，又飞了起来。她很清晰地记得自己飞在高空往下看的情景，有山有水有树林有村庄，好美的景致。正飞得欢，前方冒出一只老鹰朝她扑了过来，她吓了一跳，醒了。刚睁开眼睛，就听到老妈在外面叫。

这梦是不是有什么暗示？施何连忙拿出手机上网去搜，输入"梦见自己在飞"，周公解梦出来的答案是："暗示梦者职位会得到提升，生意获利，同时提醒梦者与家人相处应多些宽容，多一些理解，不要与家人发生任何争吵。""大多象征着自由和成功，是自信的表现。"又输入"梦见老鹰"，"梦见老鹰表示你一定是个很浪漫的人，你的理想在经历一番奋斗之后，一定会实现。""梦见老鹰抓你，今天可能会有比较重要的事情发生在你的家人身上，能抽空出来的话，最好陪伴在他们身边……"

啊，什么意思？我还能不干这苦逼的差使当领导去？当施何看到"今天可能会有比较重要的事情发生在你的家人身上"，马上联想到父亲。是好事还是坏事？正浮想联翩，何小玉又在门外喊，你还吃不吃早饭，磨磨蹭蹭的。

施何伸长脖子回一句，不吃了，便以最快的速度梳洗好，背起包，和母亲打了声招呼，就急急去上班了。

秋 分

　　何小玉走进施何房间,看到床上被子都没有叠整齐,摇了摇头,女儿的婚事已成当妈的一块心病,高不成低不就,越拖越麻烦。

　　拉开车门,看到那把伞,施何想起那个叫杭凌风的男人,不知道他在哪工作,这把伞估计是没机会还回去了,就把伞拿到后备车厢放好。

　　开着车,施何还在想她的那个梦,也许是潜意识里有莫名的担忧,所以才做这样的梦。有人说梦是相反的,倘若真这样,那就说明她不可能升官发财,也不会有重要的事发生在家人身上。对哦,就是这样。施何笑自己神经过敏,可能太累,得找个机会度假去。

　　正走着神,突然听到一声惊叫,施何吓得赶紧刹车。不好,撞到人了,施何整个人猛地燥热起来,打开车门跑下去。一个妇女倒在地上,旁边是一辆公共自行车。施何忙蹲下身紧张地问,阿姨,您没事吧,我马上送您去医院。

　　林良波伸伸胳膊,又摸摸腿,老骨头没断,还好。见施何脸色发白,她安慰道,姑娘,你扶我站起来试试。施何连忙伸出手,轻轻扶林良波起来,一边问,阿姨,您真没事?要不还是去医院检查下?林良波稳稳神,腰没问题,只是手脚痛,胳膊蹭破皮了,膝盖也有乌青。

　　交警过来察看现场,检查施何的驾驶证。这是一个十字路口拐弯的地方,林良波的自行车是直行方向,施何的汽车转弯向左,由于路口有一把广告伞挡住了部分视线,再加上开车时注意力不集中,结果发生碰撞,幸好后果不严重。这起事故,施何负主要责任。

　　要不要上医院检查?交警征求林良波的意见。

　　林良波摇摇头说,应该没事。

　　施何从包里掏出本子和笔,写下自己的名字和手机号递给林良波,说如果您感觉哪里不对,给我打电话。对了,阿姨,您也给我留个联系方式。

　　林良波接过纸条,放进包的夹层,把手机号报给她。

　　阿姨贵姓?

　　姓林。

　　交警处理好,就让施何赶紧把车开走,免得影响交通。施何上车,心还在怦怦乱跳,这梦真准,她再也不敢走神了。

施何走进办公室时,脸上还惊魂未定。熊道达刚好在跟公孙春晓说什么,见施何进来,不悦地说,都几点了才来。施何面无表情地说,我撞到人了。公孙春晓和张倩忙围上来,关心地问怎么回事。熊道达也马上表现出领导关爱下属的姿态,让她慢慢说。施何说早上开车不小心把一个骑自行车的女人给撞倒了,运气好,这个女人既没有让她送医院,也没有要她赔偿。

你运气真好,如果对方是个碰瓷的,不敲你一笔钱才怪。公孙春晓倒了一杯开水递给施何,来,喝两口压压惊,姑娘,开车不能想心事。

熊道达眯着眼睛,语重心长地说,小施,下次要当心。

施何哭丧着脸说,昨天半夜还有人打热线电话来倾诉,搞得我没睡好,主任,这热线电话能不能晚上11点以后就让我关机啊,24小时开机,天天听那些故事,太伤神。心累,真受不了,我怕早晚有一天会变成神经病。

熊道达笑着说,不会的,你这个要求我跟总编商量一下再答复你。

施何双手抱拳说,谢谢领导,我会不会变成神经病全靠你了。

熊道达的眼睛又变成了一线天,指着施何说,调皮。

施何说,真的真的。

等熊道达走出办公室,施何问公孙春晓和张倩,领导来办公室,布置什么任务了? 张倩说,不是我,是春晓姐有了光荣而艰巨的任务。施何好奇,让公孙春晓快说。

公孙春晓也不卖关子,说这个月28日,董城第一家高规格的心理咨询中心"秘密花园"就要开业,包了一个版面打广告。主任让我去采访那位创办人,做个人物专访,作为那一大笔广告费的回馈。

施何说,听起来好像很高大上,等开业了我去体验一下,到时候就拿着你写的报道找老板,让他给我打个三折。

公孙春晓把手一挥,大气地说,给你办张终身免费贵宾卡才够意思。

施何点点头说,那是,名记出马,所向披靡。公孙春晓笑得花枝乱颤,张倩也忍不住笑了起来。

哎哟，差点忘了，我得马上跟对方联系，稿子28日要见报，晕了晕了。公孙春晓急忙去翻手机上的电话号码，拨过去。

电话通了，公孙春晓用很有女人味的声音说，杭老师您好，我是《董城晚报》记者公孙春晓，想做一个您的人物专访，不知道您今天有没有空？因为稿子要28日见报，时间很紧张。哦，您在州城？晚上六点前？好的好的，那到时候见。

放下电话，公孙春晓故作神秘地对施何和张倩说，喂，我跟你们讲啊，这个男人的声音很有磁性，适合当播音员。

施何刚才听公孙春晓在喊杭老师，这个姓比较少，想起昨晚那个白衬衣男人也姓杭，忍不住问，这人叫什么名字？

公孙春晓得意地笑，干咳两声，然后不紧不慢地说，杭凌风，据"路透社"最新消息，此人博学多才，之前一直在市某医院工作，现辞职。是董城大学心理学专业的客座教授，经常被一些企事业单位请去讲课。

施何心里一"咯噔"，想，这世界真小。

公孙春晓忽又想起什么，笑着上前推了施何一把，你晚上如果没别的事，陪我一起去采访。

施何开玩笑道，怕传绯闻啊，拉我当灯泡？

公孙春晓一摆手说，别提了，最近我家老公不知哪根神经搭牢，查岗查得紧。真是，没一点男人自信，嘴巴上还说是因为太爱我。

施何犹豫了一下，转过头问张倩，你晚上有空陪春晓姐去吗？张倩不好意思地说，晚上和男朋友约好去看电影。施何见张倩也名花有主，不禁自怜。她不想陪公孙春晓去见杭凌风，对那个男人，自己滋生了一种好奇，这是很危险的。可又禁不住公孙春晓搂着她的肩膀，一口一声好妹妹帮帮忙，只好答应。公孙春晓很高兴，表扬施何够朋友。施何无奈地笑，她惦记着那位林阿姨，但愿没伤着，晚点打个电话去问候一声。

林良波把公用自行车还了，然后坐公交回家。早上她送豆豆到幼儿园后，骑车去参加摄影兴趣小组的学习，没想到中途受此惊吓，学习的兴趣也没有了。她想这事不能告诉林纳，免得她担心。

回到家里，林良波找出药膏擦了擦手臂，想着若女儿问起来，就说是自己不小心摔着了。她摸出纸条，轻轻念了一声施何，感觉这名字很眼熟，好像在哪里见过。认真想了想，她记起来了，起身去找晚报，一翻，果然是。

林纳给母亲打电话，说晚上有应酬，她不回家吃饭。林良波提醒她，别喝酒，喝酒别开车。林纳在电话里笑，说现在酒驾查得这么厉害，谁敢啊，你放心好了。

女儿不回来吃晚饭，菜就不用烧这么多，也好，她可以趁机休息下。林良波躺在床上，迷迷糊糊听到手机在响。接起来，是一个陌生的女孩声音，林阿姨，我是施何，今天很对不起，您没事吧！林良波醒了，说没事没事，我挺好的。施何说，那好的，林阿姨，谢谢您！

这孩子，真有礼貌。林良波握着手机，心想。

施何打完这个电话，悬着的心总算放下来。她给母亲发了条信息，说晚上不回去吃饭，有采访任务。何小玉想到丈夫晚上也有饭局，又剩下她一个人孤孤单单吃饭，没劲，就把洗了一半的衣服扔在那里，坐在沙发上发呆。

5

杭凌风时间安排得很紧凑，上午到一家集团公司给他们的员工上了一堂如何缓解焦虑情绪的课，下午又带着礼物，去拜访了一位行业内很有知名度的心理学专家董梁功，送上聘书、请柬和一只大红包，请他当董城秘密花园心理咨询中心的顾问，并邀请他来董城参加开业典礼。董梁功之前认识杭凌风，很欣赏他的为人处世，所以也不推辞，很爽快地答应了。

董老，28日早上我会派司机来接您。杭凌风说。董梁功点点头，说好。

考虑到晚上还有个采访，杭凌风没敢多耽搁，辞别董梁功，匆匆离开州城，踏上返程的路。

路上，杭凌风接到公孙春晓打来的电话，确定晚上采访时间与地点。六点，在他的办公室。杭老师，晚上由我和另一位同事一起过来采访。公孙春晓补充道。杭凌风说没问题。

施何见公孙春晓打完电话，就问她，好了？公孙春晓说是的。只是这时间，不上不下，要么我们先提前去吃点东西？施何说，那就去茄子面馆吃吧，好久没去了，反正顺路。公孙春晓说好。两个人收拾好东西，跟张倩打了声招呼，背起包下楼去。

来到茄子面馆，公孙春晓问施何吃什么面。施何说，我想吃鳝丝面。公孙春晓对年轻、帅气的老板说，一碗肉末茄子面，一碗鳝丝面。

请两位稍等，我们是现炒浇头。老板态度诚恳地说。

知道。公孙春晓又看了看台子上的小菜，要了一份素鸡，一份卤鸡爪。

施何找了个位子坐下，脑子在想等会儿碰到杭凌风，她是不是该装作不认识？因为到现在为止，她都没有告诉公孙春晓，这个杭凌风她见过。倘若让公孙春晓知道她认识杭凌风，哪怕只有一天，却又不说，难保不会生出什么闲话来。问题是万一杭凌风一见到她，马上叫她名字，那怎么办？

两碗面端上来了，施何平时最爱吃这家店的鳝丝面和肥肠面，她可以一口气吃一大碗，只是今天心思不在面上。她拿起筷子搅拌，让面条与浇头汁充分融合，又挑起一根鳝丝吃，很是嫩滑。

公孙春晓见施何心神不宁的样子，关心地问，怎么了？施何忙掩饰道，没什么，只是在想晚上别让人家看出来我是冒牌的记者。公孙春晓笑着说，你别给我装了，你听那些人的故事不是跟采访一样啊。等会儿你就拿个本子装作记录的样子就行了，谁知道你在本子上写什么。如果有什么想问的，你也可以问，满足你的好奇心。施何做如梦初醒状，连声说好主意。

得了，你这么聪明的人还用我教？快吃，吃好就过去。公孙春晓也知道施何在逗她玩，笑着说。

一碗美味可口的面下肚，施何的心情又好了起来，她想管他呢，见机行事。

两个人拿餐巾纸擦了擦嘴巴，公孙春晓掏出小镜子抹口红。见施何在看她，就说你也涂点，看你脸色多憔悴。施何就去翻包，掏出一支口红，也不照镜子，直接涂了涂。这段日子她背负沉重的心理压力，又无处可以诉说，这其中的滋味只有自己明白。

离开茄子面馆,两个人开车来到堇城秘密花园心理咨询中心。

咨询中心地处城东,与堇城人民医院隔街相望,很气派的三层楼,外墙刷成浅蓝色,给人一种宁静感。

玻璃门开着,施何跟着公孙春晓走了进去。负责接待的前台已下班,值班的保安问她们找谁,公孙春晓说找杭凌风先生,跟他约好了。保安说杭先生还没有回来,让她们等下。

公孙春晓和施何就在大厅的藤椅上坐下来,施何发现这里布置得非常温馨,大厅四周摆着绿植与盆花,落地玻璃前是田园风格的窗帘布,淡淡的绿,充满生机。墙壁被刷成浅蓝色,让人的情绪不由自主平静下来。保安在饮水机上倒了两杯开水送过来,放在茶几上。施何低声对公孙春晓说,看来这里的服务态度还真不错。公孙春晓也有同感。

公孙春晓的手机响了,是杭凌风打来的,说已下高速,只是路上很堵,估计要迟到了,只有请她们等会儿,抱歉。公孙春晓说没关系,慢慢来好了。

堵车了?施何问。

公孙春晓点点头说,是的,这个时候是下班高峰期。

等着无聊,两个人就拿出手机,刷起微信朋友圈来。

过了好一阵,杭凌风才拎着电脑包匆匆走进来,嘴上连声说对不起,让你们久等了。

公孙春晓和施何听到声音,赶紧站起来。

杭老师,您好,我是晚报的公孙春晓。公孙春晓笑盈盈地迎上去,伸出了手。

施何故意落在后面,在稍远的地方站着,眼神不看杭凌风。

大记者你好,不好意思,进城有点堵车。杭凌风伸出手,握了握公孙春晓伸过来的手。这位是?杭凌风看到了后面的施何,不由一愣。

公孙春晓忙介绍说,这是我同事施何。

施何硬着头皮上前,轻声说,杭老师好,请多关照。

杭凌风一笑,说欢迎两位大记者,来,我们去办公室坐。

施何见杭凌风像不认识她似的,松了一口气,就跟着上楼去。

杭凌风的办公室在三楼,他打开门,做了个请的姿势。灯打开,宽敞的办公室立刻变得亮堂起来。施何迅速打量,这办公室最吸引人眼球的就是一排靠墙的书柜,整整齐齐摆满了书。办公桌上的电脑边放着一盆水培绿萝,呈枝叶舒展之态。

杭凌风请她们随意坐,一边倒水说,两位还没有吃晚饭吧,等采访结束,我做东,可不能拒绝。施何刚要开口说她们吃过面了,谁知公孙春晓说,杭老师太客气了,难为情。杭凌风笑着说,这有什么关系,便饭而已,你们这么辛苦,加班工作,我怎么忍心让两位美女饿着肚子回家。公孙春晓娇声说道,那我们就恭敬不如从命,不过还得先完成工作。

这位施记者好像很拘谨,杭凌风微笑着说。他注意到施何进办公室后,没讲过一句话,从她同事的神情看,她并没有告诉对方见过自己。

公孙春晓怕杭凌风有其他想法,回过头看了施何一眼,忙打圆场说,杭老师你不知道,施何早上开车出了点事故,可能受惊吓了,具体采访问题由我来问好了。

杭凌风吃了一惊,关心地问,出了什么事故?施何低声说,不小心把一个骑自行车的阿姨给撞倒了,还好,人没事。

那就好,杭凌风暗暗松了口气说,小姑娘开车还是要当心。

施何咬了咬嘴唇,点头。

采访正式开始。

公孙春晓拿出录音笔,调试好,放在杭凌风面前,开始一问一答。施何拿出笔记本和笔,低着头,准备记录。

杭老师,您是什么时候开始萌生学心理学的念头?这是公孙春晓的第一个问题。

杭凌风端起茶杯,喝一口水,清清嗓子,声音低沉地说,读高中的时候,我认识的一位长辈自杀了,听说是因为得了抑郁症,痛苦了很长时间,最后实在受不了,只好自我了断。这件事让我很震惊,因为那个长辈给我的印象一直很乐观,整天乐呵呵的,说话也很风趣幽默,表面上一点也看不出来他有这个病。我开始去寻找各种资料，了解到抑郁症如果及早发现，是完全可以治愈的。即使严重，只要按时服药，也是可以控制的。只不过国人对抑郁症之类的心理疾病了解不多，很多人明知道自己有问题也不敢去求医，怕被人当成精神病，家人也没这个意识，不重视，直到造成严重后果才后悔。所以我本科和研究生就选了心理学这个专业，希望自己以后在力所能及的范围内，帮助那些被心理疾病困扰的人。

施何抬起头，认真打量杭凌风，原来这是个有梦想的男人，她不由心生敬意。公孙春晓说，是啊，现在有心理疾病的人太多了。杭凌风一脸凝重地说，实际上我们每个人或多或少都有心理问题，区别在于有的人觉醒得快，有的人一直在迷茫中找不到出口。他说，现在我们国内约有3000万抑郁症患者，但有80%的人未能接受规范治疗。

公孙春晓惊讶地说，这么多？杭凌风沉重地点了点头说，目前，抑郁症终身发病率已达到10%—15%，是所有疾病中自杀率最高的疾病。我国每年约有30万人自杀，抑郁症是最主要原因。而高自杀率的背后是误解、歧视、诊治不及时等各种因素，所以今后秘密花园心理咨询中心还有一个使命，就是大力宣传如何正确认识各类心理疾病，不能讳疾忌医，耽误病情。让更多的人知道秘密花园，知道在这座城市，有这么一个地方可以释放沉重的压力，可以寻找心理上的各种帮助，及时疏导抑郁情绪，明白抑郁情绪不等同于抑郁症，两者有本质的区别。

我感觉自己快要发疯了。施何突然插进来一句，又迅速闭上了嘴。

公孙春晓很意外，正想着要怎么解释，忽见杭凌风目光柔和地看着施何，笑眯眯地说，不要紧张，放轻松些，当你脑子里有灰色的念头出现，你不要去逃避，也不要想着去刻意控制它，要学会微笑着面对它、接纳它。你可以随时来找我，我会帮你。

见施何一副神魂出窍的样子，公孙春晓轻轻拍了施何一下，又转过脸笑着对杭凌风说，太谢谢您了，杭老师。对了，杭老师，您从公立医院辞职出来，创办这家心理咨询中心，就是为了实现您帮助更多的人解除心理疾病痛苦的梦想吧？

杭凌风笑了笑说，人生最大的幸福就是做自己喜欢做的事，我在医院也从事心理咨询工作，但总感觉有诸多的约束，有很多想法由于种种因素不能实施，所以趁现在还不算太老,换种活法。

公孙春晓说,您太了不起了,家里人支持您吗?杭凌风说,不管支不支持,这条路我都会坚定地走下去。

施何回味着杭凌风刚才跟她说的这几句话,心想他咋知道自己时时有灰色的念头,在拼命逃避,想刻意控制?难道他的眼睛是心灵探测仪,能一眼看穿她的心事?施何不信,开口问道,杭老师,对我这样的病人,你有什么好的治疗方案?公孙春晓见施何不按常规出牌,只好说,杭老师,施何喜欢开玩笑,您可别当真。施何说,我是在认真咨询。

杭凌风脸上笑意浓浓,他说,你哪天有空过来,我给你做个详细的心理诊断,再根据你的实际情况定治疗方案,你觉得可好?

施何又用咄咄逼人的口气问,不知道贵中心收费如何?如果收费太高,估计很多人不敢走进这里。

杭凌风大笑起来,说,我保证给你免费。至于咨询中心的收费,一切按国家规定来,我们还有很多公益项目。

好了好了,我的姑奶奶,有你这样采访的吗?幸好杭老师有涵养不计较,换作别人,说不定早生气了。公孙春晓后悔带施何来了,不明白施何平时挺聪明的一个人,说话怎会这般没轻没重。

杭凌风说,没关系,我很喜欢施记者的直率。

三个人坐着,就这样你一句我一言地交流,很愉快,不知不觉,时间过去了两个小时。

杭凌风抬起手表看了下,说都这么晚了,你们不饿吗?我已饿得前胸贴后背,走,我带你们去吃点东西。还有什么想问的,可以边吃边聊。

公孙春晓说好,就是想听听您的人生经历,又捅了一下施何,让她注意分寸。施何笑笑,把笔记本和笔放进包里,站起来,率先往门口走去。

到了门口,杭凌风征求两位意见:想吃什么?公孙春晓抢着回答说随意好了。杭凌风又把目光转向施何。施何的魂归位了,她逗杭凌风,说要吃麻辣烫。公孙春晓差点晕倒,这施何今天晚上太反常,想出谁的洋相?

杭凌风没忍住笑了出来说,大记者,你的要求太低,不过晚上吃麻辣烫对肠胃不好,你们还是听我的,我带你们去一个地方。你们的车子就停这里,坐我的车去。

公孙春晓一把拉过施何,低声问,姑奶奶,你受啥刺激了,正常点好不好?

施何轻描淡写地说,我很正常啊!

好好,正常正常,走,早点吃好回家。公孙春晓怕太晚回家,老公又要烦。唉,早知道这样,就该说已经吃过,都怪自己多此一举。

汽车驶入夜色,杭凌风选了一首《人生何处不相逢》播放。施何若有所思,这歌是放给她听的吗?又马上否定,怎么可能?想多了。

汽车开到“粥中皇”面前停了下来,公孙春晓一看,还以为杭凌风请她们吃什么大餐,原来是来喝粥,小气鬼。施何想的却是这杭凌风好像很会养生,这个点若去吃大鱼大肉,对健康不利,喝粥肠胃不会难受。再说了,这里面也有高端粥,并不便宜。

由于粥中皇门口没了停车位,杭凌风就把车停在旁边的索菲大酒店停车场。

施何下车,看到边上是一辆红色宝马车,她想起林纳也有这样一辆车,见公孙春晓紧跟着杭凌风朝店里走去,于是特意去看了下车牌,果然是林纳的车,她记得这车牌号。施何第一时间想到,父亲会不会也在里面?于是去找父亲的车,隔了两辆,就是父亲的车。

又搅在一起,施何愤怒得整个人都快爆炸了。她甚至有冲动,想把林纳的宝马车轮胎给划了。回头,见保安瞪着眼睛盯着自己,只好作罢。

正要转身离开,忽看到一群人说笑着从酒店里面走出来。施何闪到阴暗处,听到林纳清脆的声音在对别人说,她会负责把施局长平安送到家。施何强忍着没有冲出去,她想再试一次,等父亲坐进林纳的车走了,她摸出了手机。

施林拿出手机一看,是施何的电话,赶紧示意林纳不要讲话。

老爸,你现在哪里,什么时候回家?施何努力让自己的声音平静如常。

我在回家路上,你们早点睡吧,我快到了。施林说。

老妈问你喝酒没有?有没有人送你回来?施何继续试探。

喝了点红酒，搭一个朋友的便车，放心吧，没事。

施何再也说不出话来，她紧紧捏着手机，喉咙似乎被一双无形的手给扼住了，呼吸都变得困难。

发生什么事了？一个声音从身后传来。杭凌风见施何迟迟没有进来，就让公孙春晓坐着，他来门口找她，不料看到施何像被人抽了筋似的在颤抖。

施何咬着牙，紧闭着嘴，摇晃着朝前走去。杭凌风一把拉住她，焦急地说，我送你回家。施何想挣脱杭凌风的手，可挣脱不了，她不禁暴怒，说放开。杭凌风没办法，只好放手，隔一步之遥跟着。

泪，汹涌而出，施何毫无目标地走着。她听了那么多的情感故事，开导过那么多的倾诉者，可面对父亲出轨这个事实，却束手无措。她那么信任他，相信上次是个误会，那今天呢？还是个误会？答应得好好的，话音刚落，两个人又在一起。为什么要骗她和母亲？为什么？施何心神俱疲，再加上很多天没休息好，刚走到一座桥上，就感觉一阵头晕目眩。杭凌风赶紧上前扶住她，低声说，哭吧，哭出来就好了。

施何哭不出来，一种可怕的窒息感让她浑身颤抖。不知不觉，她的指甲已深深掐进了杭凌风的手背，好像只有那样，她才有力气站着。杭凌风的一只手不停地拍施何的背，用他富有磁性的声音安抚她。

杭凌风的手机响了，施何突然清醒过来，她松开了手，倒退两步，惊疑地盯着他。电话是公孙春晓打来的，她纳闷这两人怎么半天都不进来，点的鱼翅粥都端上了桌。杭凌风说知道了，你先吃，我马上来。他转过头问施何，你好点没有？要不要跟我去喝粥？还是我先送你回家？

施何已从混乱中冷静下来，这事千万不能让公孙春晓知道，不然她在单位要抬不起头了。接过杭凌风递过来的餐巾纸，擦干净脸上的泪痕，理了理凌乱的头发，施何深深地吐一口气说，喝粥。

好，等会儿你就说碰到熟人聊了几句，我说我接了几个电话。杭凌风拍拍施何的肩膀说，天大的事，到了明天就是小事。施何不吭声，走到粥中皇门口，才低声说了一句，谢谢你！

公孙春晓看到杭凌风和施何一前一后进来,说笑道,你们两个谈恋爱去了?我没带钱,怕晚上走不出这家店。

杭凌风抱歉地说,对不起,接了两个业务电话。我看施记者在跟一个女人说话,也不敢打扰,就等了会儿。

施何把手伸向那只精美的陶瓷煲,揭开,一股热气迅速弥漫开来。她说了一句,饿死了,就低头自顾自吃了起来。她怕被公孙春晓看出端倪,只盼着早点吃完走人。杭凌风显然也不在状态,他在想,到底是什么事让施何如此失常?把他的手背都抓出了血,火辣辣地痛。

这粥真鲜美。公孙春晓用调羹把最后一口粥送进嘴里,很满意地点评。杭凌风看了施何一眼,见她也把粥吃完了,就说,那我们走吧!

买好单,施何和公孙春晓坐杭凌风的车回到秘密花园心理咨询中心。公孙春晓见时候不早,急急开车走了。施何刚拉开车门,杭凌风走过来,关心地问,你要不要到我办公室坐一会儿,我们聊聊。施何摇摇头说,不聊了,我很累,想睡觉。杭凌风也不勉强,他说,告诉我你的手机号。施何犹豫一下,还是报上了号码。杭凌风直接拨了一个,打通又挂断,说你把我的号也存一下,晚上好好休息。记住我的话,天大的事,到了明天都是小事。

施何不说话,关上车门,脚一踩油门,走了。杭凌风忧心地注视着施何离去,皱紧了眉头。

施林回到家,见施何不在,很意外。问何小玉,施何晚上去哪了?何小玉说,不清楚,她说晚上有采访。施林回味施何的电话,心一点点往下沉。晚上他和林纳参加的不是同一个饭局,只是碰巧在同一个饭店的隔壁包厢。两桌人又有很多是认识的,所以走的时候,林纳自告奋勇要送他回家,他也没在意,想着反正顺路,就答应了。难道施何是看到他和林纳在一起,故意打的电话?施林的鼻尖微微冒出了汗,这事他怕是解释不清楚了。早知道就不要让林纳送,或者自己实话实说,难怪人家说,你撒了一个谎,需要无数个谎来圆。施林让何小玉先去休息,他等女儿回来。

何小玉说,你也别等了,这孩子,对象也不找,真是急死人了,我巴不得她天天晚上出去约会。

施林说,你也别太急,女婿会有的。

何小玉又抱怨施林不关心女儿,也不托人做介绍。施林正烦躁着,就打断何小玉的话,说哪一把好好的女孩子到处去推销的?何小玉说不过丈夫,只好气呼呼地回房去了。施林给林纳发了一个信息,说晚上施何可能看到她和他在一起,万一施何来问,让她实话实说。林纳回复说知道了。

施何不想回家,她把车开到堇江边停下,正准备下车,手机提示有新信息。点开,是一个陌生号码发过来的:到家了吗?心情不好的时候不要在外逗留,注意安全。杭凌风。

这是医生对病人的关照吗?黑暗中,施何的心被莫名的酸楚击中,她伏在方向盘上号啕大哭,哭得肝肠寸断。她从没有这样哭过,无所顾忌的痛哭,好像是把二十九年来人生所有沉积的委屈和忧伤全部给释放了出来。等她哭完,内心竟然是从未有过的平静。

手机响了,施何一看是父亲的电话,轻轻按下接听键。施林焦急的声音传了过来,问她在哪里,什么时候回家。施何说,在路上。施林说,开车小心。

电话挂断,施何惊讶自己对父亲的态度,是无爱无恨吗?她不知道。她只知道,这个时候自己不该在江边逗留,台风刚过,水位依然很高。想到这里,她拿起手机,又再次点开那条信息,存下了那个号码——如果我跟他说,我现在江边,这位医生会跑来吗?施何问自己。她的手指不由自主地在信息回复框里输入四个字:我在江边。又一个字一个字删除,他是谁?自己有什么理由去折腾人家?刚合上手机,有电话打进来,来电显示杭凌风。接还是不接?施何犹豫了一下,还是接了。

杭凌风问,我的信息你收到没有?到家没有?没见你回,有点不放心,所以很冒昧地给你打电话。

施何说,我在江边。

杭凌风吓了一跳,语气急促地问她具体位置,让她待着不要动,他马上过来。

施何忽觉歉意,她没有权利去打扰别人,更何况这个人才认识两天。施何说，你不用过来，我没事了，现在就回家去。谢谢你，有机会我会跟你解释。

杭凌风问，你刚才哭出来没有？

施何说，哭了，很痛快。

杭凌风说，那就好，哭出来就好。答应我，现在就回家，到家了给我发条信息。

施何说，好的，我到家告诉你。

这个男人，真是她的医生吗？他真的能治好自己的病？施何脸上闪过古怪的笑。

施林听到开门声，走出房间，见施何进来，说你现在也要采访了？施何看了父亲一眼，淡淡地说，跟同事去学习。本来早回来了，那个人很客气，采访结束请我们去粥中皇喝鱼翅粥，可惜我没吃出来是什么味道。施林一听，自己的猜测对了，他跟着施何走进她的房间，喃喃地说，对不起，爸怕你误会，所以才那样说，其实真没什么，只是碰巧在一个地方吃饭，小纳也是好心送我一下。施何嘴角动了动，似笑非笑地说，小纳比你亲生女儿贴心多了，你可以考虑收她当干女儿，我没意见。施林长叹一口气说，我知道这事越描越黑，但你一定要相信爸，有些事我现在不好说，等条件成熟了会告诉你。

好，我相信你，这样你晚上就可以睡得很香了吗？施何语气不自觉地变得尖刻起来，狠狠地剜了父亲一眼，这个男人在她心中再也无法高大起来。

总有一天，你会明白的。施林走到门口，又回过头说，你该好好去谈一场恋爱，不要把天下男人都想得那么不堪。

施何沉默，随手轻轻关上了门。拿出手机，给杭凌风发了一条信息，到家了。杭凌风回复，去洗个热水澡，然后好好睡一觉，什么都不要去想。把我当成你最信任的朋友吧，相信我。

又一个让我相信他的男人。施何合上手机，好累，她确实需要好好睡一觉。

杭凌风回到家里，已快半夜。打开门，一股冰冷的气息就扑了过来，让他的心也跟着微微的寒。灯亮了，在杭凌风眼里，一个家如果没有爱，那就只是一个空壳的房子。晚上他一直在想施何的事，那么强烈的反应，肯定是受了很深的刺激。在短短几分钟时间里，她究竟遭遇了什么，莫非是男朋友劈腿？可婚礼上新娘子明明说她单身。从她如此强烈的反应来看,这事跟她密切相关,似乎还带有一种毁灭性打击的倾向。幸好她哭了出来,泪水是最好的缓解剂,不然真要憋出内伤。

手背上的抓痕很明显,杭凌风找出酒精棉消毒。明天如果谁问起来,只好说被猫抓的。猫爪真厉害,他的嘴角浮起若隐若现的笑容。这个女孩,应该是个很值得研究的案例,他要走近她,打开她紧闭的心门,重新构建她对这个世界的信任。

杭凌风打开电脑,新建一个文档,输入"SH"。他突然想到,童素颜不是施何的闺密吗?是不是可以通过她去侧面了解?再一想,童素颜虽名义上说是他的表嫂,可毕竟不熟,更何况人家新婚宴尔,哪有空陪他闲聊。算了,还是等秘密花园开业再说,杭凌风细长的手指在键盘上飞快地跳动着。

今晚,施何会失眠吗?当杭凌风关掉电脑,站起来舒展疲惫的身体,脑子莫名其妙地闪过这个问题。他想起他的一位很要好的异性朋友,现在也是他下属的翁心雨曾跟他开玩笑说,如果你晚上失眠,那是因为你在别人的梦里。那么,今夜,他会在出现在谁的梦里?

6

梦境好深,施何在山道上艰难地跋涉。雾从四面八方涌过来,让她看不清方向。天地之间就她孤零零一个人,她好害怕,想大声呐喊,可嗓子又发不出声音。这时,远远地,她看到前方出现一丝光,光里有一个人影,啊,莫非这人是她的灵魂摆渡人?难道她的躯体已经死了?为什么这场景跟她看过的那本叫《摆渡人》的书一模一样?施何很想跑过去,可她的两条腿太沉重,迈不开。光,越来越淡,最后消失了。从未有过的绝望席卷了施何,她跌倒在地上,痛哭流涕。

手机突然响起来,把施何惊醒了,一摸脸上,湿湿的全是泪水。开灯一看时间,凌晨三点,哪个神经病这个时候打电话?施何按下电话,正想骂娘,一个细若游丝的男人声音飘了进来,救救我。

你说什么?大哥,不要开这样的玩笑好不好?拜托,我要得心脏病的。施何没好气地说。

我被抛弃了,他回家结婚去了,他说过他不喜欢女人,他只喜欢我,我们说好永远在一起。他为什么说话不算数?今天是他大喜的日子,我想用我的鲜血给他的婚礼增加点色彩。我吃了安眠药,又割了腕,可我突然不想死了,你救救我。

对方的声音越来越弱,施何吓得从床上滚下来,紧张地问,你在哪里?快打120,马上打120。

对方挣扎着说了一句"西柳"就没有了声音。施何回拨过去,没有人接。没办法,施何只好打110报警,说接到这样一个电话,听起来好像是真的,有人自杀,住的地方可能在西柳小区,但具体几幢几号不清楚,她只有对方的一个手机号。打完报警电话,施何六神无主地坐在地板上,她不敢回拨那个电话,怕耽搁警察找人。听那人刚才说的几句话,应该是位男同性恋,他的同性爱人可能是个双性恋。当然,也有可能是家庭压力等其他原因,迫使他的同性爱人跟他分手。

但愿没事,施何双手合十。她又回忆起自己的梦,是某种暗示吗?为什么在梦中,她如此绝望?光在哪里?光里的人影在哪里?那个打电话的男人,他的光又在哪里?施何的头好痛,像要裂开一般。不要想,不要想,施何拼命摇着头,像要把所有的念头都清除干净。

天亮了,施何接到110指挥中心的回复电话,说人找到了,在出租房里,手腕上割了一道,幸好伤口不深,送到医院洗了胃,包扎好了。施何悬着的心总算放了下来。她想这一期的情感主题要不然就写同性恋这个话题,以这件事为引子。

何小玉见施何这么早起来,又见她两眼红肿,紧张地问,昨晚你几点回来的?出什么事了?

施何用手拍拍自己的脸说,没事,是下半夜我接了一个热线电话,没睡好。

何小玉不满地说,以后睡觉关机,管他什么热线不热线,哪有深更半夜不让人睡觉的。

施何说,是,不管领导同不同意,我晚上12点准时关机。

施林昨晚也没睡好,有点萎靡不振,看到女儿的模样,还以为是自己的事让她伤心,目光里全是歉意。

何小玉对施林说,老施,你有没有办法给女儿换个工作?她太辛苦了,又忙,连谈恋爱的时间都没有。

施林为难地说,换工作,现在不像过去了,难。你看看能不能换个岗位,钱少点无所谓,人不要太累。

施何看了父亲一眼,神情淡漠地说,不用,我喜欢这个工作,经常可以听些变态的故事,锻炼我强大的内心。何小玉不满地说,什么变态的故事?胡说八道。施何岔开话题对母亲说,嘴里没味道,早上想吃重口味的。何小玉忙说,好好,快去洗脸,我给你煮去。

很快,施何最爱的酸辣粉端上桌。拿起筷子,施何低头吃了起来,发现母亲在碗底埋了一只荷包蛋,还放了大把的香菜。施何的鼻子酸了,有眼泪在眼眶里打转。她抬起头,用哀怨的眼神看父亲,又怕被母亲发现,伸出手从纸巾盒里抽出一张餐巾纸擦眼睛,故意说,好辣啊,好酸爽,搞得我眼泪都出来了。

何小玉无奈地说,大清早吃辣不好,你这口味不像爹不像娘,不知道像谁。施何朝母亲笑笑说,像隔壁老王。何小玉被女儿的话搞得哭笑不得,说这孩子,整天就会胡扯。

吃好早餐,施何去上班了。施林也跟着出来说,找个时间,爸想跟你好好聊聊。施何停住脚步,冷冷地说,有什么好聊的,你喜欢林纳,收干女儿也好,其他也罢,我当女儿的管不着,但你不能伤害我妈。

施林叹气道,我没有伤害你妈,这辈子我做任何事,都以不伤害她为原则。

施何挖苦道,对不起,老爸,那是我错怪你了。对了,你啥时候把你的小纳带回家,举行一个仪式,如果她比我大,那她就是姐。如果是我大,那我就多了一个妹,多好。

施林的车昨晚停在酒店,本来想搭女儿的便车,结果话不投机,被呛得脸色铁青,打个出租车走了。

施何见父亲怒气冲冲的样子,忽又后悔刚才的态度,一副尖酸刻薄的泼妇样，她讨厌那样的自己。真是女儿不像女儿，爹不像爹。唉，大概是早上辣椒吃多了。要不要去警告林纳？施何纠结。想了一路，最后她还是决定先冷静，免得一冲动，自己先乱了阵脚。

来到单位，施何直接去熊道达办公室，说从今天开始，这个热线电话过了晚上12点她就关机，再也不接了。

熊道达笑眯眯地盯着施何说，我们报上写着24小时热线，不接不太好。施何沉着脸说，那你找别人接去，反正我不接。她说了凌晨三点的那个电话，说自己没被吓死实属万幸。熊道达马上找到理由，对施何说，你看看，这个人会在那个时候给你打电话，说明我们这个版面深入读者之心，你也深得他们的信任。你想，如果他没有打通这个电话，你没有帮他报警，说不定他真的会死在出租房里。小何啊，你这是在做一件功德无量的事，救人一命，不得了。

施何一听，竟一时想不出反驳的话来。熊道达见施何无话可说，很得意，伸出那只毛茸茸的"熊掌"在施何的肩上拍了拍说，领导知道你辛苦，这样吧，年底前一定让你去休假几天。施何面露愠色，说干活去了，快步走出办公室，没提防与门口一个人撞了个满怀。抬头一看，原来是总编应明。施何只好说声对不起，低着头一溜烟跑了。

五十多岁的应明中等个头，貌不惊人，但做事却很有气魄，又经营有方，还很得上级领导器重。应明被施何这么一撞，心想大清早的这姑娘咋一脸不高兴？

走进熊道达办公室，应明说，熊主任啊，你刚才是不是欺侮人家小姑娘了？我看她慌里慌张地跑出去。熊道达一见总编光临，急忙站起来，边请坐边辩解道，我哪敢去招惹她啊，吃不了兜着走。刚才施何是向我汇报工作，说今天凌晨三点左右，她接到一个求助的热线电话，有人因为情感问题自杀，她就报了警，救人一命，我狠狠地表扬了她。

应明惊讶地说，还有这样的事？那是要表扬。

熊道达的头点得像小鸡啄米，身子不由自主地弯起来，在身材没有明显优势的总编面前，他恨自己实在长得太魁梧。他说，是啊是啊，施何虽然脾气怪了点，不过对工作还是很有责任心。应总，我正准备去您办公室，没想到您亲自来了。

应明在沙发上坐下，幽默地说，领导亲自吃饭，亲自如厕，还亲自上办公室。

熊道达又不停地点头附和，是啊是啊，忽又意识到不妥，硬生生地把下面的话给收了回来，讨好地说，我给您泡杯茶。应明摆摆手说，不用，我就过来跟你聊聊。熊道达坐下，翻开笔记本，以便随时记录领导的最新工作指示。

应明神情变得严肃起来，说明年报业集团有大动作，要整合，人员要精简，到时候我还在不在这个位置不好说，但在动之前，工作还是不能松懈。最近晚报没什么能吸引人的新闻，人家都说晚报、晨报一个样，订一份报纸就够了。还是要想想办法，多动动脑筋。

熊道达态度诚恳地检讨自己工作的不足，进入状态的速度还不够快。晚报以前之所以受欢迎，一个原因就是定期有深度报道，现在确实有很长一段时间没有推出了。他说，应总，我马上布置任务下去。应明点点头说，把特别报道组记者的作用发挥出来。熊道达说是的是的，我现在就通知开会。

施何回到办公室，开始这一期情感版主题的准备工作。打开电脑，点开素材文件夹，里面是她记录的一个又一个故事。

公孙春晓匆匆走进来，昨晚回去晚了点，结果她老公吕光年一脸不高兴，说话阴阳怪气。公孙春晓只好让他听采访录音，确认是三个人在场才作罢。对吕光年这种神经质的紧张，公孙春晓刚开始是好笑，还带着那么点骄傲。不是说现在男人很吃香吗？但凡有点实力，不管是"几手货"，都很畅销。可她公孙春晓在婚姻中是牢牢掌握着主动权的那方，她有专治老公的"杀手锏"。可吕光年天天如此，她就累了，哪个当记者的不要出去采访？她很纳闷，以前吕光年没这么小心眼，现在像变了个人似的，整天戴副有色眼镜看她，这让她很烦，脾气也越来越不好。看到施何一脸睡眠不足的样子，就问，你昨晚也没休息好？

施何叹着气说，凌晨三点，被一个自杀电话给吓醒了。公孙春晓关心地问原因。施何简单说了一下事情经过。公孙春晓同情地看着施何说，这热线电话24小时开机，让你一个人负责接听，确实太不人道了。施何说，我早晚也要变成疯子，到时候你负责写篇报道，说《堇城晚报》正常人进来，神经病出去。公孙春晓笑着说，你放心，精神病院未经警方同意不得收治正常人。

正聊着，张倩来通知，说熊主任让她们马上去会议室开会。公孙春晓顿了顿足说，杭凌风的专访还没有写，开什么会，真是浪费时间。施何问张倩，我不用去吧？张倩说，熊主任说让你也参加。施何纳闷，她一个情感版编辑去参与社会新闻部的会，搭错车？

来到会议室，施何发现江潮等报社几位特别报道组的记者都在场，就找了个角落悄悄坐下。

熊道达传达了总编的指示，说最近报纸上没什么亮点新闻，希望特别报道组能发挥作用。另外，平时多留点神，不要放过可以做大文章的新闻线索，大家有什么好点子随时都可以提出来。

公孙春晓率先发言，她说前几天去东塘镇采访，无意中听到有人在说镇上老街那些出租房里，有很多外地来打工的女人在从事色情交易，这个是不是可以写个特别报道？

有一头自然卷黑发，很像艺术家的江潮发表自己的看法，他说如果仅仅是报道一下有这种现象，没多大意义，来一次"扫黄打非"，看起来干净了，可用不了多久又会死灰复燃，只不过换个地点。如果要写，我们就要写这种现象后面深层次的东西。东塘镇地处城乡接合部，流动人口聚集，有卖必有买，说明有市场。而这个市场不只东塘镇存在，相信很多地方都存在，只不过你可能在简陋的出租房，她在高级的大酒店。有女人干这行，也有男人从事这职业，那么归根结底，又是什么原因造成这种"野火烧不尽，春风吹又生"的现象？我们的特别报道，就是要沿着这条线去追踪源头。

江潮的一番话赢得在座各位记者的赞同，大家七嘴八舌又做了些补充。施何偏过头，朝江潮投去敬佩的目光，这个三十多岁的男人平时看起来一副吊儿郎当的样子，可挖起新闻来比任何人都敬业，经常扮演"卧底"的角色，不愧是资深名记，看问题果然透彻。这给她一个启发，本来这期版面她就想放两个同性恋的故事上去，看来不能只简单说故事，还应该有引导人们去思索的东西。

报道站街女现象，熊道达觉得可行，只是担心这种负面报道影响不好，怕领导难堪。可现在的人对唱赞歌的报道没多大兴趣关注，这类负面的新闻反倒能吸引人眼球,跟网络上一样,越负面越容易引起网民集体的狂欢。

我这期主题想做同性恋。施何说了自己的工作计划。熊道达踌躇一下说,你这个会不会太敏感?施何反驳道,这有什么敏感的?同性恋全世界都有,只不过在我们国家不被公开承认罢了。大多数的人对这个群体很陌生,看到男同或女同,总觉得接受不了,是另类、怪物,我现在把他们的痛苦写出来,让更多的人去理解和包容,也是为了社会和谐。熊道达被驳得哑口无言,只好说,行行,这个你自己把握。又转过头对江潮说,那这期就做站街女现象。江潮点点头,说好。

会议结束,各自回办公室。

公孙春晓开始在电脑前写她的人物专访,张倩又要准备出去采访。施何的头很痛,她给自己泡了一杯咖啡提神。手机有新信息提示,是杭凌风发来的,请她28日和公孙春晓一起前来参加秘密花园的开业典礼。施何略一思索,回复谢谢,有空一定去。杭凌风又回过来四个字:一定要来!

几分钟后,公孙春晓收到邀请信息,她故作神秘地对施何说,杭凌风请我们去参加开业典礼。

施何问,你去吗?

公孙春晓兴奋地说,当然去,我要看看杭凌风的实力。你不会不想去吧?

施何笑了笑说,看心情。

公孙春晓的手指在键盘上稍做停顿,抬起头说,大小姐,别矫情,就这么说定了。还有,我跟你打个赌,这杭凌风送各位嘉宾的礼品肯定是一张秘密花园体验卡,你信不信?

施何喝了一口咖啡,慢悠悠地说,你不是要给我搞张终身免费的贵宾卡吗?我还等着呢。

公孙春晓意味深长地说,你们两个不是已经接上头了?还有,我昨晚发现一件怪事,杭凌风喝粥时,手背上有抓痕,可采访的时候明明没有。

施何一脸不干我事的神情说,谁知道,撞到鬼了呗!

手机响了,施何一看来电显示,林纳?她差点跳了起来。这个女人居然还有脸给她打电话?施何气不打一处来,她不想让公孙春晓听到,就拿起手机走出办公室。在楼梯的拐弯处，施何按下了接听键。林纳的声音带着金属的尖锐声，她说，施何，如果我妈被你撞瘫了，我就把她送到你家去，让你养她一辈子。

什么？林阿姨居然是林纳的母亲？施何一惊，手机掉在地上，整个人傻在那里。

好半天，施何才回过神来，天底下最不可思议的事都让她给遇上了。捡起手机，发现屏幕已摔碎，她拖着沉重的脚步回到办公室。公孙春晓从电脑前抬起头，见施何的神情，随口说了一句，撞到鬼了？看你失魂落魄的样子。

施何沙哑着声音说，我撞到的那个阿姨好像出了点问题，刚接到她女儿打来的电话。

公孙春晓啊了一声，停止敲键盘，眼睛直直地瞪着施何，叹气道，流年不利，你应该去天皇寺烧烧香。

施何把手机塞进包里，对公孙春晓说，手机摔坏了，我去修下，大熊问起来，你替我找个理由。公孙春晓仗义地说，去吧，没事。施何点点头，心情抑郁地走了。

施林接到林纳电话，说她母亲昨天被施何的车撞到，开始以为没关系，睡了一夜后，浑身痛得厉害，早上送到医院拍片，医生说尾椎骨有点骨裂，幸好没骨折。手臂和膝盖也有骨裂现象。施林大吃一惊，连忙问在哪家医院？林纳说在人民医院住院部。施林说他马上过来，让她不要焦急。接完林纳电话，施林又立马去拨施何的电话，手机打不通，打到办公室，公孙春晓接的，说施何出去了。这孩子，闯了这么大的祸，居然在家里一字未提。施林又气又急，他买了点水果，又找出一只红包，塞了3000元私房钱进去，急忙开车直奔董城人民医院。

林良波躺在病床上，她没想到昨天这一撞会这么严重，本来想瞒着女儿，谁知早上起不来，没办法，只好说了出来，结果招来女儿好一顿埋怨，急急送到医院，非要让她住院观察。

施林提着水果进来了，林纳迎了上去，一脸的委屈，嘴上抱怨施何怎么开的车。施林赔着笑，迅速扫了一眼这间双人病房，一张床空着，另一张床上躺着一个瘦弱的女人。当他看到林良波面无血色的脸，大吃一惊。她是林纳的母亲？施林的心激烈地跳动起来,有血在往头上涌。他停住脚步,稍稍平复下自己的心情。

林纳把施林带到母亲的病床前说,妈,这位是施局长,施何爸爸。她俯下身,在母亲的耳边轻声说,就是我之前跟你提到的那位。

林良波看到施林的瞬间,身子突然颤抖了一下,听到林纳的话,心忽被提到了半空,她惊疑地看了女儿一眼,又很快恢复常态,抬了抬头说,施局长这么忙还过来,实在过意不去。不要责怪孩子,她也不是故意的。

施林把水果放到柜子上,弯下腰对林良波说,对不起,林纳妈妈,让你受苦了。他看着病床上这张熟悉又陌生的脸,强抑着激动的情绪。

林纳搬来方凳子请施林坐,施林接过,放到病床边,面朝着林良波,诚恳地说,你安心养伤,我会让施何过来向你认错道歉,一定要让她吸取经验教训。这孩子做事一向毛毛躁躁,一点都不成熟,真让人操心。他又转过头对林纳说,小纳,这次是施何不对,我回去会好好批评她。你也别焦急,给你妈请个全天候陪护,所有费用由我负责。林纳点点头,说她现在就去问护工的事。施林说好,你去办,我在这里坐一会儿。

见林纳走出病房,施林颤抖着声音说,良波,真没想到你是小纳的妈妈,难怪我看到小纳总有一种特别的感觉。这么多年,我们终究还是见面了。

林良波的眼睛渐渐湿润起来,她很想哭,可又不想在这个男人面前失态。稳了稳神,她淡淡地说,是啊,你还是老样子,一点都没有变,我已经老得不成样了。

施林摇摇头说,没有没有,你还是跟三十年前一样漂亮。林良波苦笑,说你不用安慰我,我自己清楚。施林小心翼翼地问,要不要告诉小纳我们以前的关系?林良波摇头,说不用,既然一开始就装作不认识,那就继续装作不认识好了,本来也没打算见,只不过阴差阳错出了这个事。施林沉默,过了许久才喃喃地说,良波,你还在恨我。林良波闭上眼睛,不再看眼前这个让她爱恨纠葛了大半辈子的男人。施林很无奈地说,你放心,小纳是你的女儿,我以后会把她当亲生女儿来关照。林良波说,我知道,谢谢你!

林纳风风火火进来了,后面跟着一位面相和善的中年妇女。她指了指病床上的母亲,客气地对护工蒋大姐说,这是我妈,这段时间就麻烦你了。蒋大姐点点头，说你去忙，这里交给我。

施林站起来对林纳说，让你妈好好休息，我先回去了，还有一个会要开，有事给我打电话。又对病床上的林良波说，那我走了，你多保重！有时间我会过来看你。林良波睁开眼睛说，不用了，施局长，谢谢你。小纳，送送施局长。施林说不用不用，让小纳陪你。林纳说，送你到电梯口。

两个人一前一后走出病房，施林说水果袋里有只红包，等会儿别忘了拿出来。住院花多少钱，到时候告诉我。林纳嗯了一声，说，你也不要太责怪施何，我刚开始是很愤怒，还以为她是故意的，后来想想不太可能，她不认识我妈，只能说是巧合。我给她打电话，吓唬过她了，你等会儿跟她说下情况，医生说休养一段时间应该没什么大问题。施林说，那这段时间就辛苦你了，有空多陪陪你妈。林纳点了点头。

走出医院大门，施林的心情极其复杂，林良波是他这辈子唯一爱过，也是被他伤得最深的女人。当年他和林良波相爱，养母强烈反对，甚至不惜以死相逼。反对的理由听起来很可笑，算命先生说林良波的八字克父克夫，而林良波的父亲也恰巧三十出头就因病去世，所以他养母无论如何也不允许养子娶这个女人进门。说如果不分手，她就喝农药死给他看。施林的养父是个很懦弱的男人，没有主见，家里都是养母说了算。施林从小被亲生父母遗弃，是养父母把他从路边捡回来，辛苦把他拉扯大，他要报答养育之恩，不可能为了一个女孩把养母逼死。被逼无奈，他只好跟林良波提出分手，为了让她死心，他故意装出负心的假象，并迅速与养母选中的媳妇，据说有帮夫运的何小玉结婚。婚后不久，他就带着何小玉离开农村来到城里，后又一个人去外地工作了好几年，对何小玉他没有感情，但该尽的义务他也尽到了。因为何小玉是个很善良的女人，也很爱他，这么多年也有一份亲情。施林早已清楚，在他放开林良波的手的那刻开始，三个人的幸福已被他的这个选择给毁了。

一年前，施林偶然从一位分别多年的朋友那里得到了林良波的手机号，也侧面了解了她后来的生活经历。短暂的婚姻，进城打工，一个人把女儿带大。施林明白，当年是自己的绝情伤透了林良波的心，是他毁了她的清白，又抛弃了她，并导致她后来婚姻的不幸,他是罪魁祸首,一切悲剧的根源,为此他的内心充满了愧疚。他给她发信息,想见她,当面请求她的原谅,想补偿她。林良波给他的回复很客气,说过去的事就不要再提,见面就免了,她不想见他。施林就每天坚持给她发早安和晚安,不管她理不理。慢慢地,林良波回他信息的语气悄悄变化,两个人渐渐有了一种说不清的情愫和默契,但一直没有见面。林良波从未在他面前提女儿的情况,所以他并不知道林纳是她女儿。今日一见,施林暗叫好险,林纳几次暗示喜欢他,想和他有进一步发展,幸好他头脑比较清醒,没有发热。虽然他也喜欢林纳,觉得她聪明、乖巧又懂事,有一种亲切感,但发展成那种关系,他还是不敢。施林为自己的理性长长地吁了一口气,不然今日他又有何面目来面对昔日的初恋情人?想到那个后果,施林差点冒出冷汗,方向盘都快握不住了。

今天见到林良波,施林萌生了一个强烈的念头,他想和她在一起,他要用自己的下半辈子去补偿她。可一回到现实,他又不禁气馁,养父母虽然已不在了,可何小玉和施何会同意吗?施林陷入痛苦之中,他只能走一步看一步了。

7

施何刚修好手机,就给父亲打了个电话。还没有开口,就被施林狠狠骂了一顿,责令她马上去医院探望林阿姨。施何本来心情就不好,想找父亲商量,她真怕林纳的母亲万一有啥事,那就"湿手沾面粉",麻烦可大了。没想到父亲不问青红皂白,开口就是责骂,从他的语气里,施何听出了父亲心底的秘密,他在心疼。是的,他在心疼。这个感觉让施何的无名火又冒了出来,就因为对方是林纳的母亲,所以他才心疼的吗?他怎么不关心自己的女儿有没有受到惊吓?她愤愤不平地按掉了电话。

真不想去医院,可人是自己撞的,不去探望说不过去,施何只好憋着一肚子气,买了一束鲜花,一只水果篮,硬着头皮开车前往人民医院,心里盼着最好不要碰到林纳。大概上辈子自己跟她有什么过节,所以这辈子要这样的纠缠不清。

开着开着,忽觉汽车有问题,施何忙开到边上,停车查看,发现一只轮胎莫名其妙没气了,真是人倒霉,喝口水都塞牙,施何觉得她也要被折腾得快断气了。车上有备胎,可她不会换,施何把车开到旁边停好,准备打个求助电话。一抬头,看到前面就是秘密花园心理咨询中心,要不找杭凌风帮忙?施何稍稍犹豫了一下,还是决定找他,不为什么,只为了节省时间。

杭凌风接到施何电话,略感意外,他没想到施何这么快就主动给他打电话。一听汽车爆胎,就让她稍等,他即刻过来。没几分钟,杭凌风就出现在施何面前,施何请他帮忙换轮胎,她抓紧时间去一趟医院。杭凌风问谁生病了?施何说被撞的人住院了。杭凌风安慰她,事情不一定有她想的那么严重。施何说,先去看看。于是她把车钥匙扔给杭凌风,自己一手捧鲜花,一手提果篮,朝人民医院走去。

累出一身汗,施何走进了林良波的病房。林纳不在,施何暗暗松了一口气。

林阿姨,对不起。施何低着头,轻声说。

林良波见施何一脸惴惴不安的神情,就微笑着说,小施姑娘,你也不用太担心,我休息一段时间就会好的。

施何心想林纳的妈妈真是个通情达理的人,她肯定不知道林纳和父亲的关系,不如趁机让她去劝劝林纳。施何打定主意,就在林良波的病床前坐下,轻声问,林阿姨,我爸爸今天来过医院了?

林良波一惊,还以为施何发现了什么,可又不能当着护工的面撒谎,于是点点头说,施局长很客气,是小纳给他打的电话,说你们是同学。施何话中有话地来了一句,林纳和我爸的关系比我跟我爸还要好百倍。林良波又是一惊,她支开护工,小心地问,小施姑娘,听起来你好像不太高兴?施何笑了笑说,林阿姨,如果林纳爱上一个比你年纪还大的男人,你会接受吗?林良波知道施何误会了,就说,小施姑娘,你放心,没这回事。

背着我讲什么坏话?林纳走进病房,随手把门一关,挑衅地对施何说,我就爱上你爸了,咋的了?

施何站起来,拍着双手说,是吗?那要恭喜你了。只是不知道我爸看到林阿姨到底叫妈好呢,还是叫妹?

斜躺在病床上的林良波厉声呵斥女儿,你在胡说什么?

林纳口气强硬地回应施何,这是我的自由,你管得着吗?

施何转过身,弯下腰,轻轻握住林良波的手,很贴心地说,林阿姨,你可千万别生气,如果林纳真的嫁给了我爸,我一定会喊她一声小妈。

林纳立马接上来一句,真乖,到时候我给你封个大红包。

林良波简直被这两孩子气昏了头,大声说,林纳,你给我住嘴。林纳见老娘真的生气了,很不情愿地闭上了嘴。施何也怕这位林阿姨受刺激太大,万一有个三长两短,那她岂不成了千古罪人?毕竟今天自己是来探望的,不是寻仇。于是又换了语气对林良波说,对不起,林阿姨,惹你生气了,都是我不好,那我走了,不耽搁你休息。林良波被施何搞得哭也不是,笑也不是,心想这姑娘看来也是个刺头,就顺水推舟说慢走。林纳皱着眉头说,请走好,不远送。施何也不在意,打开门,扬长而去。

林良波的脸色像暴雨前的天空,林纳只好上前解释道,刚才我是故意气她的,她见不得我跟施局长关系好,对我有成见。林良波双目一瞪,差点就破口大骂了,说,你说话不经过大脑啊,丢不丢脸?我警告你,以后跟那个什么施局长保持距离,别去搅和人家父女感情。林纳不满地说,这事跟她有什么关系?林良波沉下脸说,你少给我惹事。林纳在病床前坐下,以少有的认真态度对母亲说,妈,如果施林现在单身,我说不定真会考虑和他在一起。他这人年纪虽然大了点,但对我真的很好。林良波突然发狂,抓起床头柜上的一只苹果,直接朝林纳的脑袋砸了过去,一张清秀的脸因暴怒而变形,大骂林纳不要脸,滚出去。

林纳被砸得晕头转向,尖叫道,你还真砸,把我砸成脑残,哭也来不及了。她边揉脑袋边说,你这个人真是一点幽默感都没有,好了好了,跟你开玩笑的,生什么气嘛。林良波扭转头不理林纳,胸口剧烈地起伏。林纳自讨没趣,只好走出病房,让蒋大姐看着点,她先回公司去了。

林纳边开车边琢磨母亲的举动,觉得她的情绪反应过大,简直不可理喻。之前不是告诉过她,自己喜欢一个老男人吗?虽然没有提施林的名字,但性质是一样的,也没见她暴跳如雷过。都是施何胡搅蛮缠,混淆视听惹出来的麻烦。林纳恨得牙痒痒的。不过,她从这件事发现了施何的软肋,怕失去父亲的爱,怕面临家的解体。施何,你别太过分。林纳冷笑一声。

施何在林良波面前放了一把火,心里并不开心,相反却陷入无意义的虚空中。她一脸落寞地出现在杭凌风面前,见他已把轮胎换好,道了声谢,准备离开。杭凌风叫住她,请她去他那里坐坐,时候不早,一起吃个午饭。施何摇摇头,说没心情,不想吃。杭凌风说,正因为心情不好,更需要释放。施何想想也有道理,现在回单位也没心思干活,那就去秘密花园,看看有什么好办法能让她变得轻松一点。

走进秘密花园心理咨询中心,杭凌风问施何愿不愿意免费体验一下咨询中心的服务。施何好奇地问是什么服务?杭凌风微笑着说,我看你的样子,睡眠不太好吧,来体验一下我们的催眠疗法,我保证你午饭就能吃得很香。施何警惕地问,催眠术?我会不会把银行卡密码和所有的秘密都告诉你们?杭凌风大笑,说你放心,我们会有现场录音,到时候你自己听。施何看了杭凌风一眼说,是你给我催眠吗?杭凌风见施何一脸戒备,笑着说,如果你不放心我,我另外给你找位美女催眠师。施何说,那行,试试,看你是不是在吹牛。

杭凌风把施何带到楼上一间办公室前,轻轻敲了敲门,里面传来一个温柔的声音,请进。门开了,两个人走了进去,施何看到办公桌前一位身穿一袭素色棉袍的长发女子微笑着站起来。杭凌风介绍,这位是翁心雨,接着又把施何介绍了一下。

施何打量翁心雨,标准的鹅蛋脸,精心修过的眉形带一点弧度,一双水汪汪的大眼睛像幽深的湖泊,睫毛很长,自带古典气息。笔挺的鼻梁下是好看的樱桃嘴,皮肤保养得很好。她发自内心地赞叹道,这位姐姐好美。又转过头问杭凌风,是姐姐吗?杭凌风点头,说是姐姐。

翁心雨好脾气地笑着,听杭凌风说要给施何做个催眠,就带她去了隔壁。

这是一间布置温馨的小房间,有暖色调的窗帘和同色系的墙纸,一张小床,一张桌子，两把椅子。桌上摆着一台电脑、一只玻璃花瓶，花瓶里插着一红一白两朵玫瑰。

翁心雨开启录音设备，让施何躺到床上去。来，闭上你的眼睛。

施何闭上了眼睛，耳边传来翁心雨的声音，柔和又缓慢，像天上的白云，在悄无声息地滑动。

把注意力集中在你的头部，现在有一束温暖的光照耀着你的头皮，让你的每根头发都很放松。你身上的每一个毛孔都已打开，它们在接纳光，你感到从未有过的轻松。现在你的额头像含苞待放的荷花，光来了，紧闭的花蕾在慢慢绽放、舒展。好美啊，风在赞美。摘一片荷叶盖在你的额头，你在体味清凉和清香。施何的眼皮粘住了，它太沉重，睁不开了。

来，我们现在做三次深呼吸，放松胸部。吸气，再吸气，停，慢慢呼气，再呼气，呼到不能呼。

这束光在移动，已经照到你的肚脐上了，越来越多的温暖在集聚、弥漫，你的整个身体被打开、放松……

刚开始，施何是刻意紧闭双眼，竖起耳朵。不知不觉，那个温柔的声音离她越来越远，隐没在天际。

似乎是很长的一个梦，又好像很短暂，施何听到了翁心雨的声音，天亮了，你慢慢睁开眼睛，你的世界已重新启动，风很轻柔，你的生命像一朵花一样轻盈。

施何睁开眼睛坐了起来，惊讶地发现身体上的疲惫感真的消失了不少，变得精神饱满起来。抬头看翁心雨正在电脑上记录着什么，一缕长发遮住了她半边脸。施何的脑海里闪过一句话，你坐在那里，世界就安静了。

我刚才睡着了吗？睡了多久？施何忍不住问。

翁心雨朝施何甜美地一笑说，催眠术是唤醒你紧绷的身体，不是让你睡着。施何伸了一下懒腰说，好神奇，我下次还要来。翁心雨笑眯眯地回答，欢迎光临。

施何去杭凌风办公室，说这催眠术确实不错，整个身体像重新组装了一遍。杭凌风笑着说，我的催眠术比翁医生要厉害得多，你下次要不要试试？施何一脸害怕的样子说，我才不让你催眠，万一你图谋不轨怎么办？话刚出口，忽觉不妥，可惜不能撤回,只好脚底抹点油,早点溜。杭凌风说都十二点半了,吃好饭再走吧!施何俏皮地说,这餐饭先存着,下次再吃。走到办公室门口,她又回过头扔下一句,你这里有翁医生这样的大美女,以后来咨询的男人一定会把门槛踏破,说完就匆匆跑下楼去。见施何像换了个人似的,变得活泼起来,杭凌风不禁笑了起来。

翁心雨走进杭凌风的办公室,汇报了对施何的催眠过程中发现的问题,说她内心有很封闭的空间打不开。

杭凌风说,以后我让施何多跟你聊聊,她这工作性质在某种程度上跟我们一样,每天接收负面能量,如果不及时清空,心理很容易出问题。

翁心雨朝杭凌风微微一笑说,你很关心她。

杭凌风并不否认,他说,虽然我还不了解她的成长背景,但感觉她的童年一定也是有所欠缺的。越来越多的案例让我明白,童年的成长环境对一个人影响非常大,有的是终生的,根本扭转不过来。

翁心雨说是的,我邻居家有个小姑娘,父母感情不好,她妈妈整天在女儿面前说她父亲是个不负责任的男人,现在小姑娘看到她爸爸像看到仇人一样。这种心理,会严重影响她成年后的婚恋观,你做的这个研究很有意义。

杭凌风的神情凝重起来,他说,任重而道远,心雨,谢谢你一直支持我。翁心雨说,应该是我谢你才对,倘若六年前没有遇见你这位好医生,我还不知道自己会变成什么样,幸好你及时把我从抑郁中救回来。杭凌风说,这是老天爷对你的考验,你通过了,而且还成绩优秀。现在不仅能自救,还能帮助别人,非常好。翁心雨说,还需要不断学习才行。杭凌风说,学无止境。

翁心雨回自己办公室去了,杭凌风很欣赏翁心雨温婉的性格和好学的精神。两个人最初是医患关系,后来变成好朋友,现在是一起工作的伙伴。让杭凌风最感欣慰的是,来秘密花园工作的这些年轻人都是有情怀的人,所以大家才不会计较薪资多少而聚在一起,这也让他更有信心把秘密花园办好。不过,他和翁心雨的私交,闻宁并不知晓,他也不想让她知道,不然按闻宁这多疑的性格,还不闹得鸡飞狗跳?

施何刚发动汽车，童素颜的电话来了，开口就问，人在哪里？施何说，你不是去度蜜月了吗？还没有出发？素颜听起来好像情绪不高，她说，你现在有空吗？我有事找你。施何说我还没有吃饭，要不去"芷语"？素颜说，行，半小时后见。

半小时后，施何和素颜就坐在芷语咖啡馆，各点了一份商务套餐。

做了催眠疗法后，施何整个人轻松许多，见素颜一脸不开心的样子，好奇地问，才结婚两天，就成怨妇了？金向宇对你不好？素颜苦笑道，他的热度还在，是他父母。施何更纳闷，说他父母不是在国外吗？连你们的婚礼都不来出席。素颜说，遥控指挥，过几天就要回来了。结婚第二天，他父母传真过来一份文件，要求我补签一份婚前财产协议，如果不同意，就要收回金向宇手中的公司股份。施何惊诧，说还有这种事？素颜愤愤不平地说，他父母的心思我明白，一来是怕我冲着钱嫁的，二来怕他们的宝贝儿子哪天又在外面拈花惹草闹离婚，到时候免不了要被我分一大笔钱走。实际上金向宇手中的股份在进入第二次婚姻前已从原来的百分之四十减到了现在的百分之三十，他爸从百分之五十增加到百分之六十，他母亲依然百分之十。

正说着，点的简餐端上来了，施何的肚子正在咕咕叫，拿起筷子吃了两口，关心地问，这件事金向宇什么态度？

素颜冷笑道，金家人都穿一条裤子。他说得好听，说父母都这把年纪了，就他这么一个儿子，这家业早晚不都是他的吗？所以也无所谓，在公司没股份，领工资也可以。我知道，他也想测测我的真心，还说爱我一辈子，其实根本就不相信我。

施何把水杯朝素颜面前移了移，说，你喝口水消消气。

素颜拿起茶杯，喝了一口，说，我回复他父母，补签婚前财产协议没问题，但有一个条件，就是以后如果因金向宇出轨导致我们婚姻破裂，他必须补偿我5000万的青春损失费。

施何一笑，说这招狠，不过他父母肯定不会答应。素颜阴沉着脸说，是，要求减一个零。还要加一句，倘若我出轨，净身出户。施何担心地看着好朋友，叹息道，你根本就不是金家人的对手。素颜的大眼睛里闪过一丝凛冽的光，她靠在沙发上,拍拍自己的腹部说,谁输谁赢现在还不是下结论的时候,我童素颜也不是吃素的,任由他们欺侮。

施何正嚼着牛柳,口腔在感受这块嫩得很不正常的肉,被素颜的举动吓了一跳,直愣愣地盯着她,你说啥? 我没听明白。等等,你已经有了?

素颜点点头,伸出三根手指晃了晃。施何不可思议地摇头说,你这什么速度,闪婚闪育啊! 赌注也下得够大的。这金向宇一段婚姻生一个娃,也是个牛人。素颜严肃地说,婚姻不就是一场豪赌吗? 我就不信我是输的那一方。施何了解素颜不是个轻易认输的人,就说好吧,我相信你会有办法的。素颜抿了抿嘴唇说,这事我不出面,让金向宇去跟他父母谈。施何说,金向宇不是听他父母的话吗? 素颜得意地说,我用我的办法给他"洗脑"。施何点点头说,快吃,饭都冷了。素颜浅尝两口,说没食欲,不想吃了。

施何让服务员把饭菜撤了,她自己要了一杯咖啡,给素颜点了杯鲜榨橙汁。施何随口问,金向宇的前面两段婚姻,你结婚前了解吗? 素颜回答,大概了解,他的第一任老婆是父母替他找的,门当户对,生了个女儿,现在读高中。金向宇说她人不错,就是不解风情。第二个老婆就完全不一样,开始只是他们公司的实习生,只花了一年时间就变成了老板娘,还生了个儿子。离婚的时候,金向宇父母想要孙子,可那女的不肯,说孩子太小,最后拿了一大笔钱走,我看金向宇对他第二任老婆还有点念念不忘。等过两天我去做个B超,只要一举得儿,对我在金家的地位非常有利。

施何喝了一口咖啡说,这也正常,毕竟夫妻一场,就算离婚了,也没必要搞成仇人。素颜说,不是我小气,我是怕金向宇又犯老毛病。施何说,这个毛病好像全天下的男人都会犯。素颜瞪了施何一眼说,你啊,又戴有色眼镜看男人。施何说,习惯成自然,改不了了。

素颜问施何,最近在忙什么?

施何说,还不是老样子,天天听想象不出来的情感故事。对于父亲与林纳的事,她还是没有勇气说出来,即使是闺密,也实在太难以启齿了。

素颜又在说金向宇的两任老婆,说第一任老婆离婚时一哭二闹三上吊,可最后还是没办法，同意离婚。还是第二任老婆聪明，离婚直接开出条件，不拖泥带水，把利益最大化，活得还是很真实的。不像有些人，死缠烂打，非要拖个两败俱伤。

施何喝下杯中最后一口咖啡，说，每个人的活法不一样。

一杯果汁下肚，素颜说要回去了，有些话说出来就好，憋在心里会越想越恼火。施何站起来，搂住素颜的肩，用力按了按。素颜伸出手，摸了摸施何的脸说，你不用担心我，幸福从来都是要靠自己去争取的，天上掉下一只馅饼，你也得动作快才能接住。

两个人一前一后下楼，施何抬头看墙角的那丛修竹，在风中发出簌簌的声音，似女人在窃窃私语。

回到办公室，公孙春晓一见施何，兴奋地说，江潮这次需要找一位女记者作为搭档去调查站街女的事。施何说，东塘镇是你联系的点，新闻线索也是你提供的，这特别报道肯定是你和江老师两个人共同去完成。

公孙春晓心里美滋滋的，可又表现出不在乎的样子，说不知道啊，看领导怎么安排。我还从没有采访过站街女，一定很刺激。施何边看情感倾诉群里的那些聊天记录，边说，恐怕没有一个站街女会主动接受采访，你还是先想想用什么法子去取得她们的信任。公孙春晓被施何一提醒，说也是，谁愿意说自己是在从事这营生？人要脸，树要皮，即使干的是没脸没皮的事，样子还是要装装的，那怎么办？施何说，男记者好办，扮成嫖客，只要给钱，估计对方也愿意说几句。让女记者去，难道是要扮成女同？公孙春晓做了一个晕倒的表情，说那我吃不消。施何笑着说，这有什么好怕的，只要对方不是女同就行。公孙春晓拍拍胸脯说，小姑奶奶，别吓我。

熊道达走了进来，他的目光越过公孙春晓期待的眼神，落在施何那张婴儿肥的圆脸上，停留三秒钟后开口道，小何啊，你先停下手头工作，有事跟你说。施何站起来问，主任有何吩咐？熊道达说，江潮指名让你跟他一起去东塘镇采访站街女，他说你当了多年的情感版编辑，跟各种各样的人都打过交道，比较有经验。

公孙春晓一直以为这次特别报道肯定有自己的份，没想到居然让施何去，心里就有了说不出的滋味。施何很意外,她说我又不是新闻部的记者,让我参与不合适吧?熊道达眯着眼睛说,没什么不合适的,现在流行跨界,再说你不是也整天在采访那些倾诉者吗,一样的。至于具体怎么做,江潮会跟你对接,我相信你有这个能力。施何拿起桌上的公用手机晃了晃说,这个谁来接听?熊道达说,给春晓,有空接下,就这么定了。公孙春晓心里的不爽又增加了几分,嘴上却说,好啊,让我也有机会听听那些情感故事。施何朝公孙春晓吐了吐舌头,好像一切都是她的错。

8

后脑勺扎了根小辫子的江潮来找施何,商量采访的事。施何很谦虚地表示自己啥也不懂,问江老师是怎么计划的。

江潮说,我们就跟她们说只是聊聊,钱按时间照付,用手机偷偷录音,不要让她们发现。

施何还是没想明白江潮为什么会找她作为搭档,疑惑地问,这事你应该找个男记者一起去,没听说过女人去找站街女的,万一对方不理我呢?

江潮笑了,说,不会的,你见到她们,就说你想学两招绝技,按时间付费,保证她们会争先恐后地答应。反倒是我,一个大男人找小姐,结果又不行动,却拉着她们聊天,对方会有戒心,说不定还以为我是警察卧底。所以我想万一失败,你那里多少能捞到点料。

施何这才明白江潮的用意,但听到学两招绝技,脸不由自主地红了。江潮见施何一脸难为情的样子,忽然想起她还没有结婚,故意开玩笑说,我以为你整天听那些奇奇怪怪的情感故事,早变得很老练了,没想到还这么害羞。施何白了江潮一眼说,你才是老油条。江潮嘿嘿地坏笑,他让施何准备一下,傍晚的时候就出发,到东塘镇去吃晚饭,然后行动。施何说,这么急?江潮点头,说既然要做这事,就要快。施何见江潮这么认真,心里也立刻重视起来,把那一堆烦心杂事丢在一边,准备工作。

傍晚,施何坐江潮的车一起前往东塘镇。施何和江潮平时没怎么接触,所以坐在同一辆车里,也不知说什么好。幸好江潮很健谈,怕施何紧张,找些轻松的话题聊,问她想找什么样的男朋友,他给她介绍。施何笑着说,找个跟江老师一样帅的男人。江潮笑着说,被美女表扬,开心。施何说,美女太多就不稀罕了。两个人说说笑笑,很快就到了东塘镇。江潮停好车,说机会难得,请你吃饭,不过今天任务在身,只能简单点。施何说,办正事要紧。

江潮戴上一副黑边框平光眼镜,和施何扮作情侣的样子,穿过镇上热闹的主街,拐进老街。

老街靠河,当年是镇上主街,现在像个落寞的弃妇。沿街的房子多是低矮的平房,有的还开着店,卖些日用品。有的出租给外来打工者,其中有一部分人就从事色情工作。施何发现这些女人年纪从二十多岁到四十多岁都有,她们脸上刷了厚厚的一层"白粉",露出土黄色的脖子,涂着很重的眼影,特别鲜艳的口红,身上洒着劣质的香水,有风吹过,那种味道就会传过来。这种天气,她们身上大多还穿着超短裙,廉价的料子,粗糙的针脚,有的外面套一件外套。腿,有光着的,也有穿着长袜子的。她们一律倚门而立,若仔细观察,在她们的眼里看不出什么内容,似乎那里是空洞的。两个人转了一圈,又回到主街,找了家牛肉面馆,各自要了一碗面吃。

施何,你有什么感想?江潮边吃面边问。

施何咽下面说,我已看上一对,她们应该是住在一起的,我想多了解点情况。江潮赞许道,不错不错,你当编辑太浪费,干脆到我们部门来当记者。施何笑着说,你们部门高手如云,我去不是垫底吗?江潮说,不会,你有成为一名优秀记者的潜质。我也看中了一个目标,有个特年轻的,长得不错。施何说,如果我写一篇名记爱上站街女的情感故事,我们报纸会不会脱销?江潮忍住笑说,你这什么脑洞,太跳跃了。

吃好面,两个人把手机调成静音,等天色渐渐黑了,站起来,交换一下眼神,出发。在进入老街前,江潮和施何约定,一个小时后在面馆门口等。如果遇特殊情况，马上打电话。施何点点头，感觉既紧张又刺激，这样的体验于她还是第一次。

江潮先行动，十分钟后，施何走进了老街。夜色朦胧，一间间小平房透出暧昧的灯光。施何慢慢走过去，尽量让自己看起来像个闲逛的人。她又看到那两个女人，二十多岁的样子，她们一高一矮，一胖一瘦，一红一白。其中有一位一只脚在屋里，另一只脚跨在门外。两个人在低头交流着什么。施何走上前，鼓起勇气打了一声招呼——这称呼她想了好一阵，才决定用"姐妹"，让她们感觉到尊重。施何微笑着说，两位姐妹，我想买你们一个小时，可以吗？按你们的价收费。

两张年轻的脸惊诧地看着施何，一声姐妹让她们对眼前这个陌生的女孩有了几分好感。穿白色衣服的女人说，没听懂你什么意思，买我们一小时？施何点头说，我想和你们聊聊天，当然，我知道时间对你们来说很宝贵，所以我会付费的。长得丰满的红衣女人好奇地问，聊什么？施何说，随便聊聊。两个人嘀咕几句，白衣女人突然问，你是不是警察？施何摇摇头说，绝对不是，我只是想了解下这个行业。红衣女人哦了一声，打量施何说，你也想从事这个？不会也在这个镇上吧？施何硬着头皮，顺着说，不是不是，你们放心，这里是你们的地盘，我不会来抢你们的饭碗。

那好吧，一小时给我们两个人各一百元。红衣女人说。

施何连忙点头，说没问题。两人请施何进屋，掩上了门。施何悄悄打开了手机录音。

进门后，房内摆着一套三人座的布艺沙发，看起来倒也干净。房间是用花布帘来分隔，布帘没有放下，所以施何看得很清楚，里面摆着两张单人床，一只老式木柜子，柜子里塞满了杂物。红衣女开了灯，是那种罩着粉色罩子的灯，有一种朦胧美。不知道是不是因为不通风的缘故，空气里散发着一种说不出的气息，让人感觉很不舒服。

为了取得她们的信任，施何编造了一个假身份，说自己从外地来堇城，没有技术，文化程度又不高，不想干太辛苦的活，想来想去也就剩下身体资源。这个假身份引起那两个女人的感叹，说她们的情况也差不多。白衣女说她叫小桃，红衣女叫小花,两个人是表姐妹,来这里快一年了。去餐馆打过工,从早站到晚,太累,挣不了多少钱,在过来人的指点下,她们租了这间小房子,开始从事这工作。

小花说,这个钱也不好挣,这条街上做这生意的人太多了。

施何跟着附和,说钱是不好挣,早知道还不如在老家待着,找个男人嫁了。对了,你们以后有什么打算吗?

小桃一脸茫然地说,不知道,过一天算一天。

小花说,等我存够了开美甲店的钱,我就不干了。

施何惊讶地问,开美甲店?

小花点点头说,是的,我想开一家美甲店,自己当老板。你不知道,有的客人很变态,受不了。

施何不好意思问怎么个变态法,就转过头问小桃,你呢?小桃歪着脑袋想了想说,嫁个对我好的男人。如果有一天,我不做这个了,我会把处女膜去修补好,绝不能让他知道我的过去。你叫什么?你不会还是处女吧?施何含糊地说,能走出这一步太不容易。她又问,来这里消费的大概是些什么样的人?小桃心直口快地说,有镇上的,也有周边村的,本地人和外地打工的都有。本地人都是年纪大的老头,他们很小心,会在晚饭后借口散步溜过来。那些打工的,基本上都是老婆不在身边的。时间久了,也会有几个固定客户。

一个小时很快过去了,施何从包里掏出钱给她们,说祝你们早日实现自己的理想。小花打量着施何,开口道,你跟我们不一样,肯定不是干这行的。施何站起来真诚地说,不管我是什么人,你们都是我的姐妹。走到门口,施何回过头对小桃、小花说,听姐姐一句劝,改行吧,你们应该有更好的人生,再见。看着施何远去的背影,小桃、小花你看我,我看你,面面相觑。

江潮的暗访就没这么顺利了。他看中的那个年轻女人见有客人来,很高兴地把他引进屋,关上门,就急促地催他快脱衣服。江潮说他不做,只想和她聊聊天,钱照付。女人不耐烦地说,不做你进来干啥?有什么好聊的?江潮碰了个壁,只好离开。女人说你进来了,不做也要付钱。江潮没办法,只好拿钱给她。

走出那间小屋,江潮不想白来一趟,又继续找,在一个垃圾筒旁边,看到有个女的站在夜色里，他走了上去。这次他学乖了，直接问，如果不做，只聊天，钱照付，愿不愿意接这个单？对方见江潮不像开玩笑的样子，答应了。

江潮跟着女人走进屋里，灯光下，才发现对方是个中年妇女，文过的眉像两条僵硬的黑蚕卧在眼眶上，脸擦得惨白，猩红的大嘴让他无端联想到猴子的屁股，染成黄色的卷发像稻草搭的鸡窝。唯一吸引人眼球的就是她的胸，鼓鼓囊囊像要把衣服撑破似的，不知里面是真是假。

那女人的房间用一道灰色的布帘隔成两半，前半间一张床一套沙发，后半间布帘挡着看不清楚。女人指了指后面，说她老公在里面躺着。江潮一愣，忍不住问，你老公也在这里？女人一脸无所谓地说，在，他身体不好，干不了活。江潮没有再问。女人请江潮在那套老式的三人木沙发上坐，自己在床边坐了下来，开口道，小伙子，你是来找妹子玩的吧？

江潮踌躇片刻说，没找到合适的，不如跟大姐聊聊天。女人打量江潮，说我看你很面生，应该是第一次来，行，大姐现在也没啥事，就陪你唠唠。江潮说，是，第一次来。大姐，你来这里多久了？这镇上有长得特别漂亮的妹子干这个的吗？女人笑了，说长得特别漂亮的妹子怎么会在这里，她们真要干这个，早跑城里去了，那个钱才好赚。江潮点头，说也是，档次不一样。大姐，你老家哪里啊，能不能跟我讲讲你的故事？女人的目光停在江潮脸上，说老家在哪里就不告诉你了，你们这里富，我们那里太穷，一年到头挣不了多少钱。她顿了顿说，你是不是很奇怪我这么大年纪了还在干这个？小伙子，大姐也是没办法。我以前是当保姆的，手脚麻利，主人家都很喜欢，可我老公身体越来越不好，生病花了很多钱，又需要人伺候，我只好不当保姆了。可过日子要钱，上哪找去？我年纪大，干这个比不过那些年轻的，平时也就几个老头子来找我。

江潮一脸同情地问道，大姐，那你的儿女呢？女人的脸色立马变得比灯光还要黯淡，她说，我没儿女。江潮见女人似有难言的隐痛，就问女人知不知道这个镇上有多少人在从事这职业。女人摇摇头说，具体不清楚，也不会很多，东塘镇就这么点大。江潮又问，当地派出所不会来找你们麻烦吗？女人叹着气说，刚开始要来找，后来知道我们也难，就睁只眼闭只眼。如果上面有任务了，会提前叫人来通知，让我们不要为难他们。江潮说，这倒是人性化执法。女人听不懂什么是人性化执法，只是觉得派出所的人还不错，挺好的，让她们有一口饭吃。

明天要不要去采访派出所的人？江潮的脑海里闪过一个念头。再一想，恐怕不行，若现在惊动了他们，这篇报道估计就发不出来了。

布帘后面传来一个男人剧烈的咳嗽，让江潮有一种喉咙也跟着被一口痰堵住的难受感觉。女人站起来，撩开布帘走进去，又是一阵惊天动地的咳嗽，再慢慢地恢复平静。女人走出来，朝江潮歉意地说，老毛病。又低声说，他中风过两次，现在什么活也干不了。

江潮的心莫名地沉重起来，想象一个骨瘦如柴的男人躺在床上，靠妻子出卖肉体挣来的钱来养家糊口，他的心里该有着怎样幽秘的痛苦？

阿香，家里来客人了？门外走进来一个头发花白、身材矮壮的老头，用那双金鱼一样肿泡的眼睛瞄了江潮一眼。女人马上说，没有没有，他是我一个亲戚来串门的，正说要走。江潮明白女人的老客户来了，他站起来，往女人的手心里塞了一百元钱，说，我今天空手来，不好意思，给大哥买点水果吃。你有事，我先走了。女人紧紧捏着钱，声音颤抖地说，大兄弟，你慢走，有空来坐坐。

江潮走到门外，回过头，看到那扇门已轻轻关上。他拿出手机，拍下了黑夜里老街苍老的剪影。

当江潮和施何离开东塘镇返城，两个人的心情一样抑郁。施何说，我们确实不能简单地评判她们的行为是对还是错，江老师，我有一个不成熟的想法。我觉得今天的暗访内容还不够，无法撑起特别报道所需的深度，要不我们明天晚上继续？多收集几个案例。

江潮说，你跟我想到一块儿了，施何，我明天找领导去，把你调到我们部门来。施何笑着说，别别，我就偶尔玩玩，真让我天天写新闻，我才不愿意，不如编情感故事。江潮说，明天晚上我们换个地方，暗访城里那些打着保健足浴、发廊招牌的街边店。施何说，好主意。

第二天晚上，施何和江潮又打扮成情侣模样出发了。

在董城，保健足浴、发廊店最多的是大江路上，一间挨着一间。这里面有正规的店,也有打擦边球的店,还有挂羊头卖狗肉的店。两个人在街上转了一圈后,施何说分开行动,各找各的目标。江潮看了看情形,说这里不是东塘镇,情况不明,不如先去探探,他去足浴店做足浴,施何去发廊打听虚实,时间还是一个小时,在停车的地方碰头。施何表示没意见,她已有了采访目标。

为了以防万一,江潮看着施何走进"维维美发店",自己才朝隔壁的"小舒足浴店"走去。

维维美发店的沙发上坐着两个浓妆艳抹的女人,一个挑染着紫色的长发,另一个是枣红色的短发,都是二十多岁的年纪。吧台前还坐着一位剪成学生式发型,穿一身黑的中年妇女,她对施何说,你走错地方了。

施何一脸惊讶地说,这外面不是写着美发店吗?坐在沙发上的短发女人很灿烂地笑了起来,她说,我们这家美发店只针对男顾客,当然如果你不怕头发被理成寸头的话,也可以。施何摸了摸自己的马尾辫说,那还是算了。又转过头对那个中年妇女说,大姐,我能在你这里坐一会儿吗?走得累死了。中年妇女把施何从头到脚看了三遍,还没有点头,短发女人开口了,李姐,反正现在没客人,就让她坐会儿。施何连声道谢,就挨着长发女人坐了下来。

那位叫李姐的女人走过来,施何发现她穿了一条黑色皮短裤,两条腿接近肥硕,看起来还是挺白的,能一下子抓住人的视线。女人的目光像雷达一样从三个人脸上扫过,拍了拍手说,阿紫,如果现在进来一位客人,你猜他会选你们三个人中的谁?施何抢先一步回答,不用猜,第一位客人自然是先选阿紫,第二位嘛,肯定选阿红——是叫阿红吗?

李姐朝施何竖起大拇指说,你这个姑娘真聪明,被你猜中了。你是哪里人,本地的吗?施何用一口标准的普通话说,不是本地人,外省来打工的。李姐一听,非常感兴趣,问你在哪里打工?施何就报上一家常去的餐馆名字。李姐说,你这个工作太累,钱又少,不如改行。施何故意说,又没技术,能去做什么?李姐走上前,伸出手捏了捏施何的脸说,长得还不错,就是这个发型不好,又没化妆。如果你愿意,可以到我店里来,包吃住,有底薪,还有提成。施何装出很有兴趣的样子问,学美发技术吗?一直端着一张冷漠脸的阿紫偏过头看了施何一眼说,你好像很纯洁的样子。施何一惊，朝阿紫投去好奇的目光。

阿紫站起来，从吧台的抽屉里拿出一包烟，抽出一支，点燃，微微仰起头，朝空中吐出轻盈的烟圈，一脸的不屑。施何发现阿紫的手指纤细但又有肉感，很漂亮，于是没话找话，说，你这是一双弹钢琴的手，真美。阿紫用涂着紫色指甲油的手指弹了弹烟灰，垂下眼帘，又回到沙发上坐下，淡淡地说，投胎没投好，长得好又有什么用？

直觉告诉施何，阿紫是个有故事的人。施何说，投胎的事不是我们自己可以决定的，但只要通过后天努力，我想命运还是可以改变的。阿紫突然笑了起来，她问施何，多大年纪了？说这么幼稚的话。我问你，你的命运改变了吗？施何一时语塞，不知该如何回答。

阿紫继续发表言论，她说，以前我跟你一样天真，以为通过自己努力，真的可以改变命运，可事实上根本不是这么一回事。底层的人进了城也是底层，除非你特别优秀，就算你特别优秀，还得有特别好的机遇，要不然就算你考上大学，毕业后，也不一定能找得到好工作。

施何听出阿紫话中的恨意，她究竟有过怎样的经历？施何说，这个是没法比，我们是普通老百姓，那就过老百姓的生活，不求大富大贵，只求平平安安，不也挺好的吗？阿紫把夹在手指上的烟蒂丢进烟灰缸，冷冷地说，如果一个人一辈子都在大山里，以为世界就是这样，也许能自得其乐。可假如她走出大山，见识了外面的花花世界，你说她还有可能再回去守着清贫和寂寞吗？施何毫不掩饰对阿紫的惊讶，问，你是不是大学生？

坐在旁边的阿红咯咯地笑了起来说，阿紫是我们这里书读得最多的人，她最喜欢看一个外国老头写的书，好像是什么十四行诗，反正我看不懂。

李姐回到吧台，继续看平板电脑上的视频，她说书读太多也不好，想法多，做人就会不开心。施何暗叫了一声妈啊，这里一个比一个有水平。李姐似乎打开了话匣子，她说，你们看我，就读过一年书，钱照样赚，日子照样过得很好。

施何不相信地问，李姐，我看你最多也就四十出头，怎么会只读过一年书？

这话似乎刺痛了李姐，她恨恨地说，是我老娘不让我读的。我们家兄弟姐妹多,两个哥一个弟全部上学,我还有两个姐姐。其中一个姐读三年级时就退学了,另一个姐因为不听父母的话,父母没办法,只好让她读,我最乖,结果就被留在家里带弟弟。七岁的时候,村里老师上门来登记,我娘说我没到年纪。八岁的时候,我娘还说没到。直到九岁,我看到老师来了,就跑过去悄悄说,我可以上学了。我爹才想起我可以读书了,就报了名,还被我娘骂了一顿。结果才读了一年,家里死活不让我读了。

施何问道,那你恨你娘吗?还有,你们什么地方啊,怎么可以生这么多孩子?李姐神情寡淡地回答,她已经不在了,恨有什么用。是啊,农村嘛,那时候计划生育还没有实施,随便生。

一个脸上没有二两肉的中年男人走了进来,说洗头。李姐满脸笑容地迎上去,大哥,这次是要阿紫为你服务,还是阿红?男人扫了一眼沙发上的三个人,指着施何说,这位是新来的?施何吓了一跳,连忙摆手说,我不是这里的。男人有些失望,他说,那就阿红吧。李姐笑着说好好,阿红,带大哥进去。

施何发现阿紫虽然比阿红漂亮,但没有阿红会笑,身上自带寒意,她怀疑阿紫的生意肯定没有阿红好。阿红笑嘻嘻地站起来,挽住男人的胳膊往里走,一边说,哥,今天做个大保健吧!男人捏了一把阿红的屁股说,整天想着大保健。

见两个人进去了,李姐沉下脸,很不高兴地批评阿紫,我跟你说过多少次了,看到客人一定要热情,人家花钱不就为了图个开心吗?你整天哭丧着脸给谁看啊,也不想想没有我,现在你还能好好地坐在这里?阿紫低下头不吭声,那一缕紫发在灯光下显得那么的冷艳。

李姐从刚才男人的眼神里看出施何潜在的价值,所以对她很客气,任她坐在那里闲聊。施何悄声问阿紫,你真是大学生?阿紫摇摇头说,不是,考上了没钱读。施何暗自叹息,轻轻地说,其实你有很多工作可以选择。阿紫的眼圈红了,想说什么,又一个字也说不出来。李姐听到,对施何说,你别看我对阿紫凶,我这个人心肠很好的。阿紫这姑娘有头脑,学了一手美容美发技术,人也勤快,一个月还是可以存点钱下来,只是运气不好,碰到一个白眼狼的男朋友,把她的钱都骗走了不说,还偷她的身份证借了高利贷,自己跑了,丢了一屁股债给她。唉,我是看她实在可怜，就让她拓宽一下业务范围，先想办法把高利贷还了，要不然利滚利，一辈子都不会出头了。

阿紫的泪流了下来，她捂住脸，强忍着不哭出声。施何的心莫名地难受起来，她看到了这个群体有着不为人知的辛酸，并非所有人都是因为好吃懒做才选择走上这条路。

江潮站在门外的阴影处，给施何发了一条信息。施何一看，站起来向两位告别。李姐说，你想好了就过来，我不会亏待你的。施何说，我回去考虑一下。再看阿紫，她正拿着小镜子给自己补妆，脸上的泪痕已悄然不见。

施何走到外面，与江潮会合。江潮问，聊了这么久，有收获吧？施何脸色凝重地点点头，又问江潮，怎么样？江潮说，去的这家还是挺正规的，至少表面上没发现什么异常，虽然给男人洗脚的是女技师，给女人洗脚的是男技师。他试探过那位女技师，问有没有做其他业务的。女技师说她不清楚，她只负责洗脚这块。施何简单说了自己这边的情况，江老师，我晚上回家把这些素材写下来，明天早上发你。江潮说好，文章就由他来整合，共同署名。不过按惯例，两个人都不能用真名，免得惹来麻烦。施何说署不署名没关系，我只是有点担心，报道出来后，会不会来一次"扫黄"行动，到时候这些人就要失业了。江潮说，这没办法，不管我们怎么同情她们的遭遇，这行为本身就是违法的。情归情，法归法，两码事。施何想想也对，这就是现实的无奈。

回到家里，施何跟父母打了声招呼，说晚上还要加班，就回房间了。她见母亲的神情无任何异样，说明父亲没有把她撞到人的事说出来，这有点意思，不过今天晚上她没心思去猜。

手机有信息提示。杭凌风提醒她别忘了参加明天上午9点秘密花园的开业典礼。施何回复了一个"好"。杭凌风回过来一个笑脸表情。施何的心忽生出一份感动，这个男人跟她并不熟，却把她当朋友。她想起素颜说的事，杭凌风和金向宇是表兄弟，这事可不可以让杭凌风暗中劝劝金向宇的父母，不要搞得太僵。这么想着，她又发了一个信息过去，问杭凌风现在有没有空，给她十分钟时间说件事。

杭凌风的电话来了,施何接起,说对不起,你这么忙还来打扰。杭凌风笑着说没关系,你的事更重要。施何调侃道,杭老师这话小姑娘们最爱听。杭凌风哈哈大笑,说可惜你这个小姑娘不爱听。施何说,可惜我不是小姑娘。几句玩笑话后,就言归正传,施何把素颜的情况大致说了一遍,问杭凌风有没有好的处理意见。杭凌风说这事不好办,毕竟是家务事,他劝施何也别管,让他们自己去处理。施何见杭凌风不肯帮忙,有点不开心,觉得自己脑子进水,怎么会冒出这么个馊主意,现在自讨没趣。杭凌风好像搭准了施何的脉,说,你不要不开心,不是我不肯帮忙,你想想,我姑妈、姑父本来就对童素颜有看法,如果我现在出面去谈这事,我姑妈会怎么看我? 怎么看童素颜? 万一还以为我跟她有什么关系,你这不是在帮她,而是在害她。

一语惊醒梦中人,施何不得不佩服杭凌风考虑周全,她发自内心地向他道了声谢。杭凌风说,不用谢,明天早点来给我捧个场就行。施何说一定去。

9

早上,施何打开衣橱,考虑今天穿什么衣服。眼睛从左边移到右边,又从右边到左边,没一件合适的,她不禁气馁。难怪人家说,女人永远少一件衣服。唯一的一条裙子上次参加婚礼时穿过,新裙子想买又没买,为了表示对这次活动的重视,她翻出一件新的白衬衣和一条淡蓝色牛仔裤,配上小白鞋,倒也清爽。照一会儿镜子,她觉得不满意,又找出一条蓝底白花的真丝围巾系在衬衣领子外面,再看,感觉果然好多了。

何小玉去买菜了,施何和正在吃早餐的父亲打了声招呼,背着包准备上班。施林问,怎么不吃就走? 施何边换鞋边说,事情多,上午还要去参加一个活动。施林说,再忙饭还是要吃的,你没空去医院,我今天找时间过去看看人家。施何嗯了一声,匆匆下楼去了。昨晚她把两次的暗访情况形成文字,思索造成这种现象的根源到底在哪里。

来到报社，施何又补充了一些自己的看法，把文字发到江潮的邮箱。公孙春晓来了，她今天穿了一条大花朵的改良旗袍，盘起头发，露出细长的脖子，显得特别靓丽。看到施何的打扮，公孙春晓又鼓动她去买裙子，说，不要整天穿得这么中性，这样会让男人自觉屏蔽对她的想法。施何笑着说，如果穿裙子就能找到对象，那我天天穿。公孙春晓说你不要不信，下次试试。

两个人来到秘密花园心理咨询中心，施何见门口临时搭了一个微型舞台，铺了红地毯，架起了话筒，有人在调试音响。台下摆了几排白色的塑料椅子，三三两两坐着人。左右两边摆满了花篮，那些祝贺条幅从屋顶垂下来，红艳艳一片，很是喜庆。公孙春晓看到旁边的长条桌上放着一叠当天的《堇城晚报》，很高兴，那上面有她写的人物专访。不过，她把施何的名字也署了上去，让施何感到很不好意思。一位工作人员请她们在大红的签名本上留下大名，公孙春晓的字写得不好看，自嘲手写体已废。施何说，我也写得很难看，拿起水笔，龙飞凤舞地写了两个字。

好字。身后传来一个男人浑厚的声音。

施何回过头，看到一双深邃的眼睛，一愣，笑了笑，退到一边。出于好奇，她偷偷瞄了一眼那个男人写在本子上的名字，"李林森"，心想这人肯定练过书法，字写得真心好。

每位签过名的嘉宾从工作人员手中接过一只特制的布包，各自找位子坐下。公孙春晓说，我们要不要进去跟杭老师说一声？施何说算了，人家这会儿正忙着，等走的时候跟他说下就行。

这时，杭凌风陪着董梁功走了出来，施何看到那个李林森上前去，两个人很亲热地握手。李林森还轻轻地在杭凌风肩膀上打了一拳，满脸笑容地说着什么。

公孙春晓碰了一下施何的胳膊说，杭老师出来了。杭凌风看到她们两个，一边招手让她们过去，一边请董梁功在第一排嘉宾席入座。

来，我给你们介绍一下。公孙春晓、施何，《堇城晚报》的美女记者和编辑。李林森，天垠房地产有限公司总经理。

杭凌风笑着对公孙春晓说，可惜我们李总在州城发展，哪天到堇城来开分公司,你就好好给他写篇人物专访。公孙春晓妩媚地笑着说,那是自然。李林森朝公孙春晓客气地笑了笑说,期待。

施何站在一边,目光快速扫过去,见此人与杭凌风个子差不多,至少也有1米75,感觉年纪比杭凌风要略大几岁,身材保养得很好,没一点走形变样,气质不错。头发乌黑浓密,眼睛不大不小,竟然还是双眼皮。眉略粗,五官有棱有角,很有男人味,一副眼镜又给他增添了几分书卷气。灰衬衣、黑长裤,皮鞋擦得锃亮,手腕上戴着名表。看起来是一个很注重生活品质与细节的成熟男人。而站在他旁边的杭凌风显得更为意气风发些,也许是人逢喜事精神爽。

想什么心事?公孙春晓拍了一下施何的背。

施何啊一声,看到李林森注视她的目光,赶紧避开,说没什么,找位子坐。

场内只剩下第一排、第二排空着,两个人就在第二排坐了下来。杭凌风请李林森入座,不知是有意还是无意,李林森刚好坐在施何的前面。仪式还没有开始,施何盯着李林森的后脑勺看,她注意到这个男人的耳朵长得小而薄,按相书上的说法,属于比较劳心的那种。心想可惜了,这耳朵坏了他的整个面相。今天怎么回事,居然对这个男人产生了兴趣,明明是秋天,难不成还做春梦?施何觉得自己好搞笑。

公孙春晓打开布包,里面是一张报纸、一份简介、一本特制的秘密花园笔记本、一支笔、一张价值五百元的免费体验卡。她对施何说,看看,我猜得没错吧。施何笑着说,你答应我的事还没有兑现。公孙春晓一时没想起,问什么事?施何说,终身免费贵宾卡啊!公孙春晓说,去去,你又没病。施何轻轻地叹气道,现在又有几个人没病的?前排的李林森听了,若有所思。

开业典礼开始了。

穿着一件白衬衣、打着浅蓝色领带的杭凌风站在话筒前,先介绍了到场的部分嘉宾,又谈了自己的理想和秘密花园的使命。他说现代人因生活和工作压力过重,不同程度都有抑郁倾向,还有孤独与焦虑症等各种情绪状态,若不及时疏导与治疗,很容易让大脑发生功能性障碍,不但会影响正常的工作和生活,严重的还威胁到生命。我国每年约有三十万人因抑郁症自杀,这个数字还在逐年增加,这是非常令人痛心的事。今后,秘密花园心理咨询中心将竭尽全力广泛宣传,让更多的人了解心理健康的重要性……

太阳出来了,施何从杭凌风充满激情的讲话中读出了一个男人的梦想,她发现了他脸上的光芒。这个男人浑身所散发出来的积极能量,让她的视线越过阴郁的日常,投向远方。

公孙春晓突然压低声音,一脸神秘地说,施何,我才发现,你今天穿的跟杭老师很像情侣装啊!施何一惊,忙说别乱讲,巧合而已。公孙春晓脸上浮起神秘的笑容,拍拍施何的手背,不再言说。施何早发现了,正后悔自己选了这衣服和丝巾,没想到还是被公孙春晓注意到了,但愿她回单位不会去八卦。

台上,嘉宾代表发言。

董梁功被请上台,老先生很精神,一根根银发直直地竖着。他很高兴这座城市从此多了一个可以让人们卸下重荷的地方,他希望秘密花园能成为每一个人的心灵花园,那里鲜花盛开,百鸟齐鸣,让人忘却忧愁,他相信秘密花园一定能为堇城的社会安定与和谐做出自己的贡献。

第二个发言嘉宾是李林森。施何的目光不由自主地追随过去,她很纳闷,这个男人为什么会给自己不一样的感觉?是因为最近受刺激太多,让她那颗坚硬的心变得脆弱起来,还是因为精神太疲惫,需要某种情感的支撑?她就这样胡思乱想着,根本没有听清李林森在讲什么。

李林森回到座位,落座前,他发现施何似乎在神游,带着那么一丝迷茫,让人找不到她目光的聚焦点,不禁多看了她几眼。施何依然在恍惚中,她在想等会儿典礼结束,还是去一趟医院。她说不清这是一种什么心理,也许是因为早上父亲说过的那句话,潜意识里让她想去探究些什么。

喂,梦游了?公孙春晓附在施何耳边问。

施何的思绪又被拉回现场,最近是太不正常了,她只好借口说晚上没睡好。公孙春晓同情地看着施何说,可怜的娃。

坐了一会儿,施何忽感觉肚子不舒服,就说要去趟洗手间。挤出人群,她看到童素颜和金向宇走过来,忙停住脚步问,才来?童素颜点点头,说有事耽搁了。

施何见素颜脸上波澜不惊,不清楚她的事怎么样了,又不好问。金向宇说,你们两个先聊,我过去一下。素颜说,行,我等会儿过来。

施何拉过素颜,轻声问那件事处理好没有?素颜说,还没,金向宇正在跟他父母谈。施何想起杭凌风的话,清官难断家务事,也就没多说啥,只是提醒素颜注意方法。毕竟,她和金向宇的日子才开始。素颜说,你放心,我心里有数。两个人闲聊了好一阵,施何才想起自己是要去洗手间的,就抛下素颜,匆匆跑进咨询中心大门,抬头看到李林森正坐在大厅吸烟区的沙发上静静地抽烟。心想,这男人是什么时候进来的?李林森看到施何,朝她微微点了点头,继续抽他的烟,一脸深沉。

等施何出来,李林森叫住她,从皮包里摸出一张名片递给施何,客气地说,请多关照。施何接过,说了声谢谢!施记者方便留个电话吗?李林森问。施何心里在为另一件事着急,答非所问地说,有事先走了,回头我发信息给你。说完,不等李林森反应过来,就逃一样地跑开。

公孙春晓接到施何发来的微信,说有事,晚点去单位。而素颜接到的内容是,大姨妈不请自来,差点出洋相,回家去。素颜看得忍不住笑起来,这家伙。

施何开车回到家里,何小玉见女儿突然回来,吓一跳,还以为出了什么大事。施何说没什么,就回房间换了一身衣服,庆幸发现得及时,不然真的丢脸丢大了。最近压力太重,例假也乱了套。她把牛仔裤丢进盆子里浸泡,对母亲说,晚上我下班回来洗,就匆匆走了。

典礼结束,公孙春晓跟杭凌风告别。杭凌风见施何不在,就问施老师呢?我还想请你们好好参观一下。公孙春晓说,施何可能有急事先走了。站在旁边的李林森插话说,我看她挺急的样子,不知道是什么事。杭凌风转过头问素颜。素颜含糊地说,她去处理点私事。杭凌风见如此,也就不再追问,他有这么多客人要招待,顾不上。

公孙春晓回到单位,问施何急忙忙干吗去了?施何讲了原因。公孙春晓在那里笑得直不起腰,说没想到是这事,你这是内分泌失调,赶紧找对象去。施何打了公孙春晓一拳,笑骂道,你幸灾乐祸。公孙春晓忍住笑说,这是真的。施何叹气道,这段时间没休息好,整个人是感觉不太正常,啥都乱了。公孙春晓让施何去找中医调理调理。施何摇头,她不喜欢喝中药,嫌太苦。

在电脑前坐下,施何想起自己原本打算去医院的,这么一搞,又没去成。父亲今天会和林纳见面的吧,一联想到那个场景,她就心烦意乱起来。可工作摆在那里,马上要国庆节了,她得提前把版面编辑好。还是面对现实,先把活干好再说。

施何,国庆节准备去哪里玩?附近有没有特色的民宿推荐,我想和老公一起去住两晚放松一下。公孙春晓问。

公孙春晓的话提醒施何,对啊,不如趁国庆休息,建议父母出去走走,也好促进两个人的感情。施何说,前些天倒是听人提起过一个地方,据说很清幽,在青凤镇,离这里也就两个半小时的路程。

青凤镇?公孙春晓上网查了一下,资料很少,只有一家民宿介绍。施何说才开发的,知道的人还不多,这样才好,人太多了没趣。公孙春晓说那倒是,又问施何要不要一起去。施何说,你们成双成对的,我才不去当灯泡。公孙春晓不以为然,说你玩你的,我们玩我们的,有什么关系?你不是说最近啥都不正常吗?那就出去几天轻松下。施何听了公孙春晓的话,有点动心,她说回家征求一下父母的意见再做决定。公孙春晓说她晚上回去也问下老公。

对了,施何,刚才典礼结束,杭老师还问起你了,我看他挺关心你的。公孙春晓话中有话。施何说,那是人家看我们两个人一起来,最后你在我不在,顺便问下。公孙春晓说,不过当他听那位李总说你看起来很急的样子离开,他又问另一个女的。

这时,施何忽想起李林森给她的那张名片,刚才忘了从裤口袋里掏出来,看来是无缘结交,那就算了。

吃过午饭,董梁功坐李林森的车回州城。很多人不知道,这秘密花园除了杭凌风之外,还有一个隐形老板是李林森,他占了百分之三十的股份。是他要求不对外公开,平时也不参与具体事务的管理,由杭凌风全权负责。两个人是好朋友,杭凌风创办秘密花园,资金遇到困难来找他商量,他一口答应出资以示支持。

董老,以后还要请您多多支持凌风,他很不容易,从医院辞职出来,又投入了全部的身家,没有退路了。李林森恳切地对董梁功说。

董梁功沉吟道,是有风险,民众对看心理医生有抵触,怕被人知道误以为是精神病。另外他们也不了解什么是心理疾病,特别是抑郁症不及时治疗有可能造成的严重后果,还需要做大量的普及工作。

李林森在资金投入前,已考虑到这一点,也做好了亏损的思想准备。不过,他相信杭凌风的能力,一个有梦想有情怀的人不会在困难面前轻易言弃。

董梁功见李林森不像一般的商人,举手投足带有书卷气,就问他以前是不是当过老师。李林森笑着说,没有当过老师,平时喜欢看看书,练练字。他以前在机关工作,不喜欢那个环境和复杂的人际关系,所以十年前就选择了下海。

李总不简单,从机关到企业,不是谁说离开就有勇气离开的,你的天坏公司知名度很高,董梁功佩服地说。

没有没有,我只是在天坏集团下属的一家房地产公司当个职业经理人,也是打工的身份。李林森谦虚地说。

说到房地产,董梁功不禁感慨起来,他说一次国际会议开过后,州城突然成了一线城市,这房价一天一个价,涨得太快,吃不消。李林森说是的,有的楼盘都快翻倍了,很不正常。董梁功说,你们搞房产开发的可就高兴了哦!李林森说有利有弊,涨得多,上面又会制订调控政策。房子总价太高,会把一部分客源拦在外面。董梁功说是啊,一套房子最起码几百万,普通工薪阶层不吃不喝干一辈子也买不起。李林森说,现在贫富相差悬殊,资源分配不合理,信息不对称,以后这种现象会越来越严重。董梁功听了,一脸沉重地点了点头。

董梁功年纪大了,聊了会儿天,感觉到疲惫,就靠在座位上打起了瞌睡,李林森让司机不要开得太快,安全第一。

《潮》杂志的丹记者给李林森发来信息,约定采访时间。李林森平时很低调,基本上不接受采访,不过《潮》杂志不一样,这几年在马总编的带领下,办得风生水起,非常有特色。所以前些天当他接到丹记者的电话时,答应国庆前接受采访,差点忘了这件事,忙做了回复。

放下手机,李林森闭目养神,忽想起施何,那个急急忙忙跑开的姑娘说给他发信息,也不知道会不会发来。秘密花园需要推广,离不开媒体的助力,包括网络等各种平台,还需要尽快做个详细的方案。他的耳边闪过施何与公孙春晓的玩笑话,要一张终身免费体验卡,于是给杭凌风发了一条微信。

等把所有客人送走,杭凌风坐在办公室的椅子上舒了一口气。他想起施何的不告而别,是不是遇到了要紧事,于是给她发了条信息,请她有空来秘密花园坐坐。施何回复,对杭老师的邀请表示感谢,解释自己有急事提前离开,有空一定过去坐坐。

收到李林森的微信,杭凌风不禁笑了起来,给施何办一张终身免费体验卡,这位合伙人还是挺大方的。其实他也正有此意,把她作为一个案例来研究,又不能明说,免得她反感和抗拒。送一张卡给她,让她在不知不觉中配合自己,既达到帮助她的目的,又能出研究成果,一举两得。

10

这天下午,施林抽时间去了一趟医院。林良波看到他,心理是矛盾的。她既恨他当年的寡情,又不得不承认自己从没有放下过他,但这没放下似乎又不是爱。现在也不想和他有太多的牵扯,甚至有逃避的念头,特别是当她发现女儿嘴上喜欢的老男人竟然是他,心情更加的复杂和忧虑。因为她怕时间久了,和这个男人之间又会发生质的变化,到时候女儿会如何看她?所以对施林的到来,林良波神情淡漠,客气又生疏。她说,没什么大碍了,准备回家去休养。施林劝说,你还是多住几日,伤筋动骨一百天,如果真要回家,那就请个阿姨照顾。林良波道了声谢谢,她说,林纳会安排好的。施林感觉到林良波态度的变化,认为是施何的出现让她有了顾虑,就让她不要想太多,安心养身体。

正说着,林纳提着菜盒进来了。医院的菜太难吃,这是她专门去大食堂打包来的。见施林在,她很高兴地打招呼。当着林良波的面,施林对林纳说,小纳,以后你叫我叔叔吧,不要叫施局长。林纳脱口而出,我想叫你干爹。林良波脸一沉,呵斥道,什么干爹湿爹,不怕人家笑话? 林纳噘着嘴反驳道,这有什么关系?
只要施局长同意。

施林搓了搓手,如果让施何知道林纳叫自己干爹,那他真的解释不清楚了,
搞不好还会曝光与林良波的那段前尘往事,得不偿失。想到这里,他脸上堆着
笑,安抚林纳说,还是叫叔叔吧,现在干爹名声不太好,算了,我们就不要纠结这
个称呼。林纳见施林婉言拒绝,也不好再讲什么。她只是纳闷,母亲干吗又这么
激动? 真是。

说到出院,林纳同意母亲的建议,在医院晚上睡不好,还是回家去休养。她
已经问过医生,同意后天办出院手续。至于要不要请临时保姆,看情况。林纳
说,反正国庆节我在家,先照顾着。施林见母女俩都已经决定,就说到时候他过
来结账。

聊了一会儿闲话,施林告辞离开。林纳很奇怪地问母亲,她说,妈,我之前想
认个干爹,好像没见你这么反对,现在怎么就不行了? 林良波瞪了林纳一眼说,
你没脑子啊,你认他做干爹,他女儿会怎么想? 你就这么想要个爹? 林纳不满地
说,关施何屁事,我就是想要个爹。这么多年,亲爹从来都不上门,找个干爹也不
行。林良波烦躁地说,随便你找谁当爹,找他就是不行。林纳见母亲又要发作的
样子,只好妥协,说行行,不找了行吧,等哪天你找个老头,我再叫他爹好了。林
良波叹着气说,我作了什么孽,生了你这怪胎。林纳随口回答一句,天知道。林
良波忽然陷入了沉默。

金向宇给林纳打来电话,说,我爸妈月底回国,想见见孙子,你什么时候方
便,我过来接儿子住两天? 林纳说,我妈住院,这几天很忙,没空送,要接的话,等
10月1日好了。金向宇一听前丈母娘住院,很关心地问,什么情况? 林纳本来不
想理会,但想到人家也是一片好意,于是就语气平和地说,被汽车撞到了,还好,
没出大问题。金向宇说,那就好那就好。又问,在哪家医院? 林纳闪过一个念
头,就告诉了他。金向宇说他过来看看。林纳向前夫表示了感谢。

放下手机,林纳对母亲说,你的前女婿说要来探望你。林良波皱着眉头问,
你不是说他又结婚了吗? 跑来做什么? 林纳哼了一声说,随便他,他父母想见豆

豆,我让他国庆节来接。林良波又忍不住埋怨起来,怪女儿当年结婚太草率,离婚更草率,既然选择了,为什么就不能为孩子忍一忍?林纳打断母亲的话说,你当年不是也没有为了我忍着不离婚吗?林良波一听,脸色灰了起来。林纳又缓和着口气说,我也没有怪你,时代不同了,你没听说过,现在的婚姻是一半人在离婚和准备离婚,另一半人在出轨和准备出轨。虽说是网上段子,但也是一种存在的现象,没什么大不了的。更何况,我这场婚姻一点也不亏,达到了短时间内的利益最大化。以后,我会跟金向宇保持友好关系,毕竟他是豆豆的父亲,金氏实业的继承人。我儿子上贵族学校、出国、工作,还不是要靠他?

林良波听了女儿的一番话,深深地叹了一口气,无言以对。

一个半小时后,金向宇提着礼品走进病房,对受伤的前丈母娘表示了亲切慰问。来者是客,林良波也不好冷着脸,就请他坐,说了些林纳去接孩子了,你这么忙还特意跑过来,实在过意不去之类的客套话。金向宇摇着头说,没事,应该的,你是豆豆的外婆,平时带孩子挺辛苦的。林良波没想到金向宇会这么说,有点感动,觉得这人也不坏,可能之前是自己有偏见了。

我听小纳说,你又结婚了?林良波忍不住问。金向宇笑了笑说,是啊,又结了。不过你放心,我不会亏待豆豆的。林良波说,那是,豆豆是你的儿子,你怎么可能会亏待他?我的意思是你以后好好过日子,结婚、离婚太累,孩子可怜。有空多来看看他,豆豆想爸爸。金向宇很惭愧地检讨自己平时对孩子关心不够,一定改正。

林良波和金向宇从没有这样敞开交流过,当林纳带着儿子豆豆走进病房,见两个人相谈甚欢,感觉很意外。豆豆看到金向宇,开心地跑上前,嘴里大叫着爸爸。金向宇抱起儿子转了两圈,亲了亲儿子的小脸蛋,问他,豆豆想爸爸吗?豆豆点头说,想爸爸。林纳站在一边,看着父子俩相见的情景,不禁迷茫起来。眼前这个男人视婚姻为儿戏,此刻看儿子的眼神倒是充满了爱意。

来,我给你们父子俩拍张照片。林纳笑眯眯地拿出手机,拍下金向宇抱着豆豆开心的样子。

妈妈,你也跟我们拍个照。豆豆兴高采烈地说。林纳没想到儿子会提这个建议，一时没反应过来。这个时候的金向宇满眼都是儿子可爱的笑脸，他以为林纳不同意，赔着笑脸商量道，孩子说拍一张，行不？林纳微微一笑，把手机交给蒋大姐，请她帮忙拍下。三个人难得同框地合了两张影，一张豆豆亲妈妈，另一张豆豆亲爸爸。林良波看着眼前这一幕，心里像打翻了五味瓶，不是滋味。

有了这些铺垫，病房里的气氛越发融洽，金向宇趁机提出晚上请林纳母子一起吃晚饭。林纳看看儿子，一反常态地欣然答应。金向宇见林纳这么给他面子，很高兴，他开车带母子俩去了市中心金玉大厦的旋转餐厅，把豆豆高兴得嘴巴一刻不停地向爸爸说着幼儿园的事，一脸灿烂。看到儿子欢喜的样子，林纳暗暗心惊。她打量着坐在对面的这个男人，虽说当初是自己有目的地接近他，但不管怎样，一日夫妻百日恩，更何况有个共同的孩子。渐渐地，林纳看金向宇的目光多了几分柔情。金向宇自然也感受到林纳散发出来的友好气息，这餐饭吃得很是温馨。

吃好饭，金向宇要回去，豆豆搂着爸爸的脖子不肯松手，眼泪汪汪地问，爸爸，你为什么不跟我和妈妈一起回家？金向宇不知如何回答，只好说，过两天爸爸来接你。豆豆认真地说，那你一定要来接我。金向宇保证，一定一定。林纳说，豆豆乖，爸爸还有事。在金向宇再三保证下，豆豆总算松开手，脸上带着泪痕扑进妈妈怀里。把母子俩送到医院，看着林纳牵着儿子的小手离开，金向宇竟生出几分恋恋不舍之情，第一次意识到自己的行为对孩子造成的伤害。对不起，豆豆。金向宇在心里默默地向儿子道歉。

林纳晚上一直在不动声色地观察着金向宇，新婚才几天，跑出来探望前丈母娘，还跟前妻和儿子吃饭，看样子跟第三任老婆的感情也没有想象中那么好。她决定改变策略，让儿子多在金家出现，而自己在金向宇面前也要回到最初柔情似水的模样。为了儿子的笑脸，她不介意和金向宇重续前缘。

金向宇回到家里，在沙发上来个"葛优躺"，神情郁郁寡欢。童素颜见他今天很奇怪，于是问他，怎么了？金向宇借口父母要回来，那份协议的事还没有谈妥，心烦。素颜说，这事我不管，你处理好。我明天找关系去做个B超，看看是儿子还是女儿。金向宇把目光落在素颜的肚子上，耳边响起豆豆叫爸爸的声音，忽有一种莫名的慌乱。他又想起大女儿,自己平时也极少关心,他这个爹确实当得太不合格。

你有心事?素颜敏感地问。金向宇连忙否认,说我已儿女成双,不管你怀的是男孩还是女孩,都好。我想我爸妈也不会在意。素颜不悦道,那是你们,反正我喜欢儿子。金向宇说,如果B超做出来是个女儿,难道你就不要了?素颜不吭声。她的年纪也不小了,不可能不要这个孩子。她想了想说,如果这第一胎是女儿,那再生一个,去国外生。金向宇说,好,只要你不嫌累,愿意生几个就生几个。素颜伸出粉拳,捶了金向宇两拳说,你当我是母猪啊!金向宇站起来说,那我就是公猪。我去洗个澡,你看会儿电视。

素颜坐在沙发上,打开电视机,找喜欢的节目。她看到金向宇的手机丢在沙发上,有信息提示音,就随手拿起来看,她知道金向宇的手机开机密码。突然,她的目光停在手机屏幕上,一个微信名叫"林家小妹"的人发过来几张照片。素颜的手微微颤抖,无名之火腾地升了起来。没想到金向宇今天是和前妻与儿子在一起,难怪回到家里一副魂不守舍的样子。她试探着发一条信息过去,说晚上很高兴一起吃饭。"林家小妹"发过来一个调皮的表情,说儿子很开心。素颜又回,是啊,我也很高兴,以后要抽时间多陪陪你们。"林家小妹"这次用了害羞的表情,说你这样不怕新婚妻子吃醋啊!素颜回,不怕。"林家小妹"掩嘴而笑,附加上一只牛头。怕金向宇出来发现,素颜不敢多聊,故意说去洗澡了,有空聊。"林家小妹"回了一条,好。

素颜把聊天记录连同照片一起删除,手机原样放好,心里那股气在胸腔翻滚,差点就要喷薄而出。冷静,冷静,冷静,重要的事说三遍,她警告自己。前夫去看孩子,遇到前妻,一起吃顿晚饭,没什么大不了的。她气的是金向宇没有跟她说实话,难道她童素颜是这么小肚鸡肠之人?结婚才几天,他就这样,以后还了得?不行,她必须要立下规矩,让金向宇长长记性。

金向宇洗好澡出来,穿着睡衣坐到沙发上,拿起手机看了看,又放到一边。一只手伸向素颜的腰,说再过几个月,这细腰就要变水桶了。素颜装作什么也没看到过一样,倒在丈夫怀里,娇滴滴地说,你可不许再见异思迁,做对不起我的

88

事,不然我绝饶不了你。金向宇抚摸着素颜光洁的脸蛋说,你放心。素颜坐起来,盯着金向宇的眼睛,正色地说,我不跟你开玩笑,以前怎样,我无权过问,但今后你只能爱我一个人。我跟你前面两个老婆不是同类人,你可别想着欺侮我。金向宇连忙表态,不会再去折腾了,以后就跟你安安心心过日子。素颜飞了一个媚眼过去说,这还差不多。金向宇搂住素颜爱抚,心里暗暗想,可不能让她知道晚上吃饭的事,搞不好要闹。夫妻俩各怀心事,表面是一副恩爱样。

施何回到家里,牛仔裤已被母亲洗干净晾起来,一摸口袋,没有名片。就问,妈,我裤子口袋里的一张名片你拿出来了?

何小玉端着菜从厨房走出来说,放你写字台上了,不过已经有点糊了。施何回到房间,拿起来一看,手机号有几个数字已看不清了,就随手把它丢进了垃圾筒。她想想,觉得不好,又捡起来,放在写字台上。

11

江潮与施何共同采写的站街女现象《那一条越走越远的回家路》,在《堇城晚报》以特别报道的形式推了出来。不过没有用真名,也没用化名,只署了本报记者。文章并没有单纯地站在道德的高度去批判,而是心怀悲悯,深度剖析这种现象背后的辛酸与无奈。指出贫穷并不可怕,可怕的是看不清人生的方向,以贫穷为借口,自甘堕落。

这篇报道一出来,很受读者欢迎,可有些人却不高兴了。首先是东塘镇的镇长和书记,看到这样的曝光新闻,感到很没面子。其次是东塘镇派出所所长,让这种现象存在多年,说明很有问题。于是电话打到市委宣传部告状,说报道这样写,等于把一件很小的事给放大了,显得堇城的精神文明建设很不到位。宣传部领导又把电话打到应明这里,说报纸还是要多宣传正能量,负面的东西不是不可以报道,但要注意尺度,免得适得其反,造成不好的影响。

放下电话,应明皱紧了眉头,重新拿起报纸认认真真又读了一遍,没什么问题啊,举的几个事例都很生动,剖析也到位。他想了想,拨通了熊道达的电话,让他上来一趟。熊道达跑得很快,转眼就出现在应明面前,向他邀功,说好多读者打来电话,表扬特别报道写得好,希望能经常看到这类可读性强,又能发人深思的好文章。

应明让他坐下,说刚才宣传部领导打电话来说这篇报道了,这样,你让江潮再去采访一下东塘镇领导和东塘镇派出所所长,看他们采取什么方法来解决站街女这个丑陋的现象,再做个后续报道。熊道达说这个没问题。应明说,下期我们就来个正能量的题材,董城是个爱心城市,可以搞一期跟慈善人物有关的特别报道。这样一期负面现象报道,一期正面宣传,交替着来。熊道达的头又点得像小鸡啄米,连声说高见。

走出总编办公室,熊道达通知江潮做好东塘镇站街女的后续报道,又找公孙春晓,让她去挖掘几位普通的做慈善的爱心人士,最好是之前没有宣传过,新发现的。

公孙春晓说,不用找,我微信朋友圈里就有好几个。熊道达大喜,马上说这个选题就由你来负责,国庆节后推出。公孙春晓点点头说,保证完成任务。上次被施何抢了头功,她心里还是有点不开心。她想,这次无论如何要把这个报道做好,让领导看看自己的能力。

公孙春晓很快在自己的微信朋友圈里锁定了三位处于最底层,却有一颗慈善之心的小人物。一位是许波,二十多岁的年轻人,他有个习惯,每做一件好事,都会在朋友圈晒一下。按他的说法,是希望带动更多的人参与到日常的爱心当中。另一位是朱小平,他是董城"我来帮您"公益组织的成员,这个公益组织服务的对象是孤寡老人,从社区到敬老院,定期上门服务。还有一位是方菲,她十年如一日照顾一对失独的老夫妻,她是公孙春晓无意中得到的新闻线索。公孙春晓曾去采访过她,被方菲给拒绝了,说她不想被宣传报道,这次一定要说服她接受采访。

说干就干,公孙春晓马上与许波和朱小平取得联系,约定采访时间。至于方菲,她决定亲自上门去拜访。

正在写稿子的施何对公孙春晓说,春晓姐,那你国庆节一天也别想休息了。公孙春晓做出很无奈的样子说,没办法,只好加班,赚三倍工资。施何说,给我三倍工资我也不想干,太累了,好不容易盼到这么个假期,我要好好清空那些垃圾,这样才有精神继续干下去。公孙春晓说,你去玩吧,现在没拖累,想怎么玩就怎么玩。等以后结了婚,就不能随心所欲了。施何说,结婚对我来说还是一件很遥远的事,说不定这辈子不会结婚了。公孙春晓说,一个女人还是要经历结婚、生孩子这些事,这样人生才圆满。施何说,人生从来都没有圆满。

张倩插话道,姐姐们,多传播婚姻的正能量,不然我就没信心去结婚了。公孙春晓笑着说,是是,姐姐以后一定注意,多向你们宣传婚姻的种种好处,让你们有信心和勇气走进围城。

施何想起最近遇到的一系列奇葩事,遇见的那些人,这是命运的某种暗示?不是有句话说,谁也不会无缘无故出现在你的生命中,凡是出现的,必有因果。那么,谁会跟自己发生不一样的交集呢?还有,她到底想要一份什么样的感情?从小到大,她又何曾得到了真正的关爱?

施何,我觉得你最近状态不太好,大白天都显得精神恍惚,你这样子开车还是要当心。公孙春晓见施何又是梦游状,提醒道。

施何揉了揉脑门,似乎这样就会清醒些,她说,我现在迫不及待地等着假期来临,让我早日恢复正常。公孙春晓说,可怜的孩子,好了,赶紧干活。

公孙春晓第一个采访的人是许波,为了节省时间,她没有面对面,而是通过电话采访。许波是本地人,在一家企业工作。他说自己做的都是一些日常中很普通的事,随手公益。比如发现邻居把钥匙插在门上忘了拔,他就及时与对方联系;比如看到十字路口停着一辆脚踏三轮车或共享单车,就会马上打电话通知交警来处理;比如他在超市抽中了一个一等奖,奖品是一台洗衣机,转身就联系市慈善总会捐给困难家庭;等等。总之一句话,他就是个爱"多管闲事"的"90后"。让公孙春晓感动的是,许波做这些事已成习惯,谁说"90后"没有担当?问他为什么要这样做,特别是为什么每次做了都要发朋友圈,跟雷锋叔叔做了好事写在日记本上一样。公孙春晓问,你不怕人家说你在沽名钓誉吗?

许波说，堇城是座爱心城市，我所做的只不过是一些力所能及的事，比起身边的榜样，还差得远，发朋友圈就是想传递一种正能量。别人理不理解无所谓，我只做自己认为该做的事。不过影响还是有，谈了几次女朋友都吹了，那些女孩子都说我人是好人，就是太喜欢管闲事，有的背后叫我"寿头"。

公孙春晓说，你一定会找到一位理解你、支持你的好女孩。许波道了声谢。公孙春晓问许波跟朱小平熟不熟，许波说认识，我有时也会去参加他们的活动。公孙春晓说，她想先侧面了解一下朱小平的情况，再找他本人聊。许波说，朱小平为了做慈善，他老婆都要跟他离婚了。公孙春晓很惊讶，说还有这样的事？许波说，是的。接着，他介绍起朱小平的情况。

朱小平和妻子都是普通的环卫工人，新堇城人，每个月收入并不高，家里还要供两个孩子读书，经济比较拮据。自从朱小平五年前加入"我来帮您"的公益组织后，业余时间几乎都用在做公益上，顾不上家里。再加上他付出的不只是劳力，肯定也有花钱的时候，时间久了，妻子难免会有怨言，夫妻俩多次为了公益的事吵架。丈夫想着多奉献，妻子骂他脑子有病，让他不要回来，他爱照顾谁就去照顾谁。

许波说，我们有一个爱心群，前几天我听说朱小平老婆已下了最后通牒，要么朱小平退出"我来帮您"，要么就离婚。

公孙春晓立马有了一个新的想法，她决定去找这对夫妻当面好好聊聊。

朱小平一家住在幸福小区，租的是一间单独的车棚，房间里摆着一张上下铺的铁床，一张吃饭的桌子，几把塑料方凳，还有煤气灶等生活用品，显得很拥挤。

看到公孙春晓到家里来，朱小平很难为情，他拿起一块看不清颜色的抹布擦了擦凳子请她坐，又让他老婆阿英赶紧烧点开水。公孙春晓说不用，她就过来聊聊。

朱小平和阿英都是四川人，四十多岁的年纪，由于长期从事体力劳动，看起来比实际年龄要苍老。说起怎么会想到加入公益组织？朱小平说，这跟五年前堇城的那场特大台风有关，那时候他们一家来堇城不久，因为台风，租的地方被水淹了，一家人惊慌失措之际，是"我来帮您"这个民间公益组织的人划着船把他们接到安全的地方,还送来衣服和食物,又领到政府的救助物资,心里特别的感动。他想着既然人家这样帮我们,他有力气,那就跟着做点事,所以就加入了那个公益组织。自从做公益后,他觉得整个人都变了很多,心态好了,每天活着也觉得很有意义。团队里大家也是相互关心,谁有困难都会帮一把。

公孙春晓边听边记录,她又问阿英的真实想法。阿英说,我并不反对丈夫去做好事,平时我们也在受人家恩惠,像这幢楼的居民,经常会送一些挺好的衣服、半新不旧的鞋子等东西给我们。按理说车棚不能住人,考虑到我家的实际情况,居委会网开一面,只是提醒要注意安全,挺关照的。可他现在做公益上了瘾,甚至都影响到了正常的工作和生活,这让我受不了。公孙春晓对阿英的想法表示理解,她对朱小平说,做公益是好事,但不能本末倒置,如果因为做公益搞得妻离子散,那真成新闻了。

朱小平听了公孙春晓一番话,搔了搔头皮说,我知道了,就是这做公益好像真的会上瘾,不做浑身难受。公孙春晓没有这样的体会,自然也说不清楚是不是真的这样,不过嘴上还是表示了由衷的敬意。她劝两位多交流、沟通,好人有好报,在付出爱心的同时也在收获。朱小平和阿英都表态,以后会多商量着去做公益。公孙春晓满意地点点头说,把朱大哥的事迹在报上一宣传,会有更多的人去关注公益事业,这就是朱大哥和其他爱心朋友付出的意义。朱小平看了看妻子,眼神里闪过一丝骄傲。阿英瞪了丈夫一眼,很想骂他一句公益又不能当饭吃,只是碍于有外人在,多少得给自家男人留点面子。

从朱小平家出来,公孙春晓给方菲打了个电话,说要去她家拜访。方菲说,大记者,你来做客我欢迎,如果是采访,就不要来了。公孙春晓笑着说,我来你家吃饭不行吗?方菲说,当然行,就是没啥菜。公孙春晓说,那我就不客气了。

方菲家在一个小镇上,公孙春晓到达时,天都快黑了。方菲看公孙春晓还提着一袋水果,就说她见外。公孙春晓说给孩子吃的,顺手就放在进门的柜子上。桌上已摆了几道清爽的小菜,方菲说,没啥招待大记者的,烧几道家常菜请你尝尝。公孙春晓也不客气地坐下,说家常菜最好。又问她老公和孩子怎么不在?方菲说,老公和孩子进城去了,在外面吃饭。

公孙春晓大老远跑过来一趟，当然不是为了吃饭，她要说服方菲接受采访。方菲也清楚公孙春晓来的目的，只是她真的很抗拒，也怕这么一报道，惹来不必要的麻烦。最关键的是，她认为自己做的是一件再平常不过的事，根本不值得宣传。公孙春晓就边吃饭边和方菲聊天，讲了许波和朱小平的故事。公孙春晓说，刚开始她对许波边做好事边晒朋友圈的做法也不理解，觉得这么一晒，爱心就打了折扣。可与许波聊了后，她认为问题在于自己的偏见，而不是许波。而朱小平做公益上瘾，应该是他在付出的同时，获得的一种尊重让他的内心得到了从未有过的满足感。毕竟处于生活最底层，这样的尊重并不是随处都能获得。

方菲静静地听着，她是个朴实的中年妇女，因新农村改造才搬到镇上来住，讲不出什么大道理。她说自己照顾失独的邻居，就是觉得老两口都七十多岁，这么大年纪了，白发人送黑发人，儿媳妇又带着孙子走了，实在太可怜，反正就挨着住，照顾一下只不过是举手之劳。

方菲的善良和真诚深深打动了公孙春晓，她说，方菲，我们社会就因为有许多像你这样富有爱心的普通人，所以才充满希望。我写你的故事，不是为了宣传你个人，而是弘扬社会的正能量，唤醒人们心底的善念，让这个世界更美好。方菲说，我文化程度不高，你说的这些大道理我也听不太明白，我就是怕你报纸一登，人家要说闲话，还以为我对人家老人有什么企图。公孙春晓说，不会的，你放心好了。经过反复劝说，方菲勉强同意，只是她也说不出什么，都是日常的细碎小事。

吃好饭，公孙春晓就让方菲陪着去了她邻居家，和老两口聊了聊，大妈拉着公孙春晓的说，方菲就像自己的女儿，平时家里烧了什么好吃的菜就送过来，天气冷了，她家的衣服都是方菲包了拿回去洗。早晚都会过来看下，陪着聊几句。说着说着，大妈的眼泪就下来了，她擦了擦眼泪，不停说着方菲的好。公孙春晓庆幸自己的英明，这趟没有白跑。她坚信，这期报道一定能取得很好的社会效果。

江潮去了东塘镇政府，镇长王大海、书记赵文斌看到江潮，嘴上说得很客气，欢迎大记者对东塘镇的工作进行舆论监督，心里却一百个不痛快。他们诉苦说东塘镇外来人口占全镇人口的百分之六十，治安管理压力巨大，现在乡镇干部不好当,累死累活还常常两面不讨好。

正聊着,东塘镇派出所所长李明来了,这是个五大三粗的汉子,见到江潮马上很不高兴地说,记者同志,你们这篇报道有偏差,与实际情况不符,站街女现象有没有?肯定有。不只是我们镇,你去别的地方看,一样存在。你想过没有,我们镇这么多外来人口,基本上都是年轻力壮的小伙子,大部分还是单身的,这些人管好了也算是为镇经济发展做了贡献,管得不好,就是治安的隐患。有个地方让他们发泄多余的精力,就会少很多聚众打架事件,有利于维护社会稳定。

江潮听了李明的一番高论,微笑着问,李所长,按你的说法,这站街女还是社会稳定剂?

赵文斌怕江潮真把这些话写出来,赶紧解释,江记者,李所长是跟你说笑的,你可千万别当真。你们的报道出来后,我们镇党委和政府都非常重视,近期会开展一次"扫黄打非"活动,加强对出租房的管理,认真做好外来人员摸底登记工作,坚决杜绝这种现象。

江潮一笑,他说,赵书记,这样吧,后续报道过段时间再发,到时候把整治效果写出来。

赵文斌说,那就辛苦江记者了。

当江潮走出书记办公室,下楼时,他听到李明在爆粗口,骂他吃饱饭撑着,多管闲事。

江潮微微一笑,他决定抽几个晚上,继续暗访东塘镇老街。

12

施何回家问父亲和母亲,国庆节想不想出去玩?何小玉看了看施林,对女儿说,问你爸。施林没心思,就借口说人太多,不想出去。何小玉的眼睛里闪过一丝失望,但很快又说,那倒是,国庆节出去人多,东西还贵,不如待在家里。施何觉得没劲,说我可不想七天都在家,你们不想出去,我一个人去玩。施林说,你可以把你妈带去玩。施何心想，我才不上你这当，故意说，老妈还是跟你在一起比较好，跟我没有共同语言。

施林深深地看了女儿一眼，转过头对何小玉说，你看看你生的好女儿，还没有嫁人，就嫌弃起我们来了。

何小玉忍不住又唠叨起来，说年纪越大对象越不好找，自己不找，那就去相亲，实在不行征婚也可以。

施何求饶说，我明天就上大街拉一个回来。邓爷爷当年说过，不管白猫黑猫，捉到老鼠就是好猫。反正只要是男人，管他矮胖高瘦，后生还是老头，先抢了再说。何小玉最怕施何这一招，只好把目标转移到丈夫身上，让他多关心关心女儿的终身大事。施何打断母亲的话说，我不要相亲，我的终身大事自己做主。

施林也烦何小玉老是提这个话题，就说你们晚报上那篇关于站街女的特别报道写得不错，哪个记者写的？施何得意地回答，这个报道我也参与了采访，具体内容是另一位记者写的。如果有可能，我不想当情感版编辑，想去当记者。施林沉吟道，现在报社不像过去那样红火，以后日子估计会越来越难过，记者也不是那么好当的，你太理想化。

施何想起江潮跟她说的那些话，言语里充满了无奈。江潮说他每天会接到很多求助电话，希望他能去采访、曝光、帮忙解决问题。特别是一些要求他利用新闻的力量来帮他们维权的电话，什么样的人都有，并非只有打工者，还有事业有成的中产阶级，有的还是公职人员，等等。可事实上，记者不是万能的，能发挥的作用越来越小，因为有太多的禁锢。民众之所以想通过非常规手段，而不是法律途径，这本身就表示这个社会不正常。江潮说，我也不知道还能坚守多久。

我也不知道还能坚守多久。施何嘴里轻轻念叨这句话，她觉得这句话也适合自己。

回到房间，施何看到桌上那张已变硬的模糊名片，觉得自己有时候脑子确实很有问题，这还留着干吗？就把这张废名片丢进了垃圾筒。

素颜发来微信，问施何明天早上有没有空陪她去人民医院做B超？有很重要的事要跟她汇报。施何答应，约好九点到医院。施林走进来，对施何说，林纳的母亲明天出院,我要去结算下住院费用。施何说,真巧,我明天要陪素颜去人民医院产检,我去结算好了,省得你跑一趟。施林迟疑了几秒钟后说,那也行,你带上卡去结,回头我把钱给你。施何点点头,为成功拦截父亲与林纳的见面而暗暗高兴。

第二天一早,施何和素颜在人民医院会合。素颜一见面就气呼呼地把金向宇和前妻偷偷约会吃饭的事说了一遍,恨恨地说,下次若再让我发现,我对他不客气。施何劝慰道,人家好歹也夫妻一场,吃餐饭正常,你别大惊小怪。素颜委屈地说,我不是那种小气的人,我是气金向宇不跟我说实话。施何笑着说,哪个男人会这么傻,老老实实汇报每一步行踪?素颜斜了施何一眼说,得了,你又没结过婚,好像很有经验一样。施何严肃地回答,我见过猪跑。素颜被逗笑了,挽起施何的手去找她托关系找的医生。

素颜进B超室了,施何在外面等着。没多久,素颜一脸喜气地出来。施何碰了一下素颜的手说,捡到金元宝了?素颜在施何耳边低语,比捡到金元宝还高兴。施何打趣道,看来怀的是儿子。素颜得意地扬起头说,走,找地方去坐坐。施何摇头说,等会儿,我还要去办件要紧事。素颜奇怪地问,什么事?施何说,上次开车不小心把人家给撞到,今天出院,我到住院部去办下手续。素颜说,反正我现在也没事,就陪你去,办好了我们找地方喝茶去。

两个人来到住院部,走进林良波的病房。施何发现林纳也在,就说过来结账。素颜一见林纳,感觉很面熟,忽想起她就是照片上金向宇的前妻,非常意外,于是不动声色地站在那里。林纳说,医生的出院小结还没有写好,还要过会儿才能去窗口办理。林良波很客气地请两位坐。

素颜的手机响了,一看是金向宇打来的,就走到门外去接听。金向宇开口道,老婆,查好没有?回家了吗?素颜说,查好了,医生虽没有明说是儿子,但已经很明确暗示怀的是男孩。我现在约了女朋友去逛街购物,庆祝一下。金向宇连忙说好,注意别累着。

接好电话,素颜回到病房,悄悄打量林纳,果然是个很有姿色的女人,这丰满的身材不要说男人见了要流鼻血,就是女人看了也很羡慕。她猜金向宇打电话查她的行踪,是不是想过来接他的前丈母娘?完全有可能,今天倒是可以看一出好戏了。

林纳出去找医生,施何问候林阿姨,又说了几句道歉的话。林良波说没关系,下次注意就是。施何点头,说一定吸取教训。正聊着,金向宇进来了,他看到素颜和施何在病房里,一脸的惊慌失措,结结巴巴地向素颜解释,可颠三倒四又说不清楚。

素颜站起来,很有涵养地笑着说,向宇,这就是你的不对了,你来接林妈妈出院是应该的啊,也不告诉我一声。金向宇的脸变成了猪肝色,额头冒出细细的汗珠。

林良波和施何都傻在那里,还是施何反应快,指着金向宇,如梦初醒地问道,林纳是你前妻?这么巧?

林良波这才醒悟过来,施何带来的这位陌生的漂亮女人居然是金向宇的新婚妻子。她的头感到一阵晕眩,这算哪笔糊涂账?

林纳拿着出院小结走进病房,看到金向宇,她还没觉察气氛的异常,笑着对他说,你来了。施何瞪大眼睛,目光从三个人身上移来转去,她的脑子一下子接收不了这么复杂的信息。还是林良波清醒,她对林纳说,小纳,那位是向宇的爱人。

这下轮到林纳惊住了,以为耳朵出现幻听。素颜落落大方地上前,向林纳伸出手,微笑着说,我叫童素颜,很高兴认识你。林纳回过神来,虚空地握了一下素颜的手,勉强地笑了笑说,果然是个大美女,金向宇很有福气。她转过头,把出院小结交给施何,说可以去办手续了。施何也想尽快结束这混乱的场面,拿起单子匆匆跑下楼去。素颜说,那我也先走一步,今天刚做了产检,有点累,回家休息,你们慢慢聊。说完,头也不回地走了。金向宇想想不对,就紧跟着出来。

金向宇在素颜后面,一脸讨好的笑,拼命解释。走到医院门口,素颜紧绷着脸说,不要再跟了,该干吗就干吗去。金向宇说,我先送你回家,中午再去机场接爸妈。素颜说不用,我自己会回去,有什么话晚上再说。金向宇坚持要送。素颜冷笑道,把我送回家,你再回过头去你前妻家吗?金向宇发誓绝对不会。素颜还是气呼呼的样子。金向宇忽想到一个主意说,你要是不放心,我们回家后,我哪也不去。中午,我们一起去机场,好不好? 素颜轻蔑地哼了一声,说你把我当成什么人了? 金向宇,今天的事我可以不计较,但若有下次,你自己看着办。还有,如果你父母一定要我签那份协议,可以,但必须把我的要求写上。

说完,素颜一甩头发,自顾自开车走了。金向宇没办法,只好垂头丧气也跟着开车回家。

林纳是接到施林的信息,说今天施何会过来结账,所以才给金向宇打电话,让他来帮忙,谁知道会这样,莫非这是施何设的圈套? 这个女人太可怕了,这么有心计,林纳对施何又增添了一分恨意。再转念一想,这不正好是自己所希望的吗? 林良波见女儿神情忽忧忽喜,不明白,忧心忡忡地说,早知道不要让金向宇来接,搞得人家夫妻回家还要吵架。林纳无所谓地说,这又不是我的错,如果金向宇和他老婆因为这件事吵架,影响夫妻感情,说明两个人的感情基础并不牢靠。倘若情比金坚,那无论发生什么事都会彼此信任。林良波无奈地说,你安分点,别整天干些让我堵心的事。林纳皱了皱眉头说,我又没干什么,你也别说教了。我先把东西放到车上,再回来扶你下去。

施何办好出院手续,把所有清单交给林纳,逃一样地离开。素颜和金向宇都不见踪影,大概回家去了。她需要冷静冷静,理理思路。

回到报社,施何的脑子还是乱糟糟的,心里一直在默念一句话:无巧不成书。可能是最近自己的额头太亮了。

公孙春晓见施何进来,从电脑前略微抬了下头说来了,又忙着写她的稿子去了。施何说是。见她这么敬业,也不便打扰,心里惦记着素颜回家后会不会跟金向宇吵架,就给她发了一条微信,提醒她孕妇切忌生气,对孩子不利。又联想到林纳,一个是同学,一个是闺密。闺密嫁了同学的前夫,同学又跟自己老爹玩暧昧,这剧情简直比电视剧里的还烧脑。

正郁闷着,手机发出信息提示音。点开一看,原来是杭凌风发来的,说给她办了一张无限期免费贵宾卡,让她有空去取。还特意嘱咐,不要跟别人提。施何疑惑,杭凌风怎么会给她办这么一张卡? 难道是公孙春晓跟他提过? 于是回复道，这只是她跟公孙春晓之间的玩笑话，秘密花园她会去体验，但这卡是万万不好意思收的。

杭凌风收到施何的信息，不由一笑，看来李林森是个有心人，他回了一条没关系，顺道提出能不能加施何的微信，以后交流也可以方便些。施何犹豫片刻，把自己的微信号发了过去。两个人正式进入微信朋友圈，感觉上似乎近了一步。

施何好奇地问，你为啥要送我这样一张卡，是因为觉得我心理不正常？杭凌风连忙解释说，你误会了，秘密花园不是医院，是一个能让人精神放松的地方，你从事的工作更需要这样定期释放。施何见杭凌风这么有诚意，只好道了一声谢谢。

素颜一直没有回复，施何想给她打电话，又不知该说什么，那就先冷冷。结婚真是件麻烦事，施何在心里感叹。没心思干活，她就翻起杭凌风的微信朋友圈，看到咨询中心成立典礼那天的照片，目光停留在杭凌风与李林森的一张合影上。施何纳闷自己为何对这个陌生男人有一种说不清道不明的特别感觉，好像对方有什么磁力在吸引着她。可他们明明是两个世界的人，八竿子也打不到一块，她怎么会出现这种错觉？太奇怪了。

吃过午饭，李林森躺在长沙发上闭目养神，《潮》杂志的丹记者约了下午一点半过来采访，他还可以稍微眯会儿。可惜想睡又睡不着，他的睡眠一向很浅，警醒得很。

丹记者来了，还带来一本最新出版的《潮》杂志。李林森随手翻了翻，说你们杂志越办越精美、大气了，知名度也越来越高。丹记者笑着道声谢谢，说还要请李总多多支持。

秘书倒好茶，退出办公室。两个人面对面坐着，开始采访。

李林森发现这位戴眼镜、短发圆脸的年轻女记者采访跟别人不一样，一般记者会提前拟个提纲发过来，让他做些准备。丹记者却啥也没有，她从包里拿出录音笔，翻开笔记本和笔，然后笑着说，李总，我们随意聊聊吧！李林森点点头，说好。

丹记者的话题从房价开始,上半年与下半年,同一个楼盘,总价相差非常多,有的甚至接近翻番。一直在说房价要跌,可事实并非如此。未来的房价会怎样?是继续涨,还是会出现拐点?

李林森说,房价是老百姓最关心的话题之一,手上握有房子的人盼着房价上涨,以达到资产升值的目的。没有房子的人自然希望房价跌,越跌越好。真正掌握房价的并不是房地产开发商,而是政府与市场这两双无形的手。房地产开发企业能做的就是顺势而为,而不是逆流冒进。要对政策保持高度的敏感,这样才能把握正确的方向,少走弯路。至于会不会出现拐点,那是肯定的,只是时间早晚而已。未来的房价不会千篇一律,有的地段会继续涨,越涨越高;有的可能涨不动,就稳在那里。这跟城市今后发展的区域定位、经济文化中心布局等都有关系。

接着,丹记者又问了诸如天垠集团在适应经济形势的新情况、新变化方面,有哪些举措,近两年开拓了哪些新的市场,下一步的发展规划等问题。话题一转,丹记者问李总当年为何会选择从机关辞职下海当职业经理人,毕竟公务员身份到现在都很吃香。

李林森拿起茶杯喝了一口水,又放下,他问丹记者今年多大,丹记者回答,25岁。又问她的理想是不是当记者,丹记者点点头。李林森说,做自己喜欢做的事是快乐的。我当年离开体制并非一时冲动,也是经过深思熟虑,觉得人生苦短,可以尝试多种活法,年轻的时候不去奋斗、拼搏,等老了想动都动不了。

聊天氛围是轻松愉悦的,不知不觉中,丹记者已把她关注的问题都给了解清楚了。最后,她请李林森谈谈对婚姻和家庭的看法,作为一名成功人士,他会欣赏什么样的女性?

李林森笑着说,当记者的是不是都有一颗八卦心?丹记者调皮地说,不是八卦,是采访需要。李林森说,婚姻更多的是一种责任,男人在外面创业,回到家里,有温馨的家庭氛围等于给他加油助力。反之,会牵制男人很多精力。至于男人欣赏什么样的女性,你没听说过男人都很专一吗?永远喜欢18岁。

丹记者掩嘴而笑说,原来真是这样。李林森又忍不住笑了起来说,当然是假的，这个没有标准答案，每个人眼光不一样。如果你一定要问我欣赏哪一类女人，那我告诉你八个字：知性、聪明、温婉、大气。丹记者竖起大拇指说，李总，你的要求太高了。李林森认真地说，梦想要有，万一实现了呢？丹记者说，没想到李总这么幽默，跟你交流很开心。

两个人又闲聊一会儿，丹记者看时间差不多，又要了一份公司的相关情况介绍，结束了采访。

丹记者走了。李林森在回味她问的有关婚姻和家庭的问题，这前半生他遇到的女人够多了，可似乎没有一个人留在心里，都是匆匆过客。他一向喜欢熟女，风情万种的那类，大家都是聪明人，会相互遵守游戏规则。最怕遇到认真的女人，因为他负不了责，所以他给自己定的原则是不主动去招惹那些未婚的姑娘或单身的女人。不知怎么，他突然想起施何，凭直觉，这个长相普通的女孩对他有种隐约的好感，中年成功男士对女人的伤杀力还是很大的，类似情况他见得太多了。

女朋友韩玉儿打来电话，娇滴滴地问李林森晚上去不去她那里吃饭，她给他做最爱吃的鱼头煲。李林森说没空，他另有饭局。韩玉儿很失望，又问国庆节能不能带她出去玩？李林森说没计划，韩玉儿不依，说，这么久了都没带我出去好好玩过，一点也不爱我。李林森被缠得没办法，只好答应找时间带她出去玩。韩玉儿立刻在电话那头欢呼起来。

放下手机，李林森把头靠在椅子背上，两眼盯着天花板，韩玉儿能成为他女朋友算是个例外。倘若那次他没有在她家喝醉了酒，掉进她设计的温柔乡里，他也不可能跟她在一起。他记得第二天早晨醒来，看到自己和韩玉儿两个人光溜溜躺在床上，大吃一惊，可怎么也想不起来昨晚发生了什么事，他的记忆出现了"断片"。如果不是韩玉儿再三保证不会让他负责，他恐怕也不会继续跟她交往。他知道韩玉儿想留在州城，视他作靠山，最理想的情形是嫁给他，只是他不可能娶她。家里还躺着一位，只要躺着的这位还有一口气，他就要尽到责任和义务。

李林森拉开抽屉，拿出一本笔记本翻开，里面是一张他和妻子周伊恋爱时的合影，那时他们郎才女貌，青春的脸上洋溢着甜蜜的笑容。李林森拿着照片，想自己曾经也是幸福的,只是没想到后来妻子会得上抑郁症,而他忙于工作,忽略了她的情绪变化,也不清楚她这病起于何时。五年前,周伊有一次回娘家,趁家里人不注意,从三楼跳下来,结果命是救回来了,可人瘫了。周伊瘫痪后,正读小学三年级的儿子李周宇就被他送到加拿大去读书,他姐姐在那里定居,可以替他照顾孩子,转眼已是一名初中生了。李林森现在每天最怕的就是回家,周伊长年躺在床上,脾气越发暴躁,家里不知道换了多少个保姆了,一个不行,还请了两个。周伊娘家人把气撒在他身上,认为是他的缘故造成周伊活不下去要跳楼,让他写下保证书,在周伊有生之年不准离婚,不然就去法院告他。他答应了,不是怕上法院,是因为他对妻子的不幸心里确实有几分内疚,认为自己要负一定责任。再说,结婚十多年,有一个共同的孩子,人总是有感情的,他也不想在周伊人生最低谷时抛弃她。承诺如山,从此他也失去了再次选择幸福的机会。只是作为一个正常男人,他当然是需要女人的,这一点,他并没有觉得自己哪里做得不对。他支持杭凌风创业,参股秘密花园,除了友情,也有这一因素在里面。

秘书站在门口,轻轻敲了敲门,叫了一声李总,开会时间到了。李林森从回忆中惊醒过来,忙把照片夹进笔记本里,随手放进抽屉,站起来去会议室。

13

国庆节到了,施何决定去青凤古镇走走。

之前,她偶尔在网上浏览,被摄影论坛上的一张照片给吸引。美丽的早晨,阳光穿过嫩绿的树叶,在窄窄的青石板上投下斑驳的光影。一只通体雪白的小狗安静地卧在路口,眼神里充满了灵性。背后是青瓦素墙的老房子,透出岁月尘积的沧桑。屋前有清澈的小河,河边有一棵老树,开着寂寞的花朵。这是她第一次知道青凤镇,照片上传递出来的信息让她很喜欢。后来又听人提起过那地方,暗暗存下念头。

这样的地方,适合一个人或三两好友同行。施何的朋友并不多,素颜算是最好的，泛泛之交，她也没兴趣约着去旅行，还不如独行来得自在。那天从医院回去后，素颜一直到晚上才给她发来信息，汇报和金向宇父母共进晚餐的事。听说她怀的是男孩，金向宇母亲的脸色缓和了许多，第一次对她很客气。让她签协议的事，暂时也没有提了。素颜说，她很感恩命运的厚爱，在这关键时刻，赐给她一个娇儿。施何心里说不出什么来，只是觉得这样的婚姻有点悬空，没有落到实处。不过她相信，以素颜的情商，一定会妥善处理好和公婆、丈夫的关系。

考虑到国庆出行，路上车太多，施何没有开车，而是坐大巴前往目的地。网上写的是两个半小时车程，其实不止，因为大巴只到县城，然后得再转城乡公交到古镇。那公交车是有班次的，相隔一小时，再加上施何路上遇堵车，一路辗转，到达青凤古镇已是傍晚。

第一件事就是找住处。施何从网上了解到，这里只有一家民宿，于是就打听着去。在一条小巷的尽头，她看到一排两层楼的木结构房屋，门楣上钉着一块木牌子，古色古香，上面写着：蓝花楹客栈。

蓝花楹？施何心微微一惊，此花的花语是"在绝望中等待爱情"，莫非客栈的主人有故事？她不禁被勾起了好奇心。

院门开着，施何走进去，被一院子的花草给惊住。只见院子沿墙角种满了果树，累累果实悬挂枝头，让人无端生出一种喜悦。月季、玫瑰，以及各种乡野草花，有的绽放，有的已结籽。在院子中央，有一棵高大的蓝花楹，可惜现在不是花季，看不到那满树的花朵。

有人吗？施何站在院子里大声问。

从房间里走出一位年轻的小伙子，看到施何，他用标准的普通话热情地招呼，美女，住店？施何点点头。小伙子为难地说，不好意思，最后一间房刚被人订走了。施何看看天色，不由焦急起来，问这镇上还有其他民宿吗？小伙子摇摇头说，有两家正在装修，估计到元旦就可以开业。施何顿足道，你们这家店在网上都没联系电话，这怎么办？小伙子想了想说，要么我帮你去问问客人？有两位单身男客，分别住两个房间，看能不能腾一间出来给你。不过你要有思想准备，万一人家不同意，我劝你还是晚上先回县城，明天早上坐第一班公交车再过来玩。

施何没办法,只好求小伙子帮她去协调,毕竟跑来跑去麻烦。小伙子进去问了,施何抱着双肩包在竹椅子上坐下来等。她的目光在花草间流连,刚才还满园春色,这会儿却发现了秋的萧瑟,情绪也随之莫名地低落起来。

小伙子出来了,很抱歉地说,美女,不好意思,人家不愿意调换。他看了看手表说,还有最后一班城乡公交车,你赶紧去镇政府门口等,那里有站。施何只好悻悻地站起来,背起双肩包朝外走去。小伙子叫住她,说,美女,方便留个手机号吗?如果明天有房,我给你打电话,你想住的话,一定给你留着。施何说好,这时候她的心情已跌到低谷。

刚走出小巷,施何看到一辆白色的普拉多停在路边,一位戴墨镜的男人站在车旁打电话,看到施何,忽愣了一下。施何没注意,继续朝前走,那男人取下墨镜,试探着叫了一声施记者。施何回头,惊讶地发现那男人居然是李林森。

李林森走上前说,真巧,你也来这里玩?这要去哪里?施何说,找不到住的地方,只能回县城去,明早再来。李林森说,你没有提前订?施何说,我没来过这里,网上也没找到联系方式。李林森马上说,你不用回了,我帮你解决。这里我来过几次,跟客栈老板熟。施何说,怎么解决?没有房间了。李林森一笑,这个你就不用管了,我自有办法。

正说着,打扮时尚的韩玉儿从车上下来,她走到李林森身边,亲热地说,怎么了,亲爱的,这位是?李林森侧过头说,遇到老朋友了,施大记者。韩玉儿打量施何一眼,见是个长相普通的女孩,于是微微朝她点了点头,一脸高傲。施何的心忽一灰,朝两位勉强笑了笑说,打扰了,我还是回县城去住。李林森还想说什么,韩玉儿就不高兴了,扯了扯他的胳膊撒娇道,走吧走吧。施何头也不回地走了,李林森若有所失,他突然非常后悔带韩玉儿到这里来。

施何心里有说不出的郁闷,她决定明天不过来了,另找地方玩,她不想在这里看到李林森和那个女人,娇滴滴的腻歪,烦人。

走到镇政府门口,看站牌上的时间,晕了,已错过最后的班车,施何差点就要哭出来,出门没看黄历,诸事不顺。这里没有出租车,天快黑了,即使花双倍的钱叫来网约车,她也不敢坐啊。人生地不熟,脑子里立马闪过风高月黑、杀人越货等虚构情节，她不禁打了个寒战。

束手无策之际，施何看到那辆普拉多开过来，停在她面前。李林森下车对施何说，班车已经没有了，客栈那边已腾出一个房间，你跟我过去。

施何语气坚决地说，我去县城。李林森想了想说，如果你一定要去，那我送你。施何冷冷地回绝说，不需要。李林森拉开车门，霸道地命令，上车，别耍脾气了，我不送你，你走着去？天都要黑了。施何想转身潇洒地离开，可脚又很不争气地朝前挪了挪，上了车，心里直恨自己没骨气。

李林森发动车子，又回过头问施何，你确定回县城？这时，施何的肚子咕咕叫了，她说是。李林森让她坐到副驾驶座来，可以聊聊天。施何说不想。李林森也不勉强，脚踩油门，朝县城开去。施何把目光转向车窗外，天已经黑了下来，看不清外面的景致。李林森没话找话说，你不是答应给我发信息，告知手机号吗？我一直在等。施何淡淡地说，你不需要。眼前闪过那个女人轻视自己的目光，忍不住说，你专程送我回县城，你老婆不会有意见啊？李林森嘴角忽闪过一丝笑容，说，不是老婆，是女朋友。施何讽笑道，是不是你们有钱男人都喜欢找年轻漂亮的女朋友？李林森很干脆地回答，不是。施何就不再吭声，这男人有没有女朋友与她何干？这么一想，越发觉得无趣，就靠在座椅上，不知不觉打起了瞌睡。

一个小时后，车子到达县城。李林森把车开到一家饭店门口停好，叫醒施何说，先吃饭。施何跳下车说，不用了，谢谢李总。李林森盯着施何的眼睛，突然笑了起来说，真像个孩子。你不饿吗？我都要饿断肠了，好了，我的大记者，给我一个面子行吗？吃好饭，保证让你走。

施何见他这么说，也不好再坚持，再加上肚子确实饿了，就跟着走进饭店，找个位子坐下。李林森问她喜欢吃什么？施何没精打采地回答，随便。李林森笑着说，行，那就来一份随便。

很快，菜端上了桌，一盆红烧杂鱼，一份青椒炒肉丝，还有两个蔬菜，一个菌菇煲。施何摸着空空的肚子，直接要了一碗饭吃。吃好饭，她抽出餐巾纸抹了抹嘴说，谢谢，那我走了。李林森说，不要急，再坐两分钟，好事做到底，我把你送到宾馆再走。施何不悦地说，说话不算数。李林森笑了，说，你是杭总的朋友，也是我的朋友,如果今晚我没有把你安排好,我以后哪还敢去堇城?施何想不出反驳的话,只好坐着。她发现自己在这个男人面前,智商出现负数的现象。

李林森问施何要手机。施何警觉地问,干吗?李林森说,存下号码,加个微信。施何说,不存不加。李林森盯着施何的眼睛说,你这样子好像在吃醋。施何差点跳起来说,吃你个头。李林森说,那你为什么要不存不加?只有一个理由,你吃醋了。施何明知李林森用了激将法,但为了洗去"吃醋"的嫌疑,只好把号码报给他,接受了他的微信请求。

看着施何沮丧的样子,李林森得意地笑,对付这种小姑娘太容易了。他把车开到县城最好的一家宾馆门口,让施何把身份证给他。施何说,不用,自己去办。李林森说,你就不要跟我争了,你若觉得欠了我人情,下次请我喝茶就是。施何又再次妥协,乖乖交上身份证。李林森看了一眼,随口说,你是射手座,热爱自由。施何略感惊讶地说,没想到大叔对星座这么有研究。李林森好像没听清,追问道,你刚才叫我什么?施何白了他一眼说,大叔。李林森想笑又忍住,拿着身份证去办入住手续了。

走,我送你上去。李林森拿着房卡对施何说。施何倒退一步,一脸警惕地问,你要干吗?李林森哭笑不得,摇摇头说,好,房卡给你,那我走了,晚上把门锁好,早点休息,明天见。施何一把抢过房卡,快步朝电梯走去,心想明天我才不跟你见。

到了五楼,打开房门,施何才发现这是一个豪华单人间。她把双肩包扔在桌上,心想这李林森打的是什么主意,唱的是哪出戏?

施何抱着靠垫,窝在沙发上发呆,忽想起早上收到杭凌风的节日问候,好像没回复,于是就摸出手机回复,顺道附加一句,在青凤镇碰到李总和他女朋友了。发好信息,施何又觉得自己特无聊,这个男人跟你有什么关系?干吗要去关心人家的私事,真是吃饱饭撑着。一联想到撑,肚子立马有了饱胀感,于是她一扔靠垫,站起来,在房间里来回走动着。

手机发出了信息提示音,施何扑过去打开,没想到竟然是李林森发来的语音。他说,刚才忘了把押金单给你,所以明天早上你在宾馆等着,我过来接你。施何越来越糊涂,你说他是情场老手吧,一般不太可能当着女朋友的面去向另一个女人献殷勤。可你说他不是高手，这故意不给押金单，借口来接的桥段，看起来似乎挺熟练的，也很老套。管他来不来接，反正她是打定主意明天不去青凤镇玩了。出于礼貌，施何回了"谢谢"两个字。一边打开房间里的电脑，上网去搜附近景点，发现离县城约10公里的地方有个古村落，看图片挺有特色，又有班车，正好合她的意。

闲着无事，施何登陆情感热线QQ，正好有一位叫"郡"的网友找她。他问，如果我是跨性别者，同时又是同性恋该怎么办？施何反问道，双性恋？"郡"说，不是，他也不知道。施何觉得很复杂。跨性别，通常是指一个人在心理上无法认同自己与生俱来的性别，相信自己应该属于另一种性别。

"郡"说，他的身体是男人，可在他心里却藏着一个小女孩，所以平时他喜欢穿女装。施何问他具体有哪些表现，"郡"说，他既喜欢男的又喜欢女的，但是同时两者又都不喜欢。施何在琢磨，这种类型又该如何定义？分裂型？矛盾型？她回答不出来。"郡"也很困惑，他说如果按跨性别的标准来看，自己确实不愿接受自己是男的，但他也不是很愿意接受自己是个女的，感觉主人格到现在都没有定义。

施何同情地说，你这个太复杂，好麻烦。"郡"说，是啊，我也觉得，如果能做妖精多好啊！施何说，可你是人，又不是妖。"郡"说，是，可我希望自己是个妖。接着他又问，难道我是跨性别的百合？因为觉得百合很纯洁。这下轮到施何傻眼了，百合？女同性恋？跨性别？她的脑子被绕晕了。"郡"突然问她，你是百合吗？你喜欢女人吗？施何慌忙否认，说自己是野草。"郡"说，那他就是蒲公英。

聊了一会儿，"郡"隐身不见，施何也赶紧下线。这几天休息，就不要自讨苦吃了。她在想网络背后那位年轻的网友，内心有着怎样的煎熬？"郡"刚才问她是不是百合？她当然不是，虽然到现在还没有找男朋友，也喜欢中性打扮，但她从没有对自己的性别有认知上的错位或疑惑。优秀的男人对她来说还是很有吸引力的，只不过内心有个小天地被她封闭起来，因为那里藏着她情感的珍宝，她在等一个有缘人来打开。只是，那个人会是谁呢？

杭凌风的微信来了，他说刚送走一批客人，回复迟了。对施何巧遇李林森和他女朋友的事表示惊讶，并祝她玩得开心。施何还是没有按捺住好奇心，试探地问,李总带着女朋友出来游山玩水,他老婆没意见吗?杭凌风过了好一阵才回复,他说李总的情况有点复杂,有机会当面告诉她。

施何沉默。

手机的另一头,杭凌风似乎猜到施何在想什么。他说,你还不了解他,其实李总这个人很好,对朋友很讲义气,对家人也很有责任心,他家里比较特殊,他有他不为人知的痛苦。施何淡淡地回复了一个"好"字。接着又追加了一句,人是复杂的动物。杭凌风转移话题,问青凤镇有啥特色?施何说,还没有玩,没地方住,所以晚上回县城了。杭凌风哦了一声,说既然来了,那明天就好好玩,不能白跑一趟。施何说,无所谓,反正一个人,随心情溜达。杭凌风感觉到施何情绪不佳,就说,要么我明天过来给你当导游?施何故意说,好啊,准备倒贴多少陪游费?杭凌风发过来一个大笑的表情说,给你一张空白支票。施何很傲娇地表示可以考虑。你来我往,不知不觉聊到半夜,才恋恋不舍地道晚安。

放下手机,施何愣了半天,没想到和杭凌风可以聊这么久,而且感觉都要聊出火花来了。原来,她也是分裂的。那么,哪个才是真实的自己?

施何又打开微信,重新翻一遍与杭凌风的聊天记录,好像那是另一个自己。黑夜,带着暧昧的底色,让她变得那么的活泼可爱。而不是天亮以后,用怀疑的目光打量世界的那个她。

施何的耳边响起"郡"的那句惆怅话,如果能做妖精多好啊!莫非,她是午夜的妖精?

你不是妖精,是神经病,施何边自语边把衣服脱了,裸着身子冲进卫生间,打开热水龙头,温柔的水柱立刻飞扑而来。经过"山峰"时,有调皮的水珠在"峰顶"跳跃。水流又急速地穿过"平原",沿着那一片沉睡的"草地",顺流而下。施何仰起头,闭上眼睛,享受这一刻被热水包裹的温暖。说起来让人难以置信,她至今还没性经历,与秦君明有过牵手、亲吻,但没有突破最后底线,这简直让人不可思议。大一暑假,秦君明带她出去玩,很渴望要她,她自己也感觉都快守不住了,可硬生生又把欲望给压了下去。

施何明白,这事跟母亲的教育有关。从她来例假那天开始,母亲就很严肃地说,从此以后你就是大人了,女孩子最珍贵的是那张膜,你一定要守住,那样你的身子才珍贵,才有可能遇到最好的男人。母亲的话成了施何脑子里的一道警戒线,所以当男友想和她有更亲密的关系时,她拒绝了,说要等到结婚。分手后,施何暗暗庆幸没有把自己轻易交出去,所以分了就分了,也没什么好寻死觅活的。等冷静下来,她明白,也许真正的原因不是母亲的警告,而是自己还不够爱那个男人。

躺在松软的被窝里,施何渐渐进入了梦乡。明天的事明天再说,此刻,她只想好好睡一觉。

李林森回到蓝花楹客栈,韩玉儿一脸不高兴,转过身不理他。李林森懒得去哄她,叫上客栈老板一起在院子里边烧烤边喝酒。韩玉儿一个人待在房间里无聊,只好走出来,装作什么事也没有发生过,趴在李林森肩膀上,附着他耳朵说,人家晚饭都没心情吃。李林森把她的手拿下,低声说,好好去坐着。韩玉儿只好嘟起嘴巴在一边坐下,客栈老板拿过来一盆羊肉串请她吃。

韩玉儿拿起杯子,倒了满满一杯啤酒,哀怨地看着李林森,一口酒一口肉串吃了起来。她是湖南人,大学毕业后到州城一家房产公司工作,负责营销,人很能干,因工作关系认识李林森,看上了这个有财有貌有品位的男人,主动出击,可李林森对她的示好没有回应。韩玉儿不甘心,了解到李林森这个人最大的弱点就是喜欢喝酒,而她最大的优势就是酒量好,于是就找借口约李林森到家里吃饭。果然,李林森不小心喝多了,她主动投怀送抱。那一晚,李林森就留在她租的单身公寓里,没有回家。

韩玉儿是个聪明人,她知道李林森对自己的设计耿耿于怀。如果不是她再三向他保证是真的喜欢他,这个男人早转身走了。说起来,她和李林森在一起也有一年了,每次当他需要她身体的时候,还是很热烈,可一旦结束,他就会变得很冷漠。韩玉儿清楚,自己无亲无戚,若想留在州城,过上好日子,这个男人至少在目前是最佳人选。她就不信,李林森会一辈子守着一个瘫子不离婚。

这次国庆节,她好不容易才让李林森答应带她出去,没想到碰到这么个事,真烦心。看那个女的,长得貌不惊人,凭什么他要对她这么关心?不但出双倍的钱让人家腾房间,还亲自去接,没接来还送到县城,热情得有点过分。不行,她可不能让煮熟的鸭子飞走了，得想个好办法。黑夜中，韩玉儿的心思根本不在美味的肉串上，她的目光在花和树的阴影间流连，最后落在李林森的脸上，死死盯着。

李林森握着酒杯也有点心不在焉，说实话，施何的外表对他并没有什么吸引力，他也纳闷自己怎么会对她有种特别的关注，是她时不时流露出来的恍惚吗？好像她的身体与精神经常处于分离状态，让人忍不住想停下脚步去多看她一眼，研究她的小脑袋里究竟在想什么。她像一只小兔子，没有人时，东张西望。有人时，又躲到一边去。有意思，李林森的嘴角浮起一丝笑容。

14

施何从睡梦中醒来，打开手机，发现快八点了。怎么回事？她明明上了闹钟，竟然没有听到。她匆忙洗漱好，背起包就到楼下去。一出电梯门，看到李林森坐在大厅的沙发上，只好硬着头皮走上前，把房卡递给他。李林森站起来，笑着问，休息好没有？施何点点头，犹豫了一下又说，李总，今天我不去青凤镇，要去另外的地方，你们好好玩。李林森脸上的笑意更浓了，说，你为什么要躲我？施何装傻，说，没有啊，我临时改变主意。李林森摆摆手，用命令式的口气说，你现在马上去吃早餐，吃好我再办退房手续。还有，杭老师说他今天要过来，让我们在青凤镇等他。施何一惊，她想起昨夜的聊天，头皮一阵发麻，低着头，又拿起房卡，乖乖去了餐厅。

李林森看着施何的背影，若有所思。昨晚杭凌风给他打电话，问他在哪里，他说和女朋友在青凤镇，还提到施何也在这边玩。杭凌风说他明天过来走走，放松一下。李林森说好，到时候一起喝酒。他想这样也好，四个人一起玩，难得。

当施何再次坐进李林森的车，她已暗下决心，不能让任何一个人干扰自己的心境。他们玩他们的，她玩她的，之前种种皆是她多想了。她把头转向窗外，阳光下，田野正丰盈地等待收割。而路边一棵又一棵的树，枝干笔挺，向天空伸着郁郁葱葱的枝丫。施何调整坐姿，从后面偷偷瞄了一眼李林森，这个男人的侧影看起来很帅，是她喜欢的成熟类型。心一惊，自己怎么可以喜欢这种人？施何赶紧把目光移开。

青凤镇到了。

施何跟着李林森去了蓝花楹客栈，韩玉儿看到她，那眼神凌厉得吓人，恨不得一口把她给生吞了。施何一脸无所谓的样子。客栈老板小夏笑眯眯地走过来，交给施何一把钥匙，很客气地说，美女，昨天怠慢了。施何笑了笑接过钥匙，说没事。

原以为这偏僻的古镇客栈条件不可能有多好，可当施何推开那道门，惊讶地发现这是一间非常温馨的居室。宽大的老式雕花木床，铺着暖色的淡黄床单和被套。两把小藤椅，配圆形藤制小茶几。茶几上，放着一只造型古朴的微型小陶瓶，插着一枝含苞欲放的月季。素白的墙面没有多余的装饰，就墙角古旧的家具上放了一只青瓷花瓶，里面插着一把狗尾巴草。

施何一见，心生喜欢，她想，这个国庆哪怕就在这里发发呆也是极好的。放下双肩包，施何走出房间，见李林森没有在院子里，就悄无声息地出了客栈。

古镇已开始一天的烟火生活。

一条清澈的溪流绕古镇而过，溪流边古树成荫，让人的心不由自主地安静下来。长长的老街，用一块又一块透出岁月烟火味的青石铺就。有门半开半掩，木结构的老房子还能依稀分辨出昔日精美的雕梁画栋。商铺不多，很简陋，几乎没有装修，卖些日用品和烟酒以及食品。好不容易看到一家卖民族风服装的店，施何走了进去。

店主是位中年妇女，短发圆脸，皮肤黑红，很是健壮。看到有客人上门，很热情地招呼，她说这些服装价格很实惠，又说小姑娘你换一身试试，真的很好看。

施何被说动了心，闲着没事，那就试试。她挑了一套裙装，上身是白色刺绣七分袖短衫，下面是牛仔蓝长裙，把头发披下来，照照镜子，感觉还不错。店主在一旁拼命赞美，说得施何不买都不好意思，于是就掏钱买下。店主很高兴，手脚麻利地把施何的那一套牛仔装放在塑料袋里，又指了指她的旅游鞋，说这里有绣花鞋，配这身衣服正合适。施何又买了一双绣花鞋，等于重新换了一身行头。

施何问店主镇上有哪些好玩的景点？店主因为生意成交，心情特别愉悦，她滔滔不绝地介绍起来，说他们这个镇以前出过大官和大商人，在老家造了大房子，很气派，可以去看看。这里还有一个古寺，在青凤山上，寺院不大，但香火挺旺的。那个住持像神仙一样，很厉害。寺院旁边还有月老祠，小姑娘，你还没有结婚吧，去求一支签，问问婚姻，很灵的。施何笑了笑说，那去看看。她不想提着一包衣服去逛，就问能不能把东西放在这里，等玩好过来取？店主说，没事没事，你放着好了。谢过店主，施何就朝青凤山走去。

走到半路，李林森打来电话，问施何跑哪去了。施何说，李总，好好陪你的女朋友，我喜欢一个人走。李林森说，杭老师中午到，你不等他？施何干脆地回答，对不起，我去玩了，晚上如果你们没走的话，还是可以碰到的。

握着手机，施何抬头看看十月的天空，心里又浮起莫名的惆怅，她也说不清楚为什么。

根据店主说的路线，施何朝镇西方向走。绣花鞋第一天穿，有点紧，多走几步脚就累。再加上又是长裙子，不能走快些，这让天天牛仔裤、板鞋的施何很不习惯，她有点后悔穿这身衣服了。她走走停停，走出一身汗，总算到了青凤山下，见三三两两有人上山，一问，果然是去寺院的，就振作精神跟着前往。

古寺建在半山腰，规模不大，外墙黯淡，看起来也有些年份。到了寺院门口，施何才看清寺名，"无相寺"。无相？施何默念这两个字，心想这个名称倒是特别。见旁边是月老祠，施何决定先去求一支签，问问婚姻。环顾四周，还好，没有人注意她，她实在怕李林森他们几个突然出现，那才尴尬。走进月老祠，一间不大的屋子，慈眉善目的月老端坐在那里，身上系着红绸披风。供桌前，放着竹签桶，有个年轻女人跪在月老前，闭目祈祷，又虔诚地捧起竹签桶摇晃起来。

"啪"一声，一根竹签跳了出来。

女人慌忙捡起，嘴里念念有词，然后把竹签放进签桶。女人站起来，走到坐在角落边的小师父面前，轻声说，14签。小师父从厚厚一叠解签纸里抽出一张，嘴里念道："映水桃花澈底明，鸳鸯成对好相侵，谁知雨骤风狂后，月缺花残两背盟。"

女人接过签文，盯着上面的句子，脸色马上变得苍白。半晌，她从口袋里掏出10元钱,塞进功德箱,捏着那张纸,匆匆走了。施何犹豫了,万一抽到一张不好的,岂不影响心情?

小师父看了施何一眼,声音清亮地说,女施主既然进来了,抽一张又有何妨?施何说,我没抽过,怕抽到不好的签。小师父双手合十说道,好与不好都是相对的,像刚才那位女施主,这签文已经告诉她所问之事的结果,让她早做决断,也是解脱。施何觉得这话也有道理,于是就在小师父的指点下,先跪拜,再认真祈祷,然后摇签桶。

施何抽到的是第7签。无为卦。中签。

签文也是四句话,"情起波澜难许事,姻缘须见在和容,若还心地平如镜,月下仙人有主张"。小师父微笑着对施何说,缘起缘灭早有定数,施主,保持一颗平常心。施何点点头,把签文放进包里,也在功德箱随缘乐助。

走出月老祠,施何把目光投向无相寺。

进门,一个干净的院落,左右两边种了两棵粗壮的银杏树。施何凝视树冠,想象银杏叶黄时,阳光穿过叶片,不知有着怎样的灿烂?既然一切都有定数,那她就随心走吧,没必要再纠结。想明白了,她的脚步就变得轻松起来。

有香客在大殿内跪拜、进香。施何也照着样子跪拜,当她仰起头,看端坐莲台的佛宝相庄严,那一双细长的眼睛似笑非笑地注视着众生。不知为何,施何的眼泪毫无征兆地流了下来。后面有人等着拜,施何忙站起来,含着泪走到殿外的银杏树下,悄悄抹起了眼泪,奇怪自己怎么会变得如此脆弱,这根本就不是她的风格。

果然在这里。

施何闻声,抬头一看,我的妈啊,出丑了。杭凌风、李林森和他女朋友三个人竟齐齐地站在她面前。施何慌忙抹去脸上的泪水,不说话。

谁欺侮你了?李林森关心地问,他打量施何,换套衣服像换了一个人,他都不认识了。

没有。施何态度强硬地回答。

那一定是被风沙迷了眼。杭凌风朝施何温和地笑,又转过头对李林森说,你猜得还真准。

韩玉儿接过杭凌风的话说，我家林森来过这里几次。李林森说，是啊，这无相寺虽小却值得一来，我带你们去找住持无有法师讨一杯茶。施何已平静下来，朝杭凌风难为情地一笑。杭凌风从未见过施何隐藏的另一面，今天见她在树下垂泪，又如此羞涩，分明是个柔弱的小女子，不禁滋生了几分怜爱之情。

一行人在李林森的带领下，去无有法师处。运气不错，法师正好在寺内，大家被引到会客室坐下，喝茶聊天。

施何偷偷观察无有法师，五十多岁的样子，中等身材，清瘦，目光慈悲。她发现李林森跟法师很熟，而杭凌风谈起人生与佛理之间的关系也是头头是道，只有韩玉儿听得无聊，左顾右盼，一脸的不安分。施何虽对男人们谈的话题兴趣不大，但她仍安静地坐在那里。听法师在讲因果，忽心生疑惑，不由开口问道，法师，难道人与人之间的相遇、相爱或仇恨，都是前世的因吗？

无有法师微笑着说，这世上不会有无缘无故的爱，也不会有无缘无故的恨。

施何想起父亲和林纳之间那说不清道不明的关系，如果真有上辈子，这两个人又有怎样的牵涉？她还是不明白，说，法师，如果一切都以因果来定论，那杀人犯是不是也可以得到原谅？而被杀的人是否真的该死？

法师双手合十，念了一声阿弥陀佛，他说，佛讲的是众生平等，慈悲为怀，任何人都没权利剥夺他人生命。冤冤相报何时了，只有悟到，真正放下，才能脱离轮回之苦。

施何似懂非懂地听着，感觉太深奥，她想人恐怕是最难琢磨的，倘若什么都看淡、看穿，那也就没有这些烦恼了。

韩玉儿见男人们谈兴正浓，坐不住了，她破天荒邀请施何一起去外面转转。施何不好驳韩玉儿的面子，就点头同意。

两个人来到外面，韩玉儿故意在施何面前说李林森对她是如何的好，把她当公主宠，两人又是怎样的恩爱。施何听得恼火，忍不住冒出一句，那你们什么时候结婚？韩玉儿一愣，马上说，他提了很多次，是我不想这么早结婚，恋爱的感觉最好。施何冷冷一笑，不再搭理韩玉儿。韩玉儿见施何不理她，索性把话挑开，劝施何别打李林森主意，这个男人是她韩玉儿的菜，谁也别想夺走。施何见韩玉儿这副草木皆兵的模样,不禁好笑,说,韩小姐,你放心,你用过的男人我才不稀罕。韩玉儿说,还轮不到给你用。施何不想和她同行,就一个人出了寺院,见旁边是森林公园,就慢慢朝山上走去。

呼吸着新鲜空气,施何感觉自己的肺都打开了,浑身说不出的舒泰。走到观景平台,她停住脚步,倚栏远眺,视野一下子就开阔起来,胸中那些郁积的尘埃似乎也随风飘散。林纳也好,父亲也罢,自己在弄清事实真相之前,一味纠结又有何意义?就像法师说的,这世上不会有无缘无故的爱,也不会有无缘无故的恨,既然如此,不如坦然面对。

脚有点隐隐作痛,施何也不想再往上走了,就在路边的石凳上休息。青山空寂,天地间只闻鸟音,未见人影。风吹过来,不知拨动了她哪根敏感的神经,泪水又渐渐盈眶,泪珠顺着脸颊滚落下来。仰起头,想把眼泪倒回去,可是不行,还是源源不断地流下来。那就不管了,任眼泪肆意地流吧,痛痛快快地发泄自己的情绪。等平静下来,把眼泪擦干,感觉舒服多了。施何拿出手机一看,有好几个未接电话,是杭凌风和李林森打来的。刚才在寺院里她按了静音。想了想,就给杭凌风拨了过去。杭凌风几乎是第一时间接了电话,焦急地问,你在哪里?施何说在山上。杭凌风让她赶紧下山来,他在寺院门口等着,中午一起吃素斋。施何没胃口,说,你们吃,我等会儿就自己回去。杭凌风说,不行,你不下来,那我上去找你。施何只好说下来。

坐久了,站起来头一阵晕眩,也许是刚才哭太久,伤了神。施何深深吸了一口气,又缓缓吐出,忍着脚痛下山去。绣花鞋的鞋底太薄,走山道很难受。

等施何走到寺院门口,她都想把鞋子脱了扔掉。杭凌风一见她,忙上前问,怎么一个人跑掉了?打手机也不接。施何的眼睛微微有些红肿和生涩,她淡淡地说,想一个人静静。杭凌风盯着施何的眼睛说,你又哭过了?究竟出了什么事?施何说,没什么,就是一个人坐在那里,眼泪突然就流出来了。杭凌风笑了,说,你这个人就是表面好强,内心其实很柔弱。好了,进去吧,他们还等着我们吃饭。

施何的肚子确实饿了,就和杭凌风一起走了进去。李林森、韩玉儿和无有法师已坐在桌子边,桌上摆了几盘素菜,施何朝法师说了声对不起。法师亲切地说，没关系，饭在那边台子上，吃多少盛多少。施何盛了一碗饭，坐在杭凌风旁边，看法师动了筷子，也就低头吃了起来。她能感受到李林森一直在打量她，可她不想去看这个男人，还有他旁边的那个女人。

饭吃好，各自负责把碗洗干净。离开前，大家在功德箱里随缘乐助，权当饭资。韩玉儿嚷嚷要去爬山，杭凌风低声跟李林森说了几句，最后兵分两路，各走各的道。

杭凌风见施何走路一拐一拐的，问她的脚怎么了？施何说，新鞋子走路不舒服。杭凌风说，那走慢点，我们走两步，休息三分钟。施何没吭声，反而咬着牙加快速度。杭凌风只好在后面紧紧跟着，嘴上不停提醒她慢点。

好不容易走到山下，施何一不做，二不休，干脆脱了鞋子和袜子拎在手上，光着脚在青石小路上走。禁锢半日，终于得到解放的脚丫子幸福地舒展开来。杭凌风不禁被施何的孩子气给逗乐了，不过他很快想到这天虽有太阳，但毕竟是秋天，光着脚走路容易感冒。就快步上去说，把鞋子穿起来，小心感冒。施何回过头，突然来一句，你简直跟我妈一样啰唆。说完，还没等杭凌风反应过来，她就提起裙子朝前面跑去。看着施何远去的背影，杭凌风的心里涌起阵阵异样，当他意识到这种异样时，不禁一惊。

施何去服装店拿了衣服，换上旅游鞋，回到客栈，她哪里也没有去，睡了整整一下午。直到天快黑了，才被门外的杭凌风叫醒。等她洗漱好出来，发现院子里摆好了烧烤的炉子，桌上也摆满了吃的东西，还有一大箱啤酒。施何做了一个夸张的动作说，哇，好多吃的。杭凌风笑着说，睡了半天有精神了，想吃什么，自己动手。施何纳闷地问，哪里搞来这么多好吃的？李林森走出房间说，大小姐，这些都是从县城采购来的，看在我们这么辛苦的分上，你就多吃点。施何做了一个抱拳的动作说，那就谢谢啦！韩玉儿跟了出来，施何把视线移开，随手拉过一把竹椅子坐下，看院子里的花草。客栈老板小夏已经把烧红的炭火放进炉子，等一切准备工作就绪，说可以开始了。

李林森挽起衬衣袖子，烤起肉串来。韩玉儿在旁边撒娇，要吃秋刀鱼。见李林森没搭腔，就噘起嘴巴，扭着腰肢走到石桌前，开了一瓶啤酒，倒了个满杯，一口就干了。小夏对李林森说，他来烤。李林森就把位置让给他，顺手把烤好的肉串放在盆子里端过来，走到施何面前说，大小姐，趁热吃。

杭凌风怕韩玉儿不高兴，忙拿了两串递给她，韩玉儿接过，换了一副表情，抛一个媚眼给杭凌风，一口啤酒一口肉串吃了起来。李林森递了一杯啤酒给施何，韩玉儿看到，无名火又蹿上来。施何看不惯韩玉儿那个样子，就故意接过啤酒杯与李林森碰了一下，笑眯眯地说，祝李总早生贵子！

正端起酒杯往喉咙里灌酒的李林森把酒给喷了出来，一脸的疑惑。杭凌风也忍不住笑起来，问施何，你这什么脑瓜，怎么冒出这样的话来？施何一脸无辜地说，没有啊，是韩小姐说的，说她和李总马上要结婚了，我这祝福只不过是提前一步而已。

李林森很不满地问韩玉儿，你跟她胡说了什么？韩玉儿从昨天晚上开始一直在心里憋着的气，终于被引爆了，她借着酒劲，把酒杯摔在地上，干脆耍起泼来，哭闹着说李林森帮着外人来欺侮她，这个破地方她不要住了，马上走。说完，怒气冲冲跑进房间去收拾东西了。

施何装出受惊吓的样子说，这，李总，对不起，你快去哄哄她，我不是故意的。心里却痛快地在大笑，果然是人生如戏，全靠演技。

李林森黑着脸进了屋，施何拿起肉串津津有味地吃了起来。杭凌风把目光投向施何，意味深长地说，开心了？施何拿起酒杯，喝了一口，歪着脑袋问杭凌风，你说啥？杭凌风走上前，忍不住伸出手摸了摸施何的头，轻声说，你那个小心思我还看不出来？调皮鬼，你就是故意的。

施何大窘，幸好天已黑了下来，院子里只有两盏昏黄的灯，没有人看清她脸上真实的表情。

也不知道李林森用了什么方法，反正等两个人再次走出房间，一切好像都没有发生过一样，令施何暗暗称奇。小夏把新烤的肉串和秋刀鱼端上来，嘴上喊着香喷喷的烧烤来了，快吃，冷了味道就不好了。施何说，我想吃烤韭菜。小夏说韭菜在田里，但有土豆，要不要吃？杭凌风让他烤点素菜来，光吃肉容易腻。小夏说好。

老板，这个客栈为什么叫蓝花楹？你知道那个花的花语吗？施何好奇地问。

小夏拿着调料刷蘸着料刷茄子，听到施何问话，说，知道，没为什么，因为我这院子里有棵蓝花楹的树，可惜现在不是花季，你看不到。

施何见问不出什么，只好作罢。

李林森端着酒杯，招呼大家喝，说机会难得，今天就豪放一次，大口喝酒，大块吃肉。边说边举杯，话音未落，酒杯已干。杭凌风让他喝慢点，又没有人跟他抢。李林森不听，还是喝得很猛，边喝边感慨做男人太累，为了事业成功付出的代价太大，有时候想想整天忙忙碌碌为了啥。杭凌风表示同感，但同时又说，还是要学会取舍，人不可太贪心。韩玉儿抓住一切机会秀恩爱，让施何心头的不爽之气又升了上来，拿起酒杯就喝。明明不胜酒力，她还装作很能喝的样子，干了一杯又一杯，结果喝得头昏脑涨，一脸醉意，嘴上还在嚷嚷：喝喝。

杭凌风记得第一次在金向宇婚礼上碰到施何，她好像没有喝酒，今晚见她主动在喝，还以为她酒量好，就没在意。直到听施何在嚷嚷，再看她的样子，发现不对劲，忙给她泡了一杯浓茶，让她醒醒酒。施何喝了两口茶水，感觉肚子好难受，就摇摇晃晃回房间。刚进卫生间，胃就翻江倒海起来，把吃的东西全给吐了出来。吐干净，拼命漱口，用冷水拍打像火烧红似的脸。抬头，看镜子里的自己，施何突然笑了起来，指着镜子说，你这家伙，也不是个好人，你也会使坏。

头好晕，整个屋子在转，胃还是不舒服，里面有一团火在烧。施何摇晃着走到床边，直接就倒在那里，呼呼大睡。

杭凌风边喝酒边在关注施何动态，他以为施何进去洗把脸就出来，谁知半天没见人影，就走过去，见门关着，里面亮着灯，就在窗外叫施何的名字，没反应。这客栈除了韩玉儿，没其他女人。杭凌风只好过来对李林森说，施何估计喝多了。李林森就让韩玉儿过去看。韩玉儿虽万般不情愿，但怕惹李林森不高兴，还是推开了那道门——房门是虚掩的。韩玉儿瞧了一眼，就走出来对门外的两个男人说，她睡着了，衣服也没脱，躺在被子上。李林森说，你帮她盖下被子。韩玉儿捏着鼻子进去，从施何身下抽出被子，胡乱地盖在她身上，关了灯出来，顺手把门带上，说好了。杭凌风很想进去看，又觉得不妥，只好暂时把心放在肚子里。

秋夜凉，多坐一会儿，身上都微感寒意。杭凌风说散了吧，早点休息。李林森把杯中酒喝完，然后对小夏说，这里都交给你了。小夏笑着说，没事没事，我会收拾，你们去休息。

大家各自回房。

杭凌风躺在床上，心里记挂着施何，他发现自己对施何的感觉在悄悄发生变化。这个女孩身上有太多吸引他视线的东西，无论是作为研究案例，还是单纯的女性个体。现在不知道她怎么样，早知她酒量这么差，就不让她喝酒了。这么一想，他认为自己有责任，有几分自责。就这样在床上翻来覆去，一直到下半夜才迷迷糊糊地睡过去。

韩玉儿因为有很强的目的性，就是等着"扶正"，所以一般情况下，她只敢要要小性子，动真格的不敢，怕偷鸡不成蚀把米。在李林森面前，她也是极尽女人的温柔和妩媚。洗好澡，她把自己浑身上下抹得香喷喷的，像条光滑的鱼钻进李林森怀里，紧紧缠住了他。李林森拍拍她的背说，累了，睡觉。韩玉儿恨恨地转过背去，她想明天早上无论如何都要离开这个鬼地方回州城去，她一分钟都不想待在这里。

李林森闭上眼，脑子里却在想施何的言行，凭他对女人的了解，他已敏感捕捉到这个女孩内心对自己的喜欢，她渴望走近，又好像在害怕什么。李林森深知自己的"毒性"，这样的女孩子他还是少去招惹的好，她跟韩玉儿是完全不同类型的人，玩不起。韩玉儿不甘心，她又转过身，紧紧抱住李林森，热烈地吻他，挑逗他的敏感区。李林森被她撩拨得一时兴起，就回应了她。当李林森进入韩玉儿的身体时，韩玉儿觉得自己赢了，她故意发出愉悦的呻吟声，想着最好让隔壁的施何听到。

15

天，渐渐亮了。

杭凌风早早就起来，在院子里活动筋骨。施何的房门紧闭，他只能干等着。

等到李林森和韩玉儿起来,施何还没有动静。杭凌风忍不住站在窗前叫,里面没声音。他感觉不好,回头看,李林森已从小夏那里拿了钥匙过来。

开门,两个大男人还是让韩玉儿进去看。韩玉儿见施何蜷缩着躺在床上,被子掉在地上,有点害怕,伸出手放到她鼻子下,有呼吸。于是就朝门外的男人说,还没醒。杭凌风顾不了那么多,走了进来,一看施何紧闭双眼的痛苦样子,忙上前摸她的额头,滚烫。他说,糟了,看样子发烧了。李林森一听,马上说,赶紧送医院,我去开车。

杭凌风抱起施何匆匆朝外走去,李林森把车开到巷子口,杭凌风让施何躺在后座,系好安全带,自己坐到副驾驶室,直奔县医院。韩玉儿一个人在客栈气得直跺脚,恨得牙痒痒的,一只土狗成了她出气的对象,被无缘无故地踢了一脚。惹得狗朝她狂叫,要不是小夏及时喝住,说不定还要扑上去咬她一口。

施何做了一个长长的梦。

在梦里,她光着脚不停地在走路。青石板好凉,她踩在上面,凉意直抵她的心窝。前面有个人影若隐若现,她很想追上去,可又没有力气,只好眼睁睁看着那影子越来越远,直到什么都看不清。

好累,当她睁开眼睛,刚好与杭凌风注视她的目光相撞,她想一定看错了,又闭上了眼。过好一阵,再睁开,还是这张脸,糊涂了。四周环境好陌生,再看,手臂上打着点滴。头好痛,像被什么利器劈开一样。人浑身无力,软绵绵的。

杭凌风见施何醒了,忙问她要不要喝水?施何点头。杭凌风连忙给她倒了半杯水,吹凉了,又扶她靠在自己怀里,施何没力气拒绝,只好红着脸,任他这样半抱着把水喝了。施何问这是哪里?我怎么会在这里?杭凌风心疼地说,昨天谁让你光脚走路的,又醉酒,现在好了,发高烧,小心把你的脑子烧坏。施何抱歉地说,对不起,麻烦你了。杭凌风说,麻烦的还不止我一个,行了,我看你这样子还是赶紧回家,等打好点滴,我们回青凤镇把东西带上,今天就回堇城。施何虚弱地点点头说,好。

李林森进来,见施何靠在杭凌风怀里,一愣,又装作啥也没看到。杭凌风扶施何躺下,站起来说,今天得回堇城。李林森走过来,问施何感觉好些没有?施何勉强笑了笑说,好些了,谢谢你们。李林森不说话,只是用那双深不可测的眼睛看着她,施何不敢接他的目光,假装闭目养神,心却在狂跳。

打完吊针,三个人回到青凤镇,带上行李,在高速路口分走两道。施何一直躺在后座上,半梦半醒,她发誓下次再也不喝酒了。

到了董城,杭凌风摸施何的额头,说烧还没有退,还是去医院看下放心。施何不想去,说回家睡一觉就好。杭凌风说服不了她,只好问她住哪里,他送她回家。施何怕父母知道误会,婉言谢绝,说打个车就可以。杭凌风不同意,非要送。施何只好把地址报给他,心里祈祷千万不要碰到左邻右舍,要不然传到她娘耳朵里,她都不知道该怎么解释了。

当车子开到小区门口,施何让杭凌风停车,她走进去。杭凌风问她行不行?施何说她没这么娇气。谁知刚下车,两条腿就发软,头痛欲裂,脸色苍白。杭凌风说,你就让我好事做到底,行不行?施何靠在车上,喘了两口粗气,想着这样子也不行,小区门口闲杂人多,只好上车,让杭凌风把她送到楼下。

施何刚下车,头一晕,差点跌倒,真是越怕什么就来什么,耳边响起她老娘的惊叫声,咋回事咋回事?杭凌风一把扶住施何,见何小玉神情,猜测是她母亲,就很有礼貌地叫了一声阿姨,说施何生病发高烧,他刚巧碰到,就给送了回来。何小玉的目光像探照灯,把杭凌风从上到下仔仔细细扫视一遍,心里很满意,这男人长相不错,看起来像个成功人士,看他对女儿的样子,搞不好两个人在谈恋爱。这孩子,跟自己妈还保密,真是,害她白白操心。何小玉脸上绽放着笑容,热情地邀请杭凌风到家里坐。杭凌风也不客气,说好。施何的头更晕了,差点就喊,我的妈啊,你不要这样好不好?

上楼,何小玉打开门,施何发现父亲不在,就问爸去哪里了。何小玉说,你爸有事出去了。施何条件反射马上想到了林纳,转念一想,算了,这会儿她还是先管自己。她向母亲介绍了杭凌风,说这位是杭老师。何小玉忙着给杭凌风倒水,一边说,当老师好,工作稳定,又有两个假期。杭凌风笑着回答,是啊,老师职业挺不错的。施何坐在沙发上,一身无力,也懒得说明,就将错就错,任母亲和杭凌风在那里坐着热烈交谈。

何小玉侧面打听,问杭凌风是哪里人,今年多大,住在哪个小区?施何越听越昏,用脚轻轻踢她老妈的脚,让她不要再问,太丢脸了。可何小玉却无视女儿的暗示,继续打听她想知道的信息。更不可思议的是,杭凌风竟然顺着何小玉的意思一一做了回答。施何实在坐不住,只好说,头很痛,要去睡觉了。她问杭凌风,要不要再坐会儿?杭凌风说,时候不早,也该回去了,让施何好好休息。他又很有礼貌地对何小玉说,阿姨,谢谢你,那我走了。施何的烧还没有退,一整天又没吃过东西,你给她熬点粥吧!何小玉心里巴不得杭凌风多待会儿,也好让她多了解一些情况,就热情挽留,说晚上就在这里吃饭好了。杭凌风笑着说,不打扰了,改天来尝尝阿姨的手艺。何小玉只好遗憾地说,那你有空一定要多来坐坐。杭凌风说好,一定来。

等杭凌风离开,何小玉一脸欣喜地问施何,你男朋友?啥时候谈的恋爱,还在娘面前保密。施何长叹一声道,老妈啊老妈,你就这么盼着把我嫁出去吗?实话告诉你,你白高兴一场,他不是我男朋友。何小玉顿时像泄了气的皮球,不甘心地说,不对,我看他对你很不错,会关心人,还让我熬粥给你喝,就是年纪稍微大了点,其他挑不出毛病。不过,年纪大点有大点的好处,会心疼人。施何没好气地说,人家一声阿姨你就晕了。好了,我去睡觉了。晚饭不用叫我,想吃我自己会起来。何小玉很失望,一屁股坐在椅子上,叹起气来。

施何洗了一个热水澡,人感觉舒服些,从包里拿出手机,一看没电,连忙充上。没多久,就听到微信提示音,打开,是李林森发来的,很关心地问她情况。施何眼前闪过韩玉儿那张脸,她心里承认确实对这个男人有异样的感觉,一种想进一步了解的欲望。不过现在她没精神跟他聊,就回复,先睡会儿,有空说。李林森回复,好好休息。

闭上眼睛,却没有睡意,施何在问自己,以前一向对已婚男人避而远之,最鄙视第三者,现在怎么会对这类男人产生兴趣?是因为恨嫁,饥不择食,还是她的观念发生了偏差?头又痛了起来,不想了不想了,管他是谁,等睡醒了再说。

杭凌风走出施何家,他明白施何母亲误会了,把他当成了未来的女婿。可怜天下父母心,心情可以理解。施何是个好女孩,但愿她心里封闭的那道墙早日出现裂缝,唯有那样,爱情的光才能照耀进去。这样的女孩,什么样的男人才能打动她的心?

施林提着水果等礼物,去了林纳家。林良波睡了一天,刚起来,正靠在沙发上和林纳说话。见施林上门来,吃了一惊。林纳说,是她请施局长来家里坐坐。林良波暗暗怪女儿多事,也不提前跟她打声招呼,就自作主张。

真不好意思,大过节的还特意跑过来,买这么多东西,让你破费了。林良波客气地说。

施林的目光落在林良波脸上,那抹苍白很让他心疼。他赔着笑说,反正没事,来看看你应该的。怎么样,好些没有?林良波听出施林话中的心意,神情复杂地看了他一眼说,好多了,谢谢你。林纳给施林泡了一杯茶,得意地说,晚餐我亲自下厨。施林表扬道,真能干。林纳很高兴,就去洗水果。

见豆豆不在,施林问孩子是不是出去玩了?林良波说,被他父亲接走去看爷爷奶奶了。施林就把买的玩具放在柜子上说,这是给豆豆的。林良波说,你太客气了。林纳端着水果出来,请施林吃,又陪着聊了会儿闲话,就去厨房炒菜,准备晚餐。施林说,简单点,不用整这么复杂。林纳笑嘻嘻地说,不复杂,就几个家常菜。

林良波听出女儿对施林说话的口气里带着某种暧昧的亲昵,这感觉让她很不舒服,有一种无法压抑的恐慌。施林敏感地察觉到林良波心里的不安,轻声说,放心。

一时,坐在客厅里的两个人都不知道接下去该说些什么,生怕哪句话说错,触动了久埋的心事。林良波拿起遥控器,打开电视,找节目看。施林在旁边小心地问,还是把我们的关系告诉小纳吧,我怕时间越久,这孩子想法越多。

林良波侧过脸,瞄了一眼厨房玻璃门,林纳正在里面忙碌着,然后很坚决地说,没必要。不过我提醒你,你可千万不能让她有其他的想法,那是绝对不允许的。施林低着头,叹了一口气说,你放一百个心,就算她不是你的女儿,我也没这胆子。不知道林良波想起了什么,她的脸色又渐渐冷了下来。施林不明白林良波的态度为什么忽冷忽热,这见了面反倒不如没见面前,偷偷发几个信息感觉好。

桌上一道道菜摆上了,施林看到有红膏炝蟹、油煎带鱼、雪菜汁蒸小黄鱼、香菇炒青菜、肉饼子蒸蛋、苔菜花生米、盐水虾,加一大盆鸡汤。他就对林纳说,菜太多了,浪费。

林纳说,你第一次来我家吃饭,没啥好招待的,简单吃点。施林说,家常菜最好。林纳问施林有没有开车来。施林说,没开车,是打的过来的。林纳高兴地说,那就喝一杯。说完,不管施林同不同意,就开了一瓶红酒,给他倒了满满一杯,给自己和母亲各倒了半杯。林良波在女儿面前表现未见异常,三个人喝着酒,慢慢聊着,气氛很融洽。

施林吃着林纳炒的菜,不停赞许,说,没想到你年纪轻轻,厨艺这么好。施何跟你同龄,可惜啥家务活都不会干,差距太大了。林纳说,那是因为她不用干,福气好,不像我,从小锻炼出来了。施林随口问林纳是几月份生的?林纳说,三月。施林心里一惊,夹起一块带鱼,轻轻咬了一口。林良波语气平淡地说,她早产,差点养不活。林纳惊讶地说,我早产啊,以前咋没听你提起过?林良波依然波澜不惊地说,这有什么好讲的?林纳朝施林做了个鬼脸说,没想到我的命这么大。施林放下筷子,感叹道,小纳,你妈把你拉扯大确实太不容易了,你以后要好好孝敬她。林纳举起杯子,向母亲敬酒,感谢母亲的养育之恩。林良波皱了皱眉头说,你少让我操点心,我就心满意足了。

林纳对施林说,你看看我妈,每次都这样,我们两个生肖犯冲,她总是看不惯我。施林笑着说,你妈年纪大,你就让着她,少说两句。林纳撒娇道,连你也帮着我妈说话。施林心里一慌,郑重地说,我跟你妈是同时代的人,你们这些小年轻有时候说话就是图自己舒服,没顾及老人的感受,以后还是要注意。林纳对母亲说,好吧,我认错。林良波看着施林和女儿,思绪万千,她怕被林纳看出什么,硬生生地把翻腾的情感给压了下去。

吃好饭,林良波坐不住,回房间去躺着了,施林告辞回家。他在心里一遍遍算林纳的出生时间,怀疑林良波没有说实话,如果林纳真的是三月份出生,而且不是早产儿的话,那算林良波的怀孕时间,林纳有可能是自己的女儿。一想到这个答案,施林的酒醒了,整个人僵在那里,两条腿变得铅一样沉重。不行,这个问题，他无论如何都要搞清楚。

回到家里，何小玉闻到施林身上的酒味，就问喝酒了？施林说，喝了一点红酒。见女儿的房间门关着，就问施何回来了？何小玉点头，把杭凌风的事说了一遍，一脸的遗憾。施林没心情听这些，说还有些事要处理，就进了书房。何小玉坐在沙发上，看着紧闭的书房门，脸色越来越黯淡。

在房间里睡觉的施何听到父母的说话声，醒了，她起来坐在被窝里，翻起了李林森的微信朋友圈。她把他发的所有微信朋友圈都翻了一遍，一直翻到第一条为止。她不禁佩服自己的无聊，居然这么有耐心，简直是空前绝后的举动。李林森的微信朋友圈发个人感受的不多，大多发的是他自己公司的楼盘，以及跟房地产有关的信息。但施何硬是从这极少数的个人感受中，拼凑出这个男人的形象：精明、霸道、多情、撩妹高手。这种男人永远是把事业放在第一位的，至于女人，那只是生活的调味品。这个结论，令她十分的沮丧。目光落在李林森第一条微信朋友圈的时间上，2013年12月16日，施何又惊住了，心想不会这么巧吧？因为12月16日是她的生日，这难道是传说中的缘分？不可能啊！

施何放下手机，闭上酸胀的眼睛，摆动着僵硬的颈椎，自言自语道，完了，大脑硬盘彻底烧坏。她又低低地骂了一句自己，白痴。

施林想了一夜心事，越想越觉得林纳是自己女儿的可能性很大，不然为什么他一见林纳就觉得投缘，就想去帮她，肯定是因为血缘关系，所以才会感觉不一样。他想到当年自己绝情离去，害林良波未婚先孕，草率嫁人，彻底改变了她的命运。我有罪。施林捧着脑袋，在心里一遍遍忏悔。

施何起来了，脸有些浮肿，何小玉让她哪儿也不要去，就在家待着。施何想到好好的假期就这么浪费了，窝在沙发里生闷气。

见女儿一副萎靡不振的样子，施林就批评她年纪不小，还这么不成熟。这次运气好，碰到认识的人给送回来，下次就不一定了。施何嘀咕道，不会每次都这么倒霉。

何小玉还在惦记着杭凌风，说，你哪天把那个杭老师请到家里来吃饭，谢谢人家。施何差点跳起来，埋怨母亲多此一举。何小玉又责怪女儿不体谅父母，施何听得心烦,就站起来说到外面走走,把铁门一关,下楼去了。

何小玉看了施林一眼说,你的好女儿,动不动就给我使脸色。施林这会儿又站在女儿这边了,说,她心情也不好,如果有个男朋友就不会这样。何小玉没好气地说,你认识那么多人,就没想过找个好女婿回来。女孩子过了30岁,对象更难找了。人家这个年纪,孩子都上幼儿园了。施林想起林纳,跟施何同龄,都已经历结婚、生孩子、离婚这一系列事情,相比之下,施何的人生要比她简单得多。

施何到了楼下,才发现没带汽车钥匙,也想不出去哪里,就只好在小区里溜达。杭凌风发来微信,问她好些没有,施何说好多了。又问她在做什么,施何说无所事事。杭凌风发过来一个笑脸,让她好好休息,等身体养好,他请她吃饭。施何说了声谢谢。

握着手机,施何在想杭凌风到底是个什么样的男人?凭直觉,他应该比李林森更靠谱。可为何还是李林森对她的吸引力更大?难不成真是坏男人有人爱?找了把椅子坐下,施何眯着眼晒太阳,她分析自己的心理,大概是因为李林森这个人复杂,摸不透,所以才勾起她的好奇心。这样的男人其实最危险,因为一不小心,你可能就会引火上身,最后必定伤痕累累。头又痛了起来,施何捧着脑袋,问自己在瞎想什么?杭凌风也好,李林森也罢,都是别的女人的男人,跟她没半毛钱关系。

施何忽想起素颜,这几天也不知道她过得怎样,于是就发了一条微信过去。素颜很快回复,得知施何在小区里晒太阳,就说我们见个面,聊天解闷。施何让素颜过来接,她没力气开车。素颜说没问题。

一小时后,两个好朋友就面对面坐在咖啡馆里,你看我,我看你,脸色都不是很好。

施何开口道,这几日和公婆相处得怎样?

素颜皱着眉头说,别提了,金向宇把他儿子接来住了两天。我那婆婆一看到孙子,又不待见我了,认为是我的原因,让她失去了孙子在身边长大的机会。每句话都连骨头带刺,早知道这样,我真不该嫁给金向宇。施何叹着气说,你等会儿去我家,跟我妈说说这婚姻就是坟墓的事实,省得她整天催我找个男人嫁了。

素颜说,当父母的都这样,不过说实话,婚姻本来就是赌博,有水平的人再烂的牌也能打赢,水平差的好牌在手上也要输。

施何端起咖啡喝了一口说,你讲的是情商,可惜我是个情商堪忧、智商着急的人。对婚姻我是没有信心,再好的牌到我手上恐怕也要变成废品。

话音刚落,手机有微信提示音,施何点开一看,李林森发过来的语音,她犹豫着要不要拿到外面去听,又怕被素颜骂,既然是闺密,就没啥好隐瞒的。再看看四周,没有人注意,就调低音量,把手机拿到耳边。李林森充满磁性的声音传了过来,很关心地问她身体好了没有?他很担心,哪天有空,就到堇城来看她。施何不敢看素颜的眼睛,低着头回复了一条,现有事,回头聊。放下手机,施何朝素颜笑了笑,解释道,一个朋友。素颜用手指着施何说,老实交代,这男人是谁?我怎么从来都没有听你提起过?

施何没办法,只好含糊地说,是朋友的朋友,偶然认识的。这次出去玩,在一个小镇上碰到。因为生病,他们也跟着提前返程,今天只是普通朋友之间的问候。素颜认真地问,这个人是做什么的,哪里人,有没有可能成为你的菜?施何苦笑道,怎么可能?他对我来说,完全是另一个世界的人,我们之间永远不可能产生情感交集。素颜不同意,说那不一定,万一你们有缘分呢?施何摇摇头说,不会,这个男人的情感世界恐怕不是一本书、两本书的内容,我根本不是人家的对手,还是离得远点好。素颜想到了自己,深有感触地说,看来找丈夫还是不要找经历太复杂的,不然日后麻烦多多。施何点点头说,是。

正聊着,从包间里走出来一男一女。经过大厅时,施何无意中发现那个女的是公孙春晓,男人不认识。公孙春晓没有看到施何,正顾着和那男人说话。是她老公?施何觉得不像,因为她听说公孙春晓的老公长得比较矮,而这男人挺高大的。那是男朋友?情人?施何胡乱猜测起来。

素颜问她在想什么,施何说看到已婚女同事和一个不是自己老公的男人在咖啡馆约会,是不是有故事可写?素颜笑着说,你这毛病还不轻啊,动不动就想着编故事去哄你那些读者。施何沉默,突然冒出来一句话:现在已婚女人的出轨率也很高。素颜不以为然地说,很正常啊,既然已婚男人可以出轨,凭什么已婚女人不能出轨？你这人简直就是老古董，太不开放。人家有不结婚的，但不会缺男人，哪有你这么傻的，只会亏待自己。施何瞪大眼睛说，你又不是今天才认识我，你也知道我要的是什么。素颜怜悯地看了施何一眼说，你得尽快走出来，再这样下去，真的要变成老姑娘了。

施何低下头，盯着半杯已冷却的咖啡，从未有过的忧伤如潮水般席卷而来，她轻声说，素颜，我好像已失去了爱的能力，我怕深情后的冷漠，怕幸福后的背弃，怕得不到一生一世的爱。素颜的脸色也凝重起来，她说，施何，你生错时代了，现在不流行纯洁，只玩游戏。

和素颜在咖啡馆泡了半天，施何回到家里，依然郁郁寡欢，她也说不清楚究竟是为了什么。何小玉见她这个样子，忍不住又想唠叨，施林给她使眼色，让她别开腔。何小玉只好闭上嘴，去忙她的家务活。

施何把自己关在房间，打开电脑，登录QQ。她想还是工作吧，工作能让人忘记烦恼。

有Q友找她。

一个男孩在网上分别以女性和男性的角色跟别人聊天，他说，有个女孩爱上了他，而他跟她聊天时，是以女性的身份。

你的意思是，那位女网友是个同性恋？施何问。

有这个倾向。男孩说。

施何无法理解，说你明明是个男的，为什么偏要以女人的身份跟她聊？你不觉得很分裂吗？

男孩说，他没觉得这是一种分裂，他跟那个女孩聊，刚开始是同情女孩可怜的身世，从小被亲生父母遗弃，初中没毕业，养父去世，遇好心的老师供她读书。他发现她有抑郁症倾向，想开导她，没想到她对他产生了越来越重的依赖。

那你找我聊，想告诉我什么？施何的头又痛了起来，这都是些什么乱七八糟的情感啊，再干下去，她真要疯掉了。

他说那个女孩的脑子里生了一个肿瘤，马上要去北京动手术，她怕自己挺不过来，会死在手术台上，很想在出发前见"她"一面。而且女孩明确表示，她很喜欢"她",他不知道该怎么办?

那你想见她吗? 施何问。

男孩说,不能见啊,见面后对她的打击可能更大。可不见,又怕真会成为终生的遗憾。

施何说,我还是不明白你为什么要以女性的角色跟她聊,难道你以男人的身份跟她聊,她就不接受你的开导了? 男孩说,开始的时候没想太多,以为用女性的角色跟她聊,更容易得到她的信任。这个时候如果说出真相,他不敢想象会有怎样的结果。不管怎样,朋友一场,倘若她真出什么事了,他也会很难过。施何沉默,想了想又说,那你还是找个借口不去见,但要鼓励她,给她信心和力量。你就承诺,等她康复了,一定去看她,到时候再跟她说明真相。男孩很感谢施何出的主意,下线了。施何盯着电脑屏幕,脑子一片空白。

"情归何处"又晃动着脑袋出现,施何点开,她想,这位有自虐倾向的女网友,不知道今天又有什么事?

打了一声招呼,"情归何处"说自从上次施何跟她聊了后,她真的把那些浪子的联系方式给删除了,可前几天,她的初恋情人来找她,她又沦陷了。她说,她发现自己心里最爱的还是那个男人,虽然分手好多年,可一见他,她就忘了这个男人曾带给她的伤害。她问施何该怎么办,因为她的初恋情人只是路过这里,跟她缠绵一夜后,又匆匆离开,却把她的魂给带走了。

施何没好气地说,你是成年人,该怎么办,不要来问我,问你自己。"情归何处"可能没想到施何是这个态度,过了好一阵才说她就是控制不住,所以才想找点外力。施何说,一切源于你的心,管好你的心,心管住了,你就能管住自己的行为。"情归何处"说,心怎么管得住? 施何看到这句话,忽然惊醒,说说容易做做难,心怎么管得住呢? 现在轮到她无语了。

关了QQ,施何从衣橱最下面的夹层里拎出一只小皮箱,找来钥匙打开,拿起一本影集翻了起来。那里有一些她和秦君明的合影,是高中时代与大学第一年暑假一起出去玩的时候拍的。分手后,她并没有把那些照片处理掉,就夹在影集里,只是平时不再去看。施何看到那个时候的自己,脸上那干净的笑容,看到站在她身边那个身材高大的男孩。在他面前,她完全是一副小鸟依人的模样。她很多次问自己,明明是初恋,为何秦君明没有给她留下太深刻的记忆?在爱情上,她似乎一直是有所保留,不敢全身心去投入。可内心深处,她又那么渴望能全身心去爱一次。

放下影集,施何又拿起箱子里的小锦盒,打开,里面是一只小巧的翡翠手镯。那是大一时,秦君明送她的生日礼物。当时她觉得太贵重,坚决不肯收。秦君明一定要她收下,说他远在东北,不能每天陪着她,就让这只手镯陪她,把她感动得不行,于是就天天戴在手腕上,把它视为一种约束和承诺。没想到等第二学期放寒假回来,秦君明向她提出了分手。她要把手上这只手镯取下来还他,他阻止了她,说留个纪念。不知为何,她就没有还回去,也没有取下来,似乎是戴习惯了。直到有一次,她去逛玉器店,看到柜台里的手镯,就随口问店员她手上这只手镯现在价值多少?店员瞧了她手腕上的镯子一眼说,这是处理过的B货,不是A货,很便宜,100元可以买一只。她不信,取下来让店员仔细看清楚。店员拿着又给店里其他几位店员看,大家一致认定就是B货。见施何还有疑问,就拿来专门照玉石的电筒和柜台里的A货翡翠比较,告诉她如何鉴别A货与B货。这个结果让她心里有说不出的滋味,似乎此物跟那份感情一样,也是个赝品。不过再细想也正常,毕竟那时候秦君明还是个学生,不太可能有这么多钱去买个真货给自己,也就释然了。只是从此以后,施何再也不想戴它,就把手镯和影集锁进箱子,不再打开。

不知道他现在过得怎么样?施何坐在电脑前,输入秦君明和城市名。网页上出现好几条消息,她就一条条看过去,可惜没有一条是他的。施何想,看样子他也混得不咋样。不是说丈人是副市长嘛,奇怪了,没捞到好处?心里忽又有点小小失落。不管怎样,曾经相爱一场,她还是希望他现在过得很好。

手机提示有新邮件到达QQ邮箱,施何点开,原来是那位叫西的女人发来的一篇文章,题目是"从此相忘于江湖"。说她爱上了一个男人,是真的爱他,而不是游戏,她甚至萌生了想和他永远在一起的念头。可男人却不相信她是真心的,他只是喜欢她的身体。为了在自己喜欢的男人身上得到一点情感慰藉,她爱得很辛苦、很卑微。可结果无论她怎么努力,男人总是对她忽冷忽热,稍微不如意,就提出分手。现在,她终于下决心从这份感情里走出来,从此相忘于江湖。只是内心很悲哀,因为她发现无论怎么付出,自己都得不到真爱。她现在害怕的是,当另一个男人出现时,她会不会重新陷进那个可怕的循环。她说,施老师,你有什么好办法吗?

施何给杭凌风发信息,咨询类似于西这种情况,有没有好办法可以让她从此远离心魔,不再陷入情感的泥潭?

杭凌风回复说,最好能让西到堇城来,面对面交流能更准确地发现问题。像西这种情况,做一两次心理治疗效果不大,还需要多方面配合,包括她丈夫,一定要在生活中多给她关爱。施何觉得这不太可能,没有一个老公能忍受妻子这种行径。一旦知晓,不离婚才怪。到时候,西又要陷入新的悲剧。

两个人在微信上将有关西的事情做了一番交流,很是投机。杭凌风说施何可以去当心理咨询师,说起来这么头头是道。施何说她有证,只不过级别比较低,是三级,心理咨询员。杭凌风说那再去考,你有潜力成为高级心理咨询师。施何说,我连自己的问题都解决不了,还高级。杭凌风说,我们每个人在现实中都有自己的困惑,我也一样,所以我们需要及时清空心里的垃圾,这样才能更好地生活。

也许有一天,我会把心里的秘密告诉你。施何在微信上输入这句话,犹豫着要不要点发送。最后,又悄悄地删除了。现在还不是时候,施何想,她还没有完全信任这个男人。

你是别人的情感咨询师,我很愿意成为你的心理咨询师,你心里有任何问题,都可以找我聊。杭凌风发过来一段话。

遵命,杭老师! 施何挑了一个调皮的表情回了过去。

盯着手机屏幕上那一行字,杭凌风笑了。

16

当杭凌风在上城机场看到妻子闻宁从出口处走来,一脸精致的妆容,裁剪得

132

体的服饰,时尚短发,一时竟有了几分陌生感。

接过闻宁手中的旅行箱,杭凌风说,去国外度个假,怎么像换了个人似的,去整容了?闻宁心情愉悦地说,是啊,微整了一下,给你一个新鲜感。杭凌风笑了笑,又问女儿馨悦的情况。闻宁说很好。她表扬了自己的英明决定,把女儿送出国读书。这样既没有耽误女儿的前途,又不会影响夫妻俩的工作,一举两得。杭凌风却不这样认为,他说,人生从来都是有得有失,你说的是得,那失的呢?我们失去了陪女儿长大的机会,对她的身心健康并不是件好事。再说,现在国外也不安全,她还未成年,还没有独立处理各种事件的能力。闻宁打断丈夫的话说,孩子比我们想的要能干得多,你也别操这个闲心了,比她年纪小的出去的都很多。

杭凌风不想再跟妻子讨论这个问题,就快步来到停车场,把箱子放进后备车厢,出发回堇城。

路上,闻宁大谈自己对新西兰的感受,感叹那里的空气、水和食物的质量,说难怪现在有钱人都出去定居,没有比较就没有伤害。杭凌风说,你又不是第一次出国,国外的月亮圆不圆又不是不清楚。别只看表面,现在国内也没比国外差多少,特别是安全问题,你看看我们满大街的巡特警,多有安全感。闻宁摇摇头说,你这人就是固执。杭凌风就不接妻子的话,只顾自己开车。

回到家里,闻宁环顾四周说,你这些天没有住在家里吗?这么干净。杭凌风觉得妻子很无聊,说我不住家里难道还去住宾馆?闻宁做了一个夸张的表情说,我还以为眼前会出现一个狗窝。杭凌风没理她,去卧室拿了睡衣走进浴室洗澡,来回开了这么多小时的车,他很疲惫。

见丈夫去了浴室,闻宁迅速检查了一遍家里的角落,没发现任何异常,应该是没有别的女人来过这个家。对丈夫,她越来越不放心,也不知道为什么,时时都觉得家里这个男人会出轨。目光落在杭凌风放在茶几上的手机,心里有一个声音很强烈地冒出来,打开看看里面有没有秘密。

平时,闻宁不看杭凌风的手机,杭凌风也从不看她的手机,这是夫妻俩一个心照不宣的约定。可此刻,她是那么迫切地想看这手机,里面会有秘密吗?闻宁伸出手,拿起杭凌风的手机看。手机设有锁屏密码,她试了几组数字,结婚纪念日、女儿生日、她的生日、杭凌风自己的生日,都打不开,只好悻悻放下。

一定有见不得人的东西在手机里,闻宁似乎感觉到空气里有很多假想的敌人,在对她的婚姻虎视眈眈。以前,两个人在一个单位,上下班都在一起,可现在情况不一样了,杭凌风出来自己创业,接触的面就更广了,难以保证情感不会走私。

杭凌风的手机密码究竟是多少?闻宁心里有了一个梗,她想着用什么样的法子才能打开。

杭凌风从浴室出来,对闻宁说,有点累,我先睡了。闻宁说,好,我要倒时差,先整理一下东西。杭凌风拿起手机,去卧室了。闻宁盯着丈夫的背影,暗暗猜测这个男人会跟自己同床异梦吗?看来以后她要时时提防,把一切的可能性消灭在萌芽状态。想到这里,闻宁站起来,行李也不想整理了,她匆匆洗漱一番就推开卧室的门。床头灯还亮着,杭凌风已经发出轻微的鼾声,闻宁站在床前,凝视着丈夫那张成熟、帅气的脸,睡意全无。

秦君明回堇城了,他给施何打了个电话,问她有没有空,可不可以见个面。施何很纳闷,这些年她从别的同学那里知道,秦君明一年还是要回家一次看父母,但似乎是有意回避她。即使有同学安排饭局,也没有人会叫上她一起参加,今天太阳从西边出来了?

老同学,好久不见,什么风把你给吹来了?施何的语气里听不出任何感情色彩。

我送亲戚到上城看病,顺便过来看看父母,还有你。秦君明说。

施何觉得很有意思,就说好,在哪里见?

听到施何那么干脆的答应声,秦君明很高兴,他说,我请你吃饭,地方你定。

施何想了想说,行,那就11点到堇城大厦29楼的堇光阁见。秦君明说,好的,中午见。

接好电话,施何去卫生间看镜子里的自己,还好,精神不算太差。堇光阁人均最低消费400元,跑那里去吃饭,还是有点奢侈。她也说不清楚这是出于一种什么心理,把吃饭地点定在那里,但有一点可以肯定,她是有意的。

施何和秦君明几乎是同时到达堇城大厦的,他们在电梯口碰到一起。秦君明上前就给了施何一个熊抱,好像两个人不是早已分手的前任,而是久别重逢的情侣,这让施何很不习惯。

坐电梯直达29层。一走进堇光阁,秦君明发现这里环境幽雅,地上铺着厚厚的地毯,装修豪华,弥漫着一种江南特有的情调,心里暗暗猜测,这里消费不会太低。在服务生的引领下,两个人选了一个临窗的位子坐下。

服务生送上精美的菜单,秦君明大概翻了下,知道了菜的价格,他把菜单递给施何,嘴上很大方地说,你喜欢吃什么尽管点。

施何接过,边翻边问,你不心疼?

秦君明说,心疼什么,这餐饭我欠你很多年了。

施何听秦君明这么说,也就不客气地点了几道菜说,你在东北待着,没机会吃家乡菜,今天就好好尝尝。秦君明说,回到家我妈就给我做了一桌海鲜,让我解解馋。

点好菜,两个人喝茶聊天。

秦君明深情地看着施何说,你一点也没有变,还是那么漂亮。施何听了,感觉怪怪的,说,老了,你比读书时要胖很多,看来生活很幸福。

秦君明说,肉吃多了。他很关心地问施何的近况。施何说,每天按部就班工作、生活,没什么新鲜事。你呢,孩子多大了? 秦君明长叹一声说,施何,我这辈子做过的最后悔的事就是跟你分手,对不起,我错了。

怎么了,成为副市长的乘龙快婿不好吗? 施何忍不住挖苦起来。

一言难尽。秦君明拿起茶杯,喝了一口水说,我这婚姻长不了了,早晚要离。

好好的,离什么婚? 施何问。

秦君明开始诉苦,妻子的脾气不好,大小姐,既骄又娇,他在家里没一点地位。结婚不久,丈人也没当副市长了,他虽然进了市政府,当了一名公务员,但也没啥花头,混日子罢了。这次是送丈人到上城来看病,得的是癌症,医生说希望不大。越想越觉得生活没有奔头,而自己父母的年纪也越来越大,这次回家,父母希望他能回堇城,这里更有发展的空间。

施何很想笑秦君明自作自受,活该,又看他一副悔不当初的样子,忍住没说。

菜,很快就上来了。

菫光阁的菜品特别的精致,只是分量太少了。比如熏鱼,一人夹两片就没有了,但盘中另有点缀;一盆醉鸡肉,也只有四块,皮黄肉嫩,配上花瓣,很漂亮;点心也是极其迷你,完全是吃情调。

接着,服务生又端上来一盘冷菜,洁白如玉的盘子上摆着蟹块,每一块都带着红艳艳的蟹膏,非常诱人。

施何说,不谈那些不开心的事了,来,这个红膏炝蟹你有多久没吃了?

秦君明夹起一块,蘸了蘸了醋说,很久。吃了两块,放下筷子,感叹道,真好吃,东北菜就是那种江湖风格,跟这里完全不一样。我当年也是脑子神经搭错,会选择留在那里,自讨苦吃。秦君明一脸苦笑。

这是你自己选择的人生路。施何夹起一块鸡肉,忽想起林纳,于是对秦君明说,你知道吗?读高中的时候,还有一个美女暗恋你。

秦君明惊讶地问,不会吧,谁?

林纳。施何说完,咬了一口鸡肉,慢慢品着,一边观察秦君明的表情。

她?不可能,你逗我。秦君明不相信似的摇摇头。

施何把林纳的手机号报给秦君明,说你晚上可以考虑约她见面,圆她一个少女时期的暗恋梦。

秦君明尴尬地说,哪有这种事。

最后一道汤是咸菜笋丝年糕汤,秦君明连声说好鲜,一口气吃了两小碗,表扬施何菜点得好。

吃好饭,秦君明提出来,能不能陪他去东湖走一走?施何想想自己下午也没啥事,就答应了。秦君明很开心。

东湖在郊外,离城区约一个小时的车程,秦君明坐在施何车上找话题,施何有一搭没一搭地回答。

我给你买了一份小礼物。秦君明从包里掏出一只小小的锦盒,在施何面前晃了晃。

　　施何眼睛看着前面的路说，你先收着，我开车。心里很自然想起那只B货翡翠手镯，不禁微微有点恼，忍不住说，你让我出了好多年洋相。

　　秦君明问出什么洋相？施何说，你当年送我的手镯居然是个B货，你买不起可以不送，我又不是那种物质女孩，搞个假的来糊弄人，我还傻乎乎地当宝贝戴了好几年。秦君明脸上有点挂不住，幸好没有第三个人在，他是承认不好，不承认也不好，只好讪讪地说，对不起，这样，我明天给你买个真的。施何差点笑出来，说，你这什么意思？我又没有怪你，只不过心直口快说了出来，其实我早该想到你哪有钱买这么贵重的礼物给我。秦君明说，不管怎样，是我对不起你。施何说，都过去了，就不要再提了。

　　到了东湖，施何停好车，两个人沿湖边栈道慢慢走着，说些陈年旧事。只是秦君明似带着某种幻想，而施何已对他无任何其他的想法，纯粹是把他当一般朋友。

　　十月的风很舒爽，秦君明把目光投向波光粼粼的湖面，他真切感受到施何已对他没有一点余情，这个结果让他十分失落。他一直以为施何没有找男朋友，是因为心里有他，所以这次带点试探的性质，他已下决心要去离婚，回堇城来。想着或许好马会吃回头草，不料一切都是自己想多了。

　　到亭子里去坐一会儿，施何指了指不远处的亭子说。

　　我已经好几年没来这里了。秦君明贪婪地看着眼前的一切说。

　　走进亭子，施何面湖而坐。秦君明又拿出那只小锦盒递给施何，说，以前没钱，给你买了只假翡翠手镯，是我不好。这个是真的，你看看，喜欢不喜欢？

　　施何转身接过，打开，原来是一条路路通金项链。链子细细的，款式倒也新颖。她说，无功不受禄，这么贵重的礼物我不能收。

　　秦君明急了，说，不贵不贵，才一千多元，便宜的。施何，看在我们曾经相爱的分上，你就收下我这份心意，不然我真的很不安，我欠你太多了。

　　见秦君明说得极其诚恳，施何说，好吧，那我收下，谢谢你！秦君明见施何收了金项链，心情大好，盯着湖边的一丛丛芦苇，赞叹起这东湖的美。

　　施何说，东湖有野趣之美，平时我很喜欢来这里走走。有时候就坐在湖边，什么也不想，可以坐半天。

秋 分

秦君明开始回忆他和施何恋爱的一些细节，语气越说越深情。施何很佩服秦君明的记性，说实话，好多事情她的记忆早模糊了，被他一提醒，竟然又复活了，不禁有点感动。再看秦君明的目光就柔软了许多，觉得当年他的选择也是可以理解的，人往高处走，那个诱惑这么大，普通人哪里抵挡得住？秦君明发现这一招有效果，不由信心大增，他认为施何对自己还是有感情的，只要还有余情在，那就有希望。

两个人正愉快地聊着，施何忽听到亭子外传来一个熟悉的声音，她把脸转向湖面，等那声音过去，再回过头去看，看到一男一女和一个孩子的背影。施何的胸腔里有一股按捺不住的怒火在燃烧，她没想到父亲还跟林纳有来往。他有时间陪林纳母子来东湖玩，却没有耐心陪母亲说说话，还口口声声自己跟林纳没有关系，实在是太令人失望了。

秦君明见施何忽然又不吭声，还以为是自己哪句话得罪了她，小心翼翼地问，你怎么了，脸色很难看，是不是身体不舒服？施何捂着胸口说，有点闷。秦君明焦急地问，要不要紧？

施何强忍着内心的愤怒，轻声道，没事，坐一会儿就好了。她闭上眼，深深地吸了一口气，又缓缓地吐出来。倘若不是怕被秦君明笑话，刚才她都想直接冲到父亲面前，问他怎么回事。可她实在没这个勇气，只好当作没看见。只是这东湖她不想再待了，就对秦君明说，我们回吧，我还是感觉不太好。

秦君明连忙说行行，你身体要紧。

进了城，施何把秦君明送到他父母家的小区门口，说了声怠慢了。秦君明见她脸色确实不好，就关心地提醒她回去好好休息，最好去医院看一下。施何道了声谢，说有空联系。

看着施何的车掉头回家，秦君明的心里是满满的怅惘。

施何回到家里，何小玉正坐在沙发上看电视。施何故意问，爸去哪了？何小玉说，你爸有事出去了。施何见母亲的注意力全在电视剧情上，走过去，"啪"一声关掉电视，恨恨地说，妈，我跟你说过多少遍了，不要整天看这些无聊的电视剧，你看看别人退休后的生活，安排得丰富多彩，你怎么一点也不学学？你可以

138

去跳舞,可以报名去上老年大学,可以把自己打扮得漂漂亮亮,可以有另一种活法。你整天待在家里,都不知道外面世界是什么样的。

何小玉拿起遥控器,又打开了电视,平静地说,你想告诉我什么?施何气得差点拿东西把电视机给砸了,她的胸口再次堵得慌,她能把真相告诉母亲吗?万一母亲受不了这刺激,出点事,她岂不成了千古罪人?只好说,妈,我是希望你今后多为自己活,不要整天围着爸和我转,你已经付出太多了。何小玉看了女儿一眼,说你还是管好你自己,你一天不结婚,我一天没有心情去做你说的那些事。施何没好气地说,搞了半天,还是我的错。何小玉点点头说,对啊,你才知道?

施何简直要崩溃,她回到自己房间,拿起手机给父亲打电话,问他在哪里?回不回家吃晚饭?

施林说,和朋友在外面谈事情,吃好晚饭回来。

听到施林的回答,施何暗叹,没想到父亲说起谎来也不用打草稿,天下男人都一个德行?

施林回到家里,施何没给他好脸色,只是碍于母亲在,不好当场发作。她把自己关在房间里,给父亲发微信,很直截了当地给他点破,说下午在东湖看到他带着林纳母子在玩,问他究竟安的什么心?施林倒也干脆,他说不止林纳母子,林纳的母亲也一起去了。是他主动提出来的,也算是对她撞伤人家的一种赔礼道歉。施何回复道,这理由好,原来还是我的错,不过我觉得你们倒真像是一家人。只是不知道你喜欢老的,还是喜欢小的?或者两个都喜欢?既然你这么喜欢她们,那就搬过去跟她们过好了。施林发过来一个大怒的表情,说这是你跟父亲说话的态度?施何说,上梁不正下梁歪。施林就没有反应了。施何气呼呼地把手机一扔,内心说不出来的烦躁。

书房里,施林坐在椅子上喘粗气,对施何,他承认从小到大忽略她的成长。因为何小玉并不是他爱的女人,所以连带着对女儿也比较漠视,这一点他对女儿是有歉意的。他的心里一直没有忘记林良波,看到林纳有一种天然的亲切,那是一种很奇妙的感觉。现在他知道,那是因为血缘。林良波虽然嘴上没承认林纳是他的亲生女儿,但他基本上已确认这个事实,当年林良波是带着身孕嫁给她那个前夫,这可能也是那个男人整天家暴她的原因之一。这个发现,让施林更加的纠结与矛盾,施何说中了他的心事,他还真想和林良波母女生活在一起,以弥补他对母女俩的亏欠。活了大半辈子,他从没有为自己活过一天,也许现在到了该为自己活的时候了,只是他有勇气迈出这一步吗? 施林陷入迷茫。

施何毫无睡意,躺在床上不免又胡思乱想。秦君明她想以后不会有什么交集,杭凌风和李林森跟她都不是一个世界的人,她也没必要去蹚那些浑水。再说,她又不是电视剧里貌若天仙的女主,所有男人都围着她转,这样的好事不会落到她的头上。她还是先想想父亲的事,这些年听了很多情感倾诉,她虽从未曾进入婚姻,可指点起别人来倒是头头是道,现在轮到自己的爹,就不知道该怎么办了。果然是别人的事头顶过,自己的事穿心过,性质不一样。自她有记忆开始,父亲对她和母亲不能说不关心,好像也挺关心的,可作为女儿,她就是感觉不到父亲的宠爱,估计母亲也一样。很长一段时间,她都怀疑自己是不是捡来的。这也是为什么当她看到父亲以宠溺的眼神看着林纳,抚摸林纳头时,心里的嫉妒像野草一样疯长的原因。当脑海里闪过那个画面,施何忽想起在青凤镇那个晚上,她在半醉半醒当中,杭凌风似乎也这样摸过她的头。当时是什么感觉? 施何只记得那一刻心里特别的慌张。再想起,那温度似乎还在。完了,不能再想了,不然早晚这脑子要出问题。

晚上失眠的还有何小玉,她察觉到施林最近很反常,回到家里就马上把自己关进书房。虽说以前夫妻间也没什么交流,但好歹会说上几句,现在变得无话可说。就算在一张餐桌上吃饭,他也是沉默的。到底出了什么事? 何小玉陷入疑惑中。对施林,她是满意的,不管是过去的穷小子,还是后来当了领导,家里的经济大权一直在她手上。他从来都不管家里的事,只负责每个月把钱上交,也不清楚现在家里有多少钱,从来都不问。对丈夫的那个世界,她是陌生的,她也清楚自己从没有走进过丈夫的心,但她信任他,从农村到城里,这么多年,她能依靠的也就是这个男人了。明天问问老施,是不是单位工作压力太大了? 她盼着老施早点退休,也好轻松些。何小玉想着想着,渐渐进入了梦乡。

17

施何早上起来，发现父亲又出去了，她决定先和母亲谈谈。说实话，她一直不清楚父母感情的深度，因为看到的都是表面。但从理性角度分析，她觉得父亲和母亲在婚姻里面的角色是不对等的，两个人精神层面相差太远。为了不引起母亲的怀疑，施何就先陪母亲聊天，聊着聊着，忽然问道，什么是婚姻中的爱？

何小玉瞪了女儿一眼说，你们年轻人花头就是多，爱啊情啊挂在嘴上。你如果爱一个男人，就愿意为他生儿育女，买菜做饭洗衣服，就这么简单。施何沉默了，又不甘心地问，这么多年，你和老爸之间没有精神上的沟通与交流吗？何小玉拿起一只橘子剥皮，掰开一半给女儿，不紧不慢地说，婚姻是过日子，都是平平淡淡的，熬着熬着老婆就成老太婆，老公就成老头子，这不是挺好的吗？少年夫妻老来伴，我和你爸现在就是相互做个伴。

妈，你很爱我爸是不是？施何突然冒出这句话。何小玉把嘴里的橘子咽下肚，很奇怪地问女儿，你脑子在想什么？我不爱你爸还整天操心他喝了酒对身体不好，买菜总买他喜欢吃的菜？说完，何小玉站起来去厨房。施何跟在后面反问一句，妈，那我爸他爱你吗？他又为你做了什么？何小玉开始洗菜，她头也不回地对女儿说，你爸吃我煮的饭，穿我洗的衣服，睡我的床，挣了钱都交给我，你说他爱不爱？这下轮到施何无语了。这难道是婚姻模式？施何绝对不认同，这样的婚姻她才不要呢。

不想待在家里，施何找了个借口出门。何小玉说你不吃午饭了？施何说，约了人出去吃。何小玉忙问，是不是那个杭老师？施何无奈地笑了笑说，老妈，别这么自作多情好不好？怕老娘继续啰唆，施何逃一样地离开了家。何小玉看着冷冷清清的家，轻轻地叹了一口气。

施何给素颜发微信，问她在哪里，有没有空出来聊天？素颜过了好一阵才回，说正忙着，公婆要来家里吃饭，她这新媳妇第一次亲自下厨，要好好表现。施何说,那就不打扰了。素颜又问她有什么事,施何说没事,就是闲得慌。素颜回了一句,赶紧去找个男朋友,你会觉得时间不够用。

上哪去找男朋友? 施何苦笑。

正忧伤着,李林森的微信来了,关心地问她身体好了没有,有没有时间到州城来玩? 施何说我倒想去玩,不过怕被你的女朋友劈死,为了小命,还是离你远点好。李林森发过来几个大笑的表情,说不会的,你尽管放心过来,我会做好"三陪"工作。施何问,哪三陪? 李林森说,你想怎么陪,我就怎么陪。这次轮到施何发过去几个大笑表情了,脸色却忽地灰暗起来,她发现自己对男人越来越陌生了。

还是找父亲聊聊,这个心结,她必须打开,不然一直憋在心里,她会疯掉。见旁边就是一家茶馆,施何走进去,要了一间小包厢,给父亲发了个信息,告诉他,她在这里等他。施林回复说好。

半小时后,施何和父亲施林面对面坐在包厢里,点了一壶红茶,一人一杯。施林的双手不自觉地转动着杯子,他在犹豫怎么跟女儿说这件事。施何低着头喝茶,也不说话。一时,包厢里的空气显得有点凝重。

终于,施林清了清嗓子说,小何,爸今天跟你讲个故事,这个故事在爸心里已经埋了30年了,我以为这辈子自己永远不会说出口,没想到……施林说不下去了,他的嘴唇在颤抖。

施何一看,怕老爹一激动,血压升高,出事,赶紧说,别急别急,喝两口茶,慢慢讲,我今天不把你当我爸,就当我在采访一个倾诉者,行不? 你也别把我当成女儿,就当我是情感版编辑,你不认识的一个陌生编辑,你想说啥就说啥吧!

施林听施何这么一说,心情复杂地拿起杯子,喝了几口茶水,声音低沉着说了他和林良波的往事。他和她是一个村里的,他和她彼此相爱,发誓永远在一起,她还把自己的清白之身给了他。只是养母坚决反对,以死相逼。身为养子,他背负不起这个不孝的罪名,只好狠心与她提出分手,并迅速与养母选中的女孩结婚,离开了农村。他不知道,那时候她已怀孕,她害怕,不知道如何是好。为了掩盖未婚先孕这个事实,她以最快的速度草率嫁给了一个老光棍,生了一个女儿。丈夫性格暴躁,怀疑女儿不是自己的,动不动就打老婆,最后以离婚收场。很多年,他一直不知道她的情况,直到去年才偶然联系上,只是两个人约定不见面。

小何,如果不是因为你撞了林阿姨,我和她也不会见面,更不会知道林纳是我的亲生女儿。小何,林纳是你的姐姐,你不要恨她。施林说完这一切,似乎卸下了心头千斤重担,他抬起头,盯着女儿的眼睛说,都是爸的错,是爸太自私了,结果不但害了你林阿姨一生,也害了你妈,她从没有得到过一个男人的心。

施何的脑袋发生巨大的轰鸣声,她怀疑自己的耳朵出了问题,这是在听故事? 是编的吧? 不是事实,不是事实,天底下哪有这样的事?

施林明白女儿一时接受不了这个结果,很内疚地说,小何,爸对不起你们母女,可你想想,其实爸也是个可怜人。你妈是个好人,可你知道,守着一个没有爱的婚姻,我也没一天开心过。

沉默许久,施何终于从混乱中清醒过来,撇开女儿的身份,她对父亲的情感还是同情的。只是同情了父亲,谁又来同情母亲和自己呢? 施何轻轻地叹了一口气,问父亲下一步打算怎么做。

施林捧着头,痛苦地说,我亏欠她们母女太多,我想下半辈子好好补偿她们。可我如果跟你妈提出离婚,她又该怎么办? 她这辈子已经依赖惯我了,你外公外婆又不在世了,她也没别的兄弟姐妹,又没个爱好。说到最后,施林一脸绝望。他明白,这个婚姻的枷锁和心里的情债,他得背负一生,别想挣脱了。

杯中的茶早冷了,施何欲哭无泪,她说,这是我听过的最离奇、最无语的情感故事。

秦君明给施何发了一条长长的短信,说他去上城照顾丈人了。经过认真思考,他决定下一步还是回董城发展,如果妻子愿意一起过来,他会看在孩子的分上,继续维持这个婚姻。倘若不同意,他只好一个人回来。很后悔以前为了贪念,放弃了爱情,请求施何的原谅。初恋是美好的,他一辈子都不会忘记。

看着秦君明这一大段话,施何很庆幸当年没有和这个男人继续走下去,这种人,不配得到任何人的爱。至于他送的礼物,她想等秦君明回去了,快递过去,从此两清,再无瓜葛。

　　施林与女儿谈过后,似乎卸下了一个重负,心里倒是轻松了许多。不过从另一方面,因为看到了不可逆转的结局,他又变得心如死灰,整个人无精打采,连走路都没有了往日的精神。何小玉虽疑惑,但又不敢问,她以为是施林在工作上遇到什么烦心事,更加小心地伺候。

　　施何看母亲的目光里,多了几分怜悯。她觉得一个女人活到这个份上,也够失败的。作为女儿,她有义务帮助母亲重新定位,为自己活一回。至于父亲会不会跟母亲离婚,这个问题施何持逃避心理,不想去面对,先拖着再说。这么隐私的事,她又不可能跟任何人说,就算素颜是自己最要好的闺密,她也不想说,实在是说不出口。可内心又急需找人倾诉,想来想去,她决定找杭凌风。

　　正在家里的杭凌风接到施何的微信,猜到她肯定有事需要他的帮助,就约她到办公室见。

　　见杭凌风出门,闻宁问他去哪里,杭凌风说去办公室,约了人。闻宁狐疑地看了他一眼,说她也正好要出门,有闺密叫她去喝茶。杭凌风说好。

　　施何走进杭凌风办公室时,他已经把水都烧开了,泡好了茶等她。

　　坐下喝杯茶,有事慢慢说,把我当作你最信任的朋友。杭凌风的笑容很温暖。

　　施何捧起茶杯喝了一口水,她不知道该从何说起,磨蹭半天,说,我可以把门关上吗?

　　杭凌风说,没关系,你觉得关上门安全,就关上好了。

　　施何站起来去关门,又不敢关严,只好虚掩着。再次坐下,她终于鼓起勇气说,几个月前,我发现我爸好像在外面有女人,而那个女人是我初中的同学。我找那个女人聊过,但她不承认,我爸也不承认。我怕我妈知道受不了,一直忍着。谁知道事情真相是,那个女同学竟然是我同父异母的姐姐,而我爸跟她妈妈当年是一对恋人,被我奶奶强行拆散。我爸虽然现在人在这边,可我知道他的心不在。

144

说到这里,施何突然停止诉说,她发现把这个秘密颠三倒四说出来后,纠结多日的困惑似乎一下子消失了。

杭凌风静静地听着,见施何不说话,他开口问道,这事你妈妈到现在还不知道是吗?施何点点说,不知道。那你又是怎么知道的?杭凌风好奇地问。施何说,是我爸告诉我的。说真的,我听了我爸和林阿姨的那个爱情故事,心里还是很同情,可我如果同情了他们,又谁来同情我妈?

见施何情绪激动起来,杭凌风拿起茶壶给她添了点水,语气平和地说,我建议你不要插手此事,让你爸自己去处理。这是父辈们的感情,没有对错,每个人都要对自己的选择负责。如果你爸最终选择了他以前的恋人,你要理解他对你姐姐母女的弥补心理,毕竟是他亏欠了她们。不管怎样,他总是你爸,这点永远无法否认。

那我妈怎么办?她这辈子就是为这个男人活着的。施何脸色凝重起来,不敢想象母亲知道真相后会有怎样的后果。

杭凌风语气轻松地说,也许,事情根本没有你想的那么严重,再说,不是还有你吗?我相信你有这个能力,可以安抚好你母亲的情绪。

施何沉默了,她没有把握。

杭凌风说,人的情感是非常复杂和多元的,并不是非黑即白,那个太片面了。其实这件事上,最痛苦的是你爸,因为他突然发现自己对不起生命中最亲的四个亲人。手心手背都是肉,你让他如何割舍?不管他站在哪一边,他的心永远是残缺的。

听杭凌风这么一分析,施何一怔,这点她竟没有想到。理性分析,确实如此。

多理解、多沟通、多包容。还有,你要想办法让你母亲找到新的精神寄托,这样即使哪天婚姻真的破裂了,她也不至于感到天塌下来。杭凌风建议道。

施何点点头说,这也正是我的想法,只不过一直没有付诸行动,现在该是帮助母亲找到自己人生乐趣的时候了。

杭凌风赞许地看着施何说,不愧是个有悟性的人,一点就通。施何脸一红,说哪有,笨得要死。杭凌风说,现在聪明人太多,所以更显出笨人的珍贵。施何低下头说,这件事压在我心里几个月,我怕我妈知道,怕同事知道,也不敢告诉素颜,怕人家会用异样的眼光看我,感觉特丢脸,你是第一个知道这秘密的人。

谢谢你对我的信任,我为自己被你选中而深感荣幸。你放心,任何秘密到我这里等于放进了保险柜。你没必要因为此事有心理压力,就算你爸真的有婚外情,那也是他的事。任何一个已婚男女,不会无缘无故去情感走私,必定是婚姻中有所欠缺,才想着去婚姻外寻找补偿。杭凌风笑着说。

施何疑惑地问,那按你的理解,岂不是人人都有可能出轨?这世上哪有十全十美的婚姻。

杭凌风认真地说,对,从心理角度来讲,确实如此,因为人的本性就是喜新厌旧,而人性又是最禁不起考验的。我有一次听一位很有名的女作家的讲座,她说,有些女人一辈子忠贞,是因为没有受到诱惑的机会。相比之下,男人受到诱惑的机会更多。只不过作为社会人,我们每个人身上都有无形的绳索,有行为准则,有党纪国法,有理性克制,有现实的局限,所以不能随心所欲。这一方面维护了社会的稳定,另一方面也让大量低质量的婚姻存在于世,为了现实的种种,没有爱也得凑合着过一辈子,非常痛苦。我估计随着社会的进步,这婚姻制度早晚都会消失,每个人都有权去追求自己想要的幸福。

对杭凌风这一番高论,施何仔细想想觉得很有道理。她说,我是个爱情和婚姻的悲观主义者,如果不好,那还不如不要。人就活一辈子,我不想将就。杭凌风说,爱情和婚姻都是大学问,最理想的组合就是两个人在精神上共同成长,这样才能长久,任何建立在肉体上的欢悦都是短暂的。

施何从没有这样跟一个男人聊过,她卸下了戒备之心,向他敞开了心门。无疑,杭凌风是个可以引领她前进的导师,他的成熟与睿智正是她需要的。

见时候不早,施何起来告别,她向杭凌风表达了真诚的谢意。杭凌风送她到门口说,今后有什么问题,你随时可以来这里找我或找其他咨询师。

好,施何朝杭凌风感激地一笑,点了点头。

18

闻宁有两个很要好的女朋友,一个是做服装生意的吴云霞,一个是在董城区文联工作的李雅儿,工作之余,喜欢写点散文和诗,是市作协会员。女人与女人之间的友情很奇怪,一旦到了闺密级别,除了老公不能共享,其他方面都不太会计较。当然,若计较,这关系也就好不长了。跟老公不能说的隐私,可以跟闺密讲。而一旦拥有彼此的秘密,就等于绑在一起了,不然就难保这秘密不会曝光于天下。

三个人当中,最有钱的是吴云霞,几千万资产,全是她多年打拼挣来的。她有自己的服装工厂和品牌,既有网店又有实体店,是一位事业有成的女性。她的文化程度不高,家在董城一个很偏僻县城下面的农村,早早就走上社会。她为人豪爽,出手很大方,人长得也很漂亮。嫁了一个公务员丈夫,有一儿一女,其中儿子是到美国花50万找代孕妈妈生的。虽然她丈夫只是机关里一个普通的科长,但在外人眼里,这对夫妻无疑是非常幸福的。可吴云霞身上时不时出现的瘀青,暗示着这婚姻并非表面那么光鲜。

吴云霞由于自己书读得不多,特崇拜文化人,在她眼里,无论是闻宁还是李雅儿,都是很有水平的人。她们能和她成为好朋友,她心里是很感激的,所以平时在一起吃饭或去哪里玩,每次都是吴云霞抢着买单。次数多了,闻宁和李雅儿也就不跟她抢了,吴云霞也不在意。对她来说,花钱是小事,大家高兴才最重要。

闻宁已经不止一次听吴云霞说她丈夫张伟喜欢家暴,表面看起来斯斯文文,可背后一言不合就动手打她,所以夏天她从不敢穿短袖,怕被人发现伤痕。

今天三个女人坐在豪华的会所包厢里,边喝茶边吐槽。

吴云霞气愤地说,我负担着全家的开支,不对,不只是全家,还有他家的四亲八戚,有事没事找各种理由问我借钱。借,等于送,从来都没有还过。昨晚,他弟弟又跑来借钱,说资金周转一下,要50万。我哪有这么多现钱放在银行里,再说

秋分

之前他已经借走了30万，两年了都没有还，我都没说什么。结果等他弟弟走了，他就骂我让他失了面子，有钱就瞧不起他家里人。骂我是乡下人，没文化，能嫁给他这个大学生是上辈子修来的福气。我回了一句，他又发作，掐我的脖子，你看看。吴云霞解开系在脖子上的丝巾，闻宁和李雅儿看了，脖子上有很明显的红色印痕。

离婚，这种男人你为什么还要一次次忍受他？奶奶的，他大学生了不起？这把年纪了也不过混个科长，有什么好嘚瑟的。你都让他们祖宗三代都过上了好日子，不感谢你，还这样欺侮人，太过分了。闻宁打抱不平，说，如果你要离婚，我马上给你联系律师。

闻宁真的不明白吴云霞死守着这样的婚姻有何意义。而且更令人发指的是，每次家暴后，张伟还要对她进行性攻击，让她的精神和肉体雪上加霜。

吴云霞重新系好围巾，一脸无奈地说，不是我不想离，是我们离婚的成本太高了。再者，为了孩子，也为了面子。人家都以为我是人生赢家，漂亮有钱，老公工作体面，儿女成双。不知道关上门，我过的是什么日子。我钱赚得越多，张伟就越有挫败感，他只有在使用暴力时才觉得自己是个男人。而我也不想让人家觉得我是个事业成功、家庭失败的女人，所以只能这样耗着。

闻宁不认同，说，你才40岁，这还得熬多少年？你不能为了面子和孩子搭上自己的一辈子，没必要。你有这么强的能力，完全可以把他给"休"了，以后有好的再找，没有好的拉倒，过自己想过的日子。

身材娇小的李雅儿插话道，闻宁姐，说说容易做做难的，云霞姐这么大的家业，离婚损失太大。现在这种凑合着过的人不要太多，只不过人家会调节，会自己去找乐子，哪像云霞姐这么傻，钱这么多，自己还过得这么苦。

吴云霞说，是啊，我有两个孩子，离婚了，他们肯定不会让我带走儿子，到时候怎么办？虽说不是直接从我肚子里掉下来的肉，但一样是亲骨肉啊，他才五岁。为了他，我只能忍着。如果我上法院把两个孩子都要来，那张伟还不笑死？没孩子，有房子，还有那么一大笔钱，转身去找个未婚的大姑娘，日子不要过得太潇洒，凭什么让他这么好过？而我拖着两个孩子，钱挣再多，人家也会说我是个

148

家庭破裂的可怜女人。再去找个男人,我都不知道人家是对我真心,还是图我的钱。万一又不好呢,那不是更受罪?

闻宁承认吴云霞说的也是事实,但还是为她感到憋屈。她说,那你也不能挨男人打啊,下次张伟再动手,你就跟他拼了。我告诉你,男人就是欺软怕硬,你摆出一副不要命的样子,他下次就再也不敢了。

云霞姐,不是我说你,你确实是我见过的最傻的女人,自己能力这么强,长得又好,又会赚钱,居然还整天被你老公欺侮,没天理。换作我,早一脚把他踹了,一分钱也不给他。以后如果张伟再对你不好,你就当他不存在,自己到外面去找喜欢的人。李雅儿看着吴云霞,一副恨铁不成钢的样子。

闻宁马上表示赞同,说,就是,干吗要这么老实?你要向雅儿学习,在家把老公哄得团团转,在外面又有称心如意的男朋友,多好。

吴云霞摇摇头说,我如果有这本事,还会在这里跟你们倒苦水啊!我是懒得动。外面找人,我怕上当啊,现在骗子好多。

李雅儿喝了一口茶,不紧不慢地点拨道,经营婚姻绝对需要手段和策略,不管我在外面怎样,回到家里,我从没有忘记过自己的身份,我对我老公也是真心好,对男朋友也一样,他们都在我心里装着。说实话,我找男朋友也是在为我老公减轻负担,毕竟他比我大了十岁,快五十的人了,体力不能跟年轻时候比。我跟我男朋友也说好,回家一定要对他老婆好,我们还是有真感情的。你们看我,把孩子也照顾得很好,在单位年年都是先进,各方面都很平衡,所以日子才会过得很开心。这分寸你要掌握好,老公是老公,男朋友是男朋友,不能混淆,主次要分清。前几天,我们单位有一位男同事的老婆跑来,说她老公出轨,证据是手机上的聊天记录,要单位管管。这女人的做法就很不聪明,这种事你闹到单位来,男人面子挂不住,他就是想跟你过也过不下去了。那女人本来的意思是希望单位管她老公,让他回归家庭,方法不对,适得其反。

闻宁说,那倒是,把男人搞得身败名裂了,他怎么可能还会回头?我觉得在家里怎么闹都可以,但出了门,还是要给男人面子的。雅儿,还是你厉害。

吴云霞很敬佩地看着两位闺密,说,你们书读得多的人果然不一样,一套套全是套路,我做生意行,在这方面不行。生意场上不是没有遇到过对我有那种意思的男人,可我搞不清楚人家心思。再说,我发现自己对男人兴趣也不大,每天忙得要死,哪有这么多精力去想这事。

李雅儿呵呵地笑,说,谁让你挣这么多钱?说正经的,你得两手准备,长点心眼,把辛辛苦苦挣的钱想办法转移出来,免得真离婚了吃大亏。

对啊,云霞,你可以去买些具有升值空间的东西,比如玉、翡翠、字画什么的,买来就悄悄找个地方放好,不要让你老公知道。闻宁建议道。

吴云霞说,我不懂那些东西,下次你们带我去买。闻宁和李雅儿说,好。

闻宁,还是你最幸福,老公长得帅,性格脾气又好,不像我,大概上辈子没有修过,所以这辈子只能遭这样的罪。吴云霞羡慕地看着闻宁,看她穿着打扮,一看就很有品位。

就是哦,我们三个人就你最幸福。李雅儿也恭维道。

闻宁的自我感觉一向很好,她在外时刻营造夫妻恩爱、老公能干又听话的形象。听两位闺密这么讲,就做出很谦虚的样子说,我家凌风还行吧,他如果敢动我一根手指头或者打什么擦边球,我立马让他净身出户。

向你学习,御夫有术。李雅儿和吴云霞表示佩服,说要讨点经验。

闻宁很得意,虚荣心得到极大的满足。她说对付男人其实也简单,一是牢牢抓住经济大权;二是让他没有多余精力去外面找女人。

李雅儿扑哧一声笑了,说闻宁姐,你不会天天缠着你家老公吧?闻宁的脸上露出神秘的笑容,嘴上说,哪有。吴云霞又忍不住轻轻叹了一口气。

这一个下午,吴云霞被两个闺密反复"洗脑"后,终于意识到自己错在一开始就自己降了一个等级,以为张伟是大学生,而她没有读过大学,是高攀他,在他面前总是底气不足,哪怕她每年挣很多钱。

最后大家各自回家前,吴云霞表态,说她以后不会再这么软弱了,她要夺回婚姻的主动权。闻宁和李雅儿为她鼓劲,说任何时候都会支持她。

闻宁回到家里,想自己在闺密面前吹的牛,莫名的心虚。她想无论如何都要盯紧杭凌风,不让他有半点出轨的机会。想到自己一直没有猜中杭凌风的开机密码,心里很不爽。于是就拿起桌上的手机对杭凌风说，把你的开机密码告诉我。

杭凌风皱着眉头问，什么意思？

闻宁伸出手指去滑手机屏幕，说，你的手机里如果没有秘密，那就正大光明让我看下，我比较好奇。

杭凌风把脸一沉说，请尊重我的隐私权。

什么隐私权？我是你老婆，我有权知道有关你的一切。闻宁扬着手机，理直气壮地说。

杭凌风惊讶地看了妻子一眼说，不可理喻。上前，稍一用力，他就从闻宁手中拿过手机，去了书房。闻宁在背后喊，杭凌风，你敢做对不起我的事，我跟你没完。杭凌风回头，说了一句，无聊。

书房的门，重重关上了。

闻宁目光阴郁地盯着那道门，心里在迅速盘算下一步该怎么做。

书房里，杭凌风坐在电脑前，被闻宁这么一闹，心情也不好了。对妻子，他是越来越琢磨不透了。

吴云霞打开防盗门，张伟坐在客厅里，捧着手机聊得热火朝天。见她回来，眼皮也懒得动一下。儿子跑过来，亲热地抱住她的腿，叫了一声妈妈。大女儿在自己的房间里做作业。吴云霞看着这个装修豪华的房子明白，不到万不得已，自己是不会走离婚这条路的，太麻烦，跟张伟好好坏坏总归是原配夫妻，能凑合就凑合着过。不过两位闺密说的话是有道理，凭什么她那么努力挣钱，反过来还要受丈夫的气？都怪自己在张伟面前太软弱，以后要强硬起来，如果张伟再动手，自己一定要反抗。

吴云霞越想就越觉得自己之前过得太窝囊，这世道，有钱就是爷，她有钱还怕什么？

张伟聊天聊好了，就抬起头用命令的口气对吴云霞说，我妈打电话来，让我们帮下我弟，等他赚了钱会还的。

吴云霞第一次很干脆地拒绝，说，没钱，你那个弟是无底洞，两年前借去了30

万,不是也说得很好听吗?投资啊,百分百赚钱啊,赚了钱就还。还了吗?

张伟好像没听清吴云霞在说什么,他皱起眉头问,你说什么?

吴云霞说,没有钱,钱都买原材料去了,当我开银行啊!开口就是50万。

张伟站起来,一步步走到吴云霞面前,瞪着他那双小眼睛说,哟,在外面找到靠山了?

吴云霞倒退两步,停住,胆一横,豁出去了,用强硬的态度说,兔子逼急了也会咬人,张伟,如果你再欺侮我,我就跟你拼了。

张伟一把捏住吴云霞的下巴说,吃了豹子胆了?说完,另一只手挥过去就是一巴掌。

吴云霞捂着脸,突然一头狠狠地朝张伟的胸口撞了过去,叫喊着,我跟你拼了。

到底是男人力气大,吴云霞又挨了张伟好几拳,直到女儿从房间冲出来大叫,儿子吓得大哭起来,张伟才住手,打开门,气冲冲走了。

吴云霞跌坐在地上,搂住两个孩子,她没有流泪,恨意在她心头一点点积聚起来。自己真是瞎了眼睛,嫁了这么一个男人。她下决心从今以后不再软弱,一定要跟张伟好好斗。就算斗不过他,她也不会让他好过。至于钱,与其给这家猪狗不如的人花,还不如自己花,不如去做好事,悄悄捐出去,宁可给陌生人,也不要给他们。她知道,张伟就抓住她不敢离婚的弱点,所以才这么无所顾忌,不把她当妻子来尊重。

站起来,吴云霞让两孩子回房间,拿出手机给闻宁打电话。她说,闻宁姐,张伟刚才又动手了,你帮我介绍一个律师,我想先咨询一下,做好两手准备。

什么,张伟又打你了?什么东西,真是。接到吴云霞电话,闻宁的注意力马上转移过去,她说,好,云霞,你先别急,我联系好了告诉你。对了,不要打草惊蛇,不要让张伟起疑心,你第一步要做的就是转移财产,能转移多少就多少。

好的,我有数了,闻宁姐,谢谢你!吴云霞感激地说。

闻宁气不过,又给李雅儿打电话,正陪孩子做作业的李雅儿很惊讶,说,这个张伟怎么回事,吃错药了?闻宁说,这种男人最没有本事了,在外面像只死蟹,只会在家要要威风。云霞被他定下规矩了，所以才变成现在这个样子。李雅儿说就是，女人还是不要太老实。

和李雅儿通了电话后，闻宁又联系了她认识的一位蔡律师，跟他约好时间，又通知了吴云霞。

几个电话打下来，闻宁就顾不上刚才与杭凌风的不愉快，她现在满脑子想的是怎么帮吴云霞。她觉得作为女人，吴云霞太失败了，而她作为朋友，有义务帮吴云霞一把。

19

施何去手机店挑了一只智能手机，按她的计划，第一步就是教会母亲用微信。

回到家里，施何把手机给母亲，说是送给妈妈的礼物。何小玉说，我又不会用，你花这个钱干吗？施何说，很简单，我来教你。何小玉只好随她。施何帮母亲注册了一个微信，教她怎么使用，先加了她和父亲两个人的微信好友。考虑到何小玉不会打字，就教她发语音。何小玉觉得新鲜，就在女儿的指点下，试着发了一段语音给施林，把施林给吓了一跳。

妈，我印象中你一直是短发，你该换个形象了，这个发型太老气。人家现在都打扮得很年轻，你看楼下那个阿姨，比你年纪还大，还整天穿着长裙。施何边说边硬拉着何小玉到小区的美发店，把她的老式短发改造成时髦的卷发。何小玉一听烫个头发要300元，坚决不肯，施何硬把她按在椅子上，说，你这次一定要听我的。何小玉拗不过女儿，只好答应，嘴上不停地说太贵。

在何小玉烫头发期间，施何又把周边的小服装店逛了个遍，可惜没有妈妈装，都是针对年轻女孩的。那就上某宝去淘，总会有合适的。

晚上，施林回家，被何小玉的新形象给惊了一下。何小玉对施林说，是小何硬拉着我去的，那个手机也是她买的。

施林看了施何一眼，猜测她的用意。施何想起杭凌风说过的话，难得地朝父亲友好地笑。施林被整糊涂了，不知道施何的目的，于是回到书房偷偷给女儿发微信问。

施何收到父亲的信息，不动声色地回复道，没什么意思，我就是想改变下我妈的形象，提升她的整体品位，让她找到人生的乐趣，而不是整天把目光盯在你我身上，忘了自己。另外，对你和林阿姨当年的爱情悲剧，我深表同情。

施林傻在那里，女儿一百八十度大转弯的态度实在让他太意外了。他连续追问，你真的不怪爸了，理解爸了？施何说，理解了，你的事你自己处理，我不插手，也不干预。但我有一个要求，不要让我妈太伤心。施林说，明白。

施林从房间里走出来，脸上好像什么事都没有发生过一样。他看了女儿一眼，可眼神里又分明写着感激两字。施何在心里微微暗叹。

何小玉说，晚上简单吃点，烫头发太浪费时间了。施林说，挺好的，你平时也太不注重打扮了。何小玉听出丈夫语气里的关心，心里很是温暖，就乐呵呵去厨房，说再烧个西红柿鸡蛋汤就可以吃饭了。

听着父母的对话，施何的眼前闪过林良波的容颜，相比母亲的整体壮实，林阿姨要纤细得多，像林妹妹一样，也许男人都喜欢娇弱的女人，容易让人生出保护欲。

吃好晚饭，施何拉着何小玉去小区外面的公园，那里集聚了一批老年人，天气好的时候，很多人在那里跳广场舞。

为了鼓励母亲走出来，施何把心一横，不惜以寻找"女婿"为引诱。她说，老妈，你以后就跟这些阿姨们学，跳跳舞，锻炼锻炼身体，交交朋友，别整天窝在家里看电视剧。你不是整天催我嫁出去吗？你认识的人多了，说不定那些阿姨手上有合适的小伙子，到时候一不小心被你捡到一个女婿，免得你老是担心我没有人要。

何小玉一听，对啊，她以前怎么没想到，就嗔怪施何，有这么好的主意，为啥早点不说。施何捂住脸，差点哀号出来。

施林坐在书房里给林良波发微信，问她饭吃了没有，自己要注意身体。他再一次提出,告诉林纳真相,他要认这个女儿。林良波说,我还没有想好,等想好了再说。施林不明白林良波在纠结什么,他说如果不说明真相,我既不能过多关心你,也不能过多关心小纳,以免小纳产生误会。林良波说,你以后少搭理她。施林说,她是我女儿啊,怎么可能不理?林良波说,她不是你女儿,别自作多情。施林说,你不要骗我,我算过日子,小纳肯定是我女儿。林良波就没有回复了。

放下手机,施林把头靠在椅子背上,闭上眼睛,他想林良波顾忌的可能是女儿会用异样的眼光看她,毕竟那是属于她个人的隐私。对于施何的谅解,他很感动,毕竟是亲生女儿,还是心疼老爸。

林纳家。

林良波握着手机,一遍遍看施林发来的信息,这个男人,她还爱吗?她说不清楚。说不爱,她内心还是盼着他来信息;说有爱,可一想起当年的事,怨恨就涌上心头。这么多年,她的内心是孤寂的,也一直在忏悔中。她认为一切都是自己当年的轻率才造成的结果,是自作自受,还连累女儿从小没有父爱,都是她的错,她这样的女人是不配得到幸福的。

想到这里,林良波又有了气郁结在心的感觉,她握着拳头轻轻地捶了捶胸口。

铁门响了,林纳回来了。

林良波说饭在锅里,我和豆豆已经吃过了。豆豆听到声音,从小房间里跑出来,他说今天爸爸来过了。林纳转过头,用目光询问母亲。林良波点点头说,是的,给豆豆买了一大包零食送过来,没上楼。

林纳有点奇怪,自从上次在医院碰到金向宇的新婚妻子童素颜后,金向宇再也没有跟她联系过,今天是哪根筋搭错了给儿子送吃的?于是她给金向宇发了条微信,没想到发不过去,提示对方不是好友。林纳才发现,不知什么时候,金向宇已经把她给删除了。林纳的嘴角闪过一丝冷笑,她猜这肯定是童素颜干的好事,以防她和金向宇旧情复燃,防得可真严。林纳是个喜欢挑战的人,越是这样,她越有兴趣,那就大家一起玩玩。

他把我微信删了。林纳平静地对母亲说。

删了就删了，省得人家老婆晚上睡不着。林良波看了女儿一眼，琢磨着如果让她知道施林就是她的亲生父亲，她会怎样？还有施何那个姑娘，会原谅她父亲吗？纸包不住火，林纳早晚还是会知道真相，她肯定要埋怨自己。林良波不禁左右为难，她去厨房，又忘了拿什么东西。回到客厅，才想起来是要去厨房拿冰箱里的酸奶，重新走进去。

林纳见母亲进进出出，纳闷，问妈你干吗？林良波说拿酸奶，年纪大了，记性不好。林纳说，不要说自己年纪大，你去大街上看看，那些中老年妇女，一个比一个打扮得花俏。林良波说，那是别人。

妈，你应该去谈一场恋爱。林纳突然说。

瞎说什么？林良波把脸一沉，她那颗枯井一样的心还能有水的涟漪？

林纳边吃饭边说，妈，我真的佩服你，居然这么多年可以没有男人，我不行，我得去寻找目标了。

林良波的手一哆嗦，手中的酸奶瓶差点掉到地上。她紧张地问，什么目标？

看到母亲一副如临大敌的样子，林纳忍不住笑了起来，说，看你，怎么整得像老古董，我年轻美貌，青春正盛，怎么可以长期独守空房？这对身体健康很不利的。

你要找谁？林良波警惕地问。

林纳夹起一筷子腌白菜肉丝，故意说，不告诉你。嗯，这道菜不错，很下饭。

快说，谁？林良波简直要愤怒了，追问道。

林纳的嘴巴停止了嚼动，纳闷地看着母亲说，你在担心什么？林良波忽意识到自己的失态，她掩饰道，我是怕你随便找个人惹出事来。林纳一笑说，你这么不相信你女儿的水平啊，我要找，自然是找安全的男人，外面那些不三不四的人，躲还来不及，还去招惹？林良波嘀咕一句说，你知道就好。

回到房间，林良波给施林发了一条微信，说如果林纳约你见面，你千万不要答应。施林问为什么？林良波说，你别问，反正听我的就是。施林答应。林良波稍稍松了一口气。

正在看动画片的豆豆说他困了，林良波赶紧出来，去照顾外孙洗漱、睡觉。

夜深了,林纳躺在床上,她喜欢裸睡,手指滑过自己光洁的肌肤,叹息这么好的身体白白闲置着。想起跟母亲的一番交流,凭直觉,她感到母亲似乎在担心什么。莫非怕我去找施林?林纳的脑海忽闪过这个答案,一下子就清醒了。母亲为什么怕我去找施林?是因为他的身份,还是施何?林纳的内心充满了疑惑。

林纳伸出手,从床头柜上拿来手机,给施林发了一条微信,问他明天有没有空,她请他吃饭。

正准备休息的施林听到提示音,打开一看是林纳发来的,看到内容,心想这母女俩在搞什么鬼?不过既然林良波这么慎重提醒,那就不要去见了。施林回复说这几天很忙,有空他请她去喝茶。

林纳收到施林的回复,她决定明天早上故意说给母亲听,暗中观察母亲的反应,看自己的猜测是否准确。

这个晚上,本来睡眠就不好的林良波被女儿的话刺激得越发睡不着了。她是个女人,之所以这么多年守下来,源于她对男人的绝望。因为绝望,压抑了对性的渴望。更何况她的身体又不好,病恹恹的,时间久了,也就没了想法。她的第一次给了施林,那是夏天的夜晚,两个年轻人在田野的一个草垛背后偷尝了禁果。她已经没有印象了,只记得当时的慌乱、紧张与疼痛。性在她的记忆里只有耻辱,粗暴的蹂躏让她痛苦不堪。离婚后,她就紧紧封闭自己,再也不敢和男人有身体的接触。一晃,人就老了。

渐渐地,林良波进入了睡梦中。她梦见施林紧紧抱住了她,像那个夏天的夜晚,他那么急迫地想进入,她因为害怕而抗拒。她越挣扎,他抱得越紧。她终于妥协,可施林忽地不见了,她在喊他,又发不出声音,她跌倒在地。

林良波醒了,看时间,下半夜三点,身上微微有了汗意,心跳得好快。林良波长长地吁了一口气,让自己平静下来。

早上起来,林纳说她本来今天想约施局长,可惜他没空。她说这句话时,偷偷观察母亲的神情。林良波顾着给豆豆喂饭,不接林纳的话。林纳见母亲没反应,也就不再说什么。吃好早餐,她送儿子去幼儿园。

等女儿和外孙出了门，林良波拿着手机，犹豫着要不要给施林发个信息，她想好了，找个合适的机会告诉林纳真相。

把儿子送进幼儿园后，林纳去公司，她用座机给金向宇打了个电话，开口就问，金向宇，你怎么把我的微信给删除了？

金向宇急匆匆地解释，不是我删的，我也是为了求太平。林纳调侃道，看样子你遇上对手了。金向宇叹气，不再说什么。林纳说，现在能出来吗？我有事要跟你说。金向宇说现在没空，要么中午？林纳说好，如果方便，一起吃个饭。见金向宇没有回答，林纳又很体谅地说，对不起，我忘了，你新夫人知道了会生气。金向宇连忙说，没事，她昨天去香港了，不在。林纳差点笑了出来。

中午，林纳和金向宇这对昔日夫妻举止优雅地坐在威斯利酒店的西式餐厅吃饭。见林纳含情脉脉地看着自己，金向宇有点迷糊了。

一杯红酒下肚，金向宇摇着头说，我总结了自己的前半生，确实做得不好，对不起很多人，包括你和豆豆。林纳嘴角的笑意渐渐浓了起来，她说，从今以后洗心革面了吗？金向宇嘿嘿地笑了起来。问林纳有什么需要他出力的？林纳话中有话，说等会儿就让你出力。金向宇惊喜，自从童素颜怀孕，怕影响胎儿，他都没法尽兴，想不到前妻居然愿意和他重温鸳梦，真是太好了。

念头一上来，饭也没心思吃了，金向宇去大堂开了间房。刚进门，金向宇就迫不及待地抱住林纳，他说他发现自己心里最喜欢的还是她，他后悔跟她草率离婚。林纳一边用吻堵住金向宇的嘴，一边去脱他的衣服。

很快，两个人在床上滚起来。对林纳的身体，金向宇是非常满意的，她比童素颜丰满，抚摸起来感觉很好。两个人对彼此的身体既熟悉又陌生，渐入佳境时，竟有了久别胜新婚的味道。

一脸心满意足的金向宇搂着林纳说，如果你不嫌弃我，以后有需要就叫我。林纳捏着金向宇的塌鼻子问，随叫随到吗？金向宇说，是，随叫随到。说完，脑海里闪过童素颜那双暗含冷冽光芒的美丽双眼，心不禁一颤，急忙安慰自己，与前妻上床不算出轨，最多算旧情复发，类似于某种病。林纳在金向宇的胸口划了一道×，笑着说好。

20

施何收到童素颜的微信,说她在香港,问有没有什么要带的东西? 施何回复说不需要,问素颜怀了孕跑香港去干吗,金向宇陪着去的? 素颜说没有,是和别的女朋友一起过来,我们计划到这边来生孩子,所以过来了解下。施何说,这个只要有钱,应该没问题吧? 童素颜说,以前是没问题,现在规定只接收两类孕妇,单非内地孕妇和非中国大陆籍孕妇。不过只要你能进入香港,把孩子生在这里,那还是承认的。施何不明白,说你干吗这么麻烦,生个孩子还跑这么远。童素颜说,这个你就不懂了,这里条件好啊,再说,生在香港,孩子就能入香港户籍。施何无话可说了,就提醒她注意休息,别太累。童素颜说没事,我都没什么反应,看来是个省心的孩子。

手机响了,施何一看是家里电话,忙接起。何小玉在电话里兴奋地说,她新认识的朋友王阿姨手头上有一个很不错的小伙子,说好明天晚上一起吃餐饭认识一下。施何想也没想,就脱口而出没空。何小玉立马不高兴了,命令道,有什么事比你自己的终身大事还要紧? 明晚没空,就今晚。你不去,以后就不要回家了。施何一听,头都大了,想想老娘也实在可怜,只好说,别上纲上线,随便你哪一天,我去就是。何小玉这才转怒为喜,说那我马上给王阿姨回话。

“啪”,电话挂了。

施何放下手机,一脸的生无可恋。

何小玉太想女儿早日找到归宿,与王阿姨一合计,很快就安排两个年轻人晚上见面。

施何抱着无所谓的态度去赴约,来到文化广场“悦”餐厅,刚才路上已接到相亲男的短信,说在3号桌。施何走过去,看到一个长相憨厚、戴眼镜的男人坐在那里。男人看到她,站起来很客气地问,是施小姐吗? 施何点点头。男人自我介绍,姓王,名彬,在一家事业单位工作,33岁,有过短暂婚史,没有孩子,有一套婚房，一辆车。施何很有礼貌地点头，心想按世俗的标准，这男人的硬件还是可以的，难怪老娘这么积极。

王彬目光"聚焦"施何，一脸讨好地说，我们好有缘，真的好有缘啊！施小姐，我们加个微信吧！施何被他看得都要起鸡皮疙瘩，心想谁跟你有缘？出于礼貌，她让王彬加了自己的微信。王彬很高兴，拿过菜单，也不征求施何意见，自顾自点起菜来，边翻菜单边说这个红烧肉我爱吃，那个牛蛙也喜欢。施何心想这男人情商太低，她才看不上眼呢，倘若不是为了给老娘一个交代，早就拔腿走人了。

菜端上来了，王彬没话找话，每一句都要往"有缘"这两个字上扯。看得出来，他对施何是满意的，说她年轻、条件好。可惜施何对他没一点感觉，只盼着这餐饭早点结束。

桌上的菜不合施何的胃口，一起吃饭的人更不对路，施何几乎没怎么动筷子，就看着那男人吃得一嘴的油腻。她发现这男人似乎还有点口齿不清，对他更无好感了。

正琢磨着找个理由离开，餐厅里进来两个人，施何一看，原来是杭凌风，他旁边的女士是人民医院体检中心的闻宁主任。施何认识闻宁，每年单位体检就是到她们那里，见她与杭凌风在一起，不清楚两个人关系，考虑一下，还是招呼了闻宁，对杭凌风视而不见。

闻宁走过来，在旁边一桌坐下，向施何介绍了杭凌风。施何叫了一声杭老师，声音中规中矩，杭凌风见施何扮演陌生人，微微一笑，就顺着点了点头。

闻宁朝施何努了努嘴，指向王彬，悄声问，你男朋友？施何没打算介绍，尴尬地说，被老娘逼着来相亲，第一次见面。闻宁笑着说，祝你成功！施何摇头说，没戏。杭凌风意味深长地看了施何一眼，施何立马有恨不得找个地洞钻进去的冲动。

再坐下来，施何更是如坐针毡，她借口人不舒服，把王彬晾在餐厅，自己逃一样离开。她没想到今天会碰到杭凌风和闻宁，更没想到杭凌风居然是闻宁的丈夫，这个世界好小。

回到家里，何小玉关心地问相亲结果如何？满不满意？施何说没兴趣，以后也别给我介绍对象,如果真想结婚,我自己会去找。何小玉一听一脸的失望,忍不住又唠叨起来,说条件这么好的男人你都不要,还想要什么样的人?

手机有信息提示,施何一看,是王彬发来的,说很喜欢她,希望能和她继续交往。施何很有礼貌地回复说,对不起,我们两个不合适。王彬说,不要这么快下结论,试着交往一段时间。施何想着既然以后不会再跟这个人有交集,那就把晚上吃饭的钱给他,互不相欠。就问晚上吃饭花了多少钱?王彬说,第一次见面吃饭都是男人付钱,哪有女的付钱的?施何见他说得这么好听,就试探着发了100元的红包过去,没想到那男人第一时间就收了。施何没忍住,笑了出来。

你在笑什么?何小玉问。

我在笑你看中的好女婿。施何边说边把王彬的微信给删除了,又对母亲说,这男人条件再好,我也不要。

让施何没有想到的是,删了王彬的微信,他竟发短信过来,强烈表达想追她的意思,一口咬定跟她有缘。他越这样,施何越反感,就把他的手机号也拉黑了。

"悦"餐厅,闻宁和杭凌风在吃饭。

杭凌风刚才瞭了一眼施何的相亲对象,觉得不咋地,他想施何会不会迫于父母的压力草率把自己给嫁了?人生如棋局,走错一步就要全盘皆输,不禁莫名担忧起来。

你有没有听我在说?吃饭想心事?闻宁突然问道,声音冷了下来,她敏感地察觉丈夫的心思不在吃饭上。

杭凌风抬起头说,你说什么?我在想一个案例。

闻宁又心生疑虑,只是现在公共场合,不好发作。今天中午,她利用午休时间,陪吴云霞去了蔡律师那里,咨询了相关事宜。蔡律师的意思,吴云霞如果想离婚,财产损失肯定是难免的,但假如能找到张伟的过错证据,比如打人有没有造成身体伤害,可以报警,也可以去医院做个记录。比如出轨等,那么到时候判离,会考虑过错方是男方,财产分割上会向女方倾斜。如果想财产转移,办法肯定有,但有风险,要靠谱,不然就得不偿失了。从蔡律师那里出来后,她就建议吴云霞暂时不要泄气,一步步来。吴云霞点头,说她再也不会这么傻了。

刚才闻宁跟杭凌风说吴云霞的事,见丈夫半天没反应,她的脸色又黑了起来。

夫妻俩吃好饭回家,路上,闻宁故意编故事去敲打杭凌风,说某某的老公看起来很老实,没想到外面有情人,最后搞得身败名裂,妻离子散,真是太不值了。杭凌风不想跟闻宁讨论这个话题,自顾自开车。

闻宁侧过脸看了丈夫一眼说,问你一个问题,你们男人是不是都喜欢温柔的小妹妹?

杭凌风语气平淡地说,你不要受别人影响,日子都是自己在过,外人知道什么? 女人如果做得足够好,老公怎么可能会去外面找情感寄托?

闻宁马上反驳道,什么叫足够好? 有种人就是犯贱,你对他越好他越不知道珍惜。杭凌风摇头说,你看问题太片面了。闻宁说,人性是禁不起考验的。

到家了,杭凌风对闻宁说,那就不要去考验。

闻宁想说什么,又忍住,她也不想天天吵,得换种方法。

杭凌风在书房给施何发了一条微信,提醒她不要迫于压力,草率决定自己的终身大事,爱需要等待。施何说,明白,不想将就。杭凌风说,你对男人有很重的戒备之心,这会让你失去很多机会,不过晚上相亲的这位看起来似乎并不合适你。施何发过来一个大拇指,说你眼光跟我一样好。杭凌风忍不住笑了出来。

书房的门突然开了,闻宁站在门口,冷冷地问,你跟哪个小情人在聊天,这么高兴? 杭凌风放下手机说,你整天疑神疑鬼,累不累?

闻宁走到杭凌风面前,敲了敲桌面说,我现在看你越来越有一副出轨相。如果你心里没鬼,那就把手机给我。

杭凌风什么话也没有说,只是静静地看着妻子,过了许久,他开口道,闻宁,不要好好的日子不过,没事找事。

闻宁恨恨地瞪了杭凌风一眼,转身走出书房。她在心里暗暗发誓,一定要找出那个隐身在黑暗角落里的情敌。

施何见杭凌风突然不再回复,猜测他不方便,也就没有再发。对他的关心,她感觉到温暖。施何觉得有这么一位大哥一样的异性朋友也挺好的,他懂她,这很难得。

热线电话响了，施何接起，一个很好听的女人声音传了过来，她说，施老师吗？我是西。施何说，你上次发来的稿子我收到了，正准备这期登。西说，施老师，麻烦你不要登出来，我跟他又和好了。施何的嗓子好干，她咽了咽口水说，好的，我知道了。

这究竟是一种什么样的情感？施何不明白了，她忍不住又给杭凌风发了个信息，把西刚才的电话跟他说了一遍。

过了一会儿，杭凌风的回复来了，他说，你刚才讲的那位倾诉者正陷入一个迷宫当中，她找不到正确的方向，她需要不断去碰壁、不断尝试错误，才有可能找到真正的出口。她的内心也有罪恶和内疚感，但她没有力量去打破这个魔咒。不过有一点可以肯定，那位女士一定能从她喜欢的那个男人身上获得什么，有可能是情感，也有可能是肉体，只有她自己清楚了。

难道她这一生就一直要被这个魔咒紧紧缠绕吗？施何问。杭凌风把答案发了过来，他说，如果她的心一直没有找到归属，她就会不断重复悲剧。施何盯着手机上的这段话，陷入深深的沉思。

21

江潮来找施何，约她晚上去一趟东塘镇老街。施何问东塘镇又怎么了？江潮说，领导要求还要给他们写个后续报道，写整改效果。国庆期间，他去暗访过，老街仍是老样子。今天再去看看，如果没变化，后续报道就不写了。施何说，好。

下班后，江潮和施何匆匆吃了一碗面就开车去了东塘镇。到了那里，天已经黑了。两个人结伴同行，拐进老街，发现家家户户房门紧闭，有的窗帘透出灯光，有的黑乎乎的。施何问，是不是我们来晚了？江潮说，也有可能她们更隐蔽了。

两个人把老街从头到尾走了一遍，没看到一个站街女，紧闭的房门，又不能贸然去敲。江潮问施何，还记得之前暗访的是哪家吗？施何说记得，要不去试试？江潮点点头。

施何凭记忆来到小红和小桃的出租房前，轻轻敲了敲门，里面传出来一个女人的声音，谁啊？施何问，小红和小桃在吗？我是她们的朋友。

房门打开了，一张中年妇女油腻的脸出现在施何面前，她上下打量着施何，语气生硬地说，她们搬走了。

大姐，你知道她们搬哪去了吗？施何客气地问。

不知道。女人说完，"啪"地关上了房门。

施何悻悻地转过身，朝不远处的江潮做了个手势。江潮走了过来，施何说换人了。江潮不甘心，他想去找那位大姐，看她还在不在。

那位大姐还住在老地方，打开门，看到江潮，愣了一下。江潮上前招呼，问这条街现在怎么变得冷清起来？大姐死死盯了他两眼，突然说，你是不是写报道的那位记者？江潮没回答，只是说，大姐，你最近怎样？大姐一脸忧愁地说，我们被那位记者害惨了，派出所的人来过了，让我们最近不要做生意。好多姑娘都到别的地方去了，我拖着个病老头走不了，又没法出去做工，这样下去，早晚要饿死。江潮默默无语，他的心里竟有了一种莫名的歉意，似乎这条老街的萧条都是他的错。

江潮和施何一前一后走着，快走出老街时，两个人看到一个精瘦的男人站在一扇生了锈的铁门前，有规律地敲门，仿佛是一种暗号。铁门开了一道缝，那男人警惕地回头，江潮迅速搂住了施何的肩膀，装作情侣的模样，很平静地走过去。

身后，传来铁门关上的声音。

江潮特别沮丧地对施何说，我发现这样的暗访毫无意义，根本解决不了实质性问题。施何刚才被江潮的举动吓了一跳，后听到关门声，江潮放开了手才明白过来。她问，你是说这种现象不可能根治？江潮点点头说是的，只不过换了种隐蔽的方式而已。

施何停住脚步，回头，看夜色中的老街，她自言自语道，不知道小红、小桃去了哪里？

风吹过来，施何的心底忽有寒意升起，已是深秋了。

返程路上，两个人都沉默不语。

许久，施何开口问，江老师，这后续报道还要写吗？江潮说，不写了，我明天就跟领导去说。施何说，我发现自己看问题还是太简单了，现在这个社会有太多让人看不懂的地方。江潮说，我也看不懂，但我相信，只要我们坚持良知和正义，那些丑陋的现象一定会越来越少。施何侧过头朝江潮一笑说，江老师，你是个有情怀的记者。江潮感慨道，可惜情怀不能当饭吃。施何深有同感地点了点头。

回到家里，何小玉说，王阿姨晚上来过我们家，说，王彬很喜欢你，希望你再考虑一下。施何说，不用考虑，没兴趣。何小玉很不满，说，王彬除了有短暂婚史这一条，其他哪里配不上你了？人又老实，这样的男人才靠得住。施何很不耐烦地说，这是我的事，你少管。何小玉提高嗓门说，我是你妈，我不管谁来管？

施林从书房走出来，对何小玉说，你少讲两句，感情的事你就让孩子自己做主，女孩子对象没找好，对她今后的人生会有很大影响。

施何明白父亲的弦外之音，心情复杂地朝父亲投去一瞥。何小玉见丈夫没有站在她这边，更加不高兴，说，我看你当爹一点也不合格，从来都没有关心过她，好像不是你亲生的一样。施林张了张嘴，没有说什么，他低下了头，默默转身回到书房，掩上了门。施何上前，搂住母亲的肩膀说，老妈，求你了，别逼我，我真的不想随便找个男人嫁了，过不了两天又去离婚，那才叫一个惨。好了，我去休息了，你也早点睡。

关上门，施何感到莫名的悲哀，她就是想不明白母亲为什么非要她找个男人嫁出去，才算是完成任务？

手机有短信提示，一看是个陌生的号码，再看内容，原来是王彬发过来的，说了一大堆喜欢她的话，他已认定她了，一定要把她追到手。施何懒得理，顺手又把这个号码拉进了黑名单。什么人，都这把年纪了，还不清楚强扭的瓜不甜这个道理？

李林森打电话过来，问施何在干吗？说明天你生日，我刚好有事来堇城，中午一起吃个饭。施何纳闷，说你怎么知道我明天是我生日？李林森说，我是神仙，会掐指算。

施何想起来了，李林森曾看过她的身份证，还说她是射手座，这男人倒有心。问几个人？李林森说，你想几个人？施何说，我请你和杭老师吧，这么久了，还没有好好谢过你们。李林森说，哪有让你请客的道理，你别管了，明天中午我来接你。

闲聊一会儿，李林森跟她道了声晚安就挂了电话。施何捏着手机想了好一阵，这个男人现在每天给她发早安和晚安，是爱上她了？不可能。施何马上否认。那她喜欢他吗？施何问自己。

如果明知是毒品，还要去沾染，这也是一种病。施何放下手机，自言自语。

去单位上班，施何发现自己的精神总是集中不起来，整个人处于游离状态。公孙春晓见施何魂不守舍的样子，就关心地问她怎么了？是不是身体不舒服？施何想起上次在咖啡馆看到她和一个男人在约会，思绪不禁又漫无边际起来。也许人家只是很单纯的关系，是自己戴有色眼镜的缘故，于是就朝公孙春晓笑了笑说，我睡眠质量太差了。公孙春晓附和道，我也很容易惊醒过来，总感觉睡得不踏实。施何随口说道，你有心事。

公孙春晓嘻哈着说，什么心事，是年纪大了。话是这么说，心里却别有滋味。前段时间，一个当年在学校里她暗恋过的男神主动跟她联系，两个人在微信里聊得火花四溅，彼此间滋生一种暧昧的情愫。男神约她见面，她兴高采烈地去了。见面应该算愉快的，她似乎回到了少女时代，看到男神，心跳依然会加快。不过让她纳闷的是，男神见了她，又让她感觉对方没其他意思，好像微信里跟她交流的是另一个人，她就搞不清楚是自作多情还是别的原因。等两个人再从现实中回到微信上，莫名地冷了，不再那么热络地聊天。这让公孙春晓有点失落，她也是好不容易找到一个聊得来的，更何况对方是她曾经喜欢过的人，没想到结果这样。早知如此，不如不见。

张倩进来，叫公孙春晓去开会。施何见自己不用参加，倒是清静。

有快递员给施何打电话，下楼，原来是送花的。施何马上猜到是李林森。打开包装盒，小小的一束，由黄玫瑰、千日红和情人草组成，再加一只玻璃花瓶。施何还是有点感动，今年因为父亲的事，她都没心情过生日，没想到碰见一个有心人。插好花，放在办公桌上，阳光照进来，立刻有了几分生机。

公孙春晓和张倩来到会议室，熊道达首先表扬了公孙春晓做的慈善人物特别报道《善不以微小而失去光芒》，见报后，市委宣传部领导就打电话来了，说宣传这样的正能量很有必要。被领导这么一夸，公孙春晓很有面子，自己的辛苦没有白付出。熊道达鼓励大家要再接再厉，多出好点子，让《堇城晚报》在传统媒体日渐式微的当下求得一条生存之路。

有关东塘镇的后续报道，江潮跟熊道达汇报过了，谈了自己几次暗访的情况，说如果要写，那还是反面的，要么就不写。熊道达说，不行啊，电话都打过来几次了，你就写一篇吧。上次报道后，东塘镇领导非常重视，与派出所一起重新对外来暂住人口进行了摸底排查，取缔了一些不文明的现象。江潮说，这种报道我不写，要写你叫别人去写好了。

由于熊道达是"代理"身份，江潮又是报社出了名的有能力、有个性的记者，见他坚持不写，熊道达也没办法，只好叫另外的记者去写一篇。

开会讨论的是下一期做什么。

江潮的想法是做有关老年人畸形的保健用品消费。他说，现在很多老人平时省吃俭用，可买保健用品几千上万拿出去，居然一点也不心疼。是那些营销员忽悠功夫到家，还是有其他深层次的原因？据他了解，几乎每个小区都有这样的店，打着免费保健的名义，做老年人生意，他要去做个社会调查。

熊道达赞许地点点头，说这个好，跟老百姓生活息息相关，很接地气。

冯安全说了一个线索，前两天接到热线电话，下蒋镇有一个团伙强收摊位保护费，让那些小贩每个月交300到1000元，如果不交，就要受到人身威胁，甚至挨打，商贩们敢怒不敢言。

熊道达马上说，这个需要掌握真凭实据，不能只听一面之词。最后讨论决定特别报道组来做这个新闻。

江潮，你那个保健品的社会调查交给春晓和张倩去做，女同志跟老年人接触反而有优势，暗访的事交给你们男记者去做，注意安全。熊道达再三嘱咐江潮他们不能打草惊蛇,等掌握证据后再跟警方联手。

江潮点点头,说好。

公孙春晓和张倩也觉得领导这工作安排得很合理,就愉快地接受了任务。

回到办公室,公孙春晓一见施何办公桌上的花,说今天什么日子,有人送花?施何撒了个谎说,自己网上订的,调节心情。公孙春晓说,不错,自己买花送给自己,向你学习。施何笑笑问,你们又接到什么工作任务了?

张倩说,去调查老年人畸形的保健用品消费现象。

公孙春晓说,张倩,我们要商量下去哪几个社区做调查,那些老头老太不知道会不会跟我们说实话。

施何说,卖保健用品啊,我记得我们那个小区就有这样的店,门面小小的,也没什么装修,每天大清早门口就集聚了一大帮老头老太。

公孙春晓说,你倒是提醒我了,今天下班我去我们小区看看,以前没怎么注意。张倩说,我也去了解下情况。

先网上搜下相关新闻,想想用什么角度来做这篇文章。公孙春晓一边在电脑上搜索,一边说。

春晓姐要么不写,一写就是长篇大论,不像我只能写些豆腐干。张倩说。

我们都很能干,施何说完,自己先笑了起来。公孙春晓和张倩也跟着笑了。

中午,李林森来接施何。

施何上车,第一句话就是,谢谢你的花!

李林森笑着说,真聪明,猜到是我送的。不用谢,以后每周五都会收到一束。施何惊疑,说不会吧?李林森说,没什么,给你订了个包年,优惠幅度大。施何说,这礼也太重了,怎么好意思?李林森,几百元钱而已,比我买礼物便宜多了,可效果没有这个好啊,你天天看到花,就会对我加深印象。施何说,你用这一招是不是搞定过很多女孩子?李林森马上变得认真起来,说,不管你信不信,这事我还真是第一次做。如果不是受我们办公室小姑娘启发,根本不知道还可以这样。施何说,这么荣幸。

今天中午我还请了杭凌风和他爱人闻宁一起共进午餐,你不会在意吧? 李林森侧过脸,对施何说。

施何一听闻宁也在,马上暗叫不妙,想着怎么去圆那个谎。李林森见施何神色有变,问,怎么了? 不高兴?

施何只好实话实说,把之前遇到闻宁和杭凌风的事说了一遍。她又急忙解释道,因为当时不知道两个人的关系,所以我只跟闻宁打了招呼。闻宁还以为我不认识杭凌风,还做了介绍。万一今天让她知道,我跟你们早认识,那闻主任肯定会多想的。

李林森忍俊不禁,说,还有这样的事? 好,那这样,今天就让你扮演我在莒城的女朋友,保证那位闻主任不会有其他的想法。施何说,不行不行,你这是个馊主意,我若是你女朋友,又怎么可能会跟别的男人去相亲? 还有,你是有老婆的人,你这么一介绍,闻主任会用什么样的眼光看我?

那你说怎么办? 李林森边开车边问。

算了,你这饭局我就不去参加了,我这样出现太怪异。李林森笑着说,逗你玩的,中午是凌风安排的,放心吧,没事。

吓我一跳。施何拍了拍胸口说。

李林森开玩笑道,我看你有点做贼心虚的样子,是不是喜欢上我们杭老师了? 施何差点要伸手去揍,又想到人家在开车,只好忍住说,我对你们已婚男人没有兴趣。李林森继续逗施何,说,看样子相到中意的对象了。施何说,我对男人没兴趣。李林森差点方向盘脱手,笑着问,受过严重创伤了?

施何淡淡地说,故事听太多了。

你们这些文艺女青年毛病就是多,生个孩子就好了。是不是有这么一本书? 李林森把车开车威斯利酒店门口,转过头问施何。

不知道。施何朝李林森翻了一个白眼说。

你需要一个男人来破除迷障。李林森突然说。

施何不再吭声,她跟在李林森背后朝二楼走去。经过大厅时,施何突然发现林纳和金向宇坐在靠窗的位置上,含情脉脉地对视着举起了杯中的红酒。施何一惊，素颜还没有回来，金向宇就跟前妻搅在一起了？她怎么会有这种厚颜无耻的姐姐？施何既羞愧又为素颜愤愤不平。她想走上前去讽刺几句，碍于李林森在旁，只好强忍着，装作没看见快速走过。

走进包厢，施何见杭凌风边上坐着翁心雨，略感意外。翁心雨看到施何，朝她温婉地笑。施何又呆了一下，她发现这两个人坐在一起真的很般配。

李林森拍拍施何的背说，大小姐，你在想什么？施何才醒悟自己的失态，看杭凌风，正用研究的目光看她，不由脱口而出一句，我看你们两个好……她把"般配"两个字咽了下去。

杭凌风笑了起来，指着施何说，你是不是随时随地都在编故事？

施何拉过椅子坐下说，职业病，特别是看到帅哥美女在一起，就忍不住要浮想联翩。

李林森在杭凌风旁边坐下说，大小姐，那你回去编个故事出来。

施何的目光在每个人脸上溜了一圈，问道，这午餐的主题是什么？

主题是这个。翁心雨拿起施何面前的小碗，给她盛了一碗服务员刚端上来的老鸭汤，笑眯眯地说，趁热喝。

谢谢翁姐姐，我自己来。施何不好意思地接过。

喝了两口热乎乎的老鸭汤，施何又忍不住回想刚才看到的一幕，这对前夫妻一起愉快地共进午餐，如果素颜知道了会怎样？会不会一气之下把孩子给打掉，然后离婚？不行，施何很快就否定了这个结果，还是不要让素颜知道的好。

再听，杭凌风跟李林森说拍公益广告宣传片的事，由翁心雨担任主角，让更多的人了解抑郁症，了解心理疏导的重要性。

施老师，我们想请你参与这个剧本的创作。杭凌风微笑着对施何说。

啊，让我写？施何瞪大眼睛，还以为自己听错了，说，我又没有写过剧本，你们怎么会想到叫我来参与？

你的文笔很好，这剧本也很简单，你没有问题，我们看好你。李林森说。

施何总算找到吃这餐饭的目的，做了一个如梦初醒的样子说，天下果然没有免费的午餐。

大家都笑了起来。

李林森清了清嗓子说,放心,会有免费的午餐,只要你想吃,杭老师那里天天都有。施何摇头说,不敢吃,怕噎着。翁心雨浅笑道,那就请施妹妹再喝碗汤。

杭老师,翁姐姐是我见过最有女人味,又最温柔的美女,她是不是你的红颜知己啊?施何一边喝汤,一边就把心里的猜测给说了出来。

李林森举着筷子说,你是不是真想编个什么桃色故事登到报纸上去?

没想到翁心雨轻轻地说了一句,杭老师是我的蓝颜知己。

施何正准备夹一只虾吃,没夹住,她把目光投向杭凌风,一副果然被我猜中的样子。

杭凌风正要回答,手机响了,他一看是闻宁打来的,接听。

你现在哪里?闻宁生硬的声音传了过来。

在外面吃饭,有事?杭凌风问。

跟谁一起吃?在哪里?闻宁的语气带着兴师问罪的味道。

杭凌风耐着性子说,李总从州城过来,一起吃饭商量事情,在威斯利酒店。

有人在敲包厢的门,李林森说了一句请进。门开了,闻宁拿着手机站在门口,目光迅速扫视了一遍,看到施何和翁心雨,眼神里写满了大写的问号。杭凌风的脸色变得非常难看。

李林森马上迎上去,请闻宁坐下,叫服务员倒茶,一脸郑重地介绍说,这位是施何,《菫城晚报》编辑,我朋友,我们请她负责这次公益广告宣传片的文字。另一位不用我介绍吧,我们广告片的女主角翁心雨,也是凌风的下属。

施何也站起来,很有礼貌地招呼一声,闻主任好。翁心雨也落落大方地招呼一声。杭凌风见李林森这样介绍,暗暗松了口气,对妻子这样突如其来的造访,心里很是厌恶。

你也在这里吃饭?杭凌风纳闷地问。闻宁怎么会突然出现在这里,分明是有意而来。

闻宁没有回答杭凌风的问话,她转身对着李林森,好奇地问,李总怎么会认识施何?

~~ 秋 分 ~~

　　李林森笑着说，我和施编辑在同一个微信群里，我看她是菫城搞媒体的，就主动加了她，经常有些交流，所以这次要拍宣传片，我就想到她了，就跟凌风推荐。

　　施何和杭凌风对视一眼，不禁被李林森的表现折服，这男人太厉害了。施何突然想到，翁心雨应该明白她早认识杭凌风，不过她不担心翁心雨会说什么，这么聪明的女子绝不会多讲一个字。

　　闻宁心中的疑虑暂时消除了，中午她刚到单位食堂，就接到吴云霞的电话，说自己在威斯利酒店请客，看到她老公带着一个非常漂亮的美女进来，就长了个心眼，发现两个人进了二楼的包厢，看样子是来吃饭的，就提醒她注意。到酒店吃饭，吃好饭是不是就去开房，闻宁心里就是这样联想着，所以就直接杀了过来，没想到是这样，不过她心里还是不放心，特别是翁心雨，在她眼里就是一脸狐媚相。

　　因为闻宁的突然加入，这餐饭气氛变得古怪，幸好有李林森周旋，才不至于出现难堪的局面。施何也很认真地问杭凌风和李林森，这宣传片想表达的中心思想、时间多长、构思等问题。两个男人拎得清，就正式讨论片子的事，翁心雨也时不时插进来一句软绵绵的话，发表自己的看法。李林森很照顾闻宁的情绪，征求她的意见。闻宁也就做出出谋划策的积极姿态来。

　　施何看快到上班时间了，就起身告辞，李林森要送她，她婉拒了，说你们继续聊，有事微信联系。闻宁也说要回单位。杭凌风站起来叫服务员买单，他对李林森说，换地方，我们去办公室。大家就一起出了酒店。施何经过大厅门口时，下意识地朝里面看，哪里还有金向宇和林纳的身影。

　　回到报社，施何给李林森发了一条微信，很真诚地感谢他在闻宁面前的配合，避免了不必要的麻烦。李林森发过来一个微笑的表情，问，你准备怎么谢我？施何说，免费给你们写宣传片的文字。李林森回复说，我还以为你要以身相许。施何哭笑不得，她说，你就只能正经两分钟吗？李林森说，一分钟。

　　这男人，施何觉得好笑，不过心里还是被李林森的幽默打动。

　　杭凌风见李林森信息不断，也不打扰，等他发好信息，就问他在闻宁面前，怎

172

么会想到这样回答？

李林森拿起茶杯，喝了一口水说，你这老婆贼精，幸好施何在路上跟我说了你们有一次在餐厅碰到的事，不然我还真编不出来什么去圆你们两人的那个谎，好险。凌风，我今天看闻宁的样子，估计你的好日子要到头了，一个女人一旦心里起了疑心，那简直就像肉里扎进了一根尖刺，时不时要发作。

杭凌风叹了一口气说，这世上有多少婚姻都是表面风光，内心沧桑，关上门一地鸡毛啊！闻宁的疑心病已经不是一天两天了。

李林森想起自己背负的情感包袱，脸色变得沉重起来。他说，我是一点也看不到希望。

茶几上，水壶的水烧开了，发出"扑扑"的声音。杭凌风伸过手，按下了开关。

晚上，林纳心情愉悦地回到家里。这几日，金向宇天天缠着她，两个人忽陷入一种热恋的状态。按金向宇的说法是，一日不见如隔三秋。明天童素颜就要从香港回来了，金向宇向林纳道歉，说接下去出来可能不怎么方便了，不过放心好了，只要她需要，他会想尽办法给予满足。对金向宇这个态度，林纳笑纳了。

林良波正坐在电脑前学习修照片，豆豆已经睡了，施林刚才还在微信里催她早点休息，向她道了声晚安。她好像也已习惯了施林的早安和晚安问候，如果有一天到点了没有信息，心里反而有了惦记。对于施林内心的歉疚和渴望补偿她们母女的心理，林良波很清楚，只是渴望归渴望，现实摆在那里，凭她对施林的了解，他是不可能打破现有的模式，抛弃何小玉，和她们生活在一起，他没有那样的勇气。就算施林有这样的勇气，她怕自己也没有接纳的信心。只是要不要告诉林纳真相，怎么说，她一直在犹豫。

林纳走了进来，对林良波说，妈，你怎么还没有休息？林良波看了女儿一眼，说，你在忙什么，整天人影也看不到，儿子也不管。林纳打了个呵欠说，忙啊。对了，跟你汇报一件事，我跟你前女婿已经冰释前嫌，友好相处，所以心情比较愉悦。你以前批评得对，我这离婚确实太草率了，其实金向宇这个人不坏，就是花心了点。话说回来，哪个男人不花心？林良波惊讶地说，你不会又跟他在一起了吧？他老婆怀孕了，你和金向宇这样做是不对的。林纳一脸的无所谓，她说，妈，别大惊小怪，我们都是成年人，成年人有成年人的游戏规则，大家各取所需。

林纳对情感的态度让林良波说不出的忧虑，她怕女儿早晚要吃亏，可她又无力阻止这一切，也许到了该告诉女儿真相的时候了。

林良波站起来，对林纳说，我们去客厅坐，妈有话要跟你讲。林纳还以为母亲又要说教，求饶道，妈，有话明天说吧，我现在有点困，累了。林良波沉默片刻说，我怕明天又没有了说的勇气。林纳一听，一脸疑惑。

母女俩在沙发上坐下，林良波开始缓缓地诉说，她讲了少女时代唯一的一次恋情，讲了那次恋情造成的后果以及对自己一生的影响。未婚先孕、草率嫁人、家暴离异，一个人含辛茹苦把孩子带大。这么多年，她一直没有去找当年那个又爱又恨的男人，直到一年前他主动联系她。

你是说，那个男人才是我的亲生父亲？林纳像在听天书一样，睁大眼睛问。

林良波略微迟疑了一下，又点了点头说，是的。

他是谁？林纳的胸脯剧烈地跳动起来，紧紧地抓住母亲的手问。

施何的爸爸。林良波低下头，声音像蚊子叫一样，吐出这个隐藏了三十年的秘密，已经耗尽了她全部的力气。

你说什么，施林是我的亲生父亲？林纳目瞪口呆，傻坐在那里。不可能，这怎么可能？林纳不相信，她拼命摇着头说，妈，你别骗我。你是不是怕我喜欢上这个老男人，故意编出来的故事？

你要不信明天可以去问他。林良波似乎一下子苍老了十岁，她摇晃着站起来，走进自己的房间，在关上门之前，她转过头对林纳说，不要去恨他，他一直不知道你的存在。我也不再恨他了，他也可怜，这辈子没一天活得痛快。

门，轻轻关上了。

林纳坐在沙发上，脑子像一团糨糊，这个消息对她来说太震撼了。她想起小时候那个喝醉酒就要打母亲出气的父亲，总是用怀疑的眼光打量她，对她从没有和颜悦色过。想起无数个夜晚，母亲总是搂着她哭。因为没有父亲，她自卑，连走路都微微驼着背，含着胸，生怕别人注意到自己。直到她长大，读高中暗恋受挫，她盯着镜子里那张美丽的脸庞，下决心要改变命运，才有了后来的步步经营。没想到这一切悲剧的始作俑者居然是施林，她所尊敬、依赖、信任的忘年交，她甚至想把他给睡了。这简直太可笑了，怎么会这样？不，这绝对不是真的，绝对不是。

站起来，林纳打开了酒柜，开了一瓶红酒，倒了满满一杯，一饮而尽。这个时候，她需要喝醉，等明天早上醒来，一切都没有改变，生活仍将在原来的轨道上继续。

这一晚，林良波和施林都没有睡着。当施林收到林良波发来的微信，说已告知林纳真相，施林的心颤抖起来，他想起之前林纳对自己的种种暗示，这样的结果让她情何以堪？他也一样，难道从没有过一点私欲？老天，你差点让我无脸活在世上。施林越想越羞愧、胆怯，再也没有了见林纳的勇气。

22

东塘镇的后续报道还是登出来了，算是有个交代。

江潮也理解领导的为难之处，只是心里有一种说不出的郁闷。可郁闷归郁闷，工作还是要做的。为了查清下蒋镇是否真的存在带有"黑社会"性质的团伙强收摊位保护费的真相，特别报道组开始行动了。三人分工，江潮和冯安全分别去找小贩了解情况，李小伟负责暗中拍照取证。

三个人吃过晚饭，开了一辆车来到夜色中的下蒋镇。下蒋镇在堇城市南乡，地理位置优越，距离南部商务区半小时车程，在那里上班的很多家在外地的年轻人都喜欢在下蒋镇租房，价格便宜，交通又方便。镇上又有几家大型劳动密集型企业，小镇经济很发达，虽属乡镇，却非常的热闹。外来人口也特别的多，小商小贩的摊位摆满了主街道两旁。

停好车，三个人装作闲逛的样子来到一家水果摊前，江潮选了几只苹果，接过摊主递给他的塑料袋，装作随意的样子问那位身材瘦弱的中年男子，大哥，你这苹果看起来不错,哪里产的？摊主接过苹果袋,一边称,一边说,阿克苏苹果,很甜的,冰糖心。

18元1毛,算18元好了。摊主大方地说。

江潮付好钱,又问,大哥,我听说在这里摆摊,要交保护费,有没有这回事？我也想到这里来混口饭吃。

那男人闻听此言,抬起头,紧张地看了看四周说,我不知道,别问我。江潮与冯安全交换了下眼神,这人来人往的,摊主在害怕什么？

走到一个烧饼摊前,这是一对上了年纪的夫妻,男人做饼、贴饼,女人负责收钱。江潮买了一只烧饼,咬一口,先说这烧饼好吃,然后问城管会不会来赶,需不需要交摊位费,男人说城管不会来赶,摊位费多少要交一点。江潮说,其他费用还有吗？那男人警惕地看了他一眼说,你问这些做什么？江潮故意叹了口气说,自己原先开了家店,房租太高,开不下去,想到这里来摆个摊,把一些货处理了。男人哦了一声,也就没有再说什么。

三个人在街上转了一圈,收获不大,感觉那些摆摊的人有顾忌,不敢说。江潮说,看来我们真的要来当几天小贩才行。冯安全也正有此意,他说要想掌握真凭实据,只有这个办法。

说干就干,第二天,三个人去湖西批发市场批了点杯子、玩具等小东西。为了像个小贩,江潮还把保留了很久的艺术家发型给牺牲了,理成了寸头,他找出一套旧衣服,一番装扮,好像换了一个人似的。冯安全与李小伟也是,一个打扮成建筑工人的样子,一个还弄了套镇上工厂的工作服,穿起来特像那么一回事。

为了收集证据,三个人做了分工,江潮摆摊,冯安全负责放风、保护,李小伟拍照留证据。

再次来到下蒋镇,江潮把车停在离中心街很远的地方,然后拎个蛇皮袋走过去,三个人分开一段距离走。在街边找块空地,江潮把蛇皮袋放下,解开袋子,拿出一块塑料布铺在地上,然后把一样样小东西掏出来。他还准备了一块白纸牌,上面写着,关店清仓大处理。江潮试着喊了一嗓子,清仓大处理,便宜卖了。声音很生涩,不熟练。可惜东西都太普通了,鲜有人来问津。站着不自在,就蹲一会儿。可蹲久了,腿又麻。江潮才发现这小生意真不好做,他想下次得带一条小板凳才行。冯安全和李小伟在暗处观察四周,没发现什么可疑的人,难道线索有误?可当他们向附近摊贩打听时,那些人脸上的神情告诉他们,肯定有事,只是不敢说而已。

这一晚,三个人没有收获。不过说没收获也不对,有位卖凉皮的大叔悄声对冯安全说,你别问了,小心被他们听到。冯安全问他们是谁,凉皮大叔再也不肯说了,指了指嘴巴,紧闭。

江潮看时候不早,就收了摊,和两位同事一起返城。江潮说,一次不行,那就两次,两次不行,我们就三次,我就不相信那伙人不出现。

公孙春晓与张倩的保健品调查倒是没那么大难度,她们了解到老人们之所以每天像上班一样去保健品店报到,一来是人多热闹,在一起说说话,不会寂寞;二来那店里的姑娘、小伙子嘴巴特别的甜,比亲生儿女叫得还亲。姑娘专门哄老大爷开心,小伙子则哄大妈开心。另外,卖保健品的公司还时不时搞健康讲座,每个来参加的人领两只鸡蛋、一袋酱油什么,老人们大多喜欢贪小便宜,所以参加那些讲座很积极。

回到家里,公孙春晓在饭桌上说起了保健用品的事,感叹那些老人像中了魔一样,平时都不肯多花一元钱,买起那些没有用的东西几千上万都舍得掏,真是脑子有病。

少说两句,不要把工作带到家里来。顶着一头稀疏头发的吕光年瞪了妻子一眼,用眼神暗示她别在自己的父母面前说这些。公孙春晓一惊,难不成自己的公婆也是其中的一员?她怎么没发现?再看公婆的脸色,似有蹊跷,于是就闭上了嘴。

晚上,夫妻俩上了床,公孙春晓迫不及待地问老公咋回事,吕光年郁闷地说了一句,我妈也在买,跟她说了很多次,她都不听。公孙春晓疑惑地问,你妈哪来这么多钱,你给的?吕光年辩解道,一年到头多少总会给点,唉,年纪大的人真没办法,听不进去。公孙春晓冷笑道,你有钱让你妈去买保健品,怎么不拿点钱给我花花？吕光年不高兴了，他说，我不也一样给你了？逢年过节、生日，还有什么情人节之类，各种名目。

吕光年的口气让公孙春晓很不舒服，她转过背不说话。虽说在家里两个人的经济实行AA制，但作为女人，心里还是盼着男人能时时想着自己，不管是经济上还是情感上。只是当年结婚时，是她提出来的经济独立、分开。那时候她的收入比吕光年高，考虑到婚后公婆要和他们一起生活，怕为了钱闹矛盾，就提出家里生活开支由吕光年负责，购买大件物品钱一人一半，孩子的开支也是各出一半。吕光年答应了。谁知道三十年河东，三十年河西，这才几年，报社的日子一天比一天难过，收入也下降很多。而吕光年虽说是个普通的公务员，但收入很稳定，只是福利比过去少了许多。

见妻子不吭声，吕光年叹着气说，我现在除了每个月给我妈买菜钱，零花钱都很少给了，她心里也不高兴，说我不孝顺。还说那些讲座的老师讲得真对，子女都不支持老人吃保健品，健康养生。我让我爸去做我妈思想工作，结果她把我爸也拉去听，回来好了，都结成同盟了。我想想我妈照顾孩子也辛苦，算了，她高兴就随她了，反正也没多少钱可以让她乱花，你们报纸这样登登有没有用？

不管有用没用，登总比不登好。公孙春晓换了一个舒服的睡姿说。

吕光年把手伸进妻子的睡衣里，在她的胸脯上摸索了一会儿，那两只没有发起来的馒头常常让他感觉遗憾。公孙春晓没什么兴趣，她的身体是木的。吕光年见她没反应，不禁有点恼，他说，你外面有人了，嫌弃起我来了。公孙春晓怕吕光年的疑心病又发作，只好勉强配合，心里却在想七年之痒还真有道理，这夫妻生活何时竟变成了鸡肋，食之无味，弃之可惜。

施何被王彬缠上了，那个男人似乎钻进了牛角尖，每天用不同的号码给她发信息、打电话。施何不胜其烦，警告他再这样她就报警了。王彬说爱一个人没有错，他就是对她一见钟情。施何让母亲去找王阿姨，说倘若再骚扰就不客气了。

何小玉不去，说，王彬找过我，说很喜欢你，让我做做你的思想工作。我看那小伙子人很老实，对老人也挺孝顺的，你要不考虑一下？多交往交往，就会有感情了。

施何忍不住发作，说，老妈，如果你再这样逼我，我出去租房子住，不跟你们住一块了。我就不明白，你为什么非要我找个男人嫁了？我又没吃家里的，每个月不是给你钱了吗？何小玉没好气地说，我是为你好，女孩子总归是要嫁人的。施何晕了，她脱口而出说，都什么年代了，女人还要靠男人养活？你以为你的婚姻幸福美满了？你知不知道，我爸他从来都没有爱过你。

话刚出口，施何猛地惊醒过来，坏了。可说出去的话，泼出去的水，再也收不回来了。

客厅里的温度瞬间降到零度，空气似乎凝固起来。施何连忙道歉说，自己口不择言，乱讲的，请母亲大人原谅。何小玉出奇的平静，说你不用道歉，三十年前我就知道你爸心里有个人。这下轮到施何心惊肉跳了，原来母亲什么都知道？她小心翼翼地问，那你还急着打发我嫁人干吗？明明婚姻并没有你想的那么美好，难道你希望你女儿一辈子活在压抑当中？

何小玉不说话，过了许久，她才抬起头看着施何的眼睛说，妈是希望你找对象时有个完整的家，免得你错过好姻缘。

妈，你什么意思？施何还以为母亲想不开，吓得赶紧过去抓住母亲的胳膊。她拼命解释道，我乱讲的，你别当真。我想我爸他是爱你的，如果不爱，不会在一起生活这么多年。

何小玉动了动嘴角，平静了一下说，妈知道你爸的心不在这里，也知道你想让我变个样子能吸引你爸来注意我。小何，你长大了，妈也跟你实话实说吧，原本我打算的是等你结了婚，我就跟你爸离婚，我放他走。他这半辈子活得不开心，希望下半辈子他能和自己喜欢的女人一起生活，过得舒心些。可你就是不找对象，妈等得焦急，你爸嘴上没有说，但我知道他心里也急。

施何震惊不已，直到这一刻，她才发现自己对母亲一点也不了解。她一直以为母亲是个没有多少文化、大脑简单的妇女，根本不懂什么是爱。原来，真正不懂的是自己。施何伸出双手，紧紧搂住母亲的腰，把脸偎依在母亲的怀里，泪流满面，哽咽着声音说，妈，对不起，我错了。何小玉的眼泪也流了下来，说，妈如果不是为了你,早放你爸走了。施何说,妈,你放心,无论什么时候,我都会和你在一起。

门外,响起了钥匙插进锁孔的声音,施林回来了。

进门,何小玉习惯性想给他去拿包,施何把母亲按到沙发上坐下。施林稍微愣了一下,换上鞋,走到母女俩面前,才发现两个人情绪不对劲,就问怎么了?

何小玉又回到平时小媳妇的角色,低声说,没事。施何站了起来,说,爸,你坐吧,我觉得我们一家人很有必要好好聊聊。

施林听女儿这么一说,估计她已把林良波的事告诉何小玉了,心想知道就知道吧,反正早晚是要知道的。自从林良波跟他说林纳已知道真相后,他一直在等林纳的电话或信息,可是没有。他又不知该如何向林纳开口,故也选择沉默,只是与林良波保持着联系。通过林良波了解到林纳还没有接受这个事实,她在逃避,晚上故意很晚才回家,不与母亲碰面。林良波让施林暂时也不要去打扰她,让女儿有个心理适应过程。

一家人在饭桌边坐了下来。施何开口道,按理这是你们大人的事,我不便插嘴,但基于我已成人,也有权发表自己的意见。你们两个谁先说?从来都是施林掌握着主动权,这次何小玉抢了第一,她直视着丈夫的目光,轻声但又坚定地说,老施,我们离婚吧!

施林一愣,他皱紧眉头问,你说啥,离婚?

是的。何小玉点点头说,我放你走,你去找她吧,去过你想过的日子。我不怪你,真的,这么多年苦了你。

施林一脸惊愕,他万万没有想到自己纠结多日的事被何小玉一句话就给解决了。他以为是施何做通了妻子的工作,把目光转向女儿。施何已冷静下来,说,老爸,我支持老妈,你们两个就协议离婚吧!老妈交给我,以后由我来负责照顾她。财产方面,我的意见是房子归我妈,家里有多少存款我不清楚,由我妈决定给你多少。不管你们两个在不在一起,都是我爸妈。

何小玉说,家里的钱我要留一半给女儿办嫁妆,另一半我俩对分,你也不能空着手去找她。

　　这事我要考虑考虑。施林说。他最近被接二连三的状况搞得心力交瘁,他需要好好理理思路。这下轮到何小玉和施何惊讶了,她们以为施林会迫不及待地答应,然后马上拟好离婚协议,明天就可以上民政局办相关手续了。

　　行,老施,听你的。何小玉爽快地说。施林好像也是第一次认识妻子一样,目光里有太多的意外。这么多年,他几乎都没有好好看过她。他自认为该尽的责任和义务都尽到了,却从不曾向她打开过心扉。她是个好女人,善良、贤惠、本分,明知他不爱她,可还是无怨无悔地照顾他,照顾女儿,直到现在。

　　何小玉回房间去休息了,她卸下了心里压着的这块大石头,感觉轻松了很多。可当她躺在床上,眼泪还是止不住地流下来。这么多年,无论她如何努力,她就是无法得到这个男人的心,所以她决定不等女儿结婚,提前放弃。

　　林良波,我把他还给你。何小玉在心里轻声说。

　　施林又失眠了,他陷入矛盾。之前,他想离婚,和林良波母女共同生活,可又担心何小玉承受不了这个打击,现在机会来了,他又在犹豫什么呢?这不正是他内心一直渴望的结果吗?可真要离婚,他发现自己对何小玉还是有一份很难割舍的亲情,毕竟是三十年的夫妻。虽然女儿说会照顾她,但他还是担心离婚后何小玉的生活会不会搞得一团糟,她的身体也不好,人胖,有高血压,经常忘记吃药。左也难,右也难,施林在床上翻来覆去睡不着,这件事在他还没有做决定之前,他不能让林良波知道,免得节外生枝。

　　黑暗中,施何静静地蜷缩在沙发上,一种空旷的虚无感包裹着她。快30岁了,她又何曾了解过自己的父母?她甚至不了解自己。对这个世界,就更陌生了。她很想找个人倾诉,可又能去找谁?

　　手机有微信提示,施何打开,杭凌风发来的,请她有空到他办公室去一趟,商量宣传片的事情。施何实在没心情,就回复说,你们另外找个人吧,我没心思。

　　杭凌风很敏感地察觉到施何有心事,就关心地问,有事尽管向他倾诉。

　　一言难尽。过了好一阵,施何才回了四个字过去。

　　听我的,晚上好好睡一觉,明天过来面谈。

　　施何放下手机,再次陷入无尽的黑暗中。

23

施何走进杭凌风办公室，杭凌风开口就问她遇到什么事了。来之前，施何想好了告诉杭凌风，所以也不隐瞒，说她父母正式谈过，准备离婚。

离婚？你爸提出来的？杭凌风惊讶地问。

不是，是我妈主动提出来，说她从嫁给我爸那天开始，就知道他心里一直有别人。她是为了我，才把这个家维护到今天。现在，她决定放我爸走。施何苦笑着说，可叹我这个做女儿的，居然从来都没了解过她，还以为她是个落伍的，没有见识的家庭妇女，我真想打自己几个巴掌。

杭凌风递给施何一杯茶，让她坐下来平静心绪，并说，你还记得我以前说的话吗？这是父辈的事，你不要去掺和。既然你父母决定这么做，你尊重这个选择就是。

施何点点头说，明白，父母的婚姻不是谁对谁错，有多种原因。不管离不离，都是自己的爹娘，我会接受一切结果。杭凌风赞许地点头说，你这个心态就对了。

杭凌风递给施何一张纸，上面有他对宣传片文字的一些想法，供施何参考。这个片子时长1分钟左右，会在堇城的公交车和地铁的移动电视上投放。施何拿过来一看，杭凌风的建议是用故事形式，这与她不谋而合。

没有人的时候，杭凌风是叫施何名字的，而不是称施老师。他说，你不是很好奇李总的家庭吗？今天我告诉你，对你写好这个故事应该有帮助。施何见杭凌风一脸严肃，也很认真地回答说，好。

杭凌风喝了一口茶，就把他所了解到的李林森家庭情况告诉了施何。他说，你别看李总说话爱开玩笑，其实他内心很痛苦，因为他背负的这个包袱，这辈子别想扔掉。当然，他的妻子更痛苦，大脑是清醒的，身体却动不了，护理得再好，也不可能重新站起来，连自杀的能力都没有，说不出的悲哀和悔恨。这对两个人都是折磨,而这个折磨一直要到他的妻子离开这个世界为止,想想还有几十年这样的日子,脆弱一点的人恐怕早就疯了。

施何惊呆了,她万万没有想到李林森的婚姻是这样的,这确实太出乎人意料之外了。杭凌风说,你对婚姻持慎重态度是对的,如果没有找到自己真正爱的人,还不如不结婚,千万不要迫于压力草率进入围城。施何说,是。

手机响了,施何一看是素颜打来的,赶紧接起来。素颜问,你下班没有,晚上碰个面。施何说,在城东办事,在哪见?素颜说,那你等会儿直接到我这边来,我们楼下有很多好吃的店。施何说,好,到了给你打电话。

杭凌风笑着说,晚上我还想着请你吃饭。施何装出一副害怕的样子说,不敢单独跟你吃饭,万一被闻主任看到,我就死定了。提到闻宁,想起那天中午的尴尬,杭凌风的脸色黯淡下来,无奈地说,最怕女人疑神疑鬼,没事找事。施何说,家家有本难念的经。

考虑到素颜在等自己,施何就站起来告辞,说,宣传片的稿子她会好好想想,写好了发过来。不过剧本她不会写了,就写个故事。杭凌风说可以,辛苦了。施何朝他一笑说,当付咨询费。杭凌风笑着说,两码事。

童素颜从香港回来后,金向宇表现非常的殷勤,嘘寒问暖,不让她干一点家务活,把素颜哄得眉开眼笑,家里氛围很是和谐。晚上金向宇有应酬,所以她就约施何一起吃饭,她们已经有好多天没碰面了。

施何来了,素颜下楼,两个人找了家椰子鸡煲店喝鸡汤。施何见素颜的状态挺好,决定隐瞒自己眼睛所看到的,免得影响孕妇的心情。素颜给施何带了一瓶香水。施何说,我又不用,浪费。素颜说,你要习惯用香水,增加魅力指数。

见施何脸色不太好,素颜关心地问,遇到什么烦心事了?施何用轻描淡写的口吻说,我爸妈可能要分开。正在喝鸡汤的素颜诧异地问,叔叔阿姨不是一直感情挺好的吗?施何简单地说了下父亲的故事。不过,她还是没有说出林纳是自己同父异母姐姐的这个秘密。

真的?素颜放下手中的碗,摇摇头说,听起来像你编的。

秋 分

我已经平静地接受这个事实。施何夹起一根鸡翅咬了一口，说好了，不讲这些不开心的事，谈点高兴的，你那边的事都联系妥了？

素颜点点头说，找了家靠谱的中介，不过到时候得提前过去，现在香港海关查得蛮严的。施何一听，不免忧心，素颜不在堇城，那金向宇还不活络死？她问素颜，金向宇陪同前往吗？素颜说，他哪有时间，公司里的事这么多。施何欲言又止，素颜猜到她在想什么，就说现在的婚姻哪能进保险柜？想开点。之前我那公婆不是叫我签协议吗？后来这协议还是签了，不过没这么复杂，只是写明了是谁的原因导致婚姻破裂，谁就放弃夫妻共同财产，净身出户。我现在头等大事是先把儿子生下来，其他的一步步来，日子还长着呢，我有耐心。

施何拿过素颜的碗，给她舀了碗鸡汤。她说，素颜你能这样想，我就放心了。

金向宇晚上借口有应酬，实际上是去见林纳。他最近心里特别感激林纳，知道童素颜回来了，她一直没有来约他，怕他为难。还劝他要多关心素颜，说女人怀了孩子，情绪容易变化无常，一定要让她保持愉悦的心情，这样孩子才会健康、活泼。他真后悔以前怎么没发现林纳的种种好，没有珍惜她，是他错了。于是，就背着素颜给林纳发微信，倾诉衷肠。

林纳这几天的脑子里反复回响着母亲的话，她想去问施林，这一切是不是真的？但她又不想见。对施林，她的感情是复杂的，有依赖有利用有好感，她甚至还想设计他，没想到他竟是自己的亲生父亲。想起自己曾经有过的种种见不得人的念头，林纳羞愧得无地自容。为了逃避这种撕裂的感觉，林纳夜夜喝得酩酊大醉才沉沉睡去。收到金向宇的微信，林纳说她心情很不好，问他能不能出来陪她？如果不方便就算了。金向宇向童素颜请好假，就回复林纳，约好在酒店见。

一见面，林纳就倒在金向宇怀里哭，把金向宇搞得丈二和尚摸不着头脑，急忙问怎么了？林纳就是哭，不说。金向宇只好紧紧抱着她，拍她的背。等林纳平静下来，她说自己活了快30年了，才知道亲生父亲是谁，感到从未有过的悲哀。金向宇也是第一次知道林纳的身世，他发现自己对前妻的了解实在太少了。

这一晚，林纳没有回家，她给母亲发了一条信息，说晚上住酒店，不回来了。林良波见女儿一副自暴自弃的样子，很担心，和施林商量，让他找时间和林纳好

184

好谈谈。施林答应了,他想逃避不是办法,总归要面对现实,无论是林纳,还是自己。

金向宇快半夜了才回家,一路上想着怎么把童素颜哄过去。他给杭凌风发了一条信息,说万一明天素颜来问,就说今晚在你的办公室喝茶聊天晚了。杭凌风还没有睡,收到微信,本来想打电话,又怕闻宁听到,就回了个信息,提醒他这个年纪了,别在外面瞎折腾。金向宇忙解释说,没有瞎折腾,是前妻林纳遇到一些事,他帮忙处理下。杭凌风没有回复,他实在太了解这位表哥了。

回到家里,金向宇悄悄溜进卧室,蹑手蹑脚爬到床上躺下,大气也不敢喘。侧耳细听,童素颜似乎睡得很沉,于是就松了一口气。刚才在另一张床上,为了安慰林纳,他表现得特别卖力,这会感觉到很疲惫,没多少工夫就响起了鼾声。

黑暗中,童素颜睁开了眼睛,在金向宇还没有进房间时,她已看过时间,十一点四十分。她几乎可以百分百肯定,睡在身边的这个男人这半夜干什么去了。她把手放在已隆起的肚子上,暗中咬紧了牙。

林纳收到施林的微信时,刚从一场梦里醒来。肉欲的狂欢之后,带给她更深的寂寞。施林说要跟她当面好好聊聊,见还是不见?林纳翻了个身,拥住被子,仿佛这样心里才有踏实感。她还在回味刚才的梦,一个人站在山顶,四周没有人,只有风声,她很害怕,想喊又喊不出来。

见吧,见见这个三十年前就抛弃她和母亲的男人,看他怎么解释。林纳说服自己,她给施林回了一条信息,让他直接去家里,她一小时后到。施林说,好。

林良波见施林上门来,问你怎么过来了?施林说,是小纳叫我来的,在家里谈更好。林良波见施林看起来精神不太好,就说你也别想太多,自己也有些年纪了,身体当心。施林走上前,把林良波搂在怀里,什么话也没有说,只是就这样搂着。林良波想起这么多年受的委屈,不禁百感交集,流下了眼泪。

林纳进门的时候,她看到自己的亲生父母正和谐地坐在一起说着话,想起之前母亲在涉牵到施林的话题时所表现出来的种种异常,笑自己的迟钝与愚笨。见女儿进来,林良波和施林几乎同时站了起来,两个人的神情都好像是一个孩子偷了糖吃，被家长给发现了，有一种无法形容的慌张和怯意。

林良波说，我去准备午饭。说完，就逃一样地进了厨房，把玻璃门轻轻拉上。

林纳给自己倒了一杯水，又给施林的杯子添了点水，开口道，以前还想认你当干爹，没想到居然是亲爹，这剧情反转太快了。

施林低着头，不敢看林纳的眼睛，嘴巴动了动，轻声说，小纳，对不起，都是我的错，让你和你妈受苦了。

捧着水杯，林纳慢慢喝着，她笔挺地站在那里，用旁观者的眼光打量她的亲生父亲。奇怪，她怎么一点也不像他，长相完全随了母亲的样子。也不全是，身高，对，身高像他。此刻的施林在她眼里不再有光环，他变得猥琐，坐在沙发上，他的身子弯曲着，脖子似乎撑不起沉重的脑袋，一脸的沮丧。林纳克制住自己激动的情绪，尽量用平淡的口气问，那你准备怎么补偿我们？用你的后半生吗？

我会尽我所能补偿你们。施林直起腰，又萎了下去，抬头对林纳说。

林纳放下手中的杯子，走到厨房门口，拉开了那道玻璃门，指着母亲，对施林说，我告诉你怎么补偿，你去离婚，跟我妈结婚。她因为你的过错，这半辈子没一天舒心过。离婚这么多年，也没有找过一个男人，她对得起你了。至于我，无所谓，我也不需要你的补偿，只要你以后对我妈好就行了。

林良波的脸色一变，打断女儿的话说，你胡说什么，不要为难你爸。

听到"你爸"两个字，林纳愣了愣，还是没忍住，接着说，反正我要看行动，嘴巴说得再好听没有用。

我答应你，我会做到的。施林终于下了决心，提高声音说。

这次轮到林良波怔住了，她走出厨房对施林说，你不要听小纳胡说，只要你们父女认了，我的任务也完成了。你和施何妈妈好好去过，不用记挂我们。这个年纪，别折腾了，这事也不要让施何和她妈妈知道。

施林苦笑道，她们都已经知道了，小玉主动提出要跟我离婚，她想成全我们。小何也表示支持。

林良波和林纳一听，母女俩的眼神里全是震惊。特别是林纳，忽觉自己刚才这样的言语和想法太自私了。

这一餐午饭,三个人吃得各有滋味。施林说,我想好了,回去就悄悄跟何小玉协议离婚,然后搬到这里来住。你们母女俩有没有意见?

你让我考虑考虑,林良波盯着眼前的一盆葱烤鲫鱼,犹豫着说。

好,那我等你。施林夹起一块红烧牛肉,放到林良波面前的盘子里,又对林纳说,小纳,你认不认我这个爸没有关系,是爸对不起你。如果当年爸知道有你,无论怎样也不会扔下你妈妈不管,爸是真的不知情。

林纳没有说话,只顾吃饭,在这个问题上,她相信施林说的是实情,他确实不知道。可就算知道又能怎样?未必如他所说,绝不会抛弃母亲。

吃好饭,施林回家去了,临走前,他对林良波和林纳说,我等着你们收留我。

施林走了,林纳问母亲,还考虑什么?孤独了半辈子,现在该好好享享福了。

林良波看了女儿一眼说,我跟他都分开30年了,人是会变的,我还没有想好是不是真的要和他生活在一起。这事必须考虑清楚,万一他离婚了,我们两个又合不来,那怎么办?

被母亲这么一说,林纳想想也对,都分开这么多年了,性格、脾气都不了解,不能为了补偿而在一起,不然又是一个新的悲剧。

24

施何加了几天班,把宣传片的文字底稿给写好了,发给杭凌风。她最初的构思是一个美丽女子因为抑郁症失去健康和爱情,提醒人们要多关注自己和身边人的心理健康。后来又觉得不好,改成了一个女子得了抑郁症,通过心理疏导、药物和家人的关心,脸上终于有了美丽的笑容,找回了健康。杭凌风表扬她写得不错,不过要拍摄,还要转成剧本形式。施何说这个她就不懂了,杭凌风说没事,他会找人改的。

到办公室去报个到,施何准备去"临江茶室",今天又有倾诉者约她。见公孙春晓坐在电脑前奋力码字,问是不是在写保健品的调查,公孙春晓点点头说是,不过她还不是很满意,总觉得少了点什么,了解到的只是表面现象。施何随口说了一句,如果能与业务员交朋友,从他们嘴上套点实情那一定很生动。公孙春晓停止敲键盘,说没错,他们肯定有一套方法,专门针对老年人心理,对业务员进行培训。施何说,春晓姐,你干脆去卧底。一言惊醒梦中人。公孙春晓笑着说,好主意,我马上找大熊去。

熊道达听了公孙春晓的想法,说,不错,不过还是让张倩去比较合适,她年轻,去应聘的话,容易取得对方的信任。公孙春晓故意装作很生气的样子说,我有这么老吗?熊道达赶紧说,没有没有,我是估计这些公司招人有年龄限制,要不你先去试试?公孙春晓说,我去了解下。熊道达拍了拍公孙春晓的肩膀,对她的工作态度表示非常满意。

徐梦梦比施何早来一步,走进包厢,点了一杯鲜榨雪梨汁,在沙发上坐下。她的精神状态很不好,这段时间总是失眠,心里有太多的想不通。从包里拿出手机,打开微信页面,傻傻地看着,她把一个人的微信日夜置顶,却再也不会有信息发来。无论她发多少信息过去,都石沉大海。忍不住伸出手指去点他的相册,可出现在她眼前的却是一道无情的分隔线。他屏蔽了她。是的,这个曾经说要爱她一辈子的男人就这样无情地断了她所有的念想。她一直抱着一丝幻想,因为他没有拉黑她,也没有删除她。她想,也许有一天,他会突然出现在她的面前,紧紧地拥抱她,咬着她的耳朵说,小傻瓜,我是故意吓吓你的。

眼泪就这样奔涌而出,徐梦梦的视线模糊了。服务员端着一杯雪梨汁进来,放下,又急急地退了出去。顺手把包厢的门给关上了。

有人敲包厢的门,徐梦梦拿起餐巾纸擦了擦眼泪,说请进。施何推门而入,看到一张雨打梨花的脸,这样的场景见多了,心就变得坚硬,不会轻易被带入别人的情绪当中去。

徐梦梦的爱情故事在施何耳朵里没什么新意,一对外地在董城工作的未婚男女在同一幢写字楼上班,天天在电梯里碰到,小伙子主动加了她微信,两个人聊得很是投缘,确立了恋爱关系。在小伙子的再三保证下,女孩搬到男朋友的出租公寓,开始同居生活。那是一段美好的时光,像掉进蜜罐一样。两个人约定,国庆节回女孩家,春节回男孩家。

原本想着再谈个一年半载,两人就携手走进婚姻的殿堂。不料,这只是一场梦,原来那小伙子有个正牌女友在老家,那段时间两个人正闹别扭,要分手,她无意中当了人家的备胎。知道后,她让男朋友二选一。男朋友信誓旦旦说他爱的是她。几天后,男朋友说他回老家去处理此事,让她等他。结果,一去就没有了音信。手机没有人接,微信不回,而且还屏蔽了朋友圈,不让她看。她简直要疯掉了,去他单位问,说他走之前就辞了职。这时候她才发现自己对男朋友了解太少,连他家的具体地址都不清楚。可她心里就是放不下他,天天想他。

施何静静地听着,徐梦梦说两句扯一张餐巾纸,很快纸盒里的餐巾纸见了底。施何从包里拿出一包小餐巾纸,放到她面前,又让服务员给她另外倒了一杯热开水。

你说他为什么要这样对我? 为什么? 徐梦梦两眼红肿,反复地追问施何。

等徐梦梦终于平静下来,施何问她是不是第一次恋爱,徐梦梦说以前也谈过,但从没有像这次这么难过。

施何劝慰道,不要难过了,很多时候我们以为这是今生唯一的爱,可事过境迁你才发现根本不是这么一回事。既然你男朋友放弃了你,你更应该活得精彩,让他去后悔。你看看现在的自己,这个样子谁会喜欢?

我想我以后不会再去爱了。徐梦梦喃喃地说。

施何摇摇头说,不会的,不信我跟你打赌,你以后肯定会有更好的选择。我当了这么多年情感版编辑,你这样类似的故事不要听得太多。现在你就听我一句,把你男朋友的微信删除,去洗手间洗把冷水脸,对着镜子里的自己笑笑。

徐梦梦沉默了好一阵,抬起头说,那我试试。她打开微信页面,目光在上面停留了许久,手指终于按下了删除的标志。

你做得很棒,现在放下手机,去洗把脸。施何微笑着说。

徐梦梦很听话地站起来,去了洗手间,看镜子里的自己无精打采,眼睛、鼻子都红红的,一头短发凌乱地顶在脑袋上。这是她吗?扭开水龙头,弯下腰,狠狠地用冷水拍打自己的脸。再抬起头,抹干脸上的水珠,她发现心情好多了。

等徐梦梦回到包厢，施何从她的眼神里看到了倾诉的效果。其实很多人并不是真的痛苦，只是需要一种发泄，好像给自己寻找一个台阶，下了这台阶就算了结了。

施老师，谢谢你听我说了这么多，那我回去上班了，我是请假出来的。徐梦梦对施何说。施何说，我等你的好消息。徐梦梦说，如果有，我一定告诉你。

徐梦梦走了，施何又莫名想起了西，她现在对人的情感越来越困惑，这是一门多么深的学问，而她又知道其中多少奥秘？

正准备离开，林纳打来了电话，说她就在报社附近，问施何能不能见一面？施何一惊，这么久了，她有意回避父亲的事，没想到林纳主动来约，于是就让她直接到临江茶室来。

没多久，林纳就到了，把包厢门一关，两个人面对面坐着，相互审视，彼此心情都很复杂。

还是林纳先开口说，施何，没想到你是我妹妹，真是人生无处不意外。施何问，你都知道了？林纳点点头说，知道了。施何说，不管怎样，我还是很高兴多了一个姐姐，父母的事我不参与，无论我爸妈做出何种决定，我都理解和支持。林纳向施何投去敬佩的目光，说，这点我要向你学习。这几天我妈和我也聊了很多，过去的就让它过去，没必要去追究谁对谁错。施何说，是的，刚开始我也接受不了，后来想通了。特别是我妈的态度，真的让我很震惊。

何阿姨是个好人。林纳轻声说，我妈的意思是请何阿姨不要因为这件事离婚。她考虑了很久，觉得还是保持现状比较好，她怕最后大家都后悔。

施何惊讶地看着林纳说，让我爸和你们生活在一起，这不是你们所希望的结果吗？

林纳认真地对施何说，我觉得我妈说得有道理，她和爸分开这么多年，再在一起不一定合适，她也不希望爸后半生一直活在内疚中。所以我想这件事还是先跟你说，你回去跟何阿姨转达一下我妈的意思。

施何迟疑了一下说，你刚才说的我会转告，但这事最后恐怕还是要看爸怎么想。

林纳叹着气说，我们父母的大半辈子都过得很压抑，不开心，但愿以后都能过得好些。

施何忽想起一件事，她神情严肃地对林纳说，按理我也没有资格评论你的私生活，但我们既然是姐妹，我还是提醒你一句，你和金向宇毕竟已离婚，如果不想金向宇再离的话，最好跟他保持距离。你也知道素颜是我最要好的女朋友，她现在又有孕在身，如果她知道你们两个在一起这么亲密，是不是太残忍了？

林纳倒也干脆，并不抵赖，承认和金向宇约会。她说自己并没有想拆散金向宇和童素颜的婚姻，只不过她现在需要男人，豆豆也需要父爱，而金向宇也需要她。而且现在回过头来看，她和金向宇也是有感情的，更何况还有一个共同的儿子。

施何搞糊涂了，这个也是理由？她说，你需要男人，可以重新去找一个啊，难道天下除了金向宇这个男人，就没有其他男人了？干吗去吃回头草？

好吧，我一脸正气的妹妹，姐姐我明天就打着灯笼去找新的男人。对了，你也该找男朋友了。你看我只比你大几个月，儿子都可以打酱油了。林纳嬉笑着说。

性格决定命运。施何突然冒出这样一句话。

林纳干脆地说，命运在自己手里，人活着最要紧的是想清楚自己到底要什么。

施何沉默，她心里不得不承认林纳这句话是对的。

两个人离开茶室时，林纳主动上前给施何一个拥抱，说，施何，虽然很意外，但我还是很开心有你这样一个妹妹。施何回应了林纳的拥抱说，我也是。

晚上回到家里，施何向父母转告了林纳母女的意思。施林面无表情，看不出悲喜，何小玉没想到林良波会这么想，把目光转向丈夫，她在施林脸上没有看到答案，心慢慢沉了下去，她知道离不离婚，丈夫的心都不会在她这里。

老施，我们还是分开吧，这么多年，你跟我在一起没痛快过。何小玉强忍内心的酸楚，平静地说。

施林最近衰老得有点快,林良波不要他,何小玉也不要他,他感到从未有过的悲哀。年轻时,他不敢坚守自己的爱情,失去了林良波;老了,他依然是个懦夫,没有勇气开始新的生活。他一句话也没有说,站起来,慢慢走进书房,关上了门。

施何疑惑地问母亲,她说,既然林阿姨没有要求爸回到她身边,你为什么还非要和爸离婚?

何小玉看了女儿一眼说,留得住人,留不住心,我努力了30年,结果还是一样。你不是教我为自己活吗?这就是妈为自己活做的决定。

老妈,以后我就视你为偶像。施何搂住母亲的肩膀说,不过这样一来,老爸岂不变成没有人要了?不行,那太可怜了。既然林阿姨不要他,你就生生好心继续收留他嘛,我想爸以后一定会真心真意对你好的。

何小玉说,随你爸吧,他想留就留,他不想留就走,我都没意见。她说这话的声音有点重,施何明白,那是故意说些父亲听的。

施林闭着眼睛靠在椅子上,何小玉的话传到他的耳朵里,让他很不是滋味。这个女人,他忽略她30年了,在这场婚姻中,他一直掌握着绝对的主动权,他的印象里,她一直是唯唯诺诺,看他脸色过日子,没有任何主见。他对她的感情从来都带着居高临下的施舍,带着同情,连夫妻生活都是看他心情。没想到今天才发现,原来可怜的人不是别人,而是自己。

一滴老泪从施林的眼角悄无声息地滑了下来,从未有过的挫败感像潮水一样,深深地席卷了他,他不知道自己这一生究竟在活些什么,简直是一败涂地。

施何回到房间,把自己扔在床上,想父母的事。看样子母亲是铁了心要离婚,而父亲的意愿并没有猜测的那么强烈。再细想也正常,父母30年夫妻,再没有感情,在一起时间久了也变成了习惯,而一个人要改变习惯并不容易。

手机有信息,施何打开一看,李林森发来的,他说我很郁闷,能找你聊聊吗?是否方便接电话?施何回复一个字,说。

李林森心情很不好,他说自己现在越来越不想回家,每次回去,就要接受周伊一番恶毒的咒骂。长期瘫在床上,头脑又清醒的她心理越来越变态,她把所有的恨都转嫁到他的身上。一会儿骂他整天在外鬼混,一会儿又骂自己怎么不早点死。家里保姆不知道换了多少个,人家也是有自尊的,受不了她那个古怪、暴躁的脾气,工资再高,干不了多久就要走。

施何小心翼翼地问,难道你这辈子就只能这样?这好像太不道德了吧?

李林森说,我又能怎样?她都成这个样子了,我只能陪绑,也许是上辈子欠她的。

那韩玉儿呢?施何眼前闪过那张带着挑衅表情的脸,忽觉得这个女人也不容易,明知是一份没有结果的感情,还愿意投入。

我们分手了,她还年轻,我不想耽误她,让她去找个好男人嫁了。李林森的声音传过来,很近又很远。

施何问,那你以后怎么办?

李林森听出施何语气里的关心,道了声谢,说过一天算一天吧,事业再成功,挣再多的钱,可我永远得不到幸福,这就是我的命。我很怕自己会抑郁,所以才想找个人聊聊。也不知为何,对你总有一种特别的信任,虽然你比我小得多。

施何的心莫名难过起来,她说不清为什么,只是觉得特别的难受。李林森见电话忽然没了声音,还以为断了,问施何有没有在听?施何说,在听,只是感觉很难受,不知道说什么才好。李林森说了声对不起,我不该把自己的负面情绪传递给你。施何说,没关系,我的工作就是倾听。

这个电话,整整打了一个小时,直到手机没电为止。当通话结束,施何才发现自己的手臂麻得抬不起来了。

晚上,又要失眠了。

25

特别报道组的暗访在继续。

江潮、冯安全和李小伟又一次出发去了下蒋镇。这次,他们选择了周六的下午,天气晴好,适合出摊。

到了下蒋镇中心街道,找了个位置,江潮开始摆地摊。这次他带了条塑料小板凳,可以坐。上次他们过来,冯安全找过举报人了解情况,可惜对方因为害怕,不敢见他,只是在电话里说确实有这样一伙人,强行收取保护费,谁不交就要挨打,他们这些小商贩敢怒不敢言。

来了几次,一直没见人来收保护费,莫非走漏了风声?想想应该不会。不过江潮他们坚信这些人早晚会出现,只能耐心等待。

李小伟对冯安全开玩笑说,这感觉好像地下党接头啊,刺激。冯安全把鸭舌帽压了压,低声说,我们两个不要离江潮太近,免得引起别人注意。李小伟说,我已找到一个观察的好位置,现在就过去,你自己也找个地方坐吧,不然哪能在这个地方闲逛半天。冯安全想想也是。李小伟去的地方是在江潮摊位的对面,一家品牌蛋糕连锁店,里面备有几张小桌子和椅子,供客人堂吃。李小伟推门进去,点了一杯咖啡,一块小蛋糕,面朝大街坐着,慢慢地品起咖啡来。

冯安全见李小伟已有了去处,自己这样瞎转悠也不是办法,见一头发花白的老伯摆了个补鞋的摊,低头看自己的旧球鞋,就走过去对老伯说,大伯,补个鞋。说完,就拉过小板凳坐下,换上一双脏兮兮的拖鞋,把球鞋脱了放在一边。

老伯拿起一只鞋左看右看说,这鞋没破,你补什么?冯安全说,鞋后跟走薄了,要么给我贴一块?老伯用手指挺了挺鼻梁上的老花镜,打量冯安全,不相信似的说,你这后生倒是节约。冯安全笑笑说,不会赚钱,只能省着点花。老伯从工具箱里拿出剪子、砂皮和502胶水等物,又从另一只木箱子里掏出一块橡胶,依着鞋后跟的形状剪了一块,开始用砂皮磨起来。

冯安全问老伯生意如何?现在补鞋的人多吗?老伯一边用力地磨着,一边说,现在条件好了,除了一些打工的人来补鞋,本地人很少。我干这一行很多年了,在家没事干也难受,只要不下雨,有没有生意都会来摆一会儿,能赚几元是几元。

你这个不用交摊位费吧,有生意赚个手工钱也好,当锻炼身体。冯安全说。

以前是不用交的,我就占了这么个屁大的角落,现在,唉,老伯摇摇头说,不讲了不讲了。

江潮坐了半天，卖掉两只杯子，风有点大，人都快冻感冒了。天快黑的时候，冯安全快速从摊位前走过，低声说，来了。江潮一惊，抬头一看，面前已站着三个男人，一个精瘦，两个五大三粗。江潮忙站起来，故意说，三位大哥看看，都是正品，清仓处理，很划算。

那三人打量着江潮，其中精瘦男操着一口南腔北调问，新来的？江潮点点头说，是，小店关门，还有些剩货想处理掉。精瘦男问，知道规矩不？江潮摇摇头说不知道。精瘦男指了指街两头说，这块属于我们兄弟管，你交500元，可以在这里摆1个月。江潮装作很惊讶的样子问，啊，还要交钱？我今天一共才卖了10元钱。其中一个壮汉一脚踏在一只毛绒玩具上，把脑袋伸到江潮面前，眼睛死死地盯着他，一言不发。

江潮被看得发毛，好汉不吃眼前亏，他只好去翻那只磨了皮的道具腰包，打开，里面只有一张百元大钞，还有一些零钱。江潮一脸的可怜相，说，大哥，我身上就这么多。精瘦男一把夺过腰包，里里外外都检查一遍，抽走那张百元大钞，用手指弹了弹说，妈的，还真没钱。小子，听着，明天补交400元，如果不交，你别想在这里混。说完，把腰包往地摊上一扔，三个人扬长而去。

坐在蛋糕店的李小伟隔着玻璃窗拍下了刚才那一幕的视频，只可惜没有声音。

怕引起别人怀疑，江潮又坚持了差不多一小时，才收摊离开。来到停车处，三个人会合，开车离开。冯安全说，明天再来，只是这样子不好录音。江潮想了想说，我有录音笔，你明天盯紧点，只要看到那两个人出现，马上告诉我。李小伟说，今天我拍了视频，可惜没声音，明天我就拍些现场照片。

第二天傍晚，江潮再次出现在下蒋镇，差不多的时间，那三个男人果然又来了。冯安全远远看到就给江潮做了个手势，江潮赶紧打开录音笔，放在一只玩具兔下面。

钱带来没有？精瘦男走到江潮面前，吸了一口烟问。

大哥，我这个真的没挣钱，能少点吗？江潮用商量的口气说。

500元一个月已经是最低价了,不信你去问问别人。老子就是看你小本生意,可怜你,才收这点钱,你还嫌多,信不信我再给你加200元?精瘦男朝地上吐了一口痰,斜着眼睛问。

没有,没有,大哥误会了,你也看到了,我这个一天到晚卖不了几样,求求你们,高抬贵手,500元真的太多了。江潮的声音里满是哀求。

精瘦男用脚踢了一下地上的玩具,差点把江潮的活灵给吓出来,怕被他们发现录音笔。过了好一阵,精瘦男说,算了,看你老实,那就400元,再少就不行了。江潮连忙说谢谢,从腰包里,拼凑300元,一脸恭敬地递给对方。

精瘦男接过,这时,忽听到一声棒喝,拍什么?江潮大吃一惊,一看,坏了,见那两个壮汉朝李小伟奔过去。李小伟撒腿就跑,精瘦男也跟着追上去,边跑边喊,抓住他,小偷。冯安全跑过来看情况,江潮赶紧偷偷报了警。李小伟被不明真相的老百姓围住,他大叫着说我不是小偷。三个男人上前,直接就朝李小伟拳打脚踢,嘴上叫嚷着把手机交出来。李小伟不交,很快就被他们打倒在地。冯安全冲过去,嘴上说,大家有话好好说,好好说。其他人都吓得离得远远的。

说,你是什么人?在拍什么?一个壮汉从地上抓起瘦弱的李小伟,一拳打在他脸上,李小伟的半边脸立马就肿了,鼻血流了下来。李小伟坚持说自己随便乱拍着玩,他没有还手,怕连累同事。另一个男人狠狠地推了一把冯安全,说你们是一伙的?要你多管闲事。冯安全后退两步说,没有没有,大家有话好好说,好好说。

乖乖把手机里的照片删了,不然你休想走出下蒋镇一步。精瘦男冷冷地说。冯安全朝李小伟暗暗使了个眼色,这种情况,还是安全第一。江潮在那里干着急,报了警,派出所的人似乎反应有点慢,半天不见人影。李小伟见实在躲不过去,只好拿出手机,当着那三人的面,把照片给删了。但他还是一口咬定闲着没事,乱拍的。这时,有人喊,派出所的人来了。三个男人听闻,相互对视一眼,转身跑进旁边的小巷子,忽地不见了。冯安全连忙扶住李小伟,问他怎么样?李小伟忍着痛说,没事。

怎么回事?派出所的同志停下摩托车,皱着眉头问。

没事了,误会误会。冯安全考虑到现在还不合适公开身份,就对派出所的同志说,我扶这位小伙子去医院看看。

派出所的人又问李小伟,李小伟也说刚才是误会。派出所的人就口头警告了几句,意思是以后别在公共场合聚众打架。李小伟点头说知道了。

见派出所的人骑着摩托车走了,冯安全问李小伟怎么样,还能不能坚持?李小伟说,浑身痛。冯安全说,我们赶紧走。这边江潮也已收起东西,三个人以最快的速度离开下蒋镇。江潮开车,冯安全向熊道达汇报了相关情况,熊道达一听李小伟被打,让他们注意安全,嘱咐马上送医院检查。

应明听闻此事,气得拍起了桌子说,简直太无法无天了。熊道达表示了同样的愤慨,说他会以最快速度把这篇报道推出来。应明点了点头说,好。

李小伟身上有伤,熊道达让他在家休息几天,江潮和冯安全两个人加班加点写稿子,很快以本报记者的名义推出《下蒋镇摊贩"保护费"保护了谁?》的特别报道。

同时,报社就李小伟被打事件向警方报了案。

报道推出后,引起了市领导及相关部门的高度重视,也引起了读者的强烈关注。

接着报社又接到举报电话,其他地方也有类似强收"保护费"的团伙现象,当地派出所苦于没有掌握确凿证据,以至让那些人逍遥法外,群众敢怒不敢言,怨声载道。

江潮问熊道达接下去是否继续报道?熊道达说,把相关线索反馈给警方,由他们去处理。江潮说,也是,此事已公开,就算这伙人背后有什么靠山,恐怕也很难一直捂着了。

二十天后,经过缜密侦查,掌握了确凿证据的堇城区警方把下蒋镇,以及顺藤摸瓜查到的其他几个大镇强收"保护费"的团伙一锅给端了。

后续报道出来了,可江潮的心情并不好,他私下跟冯安全说,这个团伙之所以能存在这么长时间,恐怕和当地派出所脱不了干系。如果说他们不知道,那说明工作没有到位。倘若知道却允许这种违法的事情存在,那就难辞其咎,不管是有意还是无意，他们都充当了"保护伞"的角色。

冯安全无奈地说，这个还算好了，还有更严重的，像传销，国家也一直在打击，可为什么屡禁不止？搞得家破人亡的也不少。江潮忙问，董城也有传销？我一直以为北方城市比较多。冯安全说，有，我一个亲戚正深陷其中，九头牛都拉不回来，愁死了。江潮说，那接下去我们就做这个。冯安全说，我也正有此意。

公孙春晓和张倩去一家保健用品公司应聘，结果被熊道达说中，张倩被录取了，公孙春晓因超过30岁，人家不要了。公孙春晓气得牙痒痒，可又没有办法，只好暗中让张倩小心点，别露了马脚。张倩心里有点害怕，公孙春晓就安慰她不要怕，又没有不准回家，她只要把每天要做的事记录下来就行，人家叫她干啥，比如陪老人说话或者推销，配合就是。张倩说她知道了。

张倩应聘的这家公司销售两款产品，一款为保健椅，价格惊人，从8000到14000元。看介绍，那椅子简直是万能的，可以按摩，可以放下来当床，可以通经络，具有强身健体、延缓衰老之功效。另一款是灵芝胶囊，简直堪比灵丹妙药，小小一瓶就要600元。

刚进门的业务员需要经过三天培训，由主管给大家讲课，第一堂课讲的内容是"老年心理学"。

"健忘、焦虑、情绪多变、猜疑和嫉妒"，张倩很认真地在本子上记录着。

接下去几堂课，还讲了"孝道"，要求业务员像对自己父母一样对待老人。年轻的女主管大声说，有奶便是娘，有钱就是爹，你们要想每个月有高收入，就要嘴巴甜，手脚灵，要每天嘘寒问暖，关心他们。一定要真诚，一定要打情感牌，只要充分取得了老人的信任，接下去的事情就好办了。能不能让老人心甘情愿来买我们的产品，看各位本事。

张倩听得目瞪口呆，心想这招真的太厉害了。

女主管在继续讲，现在的老人普遍都很孤独，子女要么不在身边，要么工作忙，情感是缺失的。只要有需求，你们就有机会。还有，老人都比较喜欢贪小便宜，为了一袋酱油可以去排半天队，所以你们要经常搞点小恩小惠，舍不得孩子套不着狼,想想你们的佣金吧,别舍得,要大方、大气。

三天培训下来,张倩给公孙春晓打电话说,自己都要差点被洗脑成功,太强大了,全是正能量啊,昏倒。公孙春晓在电话里笑得直喊肚子痛,说,张倩,你就好好体验一番,回来给我们洗洗脑子。

张倩开始正式上岗,服务哪些老人由女主管分配,随机的,原则就是女孩子服务老爷子,小伙子服务老太太。业务员是没有底薪的,公司只管中午一餐饭,收入全靠提成,如果推销成功,可以拿20%。张倩了解到,公司里提成拿得最多的并不是年轻的女业务员,而是小伙子。原因大概是跟家里财政大权多握在女人手上有关,还有一个可能是男人比较理性些,不容易被忽悠。

女主管分给张倩的是一位70出头的老头,人称张老师,看穿着挺干净的,他是被另一个姓冯的老头拉来的。女主管说,你也姓张,可以根据这个拉近距离。张倩就微笑着上前,请张老师坐,给他倒水,坐着陪他聊天。按女主管教的课程,第一天业务员就应该从侧面了解老人家里的经济状况,可以从老人的穿着打扮和言语中去发现。当然,有些老人挺精明的,那就多观察几次,如果没有钱,就不用太热情,成功率太低。倘若是个金主,那无论如何都要盯牢,不可轻易放弃。

张倩当然不会刻意去打听这些,她是想了解老人为什么喜欢到这里来,忍不住问。

张老师神情落寞地说,我老伴去世了,孩子们工作又很忙,家里开门、关门都只有我一个人。到这里来坐坐,大伙一起聊聊天也好。

张倩一听,不由心生同情,就坐在那里陪老人聊了一下午。直到快下班了,张老师才站起来说要回家去,他对张倩说,姑娘,谢谢你陪我说了这么多话,我很久都没说这么多话了。张倩微笑着说,不用谢,这是我的工作。张老师问,那你明天还能陪我聊吗?张倩点点头说,好。张老师很满意地走了。

女主管走过来,问张倩如何。张倩讲了半天话,嗓子都快冒火了,累得不想动。见主管问,就说聊得很愉快,老先生明天还要来。女主管表扬张倩做得不错,她提醒道,你不要闲聊,要有目的,明天聊的时候,要记着向他灌输健康的理念,没有了健康,等于什么都没有了。现在生活这么好,退休工资又这么高,老年人只要好好保养,活到100岁也没问题。只要他接受了健康的理念,你再向他推销产品,问题就不大了。

张倩在心里不得不承认女主管的水平高,没有进来之前,她和公孙春晓都想得太简单了,以为是一群靠忽悠骗老年人钱的骗子,现在看来并非如此。这是一群高智商和高情商的人,难怪这么多老人会心甘情愿地上当。

公孙春晓听了张倩的心得,顿足道,这么精彩,可惜我没有机会参与。张倩说,你做外围调查也一样。公孙春晓说是,我已收集到不少例子。

两个人相互鼓励一番说,要向特别报道组学习,把这篇文章做足,发挥媒体的舆论监督作用。

26

李林森这段时间忙得一塌糊涂,有一个新楼盘要在春节前开盘,从早到晚连喝水的工夫都没有,很多事情需要他去处理、协调,只有到夜深人静之时,和施何聊几句,算是放松一下紧张的神经。

施何感觉到李林森内心的压抑,她给杭凌风发了一条微信,告诉他有关李林森的事。她说,杭老师,你说像李总这样的人会得抑郁症吗?

杭凌风没想到李林森会把施何当倾诉对象,不过这是好事。因为他深知李林森是一个外表洒脱、内心又追求完美的人,对自己要求很高,特别爱面子,不会轻易向人诉说那些不良情绪,都在心里存着。他早就提醒过李林森,若长期如此,身体和心理就很容易出问题。杭凌风告诉施何,抑郁症分为三大类,一类是外表看起来就给人很抑郁的感觉;第二类是隐匿性抑郁症,身体上会表现了出种种的不舒服;第三类是微笑型抑郁症,这类病人最危险,因为他们给人的印象很阳光,好像天天很开心,这样就算是身边最亲近的人也很难发现。可事实并非如此,他们有着不为人所知的痛苦。像李林森这样的,最容易成为第三类人。

施何看到杭凌风的回答,突然想到了父亲,自从林阿姨拒绝和他在一起,母亲虽然没有再提离婚的事,但她明显感觉到父亲在迅速衰老,每天郁郁寡欢。这样下去,父亲搞不好也要得抑郁症。施何不由紧张起来,她跟杭凌风说了自己的担心。杭凌风让她在生活中多关心父亲,陪他说说话,让他尽快调整好心态。

杭凌风正与施何交流着,闻宁打开书房的门进来了,她见杭凌风在低头发微信,问他跟谁发。杭凌风说谈事情。闻宁不信,一定要杭凌风把手机给她看。杭凌风很严肃地说,闻宁,你没觉得自己越来越多疑吗?

闻宁冷笑道,是我多疑,还是你做贼心虚?你这么光明磊落,为什么就不肯把手机交给我?说,外面的那个女人是谁?翁心雨吗?那么漂亮的一张脸蛋,不要说你,就是我看了也很喜欢。你天天面对这样的美女不会心动吗?

闻宁,你咋回事?你再这样,我们两个就没法过下去了,杭凌风火冒三丈,站起来大声说。

杭凌风,你个伪君子,终于说出心里话了。离婚这件事还轮不到你做主,明天我就去找那个妖精。闻宁倒竖眉毛,声音变得尖利起来,像带着锋芒的金属。

不要发神经,你不怕丢人,我还怕丢人。杭凌风愤怒地说。

闻宁的眼神里充满了怨恨,她用冷得彻骨的语气说,杭凌风,我劝你最好不要有别的想法,免得最后落了个害人害己的下场。

说完,闻宁气冲冲地走出了书房。

随便你怎么说,我问心无愧,但我警告你,别无中生有,没事去搞一大摊事出来。杭凌风在背后说,他坐到椅子上,把头靠在椅背,闭上眼睛,感到从未有过的疲惫。

夜深了,杭凌风推开卧室的门,按亮床头灯,他发现闻宁自己裹了一床被子,另半张床空荡荡的什么也没有。于是,他默默转身走出了房间,到储藏室拿了一床被子,到另一个房间去休息了。闻宁根本没睡着,她还以为丈夫会掀开她的被子,主动和她亲热一番,这事就算过去了。没想到他居然跑到别的房间去睡,顿时气不打一处来,心里更加确定杭凌风外面有了别的女人,难怪这么久没有和她过夫妻生活。她发誓一定要把那个女人找出来,好好收拾,以解心头之恨。

第二天早上起来,闻宁黑着脸不理杭凌风,给自己热了一杯牛奶,吃了两片面包就打发了肚子。杭凌风实在受不了家里这冰冷的氛围，只好提前离开，去了办公室。

闻宁听着铁门关上的声音，把手中的牛奶杯重重放下，脸色越发难看。她拿出手机，约吴云霞和李雅儿吃饭，她需要调节一下心情。

中午，三个女人坐在堇城春秋饭庄，点了一个海鲜大拼盘、三只大闸蟹、几道家常菜，边吃边聊。闻宁闭口不提与杭凌风的矛盾，在外面，她无论如何也要维持这个面子。即使在这两位闺密面前，她也是有很多的保留。

最近大家日子过得怎样？在忙什么？闻宁用牙签挑螺肉吃，边嚼边问。

吴云霞双手剥着蟹，感慨地说，我发现人真的是犯贱，现在我强硬起来，张伟不敢再来动我了。反正我现在两手准备，以前很傻，挣了多少钱都告诉他，现在不说了，问了就说亏了，生意不好做。

李雅儿马上说，你这样做就对了，早应该如此，也不至于吃这么多苦。

说完，情绪低落下来，过了好一阵，李雅儿又哀怨地说，我失恋了，我那个男朋友让他老婆怀上了二胎，嘴上还口口声声说跟他老婆没感情，我还傻乎乎地每次劝他，回家表现要好，想想实在伤心，跟他提出了分手。

失恋就失恋，男人多的是，你这位美女诗人想找，还怕找不到新的？闻宁打趣道。

男人是多，但称心如意的少，怕是短时间内很难提起兴趣了。李雅儿夹起一块风鳗干，咬了一口说，这风鳗味道不错，口感很好。

闻宁笑着说，你也就几天没兴趣，诗人就是多情，随时随地都能来一场说来就来的恋爱。

李雅儿放下筷子，喝了一口黑米汁说，哪有这么浪漫？现在要找一个彼此都有感觉的不容易。闻宁姐，你肯定也有不少追求者，我就不信你从来都没有过。

肯定有的，闻宁姐这么能干，长得又好看。吴云霞拿过一张餐巾纸擦手说，蟹味道不错，就是吃起来麻烦。

喜欢我的人嘛，当然有了。闻宁矜持地说，不过一般男人我根本看不上，最起码总要比我们家凌风优秀才行。

看看,看看,又在我们面前秀恩爱了。李雅儿摇着头说,每次都要被你刺激。

闻宁就得意地笑。吴云霞又是一脸的羡慕。

李雅儿催促道,快老实交代。

闻宁就讲了一个半真半假的故事,说有个领导对她很有好感,经常邀请她出去玩和喝茶,言语间也多有暗示,可惜她对他感觉一般。

是谁啊,我们认识吗? 我估计此人长得不帅,不然我们闻姐姐不可能无动于衷的,我知道你是外貌协会会长。李雅儿好奇地打听。

闻宁用保密的口吻说,名字就不讲了,堇城太小,传来传去不好听。

李雅儿见闻宁不肯说,也就不再追问。只是心里觉得闻宁精明了点,不像她和吴云霞,什么秘密都兜底。

吃过午饭,闻宁的心理得到某种平衡,她决定去一趟秘密花园,顺道观察一下那位翁心雨。如果杭凌风外面有人,那么这个女人的嫌疑最大。

杭凌风正在电脑上准备图书馆公益讲座的资料。上午,他的一位编剧朋友已帮忙把施何的文稿改成了剧本形式。还跟李林森通了一个长话,让他周末到堇城来放松一下,到时候陪他一醉方休。李林森答应了。

闻宁走进秘密花园,前台接待员马上迎上来,招呼一声。闻宁说,我自己上去,接待员知道她身份,就说了一句您请。闻宁上楼,一个个办公室走过去,没有人闲坐着,大家在各自忙碌。闻宁也不好去打扰,就直接到杭凌的风办公室。

杭凌风看到闻宁突然出现,怕她真的来生事,就低声说,注意你的形象。闻宁冷笑道,你紧张什么? 放心,我才不会这么傻。她走到办公桌前,盯着丈夫的脸说,我要让所有人都相信我们夫妻恩爱无比,谁也别想打你的主意。

一股从未有过的寒意在杭凌风心里弥漫,结婚这么多年,他第一次发现眼前这个女人有多可怕。

闻宁见杭凌风脸色大变,又转到他身边,搂住他的脖子,在他的耳边轻轻说,你怕了。杭凌风的身体僵在那里,他努力克制自己的情绪,用平静的语气说,闻宁,别闹了。闻宁的手搂得更紧了,让杭凌风有一种窒息感,气得他把她的双手一捏,重重拉开,呵斥道,你想谋杀亲夫? 闻宁摆出一副很受委屈的样子说,人家跟你亲热一下也不行啊！杭凌风心生厌恶之情，可又不能在这里发作，只好说，行了行了，有话回家去说。你不上班，我还要工作。

给我倒杯水，我喝了就走。闻宁一屁股坐在沙发上，目光落在旁边的报架上，随手抽出一张，原来是《堇城晚报》，再翻，看到写杭凌风的文章。突然，她发现这篇文章的作者是两个人，其中一个是施何，想起那次在餐厅碰到，两个人怎么装作不认识？闻宁立马又像弹簧一样跳起来，把报纸摔在杭凌风面前说，你怎么解释？你跟施何什么关系？你们两个明明认识，为什么要在我面前装作不认识？

杭凌风眉头紧锁，没好气地说，你不要再无理取闹行不行？我怎么知道她为什么看到我要装作不认识？她既然不认识我，我干吗要主动去跟人家打招呼？

不对，杭凌风，你没有说实话，上次你们四个人吃饭我就觉得怪怪的，两对男女，好组合。是我搭配错了，是李林森跟翁心雨，你跟施何？难怪李林森处处维护你们两个，原来是串通一气。闻宁越说越相信自己的推断是正确的。

我看你现在需要做个治疗，人家施何还是小姑娘，你这样乱说，坏人名声，也不怕人家笑话！你还没到更年期吧，怎么变得这么不可理喻？杭凌风把办公室的门关上，又气又急，他都快被闻宁搞疯了。

想到下午单位还有事，闻宁就抛下一句，晚上回家给我说清楚。然后，她打开办公室的门，匆匆走了。

杭凌风坐在椅子上，头痛欲裂。

施何早上起来，想起杭凌风说过要多关心父亲的情绪，所以吃早饭的时候特意给父亲盛了一碗粥，轻声说，爸，你自己要注意身体。

施林听到女儿这么暖心的话，很感动，可同时心里又增加了几分愧疚。

何小玉还是老样子，该买菜就买菜，该做饭就做饭。和施林说开后，她反倒轻松了，再也不用战战兢兢地过日子，怕惹丈夫不高兴。她现在很少窝在家里看电视剧了，不但学会了跳广场舞，还报名学太极，总之每天一副很忙碌的样子。

对母亲的改变，施何是高兴的。只是高兴过后，她又有说不出的酸涩，因为她无法确定母亲是故意用这种忙来掩饰内心的失落，还是真的想明白要好好过自己的后半生。

一家三口，各怀心事吃好早饭，施林和施何去上班了，家里剩下何小玉。等父女俩出了门，何小玉的神情就变得非常落寞。洗好碗，走进施林房间，今天有太阳，就把他的被子和枕头抱到阳台上去晒一晒，这样晚上睡就暖和了。她又拿来一块抹布，很仔细地抹书桌，抹角角落落的灰。抹着抹着，眼泪就下来了，这个男人无论她对他有多好，他都没有感觉。他对她只有责任，尽到义务，他的心没有一天属于她。她想起30年前的新婚之夜，丈夫喝得醉醺醺的，很粗暴地脱去她的衣服，粗暴地要了她，当他在她身体里横冲直撞的时候，嘴里叫的却是另一个女人的名字。那一晚，她流了很多泪，因为疼痛，因为委屈，而他发泄完了，就在她身边呼呼大睡。她知道自己配不上他，没有他长得好，没有他有文化，所以总是迁就，总是仰视，一切以他为中心。睡在一张床上，他有需要了就不管她要不要，而她从来都不敢提这要求。现在好了，一切都结束了，无论他走不走，她对他已经不抱任何希望了。女儿说得对，她是该好好为自己活一回了。

施何在电脑前码字，接到杭凌风发来的微信，看内容，愣了愣，她没想到闻宁会发现那篇报道。那次她不要加名字，可公孙春晓非要给她加上，说不能让她白陪。早知道第一次碰到这对夫妻，她就不该装作不认识杭凌风，现在是跳进黄河也洗不清了。杭凌风让她注意，万一闻宁来找，就跟她好好解释一下。施何说会跟她说清楚的。

杭凌风又给李林森打电话，说了闻宁的胡乱猜测，说怕给施何带去困扰，必要时，要请他帮忙。李林森说，不怕，周末我过来，会让她打消这个怀疑。杭凌风说，你有什么法子？李林森说，到时候你就知道了。

打完电话，杭凌风怀疑妻子是不是也得了抑郁症，以前虽然小心眼，人也自私，但还不至于到这个地步，他要好好观察一下。

闻宁回到办公室，坐在那里生闷气。她越想越觉得杭凌风跟施何有问题，不然怎么会在她面前故意装作不认识？施何，你胆子太大了，居然敢动我闻宁的男人。不行，这事还得好好想想，既不能搞得满城风雨，又要把这两个人的念想灭掉,用开水烫死,绝对不能让它发芽。

　　施林是在下午开会时接到林纳的电话的,被他给按掉了,直到会议结束才回过去,说,小纳,我刚才在开会。林纳说,你现在能到家里来一趟吗?非常要紧的事。施林听她口气不对,不禁有点惴惴不安,就说,好,我马上来。

　　到了林纳家,敲开门,见林纳神情凝重,而林良波脸色灰暗地坐在沙发上,一脸的绝望,连豆豆都没有了声音,低着头在一边玩玩具。

　　怎么了?施林吃惊地问。

　　林纳一直没有开口叫过施林爸,可这个时候她忍不住叫了一声,爸,妈病了,怎么办?说完,递给他一张纸。

　　施林接过,原来是董城人民医院的诊断书,林良波的,医生怀疑她得了乳腺癌。施林的手不由得颤抖,以为自己看错了,凝神再看,没有错。他急忙走到林良波身边坐下,拉起她的手,焦急地问详情。

　　三个月前,林良波在洗澡的时候无意中摸到左乳房有个硬块,触碰就痛,她的心里忽有一种莫名的紧张,可又不愿去证实,所以也没跟林纳说。就这样一天天拖着,每天晚上她又会忍不住去摸那地方,越摸越恐惧,她想自己不会这么倒霉,一定是最近事情太多,人累了,免疫力下降,导致原来的小叶增生疼痛。早上,林良波终于忍不住跟女儿说了,林纳马上带母亲去医院做了个检查,结果医生建议立刻动手术。

　　晴天霹雳,施林把林良波搂在怀里,安慰道,别怕别怕,现在得这个病的人很多,治愈率也很高,你不要担心。

　　林良波苦笑道,这是我的命,老天爷眼看着我有好日子过,又给我当头一棒,大概我上辈子做了很多孽,所以这辈子就得受各种罪。

　　林纳已从最初的慌乱中冷静下来,向施林提出自己的意见,带母亲去上城治病。施林赞同这个方案,说上城医疗水平肯定比董城高,此事不能再耽搁,明天早上就出发。

　　小纳,你准备一下,豆豆要么让他父亲接过去管几天?我等会儿回去找找关系,看能不能联系到肿瘤医院的医生。施林又转过头对林良波说,你晚上早点休息,什么都不要想,有病我们就好好治。

林良波点点头说,我知道。

见天色已晚,施林问林纳晚上准备吃什么。林纳说,没心思做饭。施林说,饭还是要吃的,再说不能饿着孩子,我带你们到楼下找家饭店吃。林良波不愿意动,说,没胃口。林纳说,算了,就不下去了,我叫外卖。施林也就随她了,他就这样坐在林良波身边,紧紧地握着她的手,怕一松开,就再也抓不住了。

良波,等你从上城回来,我们结婚吧!施林诚恳地说,让我来好好照顾你。

林良波摇摇头说,我明白你心意,但现在不是谈这件事的时候。我也不想你因为可怜我而跟我在一起,再说,我这个病会怎样谁也不知道,我又何必拖累你?

施林说,我不是可怜你,这么多年,我从来都没有忘记过你。我不是个好男人,既对不起你,又对不起小玉,更对不起两个孩子,是我亏欠你们,你就给我一个补偿的机会。

林良波沉默了半天,说了一句,到时候再看。

外卖送来了,林良波没吃几口就不想吃了,施林也草草扒了几口饭,确实没心情吃。他把自己的身份证号报给林纳,让她网上去订三张高铁票,明天早上在火车站检票处碰头。

回到家里,施林对妻子、女儿说,林良波可能得了癌症,明天早上我和林纳要陪她去上城看医生。

何小玉和施何一听,吓了一大跳,忙问情况。施林大概说了一下,他的心情非常沉重。何小玉对林良波产生了无限的同情,觉得这个女人的命太苦了。她对施林说,老施,你一定要好好照顾她,她太可怜了。我们两个的手续随时都可以去办,你放心,有空你写个协议,我签字。

施林长叹一声说,对不起,小玉。

你什么都不用说了,我给你去准备换洗的衣服。何小玉说完,到房间去准备。

施林开始打电话,找熟人。施何忽想起秦君明上次说丈人在上城看病,记得

秋 分

也是肿瘤医院，问问他，说不定有认识的医生。于是翻通讯录，发现自己没存他的号码，有点后悔。再回忆，短信好像没有删除，一找找到了。正准备发信息过去问，又觉得不合适，隔那么远，她不相信秦君明会有关系在那家医院，还不如问问杭凌风和李林森。不过，既然父亲已经在找关系，那她也就不用操心了。

林纳给金向宇打电话，正在家里陪童素颜看电视的他一见手机上显示的号码，神情变得紧张起来，因为素颜已经看到是谁的来电。他硬着头皮接听，问什么事？林纳说，你能不能现在过来一趟，把豆豆接到家里去住几天，明天一早，我要陪我妈去上城治病。金向宇忙问什么病？林纳沉默了几秒钟，然后说，不太好。金向宇说知道了，我一会儿就到。

放下手机，金向宇跟童素颜说，豆豆的外婆好像生了不好的病，林纳明天早上要带她去上城，儿子没有人管，他得接过来住几天。

童素颜说，那你去吧，我给豆豆去准备被子。金向宇在童素颜脸上亲了一下说，谢谢老婆！童素颜拧了一下金向宇的耳朵说，滑头。

金向宇匆匆来到林纳家，向前丈母娘表示了关心。他对林纳说，好好给妈治病，你发我一个卡号，我明天给你转一万过来。林纳的眼里有了泪花，说，豆豆交给你了，明天早上别忘了送幼儿园，下午四点去接回来。金向宇说，你放心，他是我儿子，我会照顾好的。

豆豆已经睡着了，金向宇抱起儿子，林纳拿了一件大衣让他把豆豆裹住，自己拎起一只装着孩子衣服的行李袋，送到楼下。金向宇小心翼翼地把豆豆放到后座躺着，系上保险带，又上前抱抱林纳，让她不要着急，需要帮忙的地方随时跟他说。林纳被金向宇的举动给感动了，发自内心地道了一声谢谢！

当金向宇抱着熟睡的儿子走进家门，童素颜说，客房的床已经铺好了。金向宇说，晚上他得陪儿子睡，免得豆豆醒来不适应哭闹。童素颜说，好，又问了林纳母亲的情况。金向宇说，这里医生说是癌症，看上城检查结果了。童素颜说了一句人生无常。

回到卧室，童素颜给施何发了一条微信，说林纳的妈妈病了，林纳要陪她妈妈去上城看医生，把儿子放到她家了。施何回复说，她已经知道了。想到豆豆实

208

际上是自己的外甥，施何又加了一句，素颜，辛苦你照顾豆豆了。童素颜有点惊讶施何怎么会关心起豆豆来，好像是八竿子打不着的关系，于是说，听口气，这豆豆好像是你什么人似的，你要不放心，我同意你接过去到你家住两天。施何过了许久才回过来一条，不早了，你早点休息，见面聊。

这家伙，搞什么鬼。童素颜把手机放在床头柜，钻进了被窝。

杭凌风家里，闻宁还在各种作，揪着杭凌风为什么装作不认识施何这件事不放。杭凌风不堪其烦，忍不住发火道，你到底想怎样？闻宁情绪激动地说，我不想怎样，是你想怎样。如果你们两个心中没有鬼，为什么要装作不认识？我还傻乎乎地介绍你们认识，真是眼瞎了。

杭凌风走到闻宁面前，一脸严肃地说，你不觉得现在的你很不正常吗？拿镜子照照，这样子跟泼妇有什么两样？

闻宁见作没有效果，就停了下来，换了一副表情，抱住杭凌风说，我是太爱你了。你太优秀了，我怕别的女人把你抢走。你只要把手机开机密码告诉我，我就放心了。

面对妻子这种瞬间转换的画风，杭凌风的心沉到了谷底，这种陌生感让他对今后漫长岁月里的婚姻生活，产生从未有过的恐惧。

27

施林、林纳陪着林良波来到上城，高铁转地铁，总算到了肿瘤医院。施林昨晚通过朋友关系在医院找了个人，由那位医生带着他们去找一位姓梁的乳腺科专家。

当梁专家仔细看了林良波在堇城人民医院做的所有检查报告后，又用手摸了摸肿块问林良波发现有多久了？林良波说了大概有三四个月了。梁专家摇摇头说，不止这个时间，你太大意了，肿块有点大，我看还是先做化疗，效果可能比直接手术要好。

施林见林良波的身子在发抖，连忙扶着她说，不要紧张，我们听医生的。

梁专家让他们第二天早上早点去挂他的号，然后再来。在堇城做的检查没用，到这里要重新做一遍，再根据结果来确定化疗方案。

林纳问，是不是可以办入院手续？梁专家说，没有床位，你们就到医院边上的小宾馆去住，这样过来检查也方便，把钱准备好。

走出医院，林良波的脚步都是软的，如果不是施林半搂半抱，再加林纳扶着，她几乎走不动了。等到了宾馆，进了房间，林良波就直接躺在床上，面如死灰。

施林见这情形，一天两天估计查不完，他不可能天天陪着。于是跟林纳商量，只能让她先辛苦照顾，他明天晚上回去，要过年了，单位的事情特别多。林纳说她会照顾好的。

良波，你要振作起来，一定要相信医生，这个病没事的，会好的。施林坐到林良波床边，让她把衣服脱了睡，免得着凉。

你说我会不会很快就死了？林良波盯着天花板，她的内心充满了对死亡的恐惧。她说，施林，我听说癌症病人最后都非常痛苦，我不要，我们回去吧，我不看了。林良波说完，挣扎着要起来。

施林忙把林良波按住，安抚她的情绪说，不会的，我们单位就有一个乳腺癌病人，好多年了，人家活得好好的，你不要自己吓自己。你没听过啊，有三分之一的病人是吓死的，三分之一是过度治疗死的，还有三分之一才是真正病死。你这个病很轻的，百分百能治愈，尽管放宽心。

林良波闭上眼，任施林怎么说，她就是不开口。施林没办法，把求助的目光投向林纳。林纳烧了一壶开水，拿了一块热毛巾过来给母亲擦脸，轻声说，妈，我知道你是很坚强的，你都吃了那么多年苦，这是最后的苦了，以后我们就能吃甜的了。你看看医院里那么多病人，那个专家一天就要看几十个你这样的病人，而且还是限号的，不然人更多。

金向宇打来电话，向林纳汇报了儿子的情况，早上醒来发了一顿脾气，后来好了，已经送幼儿园，让她放心。又问了林良波的情况，让她不要急，先检查了再说。林纳越来越觉得金向宇好，只可惜她和他都错过了。

晚上,施林是一个人一间,林纳陪母亲,三个人都没有睡着。

失眠的人还很多,何小玉担心施林的身体,怕他的生活规律被打破了休息不好,让施何给父亲发信息,问相关情况。施何说,妈,你明明还爱着爸,为什么非要离婚?何小玉说,之前你林阿姨没病,我都决定成全你爸,现在你林阿姨有病,更需要你爸了,我还能怎样?施何抱住母亲说,妈,你真的很伟大。

施何约童素颜中午到茄子面馆吃水饺,她决定把家里的这个隐私告诉最好的朋友。

当素颜听了施何讲的事情后,一脸打死都不相信的样子说,你编故事的能力越来越强了。施何苦笑道,我有这样的想象力吗?更何况男主是自己的爹。

素颜想想也是,她的脑子一下子转不过来,好一阵才理顺。她说,搞了半天,我老公的前妻是你同父异母的姐姐,施何,我跟你们姐妹很有缘哦!

施何不好意思地笑笑说,就是,搞不好上辈子是亲姐妹。又问豆豆的情况,说,我还没有见过那孩子,皮不皮?

豆豆挺乖的,我也喜欢。现在知道是你亲外甥,我会格外关照,放心好了。素颜把一只牛肉水饺送进嘴里,慢慢嚼着。

想起金向宇与林纳的旧情复燃,施何不知该通过何种方式去提醒素颜,只好婉转地问,金向宇现在对你好吗?如果让你对自己的婚姻打分,你会打几分?

素颜拿起手机说,我给你念一个网上的帖子,很有意思。那帖子说的是,如果有来世,你还愿不愿意嫁给现在的老公,你听听网友的评论。"下辈子,我希望在一个互不相识的场景下遇到老公,然后一板砖把他打得生活不能自理,扭头就走。那里没有监控,也没有人。""下辈子做一个有颜值,有高智商,会挣钱,但坚决不结婚的女人。""我肯定是个女神,下凡来渡劫,等所有的劫都渡完了,我就回去继续当我的女神。"

还有好多,不念了,怎么样?素颜放下手机,微笑着问施何。

你后悔了。施何忧心地对素颜说,可你的婚姻生活才刚刚开始。

你错了,我告诉你的是,这世上没有十全十美的婚姻,金向宇身上有致命的弱点,就是禁不起女人的诱惑,我若去计较,一天也过不下去。只要现在的生活还是我想要的,我就会好好经营自己的婚姻,哪天不想要了,我也会带着孩子潇洒离开。素颜微笑着说。

施何定定地看着素颜说,我再一次发现自己的肤浅。素颜,童老师,为你的好心态点赞。

正说笑着,施何的手机响了,李林森的电话,他说本周末要到堇城来,有件事需要她配合,让她有个思想准备。施何问什么事,李林森说,闻宁钻牛角尖了,以为你和凌风有什么关系。解铃还须系铃人,你得跟我演一场戏。施何马上猜到了,她说,是不是让我扮演你女朋友的角色?李林森在电话里笑,说真聪明。施何说,不行,你是有家庭的男人,如果我在她面前承认是你女朋友,等于给自己挖了个坑。李林森说,放心,我有数。

怎么回事?素颜见施何接好电话,好奇地问。

施何喝了一口果汁,骂了一句粗话,说,没吃羊肉,倒惹来一身的膻。

谁让你貌美肤白又单身,活该。素颜取笑道。

施何瞪了素颜一眼说,还笑我,貌美肤白,那是你。

吃好饭,回到单位,施何见张倩回来了,好奇地问她当业务员的感想。

张倩说,感想太多了,我们之前一直以为买那些保健用品的老人没脑子,怎么那样轻易就被人给忽悠了。真正了解后,才发现事情没这么简单,老人们一种是花钱买心理安慰,想健康长寿;另一种是因为太孤单了,想找人说说话;还有一种,是给我们上课的女主管说的,老年人的虚荣心。

老年人的虚荣心?施何反问道。

是的,我根本没想到这层,不过被她一分析,觉得很有道理。她说老年人的虚荣心其实并没有比我们年轻人少,有些老人经济条件并不是十分好,可看到身边这个老姐妹买了,那个老朋友下单了,怕失了面子,或者怕被人说自己儿女不孝顺,咬咬牙也会跟着买。张倩感叹道,那个主管真的太厉害了,我实在佩服。

公孙春晓一阵风似的进来,上前就给张倩一个大大的拥抱,笑着问,好妹妹,你的保健椅推销出去没有?

张倩摇摇头说，我怎么可能会帮他们推销产品？不过倒是和那位张老师成为朋友了，老人家一个人其实蛮可怜的。我陪他聊了三天，他家的情况了解得一清两楚。老伴去世，儿女虽在一个城市，但一个城东一个城西，平时都忙于工作，一周最多打个电话，很少过来看老父亲，更没有人提出接老人过去住，所以老人特别的孤单。张老师跟我说，他其实很清楚这保健用品是咋回事，可如果真的有人愿意每天这样陪他聊，这钱他愿意花。

公孙春晓说，你把那位张老师的联系方式给我，我转给朱小平，他们那个公益组织经常做这样的好事。张倩一听，连忙说好主意，这样老人就不会太寂寞了。

公孙春晓给朱小平打了个电话，说了张老师的事，虽不是孤寡老人，但形同孤老，如果可以，是否能常与老人去聊聊天？朱小平记下张老师的联系方式，说他下班就过去一趟。公孙春晓连忙道谢。

现在还是好人多啊！施何发了一句感慨。

张倩说，我每天早上在朋友圈只喝鸡汤，负能量太重的不想看，怕破坏心情。

小姑娘喜欢喝鸡汤正常，不像我，已过了做梦的年龄，只好去直面现实。公孙春晓又开始倚老卖老起来，再次遭到了两位姑娘的抗议。

干活干活，施何瞄了一眼电脑上的时间，上午过得最快，稍一恍惚，半天就不见了。

很快，公孙春晓和张倩写的有关老年人畸形消费保健用品的报道出来了，晚报微信公众号又进行了转发，引发了网民的热烈讨论。

张倩收到那位曾给她上过课的女主管发来的信息，她一反平时温文尔雅的模样，骂张倩多管闲事，有本事让那些老人不要来。她讽刺道，你们写再多报道有屁用，我们只要说明天免费送两只鸡蛋，门口就排起了长队。你们以为自己是谁啊，挡别人财路，要遭报应的。

春晓姐，你说他们会不会把我的手机号发到网上去？我得换号码了。张倩把手机短信给公孙春晓看，有点害怕地说。

奶奶的，都是些什么人。公孙春晓气呼呼地说，如果敢骚扰，立马就报警。

施何问，怎么了？张倩说那家公司有人发信息来骂我。施何劝她别在意，把对方号码设成黑名单就行了。

公孙春晓还在咂那条信息,她说,不是我们说泄气的话,那个女人话难听,可仔细想想,还真是这么一回事。或许,今天有老人看了报道不去了,明天说不定又会有新的老人高高兴兴送钱去。不说远的,就说我公婆,我把报纸带回家,故意放在茶几上。我婆婆不看报,但公公看啊,他看了肯定会跟我婆婆说,会有效果吗?不好讲。我前几天趁老两口出去溜达,进房间粗粗看了下,一大堆保健品,有的都快过期了,还没有开封过,太浪费了。为了这事,我还跟我老公吵了一架。

春晓姐,那照你这么说,我们做的不是没有意义了吗?张倩疑惑地问。

没有意义也要做。公孙春晓说,这是我们的工作。

施何接了一句,说这是媒体工作者的使命。春晓姐,你还是很有新闻理想的。

公孙春晓笑着说,少来这一套。对了,听说年后报业集团有大动作,《堇城晨报》与《堇城晚报》合并为一张报纸,人员也要做调整,两位什么想法?

张倩说,什么想法?没想法,随领导安排。

据说一批年纪接近快退休的人可以提前办手续,领90%的工资,其他收入都不少,这太爽了,不知是真是假?我恨不得自己现在都已经50岁了。施何一脸神往地说。

这政策谁定的?这么好的机会,谁不退谁傻。张倩表示同感。

公孙春晓说,现在报社日子不好过,但愿明年经过调整,能提高点收入。这钱一减少,我很多爱好都没法继续了。

明天的事谁知道。施何说,心事重重地说。

一时,三个人都陷入了对未来的担忧当中。

施林和林纳陪着林良波去医院检查,挂不到号,只好通过黄牛,花了700元,才挂到梁专家的号。捏着一叠检查单,在迷宫似的医院里转悠,林良波的脚步越来越沉重。她几次提出,不想遭这个罪,想回家去。

在CT室门口的候诊区,施林把林良波按到椅子上坐下,说,治疗还没有开始,你怎么就满脑子想着放弃?你就算不为自己,也为了我,为了小纳和豆豆,好好活着。我欠你这么多,还没有来得及还,你怎么可以说这样的话?

妈,你看左边。林纳轻轻地碰了下母亲的胳膊,低声说。

林良波转过头,她看到一个老太太扶着一个半边脸被严重毁容的中年妇女走过来,坐在她边上。那女人戴着一顶线帽,穿着一套厚的居家服,脸上几乎分辨不出什么表情。女人取下头上的帽子,用手搔了搔头皮,又戴上。林良波看到女人头上泛青的头皮,被深深震惊了。她颤抖着声音问,大妹子,你哪里不舒服?

女人张了张嘴,指了指自己的胸部,发出含糊不清的声音。陪护的老太太叹着气说,我闺女造孽。她问林良波,你也是吧?到这里来看的,都是不好的病。林良波苦笑了一下说,是。

妈,轮到你了,林纳一直盯着墙上的叫号显示屏,看到母亲的名字变成红色了,连忙说。

林良波站起来,朝这对母女友好地点了点头说,那我先去检查了。老太太说,好的好的。

当天该做的检查结束后,施林就直接去了火车站,林纳陪母亲回宾馆,等第二天的检查。

临走前,施林对林良波说,不要多想,我回去就把离婚手续办了,等你们回来,我搬过来住。

林良波不同意,她说,施林,你的这份情我领了,但真的没必要这样做。我不会跟你在一起,你也别搬到我家来。

施林急了,说,你现在更需要我照顾,我想名正言顺地照顾你。林良波说,不需要,小纳会照顾我的。实在不行,家里可以请保姆。

林纳见状,忙对施林说,爸,你也别太心急,既然妈这么说,那就慢慢来。时间不早了,你还要转两次地铁,赶紧去车站。有什么事,我们电话里说。

施林见暂时说服不了林良波,只好先离开,回堇城。

林纳问母亲是不是真的不想和父亲在一起,她看父亲是真心实意,而不是同情。

林良波语气平淡地说，是的。其实在当年这个男人他放弃我的那一刻开始，我已经不爱他了。这么多年没有放下，不是因为爱，而是怨恨，我恨他毁了我的一生。不过现在恨也没有了，他对我来说就像一个熟悉的陌生人，是我女儿的生父，仅此而已。

原来是这样。林纳恍然大悟，说，妈，我们不去想这些事了。对了，下午那个女人的脸好吓人，我都不敢看。

林良波沉默了，过了许久，对林纳说，你放心，妈会好好配合医生治疗。

林纳拼命地点头说，好，那晚上我们去吃一顿好吃的？林良波嗔怪地对女儿说，省着点花。

施林郁郁寡欢回到家里，何小玉很关心林良波的情况。施林说，在做各种检查，等检查结果出来定治疗方案。何小玉说，那你怎么回来了？施林说单位事情太多，有林纳陪着就行。

这两天我把你的衣服都整了整，有些穿旧的就不要带去了。何小玉迟疑了一下问，我们什么时候去办手续？

再说吧，我累了，先去休息。施林心情抑郁地说。

何小玉被施林的态度搞糊涂了，这不是他一直想要的结果吗？现在倒犹豫起来了。不过，既然施林这么说，那就等他吧，这么多年，她已习惯了听他的。

施林躺在床上，从未有过的孤独如潮水般涌来，把他深深淹没。他感觉自己像个溺水的人，拼命挣扎，可手上没有一根救命的稻草。

28

李林森到堇城，第一件事就来报社接上施何，带她去赴杭凌风与闻宁夫妇组的饭局。

施何拒绝，说真不想蹚这浑水。李林森说，你如果不去，闻宁就会坚信你和凌风有暧昧关系，她一定会来找你麻烦。虽是莫须有的事，但现在的人最爱八卦，更何况这种事会越描越黑，根本说不清楚。施何不明白了，说，那我跟你难道就不会成为新闻？李林森说，不会，你相信我，放心。施何还想说什么。李林森说，你就当帮凌风一个忙吧，我看他都快被闻宁搞崩溃了。

见李林森把话说到这份上，施何也不好再讲什么。她倒想看看李林森有啥好办法，驱逐闻宁心头的疑云。

来到饭店，李林森叫住施何，说，来，演个戏。说完，伸出手，搂住了施何的肩膀。施何挣扎，说，能不能不这样，多别扭。李林森笑着说，我这么帅，难道你一点也不动心？施何哭笑不得，说，我见过自恋的，但没见过比你更自恋的。

推开包厢的门，施何吓了一跳，她以为里面只有杭凌风和闻宁，没想到还有其他人，赶紧拨开李林森的手，脸涨得通红。

杭凌风显然也吃了一惊，没想到李林森搂着施何的肩膀出现，忙站起来招呼。闻宁见两个人这么亲密，一时没有回过神来。

坐下来，施何才发现除了杭凌风和闻宁，其他几位都是秘密花园的心理咨询师，只有自己一个外人。这么一想，就有了坐立不安的忐忑。

李总，施何什么时候成了你女朋友？闻宁拿起酒瓶给李林森倒酒，问道。

李林森故意对施何说，我喝酒，你负责开车。施何只好硬着头皮说行。

握着酒杯，李林森笑着对闻宁说，我上次不是跟你说过了吗？我认识施何已经很长一段时间了，以前没资格追她，只好暗恋。现在把该解决的问题都解决了，就可以正大光明让她成为我的女朋友了。

闻宁用怀疑的眼神看了李林森一眼说，你这保密工作做得太好了，事先都没有透露一点风声。

这事还是低调点好，大家不要在外面传啊，我们家施何还是未婚大姑娘，被我这个半老头子追，说出去她会没面子的。来来，我先干为敬。李林森举起酒杯，朝大伙晃了晃说。

施何听到李林森的那些话，脸火辣辣地烧了起来。她剜了杭凌风一眼，心想全是你给我惹出来的麻烦，正好碰到杭凌风充满歉意的目光，只好移开。

来来，两位，祝贺一下。杭凌风举起酒杯说。

施何差点就说出来，祝贺你个头。见闻宁盯着自己，只好勉强喝了一口果汁，算是接受了这份无厘头的祝贺。其他几位，除翁心雨不喝酒外，也跟着轮流敬，施何没喝酒，头已经很晕了。

这餐饭施何从开始到结束，精神一直没有归位过，满脑子胡思乱想。

李林森夹了一只虾，剥了皮，放到施何面前的盘子，说，多吃点，看你这么瘦，长点肉才好。

施何说，我吃很饱了。不过，为了配合李林森的体贴，她还是把那只虾给吃了。

看不出来李总这么会关心人，施何，这么好的男朋友你可要抓牢了，不要让他跑了。闻宁的眼神时不时在两个人身上来回流连，现在她几乎确信这两人是在谈恋爱。这么说来，施何也不是嫌疑人，难道是翁心雨？可看翁心雨神情正常，不惊不诧，似乎也不像，那到底是谁？闻宁又暗暗琢磨起来。

施何笑了笑，没有说话。

杭凌风之所以把秘密花园几位咨询师都叫上一起吃饭，是给闻宁设一道底线，让她说话注意分寸。他知道闻宁是个聪明人，不会当着众人的面给施何难堪。

见时候不早，杭凌风宣布饭局结束。

李林森对闻宁说，我还有事跟凌风单独聊。闻宁目光在两个男人身上穿梭几秒钟，然后说，好吧，早点让凌风回来。李林森故意说，啧啧，你们都老夫老妻了还这样一刻都不愿分离，真受不了。

闻宁见大家都很羡慕地看着她，顿觉脸上有光，于是就很深情地看了丈夫一眼说，我家凌风长这么帅，我也要看紧点，不能被人给抢走了。

杭凌风怕闻宁又说出令人毛骨悚然的话，忙打断她的话说，你先回家休息。

在饭店门口，闻宁见施何开着李林森的车，带上两男人前去酒店，她说不出哪里对，也说不出哪里不对，赶紧叫了一辆车，跟着李林森的车走。

施何把两男人送到酒店，把车停好，说，你们慢慢聊，我打车回。李林森邀请她去房间坐一会儿，施何说，不打扰了，明天还要上班。

施何,对不起。杭凌风走上前,双手搭到施何的肩膀上,拍了拍,又松开,然后又转身在李林森身上轻轻地击了一拳说,晚上让两位为难了。

李林森笑着说,哪里话,我很享受,如果真有施何这样的女朋友,我做梦都会笑醒。施何说,两位大帅哥,拜托别说酒话了,去谈你们的正事,我回家了。

刚好有一辆出租车到酒店门口,客人还未下车,施何连忙跑过去坐上,跟两男人挥手告别。

闻宁站在角落的花坛边上,她没有听到三个人说话的声音,只是从彼此的肢体语言上去猜测,一脸的疑惑不解,这三个人在搞什么鬼?眼见着两个男人进了酒店,闻宁只好悻悻离开。

施何回到家里,她想晚上李林森有杭凌风陪着,就不会来找她聊了,还是早点休息。这段时间,天天夜聊,睡眠时间不够,明天好好睡个懒觉。

施何闭上眼,一时半会儿又睡不着,生物钟搞乱了。她问自己是不是有点喜欢李林森?假如李林森真是个单身,她愿意跟他在一起吗?夜深人静,适合思考。施何在被窝里把自己裹成一只蛹状,她承认李林森对她有吸引力,他成熟、幽默、懂女人的心,特别是知道他的婚姻状况后,又似乎夹杂了同情,总之,非常的复杂,好像是一杯混合的鸡尾酒。而她不是一直想要纯粹的爱情吗?那肯定不会是李林森这种有着复杂经历的男人。真的生错时代了,她的爱情观与现实有太大的距离,不可能落地生根。

这辈子也许真的要孤独终老了。施何在黑暗中,睁大了眼睛。

房间里,李林森向杭凌风倾诉了心里郁积多时的烦恼,说只要想到这样的日子还要过很多年,就有一种想提前结束自己生命的冲动。很多次,他就站在办公室的窗前看楼下,想着只要纵身一跃,一切痛苦都消失了。

凌风,你要帮帮我,我感觉自己心理出问题了,很怕有一天真的会崩溃。李林森说,我还想着要不要去买些安眠药来,干脆我和周伊一起走算了。赚再多的钱又有什么意义?找再多的女人也是空虚,都不知道活着干什么。

其实我们每个人都是病人。杭凌风说,我也需要心理治疗,我吃这碗饭时间也不短了，可自己老婆的病却医不了。你不知道，闻宁的疑心病越来越重，在外面装恩爱，关上门，没一天不作。让她去做个检查，她又不肯，说自己好好的，看什么。我说你既然不相信我，那就不要过，好说好散，她让我别做梦，这辈子死了也要绑在一起，非常可怕，我怀疑她属于偏执型人格障碍群体。

家家都有一本难念的经。李林森叹气道，你如果真想离，大不了起诉，可我起诉都没有用啊，法院不会判的。我也可以外面找个人，家外有家，可谁愿意一辈子没名没分跟着我？就算有，我这心里也过意不去的。

杭凌风说，你这事确实比我麻烦得多，但不能就这么过，你得从这道枷锁中解脱出来，不然真的要把你给废了。

我现在经常找施何聊天，李林森突然说。

杭凌风装作不知情，说，你找施何聊可以的，她的工作就是整天听各种情感故事，还是比较会劝慰人的。

可现在聊天后遗症出来了。李林森拿起茶杯，喝了一口水说，我发现自己越来越喜欢她了，怎么办？每天不跟她说上几句，就没心思做事情。可一想到我跟她不可能有结果，心里就要发狂，烦躁得不行。

你说你喜欢施何？杭凌风略感惊讶地说，她好像不是你喜欢的类型，这个我倒是有点意外。

我也不知道。李林森摸自己的口袋，想抽支烟，发现没有，只好拿起茶几上一颗薄荷糖，剥了吃。

那施何呢，她喜欢你吗？杭凌风问。

好感应该有的吧，不然她怎么愿意陪我聊啊，我经常半夜给她发微信，白天没空。李林森肯定地说。

杭凌风心情有点复杂，虽然施何跟他说过李林森倾诉的事，但没说两个人三更半夜交流。那个时间节点聊天，不擦出火花才怪。问李林森什么打算？李林森说，就像晚上酒桌上说的话，在问题没有解决之前，我没有资格去追她。我现在怕的是等我真有资格了，机会就错过了。

施何是个好女孩，很单纯。杭凌风说，在你没有想好之前，最好不要去招惹她,不然不是爱,而是害了。

这正是我痛苦、矛盾的地方。你也知道,我一向游戏惯了。可对她我想认真对待,就不敢轻易用老套路。李林森站起来,活动了一下筋骨。

我明白。杭凌风说。

两个男人聊到半夜,杭凌风告辞回家,约好第二天早上过来,一起出去走走,散散心。

杭凌风回到家里,见闻宁坐在客厅沙发上看电视,就问这么晚了,怎么还不休息?

闻宁斜着眼睛问,你们两个聊什么聊到现在?

杭凌风说,聊秘密花园的下一步发展规划,以及如何盈利,他是股东,提了很多好的意见和建议。

别跟我说这些,我问你,你们到酒店后,你怎么会当着李林森的面前,去搭施何的肩膀? 说,你们三个搞什么鬼? 闻宁紧紧盯着杭凌风的眼睛问道。

你跟踪我们? 杭凌风的眼珠都快掉下来了,这是他的枕边人?

你说,不说清楚,晚上别想睡。闻宁揪着这个问题不放。

闻宁,我看你真的疯了。杭凌风恼火地扔下一句话,转身走进客房,关上了门。

闻宁拿起靠垫狠狠地扔了过去,打翻了博古架上的一只小瓷瓶,"啪"一声,掉在地上,发出刺耳的声音。

杭凌风衣服也没有脱,倒在床上,疲惫地闭上了眼睛。

门外,传来闻宁歇斯底里的声音,杭凌风,你是个伪君子。

当金向宇从童素颜那里知道了林纳与施何的关系,连声说,我的妈啊,这个也太巧了,居然还有这种事。素颜说,是啊,我的闺密跟你的前妻是亲姐妹,金向宇,这是不是说明我们两人的缘分很深? 金向宇把手放在妻子的肚子上,连忙说比海深比海深。素颜娇着地打了他一粉拳说,就会耍嘴皮子。而金向宇的心里却在打鼓,他想万一被素颜发现他和林纳旧情未了,这施何究竟是帮闺密还是帮自己的姐姐？恐怕最不能放过他的就是这个小姨子吧？

对了，林纳的妈妈现在情况怎样了，你有没有打电话问过？素颜一脸关心地对金向宇说。

我怕你不高兴，也不敢多问。金向宇涎着脸，讨好地说。

你这话讲得就不对了，我是这么小肚鸡肠的人吗？其实什么事只要你不骗我，不瞒我，跟我商量，我是非常通情达理的。林纳妈妈的情况我从施何那里了解了，也是个可怜人。你想想，连施何妈妈何阿姨都能做到放施何爸爸走，我又怎么会阻止你去关心她？素颜很认真地说。

金向宇很感动，他把素颜搂在怀里说，对不起，老婆，你是个好女人，是我想多了。

向宇，我们以后就好好过日子，把孩子培养好，你的那两个孩子我也会当自己亲生的一样看待，你放心。素颜的手指沿着金向宇的脸、脖子、胸脯慢慢往下滑，停留在他的敏感区。

金向宇激动起来，但他又不敢动作太生猛，只好小心翼翼去触碰，脑子里闪过林纳在床上的奔放姿势，一边暗暗骂自己太过分，一边心里又承认那是一种难以抗拒的诱惑。

当金向宇在身边沉沉睡去，童素颜还睡意全无，她很清楚自己要什么，她从来都是自己命运的主人，她只要她想要的东西。

29

林纳和林良波在上城做完检查回到了堇城，考虑到照顾方便，把上城专家的化疗方案带了回来。施林联系了堇城人民医院，让林良波住了进去，向医院提出用进口化疗药，请了一名护工陪护。林良波的神情是淡淡的，总是带着那么一分客气的生疏，这让施林很不适应。他想当然地以为林良波是为了不拖累他，刻意这样做，心里越发歉疚。

你明天想吃什么,我带给你。施林问林良波,一边把她的病床摇起来,让她躺着舒服些。

没胃口,不想吃。林良波的精神状态不太好,医生说她的病已是中期,动手术要看化疗的效果。

你现在需要营养,吃不下也得吃。施林的口气好像他和林良波是一对老夫老妻。

这是一间双人病房,隔壁床的女人也是这个病,她是先动手术再化疗,比林良波年轻几岁,她羡慕地对林良波说,大姐,大哥对你真好,你看我家老公,连人影都看不到。说完,低下头,神情哀伤。

林良波刚想解释,施林抢过话头说,我做得不好,如果我做得好,她也不会生这个病了。

那女人感叹道,真是人比人比死人,大姐,你福气真好。

林纳进来了,叫了一声爸妈,说刚问过医生,第一次化疗多住两天观察,看看药物反应。施林说,是要多观察,你妈体质弱,更要小心。

林良波闭上眼睛静静地躺在那里,没有说话。她已从最初的惊慌中平静下来,但心里仍对死亡的恐惧有挥之不去的阴影。她有太多的遗憾,都没怎么好好活过,难道就要离开这个世界了?虽然,这个世界也没给她太多的温情,但好死不如赖活着。可她又怕病情不可控,到时候会太痛苦,那还不如早点走。

施林还以为林良波要休息,就跟林纳说,我先回去,明天早上再过来。林纳说,好。施林俯下身,在林良波耳边轻声说,那我先回了,你好好休息。林良波睁开眼睛说,你忙就不用跑过来,我也就挂个针,没事。

林纳把父亲送到病房门口,施林悄声说,小纳,你妈心情不太好,你多开导开导她。林纳回过头看了一眼病床上的母亲,点点头说,知道了。

正说着,金向宇带着豆豆来了,一只手还拎着水果篮。豆豆看到施林,就叫外公好。施林摸了摸豆豆的脑袋,说了声乖。金向宇知道了,上前与施林握了握手,说了几句客套话。施林说你们慢聊,我先回去了。

施林走了,金向宇走到病床边,问林良波感觉怎样,言语很是关切。林良波有气无力地说，你这么忙还跑过来，豆豆这段时间要辛苦你了。金向宇说，他是我的儿子，我会照顾好的。林良波又不放心地问，你爱人没意见吧？金向宇连忙说，没有没有，素颜对豆豆很好，比我细心多了。

豆豆先拉拉外婆的手，问外婆痛不痛，又去拉妈妈的手，说爸爸家里有个漂亮的阿姨给他准备了很多好吃的东西。林纳对金向宇说，替我向你老婆道声谢。

没事没事，你们都放心好了。金向宇又问了林良波的治疗方案，需不需要他做什么，态度积极主动。

林纳说，有需要会给你打电话。

又坐着聊了一会儿闲话，金向宇带着儿子回家去，他本来还想着约林纳什么时候去重温旧梦，可看眼下的情形，恐怕林纳没这个心思，而他也不好再提。

施林回到家里，琢磨着第二天给林良波带点什么菜过去，只是这么多年，他从不下厨，对做菜完全是外行。何小玉见他一筹莫展的样子，问他怎么了。施林嗫嚅着，林良波做化疗没胃口，他想给她带点菜，又不知道带什么。何小玉就不吭声，施林也不好再说啥，就把自己关在房间里，长吁短叹。

何小玉给施何发信息，问，你林阿姨那种病吃什么菜比较好？正在外面吃饭的施何收到母亲的信息，吃了一惊，她没想到母亲的心会这么大，这不是一般人可以做到的。施何也不知，就上网搜索，然后做了个简单的总结发过来。何小玉回复说，知道了。

第二天早上，当施林准备出门时，何小玉递给他一个保温袋说，里面装着她烧的菜，红烧牛肉、盐水虾和青菜香菇，带给林良波吃。

施林一时变得口吃起来，结结巴巴地问，你什么时候做的？

我早上三点钟就起来了，牛肉速冻箱里有，昨晚就拿出来解冻。其他菜我今早去菜场买的，简单。何小玉撩起围裙擦了擦手，朝施林笑了笑说。

小玉，我……施林说不出话来。

别说了，你快去吧，她还想吃什么就说，我来做好了。何小玉很真诚地说。

施林接过保温袋，沉甸甸的，他的心情也跟着沉甸甸起来，何小玉的举动太出乎他的意料之外了。

听到铁门关上的声音，施何从房间里出来，昨晚她回来晚了，母亲已睡。刚才父母的对话她都听在耳朵里，施何一直不相信这世上有纯粹、善良、以德报怨的人，可今天她信了。她为自己有这样的母亲感到骄傲。

妈，你真棒！施何走上前，抱了抱母亲。

何小玉受不了女儿的这个亲热举动，忙说，快吃饭去，上班又要迟到了。

遵命，母亲大人。施何嬉笑着说。

花头真多。何小玉也笑了起来。

施林匆匆来到医院，林良波已经洗漱好，站在病房的窗前看着外面。他把保温袋放在柜子上，对林良波说，这里有几个新鲜的菜，你多少吃一点。还想吃什么，跟我说。

林良波走过来，打开保温袋看了看说，这是你做的？费心了。

施林惭愧地说，我不会做菜，这是小玉特意为你做的，她说了，你要吃什么尽管说。

林良波万万没有想到何小玉会有这样的胸襟，一时竟不知说什么才好，她把菜盒一只只拿出来，打开，用筷子把每道菜都尝了尝，抬起头对施林说，好吃，替我谢谢她。施林说，好吃你就多吃点。

隔壁床的女人奇怪地看着两个人，纳闷，她似乎想到了什么，脸上表现出一副恍然大悟的样子。

施林去单位了，他说下班再过来。林良波叫他不要跑来跑去，有事会给他打电话。施林说了一句没事，就匆匆走了。

施何刚走进办公室，公孙春晓就一把拉住她问，江潮被人打了你知道吗？施何惊讶地说，不知道啊，怎么回事？

公孙春晓放开手，义愤填膺地说，他晚上回家被人跟踪，现在还不清楚打他的人的身份，据说那块区域的监控刚好坏了。还有，他的手机被人抢过去摔坏了，那里有他暗访的录音资料和照片。

现在什么情况？施何关心地问。她想江潮那么瘦小的身躯怎么禁得起这样恶意的伤害？这帮龟孙子。

肋骨打断两根，倒在地上起不来，幸好被人发现报警送到医院。公孙春晓忧心地说，如果警方不把幕后黑手找出来，以后谁还敢去暗访、曝光？

江老师最近又去暗访什么了？施何越来越敬佩像江潮这样的记者，虽然网上有人这样形容现实中的记者，说"高官在位得意时，媒体告诉你，他干过一堆好事，做过一堆政绩，得过一堆证书；高官落马下台时，媒体又告诉你，他曾经做过一堆坏事，家里有一堆赃款，外面有一堆女人。"这话不好听，但讲得很真实，可这真的不能怪媒体人，是制度问题。就像江潮说的，很多时候，报道还没有写好，干扰电话就已经到了，很是郁闷。

听说是跟传销有关，冯安全有个亲戚陷在里面，他和江潮两个人想做这文章，江潮用了一个假身份证，让冯安全的亲戚给介绍进去，具体情况我就不清楚了。公孙春晓把她所知道的一切都说给了施何听。

施何说，那传销公司有很大的嫌疑，他们可能发现了江潮的记者身份。不过，我们这里居然也有传销？好意外。

公孙春晓说，我的大小姐，人家打的是直销的名义，但操作模式就是传销，交钱入会、拉人头、金字塔。而且还包装得很高大上，讲的是慈善、爱心、奉献，根本不像电视新闻里放得那么恐怖，限制人身自由啥的，没有，所以就更具迷惑性。

施何想想也是，在堇城这个沿海开放城市，谁会这么愚蠢，以强迫的手段来搞传销？这跟保健用品公司一样，只有用"洗脑术"，才能让人心甘情愿去做这件事，以达到敛财的目的。

江潮被打事件，不只是报社上下震惊，市委宣传部和市新闻工作者协会领导都纷纷表示关心和慰问，要求警方及早破案，严惩凶手。

得知江潮住在人民医院，中午，施何和公孙春晓、张倩一起买了点水果过去探望。

江潮躺在病床上，脸上有很明显的瘀青，看到同事们过来，自嘲道，我现在这样子太难看了。

公孙春晓说，这个时候还讲什么形象，大记者，早点好起来，我们一起战斗。

施何一脸敬佩地对江潮说,江老师,我想拜你为师,改行当记者,整天编写那些情感故事,一点意思都没有。

江潮笑着对施何说,你还是当编辑吧,记者风险太大,你看我,差点小命都没有了,把我老爹、老娘、老婆都吓得魂都没有了,坚决让我改行,不准我干了。

张倩忧心忡忡地说,我现在想想也有点后怕,明天一定要把手机号换了,最近骚扰电话特别多。

江潮说,我们都要保护好自己。

施何想起林纳的母亲也住这里,既然来了,那就顺道去看看。她说,自己再去看个病人,先过去,你们慢慢聊。

看望病人总不能空着双手,施何又跑到医院门口,买了几样水果,又给林纳打电话,问楼层和床位。林纳说她现不在医院,公司有事,不过有护工大姐在。施何说好,她去看下林阿姨。林纳感动地说,施何,你和你妈妈真好。林纳说,大家都好。

林良波正斜躺着在挂吊针,听到脚步声,睁开了眼睛,一看是施何,脸上露出复杂的神情。

林阿姨,您好些没有? 施何把水果袋放到角落里,走到床边,轻声地问。

小施,你怎么来了? 我挺好的。林良波想坐起来,施何让她别动。

林阿姨,你想吃什么菜,我妈说她可以给你做,让我爸带过来。施何说得很自然,不带一点虚假和客套。

林良波说,谢谢你妈妈,我这几天没胃口,打了化疗药,反胃恶心,吃不下东西。施何又安慰几句,让林良波放宽心,现在医学这么发达,治疗这个病的技术很成熟,会很快痊愈的。林良波说,已经这样了,那就生死由命,随便它了,不去想这么多。施何说,林阿姨,就是要有好心态。

正陪着林良波闲聊,施何听到哭声,回头看到一个中年妇女哭着走进来,后面跟着一个老太太。中年妇女边哭边骂没良心的东西,老太太站在一边,劝她别生气,自己身体要紧。

林良波关心地问,阿妹,发生什么事了?

秋分

　　老太太气愤地说，天下会有良心这么坏的男人，老婆还在做化疗，就提出离婚，还把家里的财产转移了，要天打雷劈的。

　　施何一听，立马起了侠义心肠，她走过去对中年妇女说，大姐，我是晚报的，你老公这样对你，太差劲了，你愿不愿意把你们的故事告诉我？我登到报纸去，让社会舆论来谴责他。

　　中年妇女停止了哭泣，她抬起头，犹豫着说，这样也行？施何说，当然行了，你放心，我不会用你们真实姓名。中年妇女顾虑说，可如果报纸一登，他就更不会回头了。

　　这时，老太太开口了，她说你这个人，就是吃亏在太老实，他如果有那个心，就不会现在提出跟你离婚。你自己想想，生病后，他来管过你没有？如果不是我这个老太婆硬撑着，我看你怎么办？

　　施何问，这位阿姨，您是她的妈妈吗？

　　老太太点点头说了一句，罪孽。

　　中年妇女终于点头，同意施何的建议。施何开启手机录音，开始工作。

　　大姐姓赵，住在东塘镇上，家里开了一家小的汽配加工厂，老房子拆迁分到三套新房子，一个女儿读高中，日子按理应该可以过得很好。可她老公好赌，把其中一套房子给输掉了，厂里和家里的事情都不管，只知道整夜打麻将。如果她多说一句，她老公就动手打人。半年前，她查出这个病，动了手术，还要做好几次化疗，需要人照顾。因为她老公和她妈妈一向合不来，所以她就暂时住到娘家养身体。谁知道她老公居然不声不响把住的一套大房子给卖掉了，只剩下一套小面积的，还叫人带来离婚协议，要她签字。理由很冠冕堂皇，说他在外面借了高利贷，为了不拖累她和女儿，只好离婚，免得到时候还要负担夫妻共同债务。

　　赵大姐说完后，情绪平静些。老太太又在旁边唠叨，当年我就跟你说过，这男人靠不住，好吃懒做，你鬼迷心窍，什么都听不进去，一定要跟他，现在好了吧，吃老苦。赵大姐被她母亲说得低下头，只会流眼泪。

　　施何保存好录音，看手机都快没电了，就告辞回单位。她劝赵大姐拿起法律武器维护自己的正当权益，可以找妇联。还有，卖房子需按程序，应该夫妻两个

228

人都要签字,她老公怎么可以一个人就把手续办了?可以去查。

赵大姐点点头,但施何在她脸上看到了胆怯,心情变得莫名沉重起来。

30

施何回到办公室,跟公孙春晓和张倩说了赵大姐的事,大家都觉得那个男人太过分了,自己的老婆得了癌症,在医院做化疗,你就急急把房子卖掉要离婚,这是人干的事吗?施何也被说得越发激动起来,立马在电脑面前噼里啪啦写起稿子,还没有等到下班,就已经写好了。可惜还是晚了一步,本周稿子已编排,只有等下周了。

杭凌风给施何打电话,说秘密花园的广告宣传片拍出来了,不久会在市内各公交车载电视上播出,让她有空到他办公室来一趟。施何说,你们真的用了我写的那稿子?那我下班过来。杭凌风说,你过来看就知道了。

到了杭凌风办公室,施何说,工作效率好高啊,这么快就把宣传片给搞出来了。杭凌风让施何过来,坐在他的椅子上,自己站在一边,点开电脑上的一个视频让她看。

施何认真地看了起来。

视频时间不长,只有一分多钟,但节奏很紧凑,开篇用延时摄影手法快镜头,给人一种无形的紧张感,代表现代人无处不在的压力。接着出现一位身穿一袭素色棉袍,美丽、忧郁的女子,她失眠、恐惧,眼神里写满了绝望,然后出现一双双帮助她的手。施何暗暗惊叹翁心雨的表演,感觉好专业,最后是翁心雨微笑着走出秘密花园的身影。紧接着屏幕上出现,"关注心理健康,刻不容缓"的宣传语。

翁姐姐的表演太到位了,一点也看不出来是业余的,我看比专业演员还专业,施何赞叹道。她发现自己的文字其实没用多少,不过构思大部分还是用了她的。

杭凌风微微一笑说,还真让你猜对了,翁心雨学的专业就是表演。

啊,那她怎么改行当心理医生了?施何越发好奇了。

她就是因为以前当演员压力太大,得了抑郁症,然后就退出演艺圈,在治疗过程中接触心理学,发生了浓厚的兴趣,就去学习,并取得了资格证书,不但自己的病好了,还帮助别人,很了不起。杭凌风一边说一边打开抽屉,拿出一只信封递给施何说,是一点润笔费。

施何不好意思收,说,没用几个字,既然大家是好朋友,那就不要谈钱。杭凌风说,那不行,这是你的劳动所得。

两个人正拉扯着,闻宁突然从外面走进来,冷笑着说,你们两位要亲热下次不要忘了关上门。

杭凌风没好气地说,你在瞎说什么?

施何一看坏了,又要被闻宁误会了,连忙解释说,自己过来看宣传片。

闻宁拿起桌上的信封,捏了捏说,杭凌风你挺小气的,就这么点钱,少了。还有,现在谁还这么老土给现金,你来个微信或支付宝转账多方便,也省得一个要送一个不肯收,麻烦。

施何不想再跟闻宁纠缠,就说,杭老师、闻主任,我走了。话音未落,就逃一样地离开。

身后,传来杯子摔在地上的声音。

杭凌风关上办公室门,把地上的碎玻璃收拾干净,平静地问闻宁,闹够了没有?

闻宁阴冷着声音说,原来你们三个一直在骗我,好你个杭凌风,故意让李林森来陪你演戏,好啊,看谁能玩到最后。

有人在敲门,杭凌风瞪了妻子一眼,说了声请进。

门开了,翁心雨走了进来,看到闻宁在,微笑着打了声招呼,然后把手上的文件夹放到杭凌风的办公桌上,声音轻柔地说,杭老师,这是您要用的资料,我已经理整好了。

好的,辛苦你了,你可以下班了。杭凌风拿起文件夹翻了一下,"癌症病人如何走出心理阴影",周日他要去市癌症康复中心做讲座。

凌风,你这老板太会剥削人了,这么晚了还让翁医生加班,真过分。闻宁故意走到丈夫身边,把手搭在他肩膀上。

翁心雨好脾气地说,没有关系的,杭老师,那我收拾一下就回去了。

闻宁笑眯眯地说,翁医生慢走,我们家凌风全靠你们这些人帮衬。翁心雨说,闻主任您太客气了,这是我的工作。

等翁心雨走出办公室,闻宁的手立马缩了回来。对妻子这种"变脸",杭凌风已多次领教了,他耐着性子对闻宁说,你先回家吧,我晚上还要加班。

闻宁黑着脸说,那就不打扰了。说完,拿起包,转身走出了办公室。

杭凌风越来越怀疑闻宁的心理有问题,只是怎样才能说服她配合做个全面检查?正头痛着,忽想到施何,杭凌风连忙给她发了一条微信,对妻子的行径表示很抱歉。

施何没有回复,她正超级郁闷,不知道闻宁会不会无中生有,闹出什么事来。就给李林森发微信,说了这事,问他有什么高招?

很快,李林森的电话来了,说,高招就是你赶紧去找个男朋友,这样闻宁就不会硬要把你和凌风扯在一起。

施何说,这男朋友又不是可以定制生产的,哪有你今天说有就有?

李林森在电话里沉默了几秒,然后问,施何,如果我现在是单身,你愿不愿意给我一个机会?

施何知道李林森是离不了婚的,就半真半假地说,当然,肯定会给你机会。

那好,一言为定,你可要等我。李林森的口气听起来也像是在开玩笑。

好啊,我等你。施何随口就答应了下来。话出口,才醒悟自己这算是哪门子承诺?都是被闻宁搞的,要神经错乱了。

李林森想离婚,他决定找周伊的家人好好谈谈,他还会继续管她,但希望能还他一个自由身。他怕自己再这样熬下去,早晚会崩溃。他想谈一次正大光明的恋爱,去爱一个自己想爱的女人,开始新的生活。他不能为了所谓的道义,赔上自己一生的幸福。

选了一个星期天,李林森开着车,带上很多礼物去了周伊的娘家。周伊的父母由于一直以为是李林森的缘故才造成女儿的不幸,所以看到他没有什么好脸色,见他带了这么多东西过来,脸上勉强笑了笑,叫他坐。周伊母亲给他倒了一杯水,问他是不是有什么事?李林森也很坦率,说了自己的想法,他再三申明即使离婚了,周伊他依然会一直管到底,一切都不会有改变,唯一的就是给他一张恢复自由的纸。

我们又怎么知道你离婚后还会不会管她?如果你不管,难道还要我们两个老的去管她?能管她几年?丈母娘脸色一变,马上跳了起来说。

李林森低声下气地说,你们能站在我的角度想一想吗?难道要我一辈子为了周伊那一跳陪绑?这太不公平了。

如果不是你,周伊也不会跳楼,都是你的错,你就该为她负责到底。周伊母亲的声音里没有一点温度。

这时,周伊的父亲开口说话了,说,林森,你也不容易,但我们也没有办法。我们年纪大了,能管好自己就很不错了,没有能力管周伊,她哥哥就更不可能管她了,周伊只能靠你了。

李林森诚恳地说,爸、妈,请你们相信我,我说过了,离婚了我一样会管周伊的,她还是住在家里,还是一样有人照顾,但我得有自己的生活,你们真把我逼疯了,谁来管周伊?

不行,我是坚决不会同意。周伊母亲没一点商量余地,她的脸因为阴郁,肌肉显得很僵硬。

李林森见周伊父母这个态度,他也没有兴趣再继续说下去,就站起来告辞。他说,既然这样,我只能向法院提出离婚讼诉,你们太自私了。

周伊父母一听李林森要向法院提离婚,慌了,连忙给儿子打电话,问这事怎么办?周伊哥哥自信地说,我们手上有他写的保证书,只要周伊不同意,这婚他离不了。周伊父母听儿子这么一说,稍微放心些。

李林森给杭凌风打电话,说了他去周伊父母家的事。他说,凌风,人到中年,我终于想明白了,不想背负太多的责任,我要自私一点,为自己活。

　　杭凌风说,我支持你,这段时间我也一直在想自己婚姻存在的意义,如果还想继续维持,只有我一个人努力是不够的。感情的事,确实不能别扭,一别扭总觉得哪里都不对劲。与其为了所谓的面子,别扭地过一辈子,不如冷静下来,好好想想解决的办法。

　　当杭凌风听到李林森说过了年就准备向法院提出离婚讼诉,确信他这次是下决心要解除身上的枷锁。杭凌风提醒李林森这离婚不会顺利,得有思想准备。李林森说明白,一次没判离就两次,反正他是铁了心要离。

　　杭凌风想起上次李林森跟他说过喜欢施何的话,就忍不住问,你这样做是为了施何吗?

　　李林森很干脆地回答,是,也不是,我只想正大光明去爱我想爱的女人,我想要一个正常的家庭生活,而不是现在这个样子。

　　杭凌风说,非常理解,很多时候我们缺少的就是这样一份改变的勇气。李林森说,是的,顾虑太多,怕折腾。

　　两个人聊了一会儿,杭凌风说到闻宁在办公室里闹的事,心情很郁闷。他说都搞不清楚闻宁是真的有病还是装的,她最可怕的地方就是变脸太快,人前装出跟他恩爱无比,人后却百般怀疑。在单位里,她一副精明能干的样子,实际上又心胸狭窄,人格分裂很严重。

　　李林森说,果真是不幸的家庭各有各的不幸。杭凌风说,我们习惯把日子过给别人看,并不清楚人到最后只有自己。其实你过得好不好,没有人会真正关心,只有你自己知道。李林森说是的,所以我决定下半生为自己活。

　　当李林森真正下决心要挣脱这婚姻的枷锁后,他一下子感觉轻松了许多,才发现真正的困扰并不是来自外界,而是自己的心。不过他没有把这个计划告诉施何,他现在还不能确定施何是否已经爱上他,他不想给她压力。那就让一切都顺其自然吧!李林森把目光投向天空,空气里已有了新春的气息。

　　施何写赵大姐的文章发了出来,她拿着报纸去医院,林良波和赵大姐都不在,她们已结束这期化疗回家去了,下一次要等三周以后。她那天忘了问赵大姐的手机号,还想着能不能通过当地妇联帮帮赵大姐,万一真离婚了,在经济上也不能太吃亏。

正想着,施何的手机响了,是一个陌生号码,接听,里面传来一个男人咆哮的声音,开口就是一大堆极其难听、辱骂人的话,说施何乱写,小心哪天没了小命。

施何一听就猜到是那位赵大姐的老公,不禁火大,说,我写你的名字了?再说这故事又不是我瞎编的,我有录音,你爱咋的就咋的。不过我劝你一句,做人做事不要太过分了,要因果报应的。

那男人还在骂骂咧咧,施何就把电话给挂了,骂了一声垃圾。

回到单位,施何对公孙春晓说,接到赵大姐老公的电话了,把我骂得狗血淋头,还说要我的小命。公孙春晓说,别理他,他吓唬你的。施何说,我知道,我只是担心那位大姐的情况,不知道咋样了。公孙春晓说,医院应该留有这位大姐的联系方式,你刚才没问?施何说没想到,都怪我没经验。公孙春晓劝施何不要多想,那位大姐真有什么事,应该会主动联系她。

施何点头,也就把这件事抛在脑后了,开始准备下一期版面的稿子。编好这一期,就要放假过年了。只是今年过年,家里恐怕不会有轻松的氛围了,想到这里,施何的心情变得抑郁起来。

林良波化疗结束回到家里休养,等着做第二次化疗。施林私下跟林纳提起,想搬过来,以便照顾林良波。林纳记着母亲说过的话,就劝父亲这事暂时还是缓一缓。

施林听林纳这么说,基本上确定了林良波的心思,他的心一下子变得空荡荡起来。回到家里,又愧对何小玉的大度,内心备受煎熬。人也老得特别快,头发白了很多,连一向注重的仪表都不关心了。何小玉看到施林这个样子,还是很心疼,她决定去找林良波。

当何小玉跟施何说要去林纳家,施何一愣,问去她家干吗?何小玉说,人家生病我去看看也是应该的。还有,你没看你爸的样子,一点精神都没有,我想找林纳妈妈谈谈。

施何把眼睛睁得好大,说,妈,你的心也太大了吧,说出去谁会相信?人家还以为你正宫找上门去打小三。

何小玉打断女儿的话说，乱讲，什么正宫什么小三，要说先来后到，那也是林纳妈妈比我早。

施何举起双手，表示投降，说妈，我服了你，那我问你一句，你真的舍得把爸送给别的女人？你不爱他吗？人家都说爱是自私的，哪有拱手相让的道理？

何小玉说，我不懂你说的什么爱不爱，我只知道，什么事只要你爸高兴就行。

施何怔怔地看着母亲，原来，爱一个人就是希望对方快乐，只要对方快乐就行，自己受苦、受委屈都没有关系，这是一种什么样的境界？

何小玉被女儿看得不好意思起来，说有啥好看的，你快带我去啊！

施何让母亲不要着急，她拿出手机给林纳打了个电话，问她家在哪里，说要过来看看林阿姨。林纳说，你事情多不用特意过来，我妈没事，状态挺好的。施何说，是我陪我妈过来，她想跟林阿姨聊聊天。林纳很诧异地说了一声哦，然后把家里地址告诉了施何。

何小玉见说好了，连忙去厨房，一会儿工夫拎着一只保温桶出来，说可以走了。施何问，这是给林阿姨的？何小玉说是的，我炖了只老鸭，托人从乡下买来的，不是吃饲料的那种，人家家里养的，好几年了，给她带半只去，另半只留给你和你爸吃。

施何摇摇头说，妈，你这个人良心太好了，我都受不了。何小玉说，做人良心是要好。

那不一定，施何说，她就跟母亲讲了那位赵大姐的故事，何小玉听了跟着生气，说那男人太坏了，会遭报应的。施何说，是啊，这个社会什么样的人都有，如果每个人都像你这么善良，就不用警察了。何小玉说，别人我们管不着，自己做好就行了。施何说，妈，你简直就是一个哲学家。何小玉笑了，说，什么家，你妈就是一个家庭妇女，你不是整天嫌弃我没有人家妈出挑吗？施何说，我错了我错了，是我有眼不识泰山。

母女俩说说笑笑，敲开了林纳家的门。

林纳很热情地请施何母女俩进来，忙着倒茶、端水果。

何小玉把保温桶放到桌上,对林纳说,这是我刚炖好的老鸭汤,还热乎着,你舀一碗给你妈妈喝。

林良波从房间里走出来,她穿着一套很厚实的睡衣,看到何小玉,一时不知该用什么表情才算正常。何小玉却不在意,她完全是一副自来熟的样子,对林良波说,这么冷,你别起来,去床上躺着。又说,我炖了老鸭汤,你趁热喝一碗吧!一双眼睛就这么看着林良波,目光里充满了善意。林良波心头一暖,忙说,好的,我喝。

何小玉嘴巴一咧,很高兴,不等林纳去厨房,她自己就进去拿了小碗、调羹和勺子出来,亲手舀了一碗汤,端给林良波。

林良波在饭桌前坐下,低着头一小口一小口喝了起来。何小玉盯着问,好不好喝?咸淡合适吗?我放了一根羊毛笋调味道,还是很鲜的。林良波点头说,合适合适,味道很好,何姐,让你费心了。何小玉听林良波叫她姐,很开心。她说,我退休了,闲着没事,以后可以多过来陪陪你。林纳要上班,不可能整天在家,家里没个人也不行。

何阿姨,真的太谢谢您了。林纳被眼前这个朴实的女人给深深折服了,她是那样的真诚、善良,让人心生好感。

林良波也是一样的心情,何小玉的大度再次刷新了她的认知。她为自己多年来一直存在于施林与何小玉之间的婚姻当中,感到从未有过的歉意,可她又不知该如何来表达。

何小玉不管这些,她只管自己来的目的,就开始絮絮叨叨地说,施林每天回家把自己关在房间里叹气,人也一天天消瘦下去,很担心他的身体。又说了这么多年来,她一直清楚施林心里有个人,现在好不容易又遇上了,她是真心实意想成全,所以请林家阿妹就不要折磨施林了,答应他,也算是圆了他多年的梦。

听了何小玉这番话,林良波也打开了自己的心门,说,何姐,不是我故意要折磨施林,我跟你说实在话,我跟他的情分三十年前就没有了。你这么好的女人,他都不懂珍惜,我真的没什么话好说。他之所以对我念念不忘,是内心有愧,觉得对不起我。我对他一直有恨,恨他当年的懦弱,那么无情地抛弃了我。特别是当我发现自己怀了孩子后,我都不想活了。所以我是不会跟他在一起的,不管有没有生这个病,都一样。我们本来说好这辈子不再见面,如果不是小何阴差阳错撞了我,也就没有后来这些事了。

何小玉这才明白林良波是真的不要施林,一时她也想不出更好的办法,就说,我们管我们的,施何和林纳是两姐妹,我们也是两姐妹。老施就随便他了,反正我跟他说过了,他想走想留都可以,我没意见。

林纳对何小玉刮目相看,说,何阿姨,我太喜欢您了,您性格真好,这么直爽。不像我妈,像林妹妹一样,多思多想。

林良波脸上也露出了难得的笑容,她对何小玉说,何姐,你看,我这亲生女儿都倒向你了。

施何插一句说,林阿姨,那我倒向你好了。

大家都笑了起来。

这时,林纳的手机响了,她一看是施林打来了,就说是爸的电话。大家都停止了说笑,安静了下来。

施林很关心地问了林良波的情况,又说下班后过来一趟。林纳说,何阿姨和施何在家里,晚上就在家一起吃饭吧!施林啊了一声,他没想到何小玉会跑到林纳家看林良波去。听林纳的口气,挺愉快的,就松了口气说,好的,回来路上我会带点熟食过来。

晚上,两家人拼成一家人坐在一起吃了一餐饭。施林看着两个生命中的女人,又看看两个亲生女儿,既感到幸福,又很悲哀,因为他发现在这两个女人心里,已没有了他的位置。

31

转眼,春节到了。

林良波开始第二次化疗,何小玉主动要求去医院照顾她,两个人感情竟一日比一日好起来，不是姐妹胜似姐妹。施林也会过来探望，只是每次坐也不是，站也不是，在病房里待一会儿就回，因为没他的事。

施何心里一直惦记着那位赵大姐，想着上次与林阿姨同步化疗，那么这次应该也在，于是就到咨询台去查病床号。护士查到几个姓赵的病人，但对不上号。施何就表明自己身份，问护士有没有手机号，说上个月底住14号床的。护士就帮忙在电脑上查了下，把那位赵大姐的联系电话告诉了施何。

电话打过去，关机。施何的心莫名地担忧起来，她忽然有种疑惑，自己发那篇文章究竟是帮了赵大姐还是害了她？可惜没有人告诉她。

素颜在金向宇的陪同下回老家去了，施何见父亲一直心情不好，就趁天气晴好带他去郊区的梅林看梅花。

路上，施林问女儿，你是不是觉得爸很可怜？这大半辈子都不知道在活些什么，到老了，才发现竹篮打水一场空。

施何说，爸，你以为自己一直爱着林阿姨，其实爱的只是一个虚幻的形象。林阿姨说得对，你是因为心里对当年抛弃她有愧疚，所以一直没有放下，你就看不到我妈对你的好，然后又不断暗示自己，你对林阿姨是真爱。可事实并非如此，就算你和林阿姨真的在一起，结果也未必如你所愿那么幸福，毕竟你们分开30年了，双方变化太大了。爸，说句让你不高兴的话，我觉得你最大的问题是自私，你只想着自己，从没有真正考虑过你身边的人。

女儿的一番话让施林羞愧得无地自容，过了好一阵，他才缓缓地说，你批评得很对，爸这辈子伤害了两个爱我的女人，也对不起你们姐妹俩。

施何又扮演起心灵导师的角色，说，爸，一切都还来得及，我妈是爱你的，只要你认识到她的好，真正从心里接纳她，我想你们一定会幸福的。至于林阿姨和林纳，她们是你这辈子的亲人，也是我和我妈的亲人，这样不是很好吗？

施林把头转向车窗外，沮丧地说，你说你妈她还会要我吗？我一直以为是我在施舍感情给她，从没想过是你妈一直在可怜我。

会的，爸，只要你拿出诚意，好好跟我妈认个错，她会原谅你的。施何肯定地说。

施林就不再说话,向何小玉认错是应该的,只是他过不了自己心理那一关。身为男人,他实在太没担当,在妻子和女儿面前抬不起头。造成他人生悲剧的并不是当年养母的反对,而是他自己,怨不得任何人。

梅林到了,施何挽着父亲的胳膊去赏梅,劝他开心点。施林惭愧地说,爸白活这么大年纪,道理还没有你懂得多。施何笑着说,我是情感导师嘛。施林伸出手,摸了摸施何的头,说爸对不起你。施何的心被突然击中,她想起自己在南部商务区第一次看到父亲和林纳在一起,父亲就是这样摸林纳的头,当时给她太大的刺激。

怎么了? 施林见施何停住了脚步,奇怪地问。再看,女儿的脸上已泪流满面。

爸。施何双手环抱父亲的腰,把脸偎依在他怀里,像个孩子一样地叫了一声。

施林忽明白了什么,他轻轻地拍着女儿的后背,百感交集。

从梅林回来后,施林的心情好多了。何小玉晚上回家,他虽然跟往常一样话不多,但看她的神情变得有感情多了。何小玉也感觉到丈夫的变化,她没问,只做她想做的事。

施何决定去东塘镇,看能不能找到赵大姐,不知为何,她心里总有隐约的不安。跟公孙春晓打了个电话,说了自己的想法,被公孙春晓立马否认,她说没必要,万一碰到赵大姐老公,岂不自找麻烦? 施何说,那男人又不认识我,我小心点就是。公孙春晓见说服不了施何,只好说那我陪你走一趟得了,东塘镇我很熟。施何很感动,说,春晓姐你真好。公孙春晓笑着说,才发现我的好啊! 施何也笑了,说早发现了。

公孙春晓住的地方离施何家不算太远,施何开车去接她,一起前往东塘镇。一路上,两人闲聊春节后报社的调整,还不清楚会有怎样的变化。还说到打江潮的人一直没有抓到,传言那家传销公司背后有靠山,至于是他们派来的人打的,还是别的人不好说,没有证据。公孙春晓说,江潮这顿打算白挨了。施何说,装了那么多监控,偏偏那个地方坏了,真是巧,我看是故意的。公孙春晓说,就是故意又能怎样？你根本不知道有多少只无形的手在捣鬼。

我真不想当这个情感编辑了，想着改行当记者，听你这么一说，也难。

公孙春晓说，是的，很难。如果你在报社上班，就算当了记者，也不可能随心所欲，想报道什么就报道什么，除非你是自媒体，那自由度相对要高些。

自媒体？春晓姐，你倒是提醒我了，这个还真可以考虑。施何兴奋地说。

看你激动的样子，想法归想法，现实是现实，你还要考虑吃饭问题，总不能啃老吧？再说，你一个姑娘家，还梦想仗剑走天涯啊？务实点，找个好男人，结婚生个娃，再加上有一份稳定的工作，一辈子平平淡淡，很快也就过去了。公孙春晓不以为然地说。

施何故作严肃地说，梦想要有的，万一实现了呢？

公孙春晓笑了，她说，文艺女青年的毛病就是多。

施何想起李林森也曾跟她说过这样的话，笑了笑，用很肯定的语气说，我就做一辈子单身贵族，自由自在，多好。

公孙春晓用过来人的口吻说，年轻人，话千万不能说得太满，当你被爱情击中时，分分钟就改变主意了。

说笑着，东塘镇很快就到了。

施何停好车，想起去年和江潮一起暗访站街女的事，说先去老街看看，再问问当地人知不知道赵大姐的事情。公孙春晓说，现在哪还会有站街女啊，都回家过年去了，她们要来至少也是正月十五以后了。施何说，来都来了，那就去溜达一圈。

从老街的头走到尾，由于太阳好，门口坐着不少老年人，边嗑瓜子边在闲聊。施何和公孙春晓走上前，向老人打听镇上有没有这样一户人家，开着小工厂，老公好赌，老婆得了癌症，姓赵。老人们交头接耳，其中有一位老太太说，知道这户人家，但不熟，不过她家的事倒是听说过。施何忙问，听说了什么事？老太太说，那个女人很可怜，自己生了毛病，可她老公还把房子卖掉要离婚，她不同意，她老公动手打她，人也跑掉了，说是在外面欠了很多高利贷，现在那些高利贷整天盯着他老婆讨钱，罪过了，这日子咋过。老太太叹了一口气，深表同情地说。

施何和公孙春晓听了,心情也跟着不好起来,问老太太知不知道赵大姐住哪?老太太说,她哪敢住家里啊,讨债的都上门来了,具体现在人在哪里,不清楚,你们是她什么人?施何说是朋友,上个月她在医院做化疗碰到,今天来这里,想去看看她,手机一直没联系不上。另一个头发花白的老头说,肯定联系不上了,高利贷的人什么事都干得出来。唉,好好的日子不过,赌这东西真是太害人了。其他老人也随口附和几句。

见找不到赵大姐,施何和公孙春晓只好打道回府,只是回程路上再也没有了说笑的心情。施何说,无法想象一个女人重病期间,本身已经很痛苦了,还要遭受这样的生活打击,这不是把人往绝路上逼吗?公孙春晓说是啊,但愿这位大姐能挺过这一关。

把公孙春晓送到家,施何说,明天再休息一天就要上班了,我感觉自己过了个假春节。公孙春晓说,我也是,又要牛上轭了。

回家途中,施何接到李林森电话,说他已到堇城,晚上请她吃饭,他还叫了杭凌风和闻宁。施何说,不想见到那两口子,那个闻主任阴阳怪气,受不了。李林森说,别去管她,我有很重要的事告诉你。施何说,在电话里讲也一样。李林森说,我要见你,你不答应我就上你家去登门拜访了。施何吓一跳,只好说,你厉害。李林森在电话里得意地笑,说,饭局就安排在我住的酒店,你能不能早点过去,我要提前跟你碰个头。施何看了看时间,不上不下,就说好吧,我就不回家直接过来。李林森高兴地说,好。

到了酒店,施何刚走进大堂,发现李林森已等在那里,他说不刷房卡电梯就上不去。施何笑了笑,没有说话,跟着上了楼。

李林森打开房门,施何发现这是一间很豪华的单人套房,很宽敞,分成小客厅和卧室,就说了句,奢侈。李林森说,算不上吧,会员价,还好。

施何在沙发上坐下,问李林森大过年不在家待着跑堇城来干吗?李林森盯着施何的眼睛,笑着说,来看你。施何的脸一红,说,别寻我开心了,你才不会特意来看我。李林森给施何倒了一杯水,在另一把沙发上坐下,用很正式的口吻问,施何,你对我的印象如何?要说实话。

见李林森的神情这么严肃，施何一时摸不透他的意思，就说，很好啊，成熟、风趣，很懂女人心思。

我喜欢你，但我知道现在没有资格说这句话，李林森很认真地说，等上班，我要向法院递交离婚诉状，既然协商不成，就只能走这条路。你不要误会，以为我是个喜新厌旧的人，即使离了婚，我也会管她，只是我需要一个自由身，我有权去追求新的生活，而不是一辈子陪绑，做这段婚姻的牺牲品，希望你能理解我。不过这离婚官司不会那么顺利，但愿到了解放那一天，我还有机会。

施何捧着茶杯，吃惊地问，我有没有听错？你怎么可能会去打离婚官司，这对你影响太大了。

其实现在没有几个人会真正关心你的婚姻状态，都是我们自己把自己想得多重要，比起后半生的幸福，那些所谓的面子又算得了什么？李林森说。

施何低下头，盯着杯中的水，似乎那里有她想要的答案。李林森看着她，他内心是希望能听到一个表态，但如果施何不说，他也绝不会勉强她。

过了许久，施何抬起头对李林森说，对不起，我现在无法确定，如果真有那一天，如果那时候我还没有爱上别人，我会给你机会。

李林森笑了，说，好。施何对待感情的理性和慎重让他对她的好感又增加了三分，拿起写字台上的包，李林森从里面掏出一只首饰盒递给施何，说，是新年礼物。

施何说，怎么又送礼物？

李林森弯下腰，拉起施何的手，把首饰盒放在她手上说，一样小东西而已，不要跟我这么见外。打开看看，喜不喜欢。

施何一看盒子是某个知名品牌的饰品，打开，里面是一副非常精致的耳环，雏菊花形，样式清新又娇俏。附着小卡片上写着，雏菊代表着一种希望，它带给人们浪漫和纯洁的爱，期望每个遇见爱情的人都可以与心上人相伴相守。施何暗暗想，这个男人太懂女人的心了，第一次送她的生日礼物，是包年的鲜花，时时提醒他的存在。这次礼物也是，几百元的东西，看起来不起眼，却藏着一份用心，难得。她笑着问，你怎么会想到送我耳环？平时我又不戴。

李林森说,你有意把自己往中性靠,借此隐藏你女性的柔美,我想这大概是因为你没有遇到自己喜欢的人。如果你遇到了,你就会不一样,不只是外表改变。

施何承认李林森说得对。李林森说你戴上让我看看。施何有点不好意思,又禁不住李林森的要求,她就站到穿衣镜面前试戴。

李林森走过来,从后面轻轻抱住了施何,说,真漂亮。施何的心莫名地慌乱起来,好像要冲破胸腔一样,手心微微有了汗意,连耳根都发热起来。她不敢动,像受惊的小兔子,大脑一片混乱。李林森见施何这神情,心里很是疼惜。他温柔地把她僵硬的身体转过来,双手捧起她滚烫的脸,小心翼翼地问,我可以亲你一下吗?施何说不出话来,她陷入了某种诱惑当中,不由自主地闭上了眼睛。一个湿热的热吻盖上了施何的嘴唇,男人的气息和有力的拥抱让她有瞬间晕眩。

她已经多久没有跟男人接过吻了?施何记不清了,而李林森带有技巧的吻让她渐渐有了窒息感,她感觉自己快要被淹没了,突然身子一轻,李林森抱起她朝卧室走去。施何看到了那张宽大无比的床,像开满鲜花的草地在诱惑她,她的内心升起了渴望,她想躺在草地上,享受阳光和清风的抚慰。可突然,她又从迷乱中惊醒过来,挣扎着说不要。李林森一听,停止了进攻脚步,虽然他的身体很难受,但还是忍住了。轻轻放下施何,他沙哑着声音说,好。

施何低着头说,对不起,我想把我的第一次留到新婚之夜。李林森再次把施何搂在怀里,像搂着一个稀世珍宝,说,现在像你这样的女孩子太少了。

晚上这餐饭,施何没有参加,她说要回家好好想想。李林森清楚自己的冲动给她带去的心理冲击,就没有勉强她,让她开车小心,到家了给他信息。

施何回到家里,一言不发,就把自己关在房间。何小玉问她遇到什么事了?施何借口说今天去了东塘镇,听了赵大姐的不幸遭遇,又没找到她,心情不好。何小玉说,那你早点睡。施何说好。

躺在床上,施何的心还在狂跳,脸上依然烧得厉害,她知道今天如果意志稍微薄弱点,那一定守不住了。闭上眼,回味李林森的热吻,施何发现自己身体的某种欲望似乎被唤醒了,想去冒险,去尝试。完了,她怎么会遇上这么一个男人?

分明就是一个情场老手,她怎么可能会是他的对手? 在他面前,她好像变成了无脑儿。怎么办? 这个情感经历复杂的男人像毒品一样在诱惑着她,可她真怕自己掉下去后会万劫不复。

李林森和杭凌风、闻宁一起吃饭,说了自己新年的一些计划以及对秘密花园如何盈利的建议,一直亏着也不是个办法。他对杭凌风说,我们需要情怀,但情怀是有条件的,在商言商,你不能太书生气,你得对跟随你的那些人负责。其实赚钱跟情怀并不矛盾,只有赚了钱,你的那些梦想才叫情怀,不然就是空想。

杭凌风很虚心接受了李林森的批评,承认自己确实过于理想化,对经营这方面很欠缺,一定要调整好思路。李林森说,对,虽然我们做好了亏损的思想准备,但最终目的还是要盈利,只有有钱赚,秘密花园才能正常运营下去,不然再多的钱也填不满无底洞。你从公立医院辞职出来,已没有退路,只能把它经营好。

李林森又侧过头对闻宁说,闻主任,你要支持凌风,创业不易,特别是初期阶段更累。

闻宁辩解道,我是很支持他啊,又没有问他要钱,他也没有钱拿回来,女儿的学费和生活费还是我掏的。

杭凌风没有说话,自从他辞职出来创业,一下子没有了收入,多年的积蓄又投入秘密花园当中,妻子的脸色就没有好看过。她整天在他面前作,跟这个也有很大关系,女人是现实的。

来来,祝我们新年行大运,心想事成,万事如意! 李林森转移话题,举起酒杯说。

对了,李总,你跟施何究竟怎么回事? 你们三个在搞什么鬼? 你真离婚了? 闻宁一直惦记着这事,一脸怀疑地问道。

李林森和杭凌风迅速交换了一下眼神,举起酒杯,喝了一口酒说,离婚是早晚的事,我本来想着协议,承诺把周伊以后的生活都安排好,可周家人不同意,他们太自私了,一点也不考虑我的感受,没办法,只能走法律途径。

闻宁讥笑道,你真的是为了施何? 看来这外部的力量真强大,你们男人是不是都喜新厌旧? 李林森说,我喜欢施何没错,但离婚不是因为她的缘故,而是希望后半生能过自己想过的日子,没有施何,我一样会离婚,人这一生太短暂了。

杭凌风听闻宁话中带刺,就说,好好吃饭,你说这些话有意思吗?

闻宁斜了丈夫一眼说,怎么,说中你心事了? 你是不是也喜欢她? 这个我倒是奇怪了,你们说施何有什么好? 长得不漂亮,又没有什么女人味,这么一个没有人要的老姑娘,你们兄弟俩的口味真够重的。

你在胡说什么,无聊。杭凌风的脸挂不住了,忍不住打断闻宁的话。

听闻宁这样说施何,李林森心里很不舒服,但又不能表现出来,他总算明白杭凌风的痛苦,婚姻当中,倘若没有了信任,那真的是度日如年。怕这两口子吵起来,李林森再次举杯说,来来,大过年的,说些高兴的事,喝酒喝酒。

酒杯发出清脆的声音,杭凌风隐约感觉自己心里有什么东西碎了。

32

春节过后,施何的工作和生活又回到了正常的轨道。李林森每天跟她保持微信联系。施何一次次问自己,对这个比自己大了一轮的男人,她的心究竟动了没有? 说没有动心,好像也不对,她已渐渐习惯李林森的问候和关心。可说动心,似乎又被什么东西给阻止了,她说不清楚,那东西又存在于无形,这让她陷入某种困惑。她想求助杭凌风,又怕被闻宁知道要大做文章,很是头痛。

QQ邮箱提示有新邮件。

施何打开一看,是西发过来的,她说她的婚外情被她老公发现了,可奇怪的是,她老公好像装作什么事都没有发生过,既没有吵闹,更没有动手,日子原来咋过,现在还是咋过,这样一来,她反而害怕了,也不敢跟情人约会,问施何这是什么原因? 她的内心很撕裂、很纠结、很无助,越来越觉得活着没意思。

当我是神仙,我怎么知道原因? 真是见鬼了,施何自言自语道。

施何给西回了一封邮件,意思是,既然已被发现,那就收敛点吧,至于你老公什么想法,我不是你老公,所以没法回答你这个问题。你最好去跟心理医生聊聊,找到真正的原因,这样才能解脱出来。

几分钟后,西的邮件又来了,她说想来堇城求助心理医生,问施何能不能帮她介绍?施何马上回复说好,到时候我带你去。

既然已答应了西,那就提前跟杭凌风打声招呼,于是编辑了一条信息发过去,说上次提过的那位西决定来堇城,到时候带她到秘密花园来,希望能在他这里得到帮助。杭凌风说没问题,一定尽力。又问她最近过得怎样?施何说老样子,没什么变化。杭凌风说你要做好心理准备,李林森离婚最快恐怕也要一年,第一次法院肯定不会判离。施何很认真地回复,说李总离不离婚跟我没有直接关系,即使他离婚了,我们最终会不会在一起也是个未知数,我只是答应他,假如他自由了,而那时候我还没有爱上别人,我会给他一个机会。

看着手机上的这段话,杭凌风心里明白,施何的不确定源于她对感情的恐惧,她怕自己无法把握,所以不敢去尝试。她内心深处的阴影如果不驱逐干净,她是不会真正打开心门,去接纳任何一个男人,获得一份新的感情的。

放下手机,杭凌风想起第一次遇见施何的情景,他一直想帮她从那个阴影里走出来,可事实呢?他发现每个人心里其实都有阴影,而那些阴影就是人们走向幸福的最大障碍。要让这些阴影消失,必须要自我觉醒,要学会自救,仅靠外力是不够的。

公孙春晓急匆匆走进办公室,先给自己倒了一杯水,一口气喝了大半,拍拍胸口说,总算可以坐下来了。施何问她怎么了?搞得很紧张的样子。公孙春晓的脸色变得凝重起来,她说,你们还记得那位朱小平吗?就是去年被评为"堇城好人"的那位?他得了重病。

张倩马上说,我知道,春晓姐,这位朱小平人真的很好,昨天我给张老师打电话,他还跟我说朱小平和他朋友经常过去探望,老人家很感动。

什么病?施何关心地问。

听说是一种细胞淋巴瘤,情况很严重,医生给出的治疗方案是化疗及骨髓移植,大概需要一百多万医药费。你想想,他夫妻俩靠做清洁工能有多少收入,唉,天都要塌下来了。我是昨晚接到他老婆的电话,上午去了他家,真是可怜。朱小平准备放弃治疗,可心里谁不想活啊,看着真叫人难受。刚跟主任说了,他同意我写报道,看看有什么好办法可以帮帮这位"堇城好人"。公孙春晓一脸同情地说。

发动社会力量,现在好心人还是多。施何说,对了,网上不是有很多募捐平台吗?找家靠谱的,最好不要收手续费的那种。

公孙春晓点点头说,是的,我要跟市慈善总会去对接一下,报道与报社的微信公众号同步推出,再在公众号里与市慈善总会的捐款平台做个链接,这样读者就可以直接在微信里捐款,很方便。

好人多磨难。施何的神情又忧伤起来。

张倩也忍不住感慨,说,为什么好人总是没好报?你看看社会上发生的那些新闻,真是好人不长寿,祸害遗千年。

好人不一定有好报,但我们还是要做个好人。公孙春晓说完这句话,自己都觉得思想境界得到了很大的提升。

施何说,春晓姐,你这碗鸡汤我干了。

公孙春晓笑着说,行,鸡汤喝完,那我就赶紧干活,我们还是拿出实际行动去帮助好人。施何和张倩朝公孙春晓竖起了大拇指。

一时,办公室安静下来,只有敲击键盘的声音,似某种紧张的乐曲节奏。

公孙春晓的工作效率还是很高的,很快把稿子写好发给编辑,同时又与市慈善总会联系好,一切准备就绪,就等第二天报纸发出来,微信公众号同步转发。

等公众号出来,你们都去朋友圈转发啊!公孙春晓说。施何和张倩纷纷点头说,一定转。

第二天,《堇城晚报》与报社微信公众号同步推出了公孙春晓写的《谁来帮帮这位堇城好人?》文章,文中详细报道了朱小平虽然只是一名普通的环卫工人,是新堇城人,但这些年来一直热心参与公益活动,关爱孤寡老人,不以善小而不为,日日传递正能量。现在身患重疾,不想拖累家人朋友,想放弃治疗等内容。文后还附上了特意为朱小平开通的一个捐款账号。

秋分

公孙春晓写得很有感情,报道出来后,她接到了很多读者电话,询问朱小平情况,住在哪家医院,表示关心。而微信公众号内容也被大家转发到朋友圈,不管是认识的,还是不认识的,看了后都被朱小平的精神所感动,纷纷表达自己的敬意。

紧接着,本市一位很有名气的书法家特意与公孙春晓联系,说愿意拿出自己精心创作的10幅书法作品进行拍卖,所得款项全部捐给朱小平,问公孙春晓能不能帮忙联系场地?公孙春晓一口答应。又有企业家拿出三件自己收藏的根雕作品要求进行拍卖,为朱小平筹款。张老师看到报道,给张倩打来电话,请她去一趟他家,他想给朱小平捐点钱。

与此同时,在社会各界的关心下,朱小平在医院开始了第一期化疗。那段时间,公孙春晓差不多隔天就要去趟医院,报社收到的全部捐款如数转入朱小平在医院的账户,作为他的治疗专项资金。

在病房里,当一脸病容,正躺在床上挂吊针的朱小平看到公孙春晓时,眼泪一下子就出来了。他颤抖着声音说,公孙老师,谢谢你们救了我。

公孙春晓说,不用谢,只要你早点好起来就行。

朱小平的妻子阿英拿过来一本笔记本给公孙春晓看,上面记录着每一笔善款。公孙春晓接过,上面的字迹歪歪扭扭的,但还是看得很清楚,很多都没有名字,只写着好心人,金额从100元到数千元都有。

这时,病房外走进来一个脸晒得黑红的中年汉子,穿着一身旧军装,一双解放鞋,轻声问哪位是朱小平?

这位是。公孙春晓指了指朱小平说,她注意到这个男人的左手少半截手指。那汉子走到病床前,从口袋里掏出200元钱放在枕头边,说,这是我的一点心意,祝你早日康复!朱小平连声道谢,声音忍不住哽咽起来。

中年汉子正准备离开,公孙春晓拦住了他,表明了自己的记者身份,然后问他是从事什么工作的,为什么会想到给朱小平捐款。

我在工地上打工,挣的钱不多,看报纸知道朱大哥是个好人。没为什么,谁都会有难处,能帮就帮一点。中年汉子搓了搓粗糙的手,憨厚地笑。怕公孙春晓还要问,他说自己要马上回工地去干活。

说完,就匆匆走了。

公孙春晓对朱小平说,还会有后续报道,周六要为你搞个拍卖会。我去医生那里也了解过,从目前筹款的情况看,你前期治疗的费用没什么问题了,你就安心养病。

谢谢你们,你们都是我的大恩人,朱小平生病后,情绪变得特别容易激动,主要是一次又一次的感动,让他无法做到心平如镜。

公孙春晓摆摆手让朱小平不用说谢,又转身安慰阿英,一切都会好起来的,不要太担心了。阿英抹着眼泪,拼命点头。她说环卫处的领导也来过了,送来了慰问金。她不停地喃喃道,董城人真好,你们真好。

回到办公室,公孙春晓对施何和张倩说,我在医院看了朱小平老婆记的每笔善款,这个社会还是好人多。

这几天我们在办公室接接电话都被感动到了,施何接过话头说。

是啊,以前看多了负面新闻,总觉得这个社会问题好多,可从这件事上我感觉我们董城真不愧是爱心城市,真的很温暖。张倩说,我今天下班去一趟张老师家,都说好几天了,一直没有空。老人家自己很节约,却在电话里一个劲地说要帮帮朱小平。

我们都是好人。公孙春晓笑意盈盈地说。她知道,很多同事都给朱小平捐了款,包括她们三个,都悄悄为朱小平献了爱心。

周六,为朱小平举行的公益拍卖如期举行,场面很火爆,无论是书法作品还是根雕作品,没有一件流拍,最后为朱小平筹到了5万多元钱。公孙春晓一直在现场,随机采访了几位参与拍卖的市民,大家的说法都很朴实,就是有能力帮一把就帮一把,无论多少都是一个心意。

吴云霞看到报纸,悄悄来到医院,给朱小平一个厚厚的大信封,里面装着一万元钱。阿英要跪下来谢她,吴云霞摆摆手,说完祝早日康复就走了。

走出医院,吴云霞分别给闻宁和李雅儿打了电话,她说,比起躺在病床上,重病缠身的人,我们真的太幸福了。我回家跟张伟去谈一次,如果他想好好过,那就一起好好过。如果还是老样子,我就把他给休了,损失点财产无所谓,人还是活得开心最要紧。钱没有了可以挣,把自己搞出毛病来,后悔就来不及了。

李雅儿说,云霞姐,你开悟了,好棒!

闻宁听了吴云霞一番话,连声表示赞赏,心里却不以为然。

《堇城晚报》为朱小平募捐做的几期报道还得到了市委宣传部领导的表扬,说这是体现堇城这座爱心城市最好的事例,不能让好人流泪,堇城人民做到了。公孙春晓也很开心,自己能为挽救朱小平的生命尽了自己的力。

在这件事上,施何虽然没有直接参与,但一样受感染,她想起母亲对待林阿姨的事,这分明就是一种大爱。倘若没有开阔的胸襟,根本做不到。施何还发现,这大爱跟受的教育程度其实没什么关系,越是底层民众,越有朴素的情怀。他们讲不出什么大道理,但会用行动来证明。

晚上回到家里,施何跟父母说了朱小平的事。她说通过这件事,突然发现每次情感版登负能量的情感故事不好,容易让人对爱情和婚姻失去信心,以后还是要登些温暖的情感故事,给人希望和力量。

何小玉惊讶地问,你不找对象就因为这个?

施何嘟着嘴说,影响肯定有了。

施林关心地说,你这工作再做下去,对象真要找不到了,还是考虑换一个吧。

施何说,我也想换,只是还没有想好不干这个工作,接下去干什么,等我想好了再做决定。

何小玉一边把菜端出来放桌上,一边说,你看看林纳,比你大几个月,孩子都这么大了。

我这个姐的人生也够折腾,你看啊,她也是单身,但有个孩子,结过婚,这不是比我复杂多了吗?如果说真要找对象,我肯定比她好找。施何拿起筷子夹起一只虾,放进嘴里,几下就把壳给吐了出来。

林纳也不容易,拖着个孩子,还要做生意。何小玉同情地说。抬头碰到施林的目光,又轻轻移开,对丈夫她已没什么想法,反正施林要走要留都随他。

施林低下头,这段时间他自己感觉是夹着尾巴在做人。虽然女儿跟他好好聊过,但他总是开不了这个口。何小玉也不提离婚的事了,对他还是老样子,是他心有愧意。林良波那里他也不好经常过去,更何况何小玉三天两头在她家,两个人好得跟一个人似的。至于接下去怎么办?施林也很茫然。

李林森在向法院递交离婚诉状前,决定找周伊好好谈谈,他还是希望能协议离婚,不要上法院。

走进房间,李林森让保姆回避下,关上门,搬过一把椅子,在周伊的床前坐下,替她整了整被子。

周伊面无表情地躺在那里,她的内心对这个世界充满了深深的怨恨。前两天,她母亲已经来过了,告诉她,李林森要离婚的事,所以今天一见李林森进来,就装睡,不理他。

李林森知道周伊没睡,他就跟她回忆两个人曾经有过的幸福生活,诉说了这几年自己过着行尸走肉般的日子,内心的空虚与痛苦。一想到还有漫长的几十年光阴,他都要疯了,感觉自己快撑不下去了,他必须要有新的生活。

周伊,请原谅我做出这样的选择,我不会不管你,只是我要自由。你的后半生我都会安排好,希望你能成全。李林森诚恳地说。

你终于熬不住了,我知道,你巴不得我早点死,这样你就可以轻轻松松再去讨一个年轻的老婆进门,过你的幸福日子。李林森,你是幸福了,那你想过我的痛苦没有?我没日没夜地躺在这里,生不如死,你还要抛弃我,你个没良心的东西。周伊的声音干涩又尖利,她说,我不会让你如愿的。

李林森站起来说,你们周家人为什么都这么自私?你痛苦没错,难道我不痛苦吗?这几年你躺在床上,我请了两个人照顾你,哪一天不是把你搞得干干净净的?每天变着花样给你做好吃的,把你养得白白胖胖,你还要我怎样?你说说你骂走了多少个保姆?我是出了两倍的工钱,人家才愿意留下来。如果你稍微体谅一点别人,也不至于人家干不了一星期就要走。

周伊不管,这几年因为身体,她变得越来越偏激。她说,李林森,如果你敢跟我离婚,我死给你看。

　　你一定要这样逼我吗？周伊,你非要把我们之间曾经的情分搞得一点都没有吗？如果我从今以后不提离婚,但对你也不闻不问,难道你就高兴了？我们就不能好说好散,你还是我的亲人,我也仍是你的依靠,这样的结果不好吗？你放我一条生路,也放你自己一条生路,一定要搞得两败俱伤？李林森强抑制内心的怒火说。

　　周伊咬着牙,那神情恨不得把李林森给手撕了,可有力又使不出来。李林森见实在谈不下去,只好转身走出房间,周伊在身后哭喊着,让我去死。

　　李林森心情很不好,他打开一瓶红酒,就这样拿着瓶子直接往嘴里灌,他需要大醉一场,唯有这样,才能忘掉那些烦心事。

　　醉意朦胧中,李林森给施何打了个电话,说,我喜欢你,真的,我真的很喜欢你。

　　施何听李林森说话含糊,就问你喝酒了？李林森说,酒是好东西,一醉解千愁。

　　说着说着,电话那边就没有了声音,施何喂了好几声,见李林森没有回答,就猜他可能醉倒,不由担心起来。人家说酒后吐真言,难道这是李林森的真心话？可为什么她总是不敢相信？是对李林森没有信心,还是对自己？施何找不到答案。

　　QQ上有人找,施何点开,原来是徐梦梦。

　　徐梦梦问,施老师,你还记得我吗？

　　施何说,记得,你是不是找到新的爱情了？

　　徐梦梦说是,我找到了一个很爱我的男朋友。施老师,谢谢你那时候开导我,我也幸好听了你的话,不然可能真的错过了。

　　施何说,好好珍惜,握住你的幸福。

　　徐梦梦说,我明白,我会好好珍惜的。

　　愿天下有情人终成眷属,施何的脑子里闪过这句话。她想给杭凌风发信息,谈谈自己对李林森的真实感受,可看时间都已经半夜了,只好作罢。

　　施何不知道,这个点,杭凌风还没有休息,他在书房里写计划方案。和闻宁分房睡有一段时间了,他把所有的精力投入工作中。为了让秘密花园早日走出亏损的现状,他动了很多脑筋,到传统媒体投放广告成本太大,效果不见得好。随着公交车上车载电视的广告播放,秘密花园的知名度在日益提高。考虑到现在是自媒体时代,杭凌风决定去注册一个秘密花园公众号,平时可以发一些有关心理疾病和及时干预的重要性等方面的知识,也可以请人写些软文进行推广。杭凌风把自己想到的各种方案列出来,他想明天发给李林森看,通个气。

闻宁见杭凌风真的和她分房睡,又不干了,她跑到书房,问杭凌风什么意思?这么多天不上她的床,是因为在外面得到满足了?

杭凌风的思路被打断,非常恼火,说,你没看到我正在工作吗?整天想那些无聊的事,有意思吗?

闻宁盯着杭凌风的眼睛说,谁无聊?如果你在外面没有人,那好,现在就关了电脑,跟我上床去。

怕闻宁没完了的烦,杭凌风叹了一口气,只好把文件保存好,关了电脑,说去去去,睡觉睡觉,明天你不上班吗?深更半夜,折腾什么!

闻宁见杭凌风服了软,嘴角闪过一丝得意的笑。

当杭凌风洗好澡,穿着睡衣走进卧室,闻宁已在床上等他了。不知为何,看到朦胧灯光下妻子的那张脸,想起她人前人后截然不同的变脸术,杭凌风一点兴趣都提不起来。

上了床,闻宁的身子就缠了上来,又是亲吻又是动作,明确表示她要。杭凌风也想尽尽丈夫的责任,可他发现无论闻宁如何挑逗,自己的身体就是没有反应。

杭凌风搂住闻宁,很抱歉地说,对不起,我太累了,晚上就算了吧!

闻宁一把推开他,咬牙切齿地说,好你个杭凌风,还说外面没有人,在我面前装孙子,在别的女人面前是大爷,你太过分了。

杭凌风什么话也没有说,他起来,走进客房。躺在冰冷的被窝里,他问自己,这婚姻是不是真的走到尽头了?

见李林森执意要离婚，周伊的哥哥打来电话，说如果真的要离也可以，只有一个条件，净身出户，把所有财产给周伊，那么他可以代表妹妹同意签字离婚。

李林森紧紧握着手机，他为周家人的贪婪感到深深的悲哀，对周伊仅存的一丝同情都荡然无存了。他什么都没有说，直接就挂断了电话。这离婚官司铁定要打了，李林森聘请了专业的律师，一切都交给律师去办。

杭凌风把自己下一步的运营计划和盈利模式发给李林森，征求他的意见。

李林森给杭凌风打来电话，说了离婚的事，周家人的态度和自己的心寒。他说，这婚再艰难，我也要离，这次下决心了，我不能让自己一辈子都活在这样的阴影里。凌风，痛苦的婚姻只会摧残人，你和闻宁好好谈谈，我看你们两个也有问题。

杭凌风说，我和闻宁之间存在的还不是小问题，她对我信任全无，我对她也没有了爱意，我不知道接下去该何去何从？她的心理很不正常，可又拒绝配合做个全面的检查和治疗。现在我都不想回家，每天在办公室加班到深夜才回。

李林森，说，这样也不是长久之计，还是大家坐下来好好谈吧，不然太影响心情。你心情不好，工作又怎么会有效率？

杭凌风说，是的，太受影响了。

这时，杭凌风想起施何跟他说过的话，就提醒李林森，施何由于职业的关系，内心对男人有一种很强的戒备心理，不信任，对感情的无从把握让她宁可放弃也不愿去尝试。如果真的爱她，就必须要有足够的耐心，慢慢打开她的心门，只有真正接纳，才能获得真正的幸福。

我明白，李林森说，在我没有获得爱她的资格之前，我不会给她过多的困惑和打扰。如果我自由了，她爱上了别人，我会祝福她。

放下手机，杭凌风确信李林森这次是认真的，他真的爱上了施何。人与人之间的缘分真的太奇妙了，那么自己对施何呢？他不否认一样有好感和喜欢，他希望她有个好归宿。

施何接到杭凌风的信息时，正与素颜一起吃饭。素颜马上要飞去香港待产，临走前说要聚下，施何下了班就直接过来了。

杭凌风说他注册了一个秘密花园的微信公众号,但这个需要人去维护,问施何愿不愿意做个兼职,帮他打理一下公众号。相关资料他会提供,有些软文还要请她帮忙写,稿费另计。施何想想这事也不难,就答应了。杭凌风很高兴。

素颜问施何在忙什么,吃个饭还信息发个不停。施何说,我要多挣钱,所以找了份兼职。素颜笑她乱讲,又关心她的终身大事,问她是否有意中人?施何就大概说了下李林森的情况,说这个男人想追我,让我等他恢复自由身。素颜一听年纪,就说大了点,不过只要对你好就行。施何说,我不知道跟他有没有未来,我对自己没有信心。素颜说,你这职业病太讨厌了,想这么多干吗?你若爱就好好爱,若不爱就不要勉强。

好了好了,吃菜,不谈这个了。施何转移话题,说,你这一趟去香港,时间不短啊,你放心金向宇一个人在家?

眼不见为净,主次要分明,我现在只做一件事,就是把儿子健健康康地生下来,其他的事靠边站。素颜冷静地说。

好吧,只要你自己觉得无所谓,那就真的无所谓。施何说。心里暗想林纳现在恐怕是没有心思和金向宇约会了,毕竟老娘重病在身,管她要紧。

我知道你关心我,没事,金向宇现在怎么折腾也不会再离婚了,至于他外面有没有打擦边球,我也管不着,又不可能24小时盯着他,我是真的想明白了。素颜说。

施何想想也是,就不再提这个话题。

不过我倒是有个任务交给你,素颜开玩笑说。

什么任务?施何问。

只要你帮我管牢你那个姐就行了,不要让她跟金向宇旧情复燃。别的女人对于金向宇来说只不过是露水,天亮就消失。可他跟林纳有个共同的孩子,有感情基础,不一样。素颜半真半假地说。

施何说,你放心,她现在哪有精力啊,要管孩子管妈妈还要管公司的事,每天忙得团团转。现在我妈差不多成了她家半个免费保姆,时不时上门去服务。

我要向何阿姨学习,素颜认真地说。

你尽管学习。施何顽皮地笑了。

手机响了，一看是李林森号码，施何接起，放低音量说话。李林森问，你在哪里？施何说，在和闺密吃饭。李林森说，真好，我也好想来参加。施何只好说，以后有机会。李林森说，我没什么事，只是突然想听听你的声音，所以打个电话过来。施何忽觉得李林森也很可爱，这好像跟他的年龄不符。

那你好好吃，晚上不要太晚回去，我晚点再跟你联系。李林森又变成暖男了。

施何简单地说了一句好，就把电话挂了。

素颜说，施何，你就尝试着去谈场恋爱吧！即使失败又有什么关系呢？就像婚姻，你不能因为离婚率高而拒绝去结婚。如果两个人相爱，就会很自然想走在一起，共度一生。缘分尽了，硬绑在一起也没有用。你一定要给自己一个机会，也给别人一个机会。

施何承认素颜说得对，她明白这一切都是因为自己的心没有打开。

我会努力的，你放心。施何朝素颜笑着说，说不定等你抱着宝宝回来，我已经找到真爱了。

素颜大笑道，那好，那我到时候一定要好好谢谢那位拯救我们银河系女战神的男人。

嗯，可以作为中国梦其中的一个章节。施何一本正经地回答。

说完，自己也忍不住笑了起来。

33

西到堇城了。

施何遵守承诺，去车站接西，直接就把她带到了秘密花园杭凌风的办公室。

周韵？杭凌风看到施何带着一位女士进来，惊讶地从椅子上站起来，不敢相信自己的眼睛。

什么？你们两个认识？施何张开嘴巴忘了合拢。

西转身想逃，杭凌风上前，一把拉住她说，既然来了，就坐坐。

施何看这情形，这一对分明是故人，连忙说，你们两个慢聊，我先回报社，晚点再过来。

杭凌风叫住施何，让她一起坐，说，我和周韵是大学同学，毕业后就没有碰到过，今天机会难得，中午请两位吃饭。

施何脑子一转，故意对杭凌风说，杭老师，周姐本来到我这里是来玩玩的，因为她有个亲戚得了抑郁症，不知道该怎么做，我就想到你，所以带过来咨询，没想到这么巧你们两个认识。

杭凌风一听，立马明白施何的用意，于是微笑着说，那真要谢谢你了，不然我也碰不到老同学。

周韵万万没有想到施何带她来找的心理治疗师居然会是当年大学里追过她，又被她无情拒绝的杭凌风，她马上联想到自己的隐私会不会已让对方知道？自然是一刻也不想留。听施何一讲，心稍稍安些，但还是不自在，因为施何现在不说，并不代表事后不说。

周姐，你这么忙，好不容易今天有空过来，别那么急着回去，你和杭老师是同学，可以好好聊聊啊，他这个人很厉害的，是我崇拜的偶像。施何一边倒茶，一边语气轻松地说。

周韵勉强点了点头，在沙发上坐了下来。施何好像想起了什么，对杭凌风说，杭老师，我去找下翁姐姐，让她再给我做个催眠术，最近困惑的事情比较多。

好的，那你先去找她，看她现在有没有空。杭凌风看了下手表说。

施何说好，她特意把自己的包包放在沙发上，只拿了手机出去。

杭凌风坐在那里，看着眼前这张依然美丽的脸，想起以前心受过的伤，想起施何跟他说的有关西的那些故事，心情很复杂。周韵低着头，她不敢看杭凌风的眼睛，那些前尘往事浮上心头。当年，杭凌风很痴情地爱着她，可她爱的却是自己的老师，并成为老师的秘密情人。那时候，不管杭凌风为她做了什么，她的心从不曾在他身上停留过，她对他只有利用。直到有一次，杭凌风发现了她和老师

257

的那种关系,愤怒地转身,从此再无交集。也许,她的人生悲剧在那个时候就注定了。

迅速调整好情绪,杭凌风用平静的语调问,老同学现在哪里?怎么样,一切都好吧?

周韵也从最初的慌乱中冷静下来,恢复她优雅的模样说,挺好的,你比过去成熟多了。对了,我记得你毕业后去了州城,如今怎么会在堇城?

杭凌风笑了笑说,你一点都没变,还是那么漂亮。我在州城待了几年就到这里了,你不是要咨询你家亲戚的病吗?想了解哪方面的事,跟我说说。

周韵说,其实也没啥,就是一个亲戚明明家里条件很好,可不知为何,她就是每天活得很不开心,又拒绝跟人交流,我们都有点担心,怕她得抑郁症。

这种情况是要注意,平时多陪陪她说说话,多关心,带她出去走走,参加一些活动。最好是能找到抑郁的原因,解开心结。如果确定是抑郁症,可以借助心理疏导与药物进行治疗。杭凌风就顺着周韵的问题回答。

周韵沉默,她在想自己的心事,那些难以启齿的隐私是无论如何也没法在杭凌风面前说出口的。看施何与杭凌风的熟悉程度,怕早晚要被他知道。想到这里,周韵感觉像被脱光了衣服,站在聚光灯下,浑身不自在,她为自己的堇城之行后悔不已。

杭凌风很敏感地觉察到周韵的坐立不安,他悄悄给施何发了一条信息,让她过来。施何收到后,就进来了,她说翁姐姐正忙着,我跟别的咨询师闲聊了一会儿。又问周韵下午想去哪里玩,她可以陪同。

不了,谢谢你,施老师,我现在就回去。周韵实在坐不下去,就站起来说。

那就吃了午饭再回吧,我看时间也差不多了,我们就在旁边的餐馆简单吃点。杭凌风一脸诚意地说。

对对,吃了饭我送你去火车站,施何拿起包包说,走,周姐,你就别客气了,我也是难得有机会让偶像请客,这还要感谢你。如果你不来,杭老师才不会请我呢。

杭凌风笑着说,以后一定多请请。

周韵只好说，那麻烦了，谢谢！

走到门口，周韵悄声对施何说，施老师，拜托你千万不要把西的事告诉他。

施何心里说了一声抱歉，早已经说过了，可嘴上只能是另外的说法，安慰周韵道，你放心，我不会说的。再说了，那是西的故事，又不是周姐你的故事。

周韵对施何的回答很满意，捏了捏她的手说，以后有空到上城来玩。施何说好，有机会去。

这餐饭，杭凌风和周韵都没吃出滋味。施何悄悄观察，他俩表面平静，内心恐怕是翻江倒海，她肯定这两个人以前有过情感纠葛，只是再相见，已是物是人非。

吃好饭，施何把周韵送到火车站，给杭凌风打了个电话，说客人已送走。杭凌风见施何什么也没有问，就说，你不好奇吗？施何说，好奇，但这是你的隐私，我不方便打听。杭凌风说，在你面前，可以说。施何说，荣幸。

杭凌风就在电话里简单说了一下自己和周韵的事，在大学里，周韵是班花，身边围满了男生，他也是其中爱慕者之一，可惜周韵另有所爱。他隐瞒了周韵与老师的事，一切都过去了，没有必要再提。

施何说，我猜是这样，你失恋是正常的，她只喜欢成熟男人，那时候你还太嫩了点。不过幸好你没找她，不然现在可能已离婚。杭凌风说是，很多时候我们以为是失，其实是得。

其实她蛮可怜的，以后她再也不会向我倾诉了，我想象不出她的人生最后会怎样，施何的言语里带着一丝忧伤。

每个人都有一条必须要走的路，自己选择，又对自己的选择负责。杭凌风说。

施何想想也确实如此，就不再感慨。

周韵在回去的高铁上，删除了施何的电话号码，她把头转向窗外，这一闪而过的是风景，还是流逝的岁月？对于婚外情，她并没有太多的负疚感，也没觉得自己有多少错，她恐慌的是内心的那个黑洞以及黑洞散发出来的可怕引力。她也不知道明天会怎样，只好过一天算一天了。

　　李林森的离婚案,因周伊坚决不同意,法院没有判离,这个结果也在意料之中。律师让李林森搬出去住,分居半年再次起诉。李林森就在同一个小区租了套房子,他每天还是会回去看一下周伊,问问保姆情况,并做了记录。律师说,这些都是证据,免得到时候周家人反咬一口,告他遗弃罪。

　　就这样,李林森白天忙于工作,晚上和施何聊聊,再与杭凌风做些交流,一天就算过去了。能推掉的应酬都推掉了,实在推不掉,也早早回家。杭凌风说他完全变了一个人,很赞赏。

　　施何习惯了李林森的早请示、晚汇报,她想,或许这个男人真的可以治愈她内心的阴郁,她期待自己能慢慢爱上他。是真的爱,而不是其他。

　　林良波经过几次化疗后,肿块缩小,医生建议开刀,做切除手术。在动手术前一晚,林良波主动叫施林过去,她有话要跟他说。

　　施林去了医院。

　　病房里没有其他人,林良波对施林说,我明天就要手术了,万一没醒过来,那就再也没有机会说了。施林马上打断她的话说,别胡思乱想,这个手术现在技术非常成熟,没事。

　　施林,我现在跟你说两件事,第一,我不再恨你,我是真的放下了,你也为你当年的行为付出了代价,以后就跟何姐好好过吧,她是个好女人,比我好多了。第二件事,我原本打算一辈子烂在肚子里,可又觉得那样对你不公平,所以我说了,至于怎么做,你自己决定。林良波的神思变得恍惚起来。

　　什么事?你说。施林坐在病床前,握住了林良波的手,她的手那么的瘦,令人心痛。

　　我不能确定林纳是不是你的亲生女儿。林良波终于鼓起勇气说。

　　施林一惊,不由松开了手,紧张地问,你糊涂了吧?

　　林良波闭上眼,不说话,一会眼泪就悄无声息地流了下来。施林的心在剧烈地跳动着,他很怕自己的血压控制不了,直线上升,那就危险了,赶紧自我平静。

　　许久,林良波才吐露了三十年前的一个惊天秘密,有一次,她半夜下班回家,被人拖到路边一个废弃的祠堂里给强暴了。她害怕,不敢说,更不敢告诉施林,怕施林不要她。可不久，施林迫于家里的压力，提出了分手。她想自杀，又没成功。再后来就是发现自己怀孕了，为了肚子里的孩子，她决定活下去，就匆匆嫁给一个老光棍。

林良波说，这是我要带进坟墓里的秘密，今天都告诉你了，这样明天就算我手术台上下不来，也没什么遗憾了，我是个不洁的女人，这是我的命。你最好和林纳去做个亲子鉴定，这样也放心。

施林不敢相信听到的一切都是真的，他气得发抖，问林良波是谁欺侮了她。林良波摇摇头说不知道，对方蒙着脸，没有说一句话，只知道是个体型粗壮的男人。

良波，你太苦了。施林哽咽着声音说，我不会去做亲子鉴定，不管林纳是不是我的亲生女儿，我都会把她当成亲生的。你放心，这个秘密我不会告诉任何人。这不是你的错，你不要再背着这个沉重的思想包袱生活了，放下吧！

林良波泪如雨下。

病房外，林纳如雷轰顶，浑身颤抖地站在那里，这一切都不是真的，一定是母亲瞎编出来的。怎么可能？这怎么可能？林纳转过身，摇摇晃晃地离开了医院。

豆豆被何小玉接过去了，这个时候，林纳只想找个地方喝酒，最好能喝个烂醉，醒来，又是新的开始。

林纳去了外滩的酒吧，一个人坐在角落里，喝了一瓶又一瓶的啤酒，看舞台上穿着奇装异服的歌手唱歌。她在想自己的人生，这是一副怎样的烂牌？原来，她的命运从她还没有出生就已注定。任她怎么折腾，她也跳不出那个怪圈。她想离开这里，把儿子还给金家，一个人，走得远远的，到一个谁也不认识她的地方，重新开始。

趁着自己还没有醉，林纳给金向宇打了一个电话，问他方不方便到外滩来接她？金向宇听出了林纳口中的酒意，就问她在哪里，他过来接。林纳就把酒吧名称告诉了金向宇。

没多久，金向宇就来了，看到林纳已喝了八分醉，连忙买了单，把她带到车上，送回家去。

到家，林纳抱住金向宇哭，哭得肝肠寸断。金向宇从没有见过林纳这样哭过,还以为是担心林良波的手术,就安慰她说没事的,已请了最好的专家,手术百分百成功。林纳又不能说原因,她是在哭自己。

这个晚上,金向宇留在了林纳家。

第二天早上,金向宇对林纳说,过几天他要飞香港陪素颜去,她马上要生了,以后他也不能再像现在这样过来陪她。林纳,我们已经错过了,责任在我,是我不懂珍惜,对不起你。我已经犯了很多次错,我想以后还是安分守己过日子算了,不折腾了。你也去找个好男人结婚吧,这世上好男人还是多的。金向宇伸出手,理了理林纳脸上的头发说。

好,林纳一脸平静地回答。

林良波手术,施林、何小玉、林纳都守在手术室外。虽然施林看到林纳依然像过去一样,可林纳再开口叫爸却有点生涩,她想知道自己跟施林到底有没有血缘关系,她不要施舍的情感。

等待的时间是漫长的。

施林坐立不安,何小玉闭着眼在心里默念佛号,林纳时不时朝手术室张望,看有没有车推出来。

林良波是上午九点进手术室的,一直到下午一点才推出来。主刀医生出来说,手术很成功。何小玉连声说菩萨保佑,施林向医生道了谢,林纳直接扑到推车旁问母亲感觉怎样?林良波虚弱地睁开眼睛,没有说话。

送到病房,施林看着林良波苍白的脸,身上的各种管子,心一阵阵地痛。他低声对林纳说,小纳,你妈这辈子过得太苦了,以后要靠你了。林纳说,我明白。

不要让她睡着,你们要不停跟她说话,护士给林良波绑上测心跳和血压的仪器,说了下注意事项,就去忙她的事了。

三个人就守着林良波,轮流着跟她说话,不让她睡过去。林良波感觉自己在做一个很长很长的噩梦,她一直在原地打转,找不到路。做手术那几个小时,她被全麻,大脑一片空白,什么也不知道。她在想自己上辈子一定做了很多孽,所以这辈子才会遭这么多罪。自作自受啊,她对另一个自己说。

施何下班,先去幼儿园接了豆豆,然后带着他到医院来探望。

　　林纳对儿子说,豆豆,妈妈要照顾外婆,你就到外公家住几天,要听话,知道吗?

　　豆豆睁着大眼睛看着病床上的外婆有点害怕,不敢靠近,他紧紧拉着母亲的手说,知道了。

　　何小玉对林纳说,你放心,孩子我会照顾好的。林纳说辛苦你们了。

　　见时候不早,林纳让何小玉她们先回去,晚上她会守着母亲。施林说他来陪夜,林纳说不要。见林纳执意说不需要,施林也不好说什么。

　　施林一家走了,病房里一下子变得很安静。邻床没有人,林纳把房门关上,坐在母亲病床边,一边注意着放在一边的仪器,看心跳和血压的变化,一边轻声说,妈,我也要跟过去的自己告别了,我很想到一个陌生的地方去生活,我不认识人家,人家也不认识我。这三十年,我不知道自己是怎么过来的。妈,你快点好起来,如果你想跟我一起走,那我们就一起走。如果你想留在这里,那你就同意我走吧,哪一天我想回来了,我会回来的。

　　林良波好像听女儿在说,又有点模糊,她也没有力气回应,就听林纳在那里絮絮叨叨,一个人自言自语。

　　晚上,施林躺在床上睡不着,林良波的秘密无疑是一块巨石,沉甸甸地压在他身上。虽然他嘴上说不在意林纳是否是自己亲生的,但心里还是在意,还是想证明一下他和林纳有没有血缘关系。可他又不能跟林纳提出去做亲子鉴定,这事太难办了。

　　突然,施林想到了血型,他给施何发了一条微信,问她知不知道林纳的血型?施何很纳闷,回复说不知道。施林说不知道就算了,也没啥事,随便问问。

　　施何却不这样认为,她觉得父亲突然打听林纳的血型,只有一个可能,就是想确认林纳跟他的父女关系。难道林纳不是父亲的亲生女儿?施何被这个推理吓了一跳,又赶紧推翻,觉得自己神经越来越不正常。

　　林良波住了二十天院,施何每天负责接送豆豆,因为金向宇去香港了。何小玉负责送饭菜,施林下班到医院来陪一会儿。林纳叫了护工,但很多时候她会待在母亲身边,和母亲说说话。

出院后,林纳想请保姆,何小玉自告奋勇地提出白天由她来照顾。林良波说,这怎么好意思,已经太麻烦你了。何小玉说,没有关系,反正我闲着也是闲着。拗不过何小玉一片热心,林良波只好同意。

童素颜给施何打电话说,她带着新生儿和金向宇从香港回来了,她如愿以偿生了个儿子,公婆也很高兴。

施何去看素颜,见她一副有儿万事足的样子,笑她。素颜说,你别笑我,等你以后当了妈,你就会发现这块从自己身上掉下来的肉有多重要,那才是真正跟你血脉相连啊!施何想起了父亲,有点明白他为什么想要一个确认了,毕竟有血缘关系和没有血缘关系,还是有区别的。

金向宇走过来,很热情地招呼,问施何最近在忙什么?施何说了林纳母亲动手术、住院的事,她家也跟着忙,要接送豆豆,还要买菜做饭送到医院去。

听说施何的妈妈去照顾林良波,金向宇和童素颜都表示敬佩,说像何阿姨这样的人真的太少了。施何笑着说,我也觉得。

因单位还有事,施何匆匆告别。路上,她想也许这就是素颜想要的幸福,而自己的幸福又在哪里呢?

回到办公室,公孙春晓一脸沉重地对施何说,朱小平病情恶化了。施何说,前些天你不是说在好转吗?公孙春晓说,他老婆打来的电话,说医生已下病危通知。我去过医院了,朱小平大脑还算清醒,他向我提出要捐献遗体,趁他还有一口气,让我帮他联系办相关手续。

施何的心情也变得不好起来,说,没想到这么多人想把他从死亡线上拉回来,可最终还是失败了。

公孙春晓深深地叹了一口气说,我们已尽力了,这个结果谁也不想看到,可又有什么办法?主任让我写篇朱小平要捐献遗体的事,说实话这新闻我真不想写,可想想这个新闻也算是对所有帮助过朱小平的人一个交代,所以还得写。

施何嗯了一声,表示理解公孙春晓的心情。

张倩进来了,带来一个意外的消息:江潮辞职了。施何和公孙春晓"啊"一声,太意外了,问张倩这个消息可靠吗?张倩说可靠,她刚在楼下碰到江潮,是他亲口说的,说不上来跟大家告别了。

江老师为什么要辞职?他不是一直干得好好的,也深受领导器重的吗?施何疑惑地问。江潮在她心目中一直是个心怀新闻理想的人,富有正义,哪怕被人威胁,也要坚持寻找真相,没想到他竟然不当记者了。

张倩摇摇头说,不清楚。

施何忍不住给江潮发了一个信息,问他辞职的事,接下去准备做什么。

江潮给施何回复说,辞职就是为了更好地去实践自己的新闻理想,接下去会当个自由撰稿人,专门来记录这个城市值得记录的人和事。

施何开心地笑了,她还是没有看错人,江潮果然是个值得她崇拜的好记者。

江潮的辞职给施何带来的震动很大,她正式思考自己要不要继续当这个情感版的编辑?如果不做这个工作,那么她最想做的事是什么?正想着,杭凌风把新一期公众号的资料发过来了,请施何负责编辑、推送。这半年来,秘密花园随着知名度的不断提高,已扭亏为盈,杭凌风的心血总算没有白费,施何也很开心。

随着秘密花园慢慢步入正轨,杭凌风腾出精力来考虑和闻宁的关系。这几个月来,夫妻俩都是自己在外面吃好晚饭回家,关上门,基本上处于无话可说、各睡各房的状态。想到结婚纪念日到了,杭凌风决定找闻宁好好谈谈。

这天,杭凌风提前下班回家,买些菜,亲自下厨,还开了一瓶红酒,他给闻宁发了一条微信,说晚上回家吃饭。

结果左等右等,不见闻宁回来,就给她打电话。闻宁没有接,回了一条信息,说有应酬。杭凌风很扫兴,一个人喝了个大醉。醉意朦胧中,他给李林森打了个电话,说看来我的婚姻也要走到头了。

闻宁参加完饭局回家,打开门,看到桌上没吃完的菜和一堆酒瓶,才突然想起今天是结婚纪念日,心里闪过一丝内疚。客房的门开着,闻宁走了进去,见杭凌风衣服也没有脱,就躺在床上沉沉睡去。她在床边坐了下来,盯着这个熟睡中的男人,她问自己,是否还爱?闻宁想了半天,发现自己早已经不再爱这个男人了,因为她看到他这个样子,并没有心疼的感觉,但她还不想离婚,她喜欢这种占有的感觉。毕竟，无论从哪方面来讲，在世人眼里，杭凌风还是个优秀的男人。最重要的是，她在外面一直戴着幸福的面具，如果离婚，那么等于是自己打了自己耳光，一想到平时那些对她羡慕嫉妒恨的女人们，闻宁知道，这婚是无论如何不能离的。她需要这个面具，那就继续戴着吧！

站起来，闻宁拿来一条毯子，盖在杭凌风身上，走出房间，轻轻关上了门。

第二天早上，等杭凌风从宿醉中醒来，闻宁已经去上班了。他给妻子发了一条微信，问她，这样的婚姻是否还有存在的必要？闻宁回复，说很有必要，因为我们一向是恩爱夫妻的典范。如果你一定要离婚，那就净身出户，而且还要背一个出轨的罪名，你自己考虑。

杭凌风握着手机，彻骨的寒意在他胸腔里弥漫，他没想到昔日夫妻现在竟会变成这副模样，这到底是谁的悲哀？

尾 声

半年后，李林森的离婚案再次受阻，周伊绝食，死活不同意离，就是李林森净身出户也不行，她死活都要跟他绑在一起。周伊的哥哥在外面大造社会舆论，说李林森喜新厌旧，要抛弃生病的发妻，道德败坏。集团公司董事长来找李林森，了解相关情况。李林森详细说了经过，董事长很同情他，可此事又不能硬来，只好让他先冷一冷，过段时间再做打算。法院的同志也一样，如果硬判离，万一出了人命，对谁都不好，让李林森暂且忍耐，再做做思想工作，最好能协议离婚。

李林森站在23层的办公室窗前，感到从未有过的绝望，他想有一天也许自己真的会跳下去。他给施何发了一条微信，说这辈子我再也没有获得幸福的权利了，从今以后就只有行尸走肉地活着，祝你早日找到自己的真爱，我不会再来打扰你了。

刚收到新一周鲜花的施何，正在花瓶里插花。这周的花由白玫瑰、千日红和紫色洋桔梗组成，姹紫嫣红的，甚是好看。看到信息，她的目光落在千日红上，轻轻地叹了一口气,心里有说不出的难过。三个月前,报业集团整合、精减人员,施何离开了报社,到堇城区文联工作,和李雅儿成为同事。

施何给李林森发了一条信息,说不管发生了什么事,请别忘了这里有你的朋友。

接着,施何又拍了一张鲜花的照片发给李林森,附言:每朵花都不急着开放。

李林森一直没有回复。施何不由担心,就给杭凌风发信息,问他知不知道李林森的事。

放下手机,施何突然意识到在不知不觉中,她已把杭凌风当成了自己的蓝颜知己,有什么事,她第一时间会想到他,渐生依赖,不由一怔。

杭凌风收到施何的信息后,给李林森打电话询问,李林森说了相关情况。他说,凌风,我已心灰意冷,决定放弃,不再挣扎。

杭凌风在电话里沉默许久,开口道,心还是不能死。

李林森叹着气说,不死心又能怎样?就像你,如果你一定要离婚,闻宁肯定会把你搞得身败名裂,到时候你不但经济上一无所有,事业上也会受到重创,你能有足够的思想和精力、金钱东山再起吗?闻宁很清楚,她早替你算过这笔账了,凌风,认命吧!

真的要认命吗?杭凌风把目光投向了窗外,又到深秋的季节了。

施何闷闷不乐地回到家里,惊讶地发现父亲在母亲的指导下学习烧菜。看她一脸落寞,施林语重心长地说,好好去谈一场恋爱,不要怕失败。施何点点头说,我会的。她为父亲终于向母亲敞开了心扉而感到由衷的高兴。

林纳给施林打电话,她说,爸,我想带妈去海南休养一段时间,我在那边买了一套房子。以后冬天,你和何阿姨可以过来度假,那里温暖。

施林问,豆豆怎么办?林纳说,到他爸爸家住一段时间,没事的。施林说好。林纳究竟是不是他的亲生女儿,施林已不再纠结,他就当她是亲生的。林纳也不去想这个问题,免得增加母亲的思想压力,她把这个秘密埋在了心底。

金向宇从幼儿园接来豆豆,打开家门,素颜正抱着儿子在喂奶。豆豆跑过来,伸出手去摸小婴儿的小脚,对素颜说,阿姨,他是我弟弟对吗?素颜笑着说,

267

对,他是你弟弟。豆豆问,那他叫什么名字啊？金向宇说,他叫贝贝。豆豆把小脑袋凑过去,说,贝贝好,我是你哥哥,我叫豆豆。

看着眼前这一幕,金向宇那颗漂浮的心终于真正安定下来。他对素颜说,老婆,这段时间豆豆在家里,要辛苦你了。

素颜温婉一笑说,不辛苦,我喜欢豆豆。她拿起手机给施何发一段语音,说豆豆在我家,你什么时候有空过来看看你两个外甥。

施何回复说,好的,我会过来的。

放下手机,施何拿起写字台上的台历,明天又是秋分,而这一年发生了太多的事,让她到现在还感觉自己经历的只是一场梦……